U0047270

酒徒 著
大漢光武
卷一
少年遊（下）
少年遊

無論心中到底有多不捨，兄弟叔侄終究還是要灑淚而別。隨即一連好幾日，劉秀和鄧奉兩個，心情都非常鬱鬱，無論做什麼事情都提不起精神。

好在很快太學就正式開學，各位老師對學生的要求都頗為嚴格，二人的注意力，才從別離之苦轉移到了讀書求知的樂趣當中，心情隨之也是一天比一天開朗。

大新朝的太學繼承漢制，主要教授《詩》、《書》、《禮》、《易》、《春秋》五經，但是為了讓學生將來能為國家所用，一些並非儒家的典籍，如兵家的《三略》、《六韜》、《吳孫子兵法八十二篇九圖》、《齊孫子八十九篇》[注一]等，也在傳授範圍之內。甚至連《周髀算經》、《九章算術》、《漢律》、《法經》[注二]等雜學，都有老師專門開課講解。只是後面這些學問不屬歲末必考科目之內，所以重視並感興趣者不多而已。

劉秀、嚴光、朱祐、鄧奉四人在家鄉之時，就潛心向學，只是苦於各自家中都不算富裕，買不起太多的書，也請不到名師指點。如今忽然有了這麼多的名師可以免費當面求教，如此多的書籍可以白看白抄，豈不是個個都開心得如老鼠掉進了米缸裡頭？甭說對長安城中的花花世界頓時失去了興趣，甚至連身邊的時光流逝，都徹底失去了感覺。幾乎一轉眼，就到了冬天，隨即便看到了天空中飛舞的雪花。

新野雖然位在長江之北，氣候卻比長安溫暖許多，往往接連數年，都看不到半點兒雪色。因此，四人都按捺不住心中好奇。特意在某天傍晚早放下了一會兒簡牘，相約到太學內著名的鳳巢山上，欣賞雪景。

大雪正在飄落，天地間茫茫一片。站在鳳巢山頂舉目四望，只見長安城內所有亭台樓閣頂部，都是一片素白。再也分不清哪處是司空司徒所住的雕梁畫棟，哪處是平民百姓所住的草舍茅屋。走在風雪裡的行人，一個個也變得影影綽綽，難分高矮胖瘦。彷彿瞬間全都成了孿生兄弟一般，誰也分不清他們之間的差別！

「昔我往矣，楊柳依依。今我來思，雨雪霏霏。行道遲遲，載渴載饑。我心傷悲，莫知我哀！」四人之間，以朱祐最為多愁善感。看到飄飄雪落，很自然地就吟誦了一句《詩經》裡的名句。

「很不應景啊！」鄧奉素來喜歡打擊朱祐為樂，見此人分明滿臉稚嫩，卻故意作出一副歷盡滄桑模樣，忍不住大聲奚落，「首先，你這廝最近像吹了氣兒般發胖，怎麼可看不出載渴載饑模樣。其次，心裡傷悲，要淌眼淚，我在你臉上卻只看到了鼻涕。第三，昔日咱們離開家時，樹葉子已經開始落了，哪裡來的楊柳依依？」

「這是對仗，對仗你懂不懂？」朱祐被他說得胖臉一紅，頓時全身上下的滄桑氣消失得無影無蹤。跺跺腳，大聲回敬。「我最近發胖，並非吹了氣兒或者吃得多，而是憂國憂民，導致抑鬱成疾！」

「得，越說你越來勁了。你怎麼不說你的肚子裡，裝得全是憂患？」鄧奉才不信他的瞎話，搖搖頭，繼續大聲嘲笑。

注一、《吳孫子兵法八十二篇九圖》、《齊孫子八十九篇》，即《孫子兵法》和《孫臏兵法》，後世大部分失傳。

注二、《法經》：中國歷史上第一部比較系統的封建成文法典，成文並非最早，但對後世各朝律法影響最大。制定者是戰國時期著名的改革家李悝。蕭何制定《漢律》時，對其多有參考。而後面各朝代的律法，又多參考《漢律》而制定。

「唉！」朱祐聽了，也懶得繼續爭辯，嘆了口氣，眼望西方，大聲又來了一句《黍離》：「知我者，謂我心憂，不知我者，謂我何求。悠悠蒼天！此何人哉？悠悠蒼天！此何人哉？悠悠蒼天！此何人哉？」

接連三問，聞之宛若杜鵑啼血。

劉秀和嚴光兩個，被他老氣橫秋模樣，逗得哈哈大笑。鄧奉卻愈發地不服，彎下腰，朝雪中狂吐唾沫，「呸，呸，呸！酸，酸死我了。顯擺你記性好是不？有本事，你把《詩經》裡關於雪的句子全抖落出來？」

「那有何難，你且聽著！」朱祐最近讀書進步神速，正愁找不到人誇獎自己。立刻找了半截樹樁跳了上去，一手背於身後，另外一隻手朝著鄧奉戟指，「雨雪瀌瀌，見晛曰消。莫肯下遺，式居婁驕。雨雪浮浮，見晛曰流。如蠻如髦，我是用憂。」

這幾句，出自《詩經．角弓》，因為全詩意境消沉，喜歡讀的人非常少。能像朱祐這般信手拈來者，更是寥寥無幾。當即，劉秀和嚴光兩個，就收起了笑容，朝著朱祐大挑拇指。鄧奉卻氣得「火冒三丈」，彎腰抓起一團團白雪朝著朱祐當胸砸去，「你才如蠻如髦，莫肯下遺，你才式居婁驕！」

軟綿綿的雪球，當然傷不到人。朱祐長袖輕甩，將雪球挨個掃飛。然後，跳下樹樁，倒背著手，緩緩向西而行，「北風其涼，雨雪其雱。惠而好我，攜手同行。其虛其邪？既亟只且！北風其喈，雨雪其霏。惠而好我，攜手同歸。其虛其邪？既亟只且！」

這兩句，出自《國風．邶風．北風》，意境比上一首更為消沉，因此更為冷門。劉秀和嚴光二人還好，多少還能記得其出處。而鄧奉的眼睛裡，卻明顯露出了幾分茫然。「這又是什麼東西？怎麼聽起來如此晦氣！不玩了，不玩了。豬油，算你狠，你肚子裡裝的全是學問，行了吧！」

「匪我言耄，爾用憂謔。多將熇熇，不可救藥。」朱祐洋洋得意，用力揮了下長袖，大聲回應。

這幾句，就連劉秀和嚴光，都花了好幾個呼吸時間，才終於想起原文出自《詩經》裡頭更為偏僻的《詩經．大雅．板》，更何況比二人差了不少的鄧奉？明知道朱祐在拐著彎占自己便宜，卻不得不拍著腦袋哀嘆，「你這頭豬，分明一副腦滿腸肥模樣，怎麼學東西如此之快？不光把劉師所教的《周禮》背下來一大半兒，居然把《詩經》也背得如此之熟？唉，真是人比人，氣死人！」

「你光看到他吃得多，卻沒看到他每天幾點睡覺，幾點起床！」劉秀不滿鄧奉的「慫包」模樣，看了他一眼，大聲提醒。

「三更睡覺，五更起床讀書！三舅，你都跟我說過多少回了。可那種讀法，從早到晚昏昏沉沉，學習還有何樂趣可言？」鄧奉繼續用力拍打自家腦袋，做出一副痛不欲生模樣。

他平素雖然也非常用功，可比起朱祐來，就差得遠了。比起嚴光和劉秀兩個，也少下了三分力氣。作為他的長輩，劉秀免不了偶爾會督促他一回。但二人年齡相差只有幾個月，劉秀的長輩威風根本擺不起來，所以每次說完，都會被鄧奉敷衍了事。

這一回，結果顯然與平素沒任何兩樣。劉秀被「氣」得直翻白眼兒，卻也拿鄧奉無可奈何。正搜腸刮肚，琢磨該以什麼方式，給鄧奉一點兒教訓嘗嘗，誰料剛一低頭，有一記暗器破空聲就直傳耳底。「嗖——」

「小心！」劉秀這些日子雖然一直在用功讀書，練武之事，卻因為馬三娘的拳腳「督促」，也沒敢偷懶。聽到風聲不對，立刻順勢附身屈膝，同時嘴裡大聲示警。

一團白花花的冰球貼著他的後腦勺，疾飛而過，正中不遠處鄧奉的鼻梁。將正在做愁眉苦臉狀的鄧奉，打得鼻孔噴血，慘叫一聲，仰面朝天栽倒。

「哪個王八蛋拿冰塊砸人！」劉秀大怒，冒著滑倒的危險跳上一塊隆起的樹樁，瞪圓了眼睛四處尋找「凶手！」

「怎麼回事？哪個王八蛋亂丟冰塊？」走在前面的朱祐和嚴光也被嚇了一大跳，趕緊一步一滑地折返回來，合力扶起鄧奉，抓了積雪替他做冰敷。

北方年輕人在下雪時會打雪仗，這種習俗四人在離家前就聽說過。但是，打雪仗用的是鬆軟的雪團，就像先前鄧奉用來砸朱祐的那種，即便命中面部也頂多是涼一下而已，根本不可能將人打傷。而剛才砸在鄧奉鼻子上的，卻是一塊如假包換的堅冰。無論硬度還是份量，都比石頭不遜多讓！

回答三人的，是更多的冰塊。偷襲者彷彿早有預謀，一言不發，只管將收集來的冰塊朝三人頭上猛砸。饒是劉秀、嚴光和朱祐三個身手不錯，每人也又挨了好幾下，疼得深入骨髓。

這下，劉秀可真的被激怒了，一個箭步跳下樹樁，彎腰從雪地裡撿起對方先前擲過來的冰塊，狠狠丟還回去。不偏不倚，正中一名偷襲者的面門。

「啊！」偷襲者們沒想到劉秀丟冰塊的準頭這麼好，頓時士氣為之一降。嚴光和朱祐兩個見狀，也毫不猶豫撿起冰塊，與劉秀一道朝偷襲者發起了反擊。轉眼間，三人就牢牢占據了上風，將對手砸得抱頭鼠竄而去。

「抓個活口，我倒是要看看究竟是誰如此無聊？」劉秀已經被砸出了真火，踩著積雪衝過去，盯住其中一名頭戴綠色風帽的偷襲者緊追不放。

那綠帽子看上去比劉秀高了半頭，身體卻虛得厲害，才跑出了十幾步，就一個踉蹌栽進在雪窩子裡，像隻狗熊般滾出了老遠。

劉秀也被閃了個趔趄，好在下盤功夫已經入門，才迅速穩住了身體。隨即一彎腰揪住綠帽偷襲者的脖領子，將此人直接從雪地上拎起：「你這狗賊，沒事兒幹不去朝著樹幹撒尿，為何拿冰塊朝爺爺頭上丟？」

「誤會，誤會，這真的是誤會。我們商量好了傍晚時打雪仗，所以把你當成了另外一夥人！」那綠帽少年自知不是劉秀對手，趕緊陪著笑臉，大聲解釋。

打雪仗居然要用到預先準備好的冰塊！這簡直是侮辱劉秀的智力！然而，還沒等劉秀出言拆穿，鄧奉卻用一團雪捂著紅腫的鼻子走了過來，搖搖頭，甕聲甕氣地說道：「劉三兒，放他走吧，這人我認識，是我的同門師兄。剛才的事情應該是個誤會！」

「看，我說是誤會了吧！」那綠帽少年如蒙大赦，立刻掙脫了劉秀的掌控，然後裝模作樣朝鄧奉施禮：「小鄧，剛才大夥下手重了，實在對不住。我們剛才想要伏擊的目標，真的不是你！」

「算了，蘇師兄你們也是無心之失！」鄧奉側身，抱著被染紅的雪團還了一揖，強笑著搖頭。

既然他這個苦主自己都不願意深究，劉秀頓時就失去了繼續為難綠帽師兄的理由。冷笑讓開道路，任由後者自行離去。

「怎麼就這樣讓他走了，燈下黑，你什麼時候變得如此好說話？」朱祐卻對鄧奉的選擇大為不滿，沒等綠帽兒的背影去遠，就皺著眉頭追問。

「是啊，即便是同門師兄，也不能如此欺負人。燈下黑，你不會是有什麼把柄落在此人手裡吧！」嚴光也覺得鄧奉今天的大度很沒理由，一邊遞給他一團乾淨雪球，一邊小聲嘀咕。

「算了，他們真的是衝著我來的，我自己目前還應付得了！」鄧奉卻不肯多做解釋，只是捂著鼻子，輕輕搖頭。

劉秀、嚴光和朱祐三個，怎肯眼睜睜地看著他自己被同學欺負，立刻低聲詢問究竟。鄧奉依舊擺出一副息事寧人態度，搖搖頭，笑著說道：「還能有什麼？無非是在先生面前爭寵罷了！我的學業雖然不如你們三個，但上個月和這個月先生給的考評，卻也都是上上。他們這群人年齡比我大，入學比我早，眼睜睜地看著我這個學弟後來居上，心裡哪能舒服……」

「那他們也不該拿冰坨子砸你！」劉秀越聽越憋氣，忍不住大聲打斷。「更不該這麼多人聯合起來，欺負你一個！」

「走，咱們去找周博士，同門相殘，莫非他就看不見嗎？如果給他不管，咱們就去找嘉新公。」朱祐更是憤怒，拉起鄧奉，就要找地方去說理。

鄧奉用力掙扎了一下，脫離了他的手指。然後，又笑了笑，繼續淡然搖頭：「不是不管，而是無能為力，這廝的叔叔是四品官，太學即便將其除名，下次開學，還會再被家人送進來。這樣的人，太學裡頭還有許多，分為好幾夥！互相之間爭鬥不斷。今天咱們碰到的這夥，已經是其中最有人樣的了。若是碰到其他幾夥，恐怕沒這麼容易善了。」

「這……」另外三人語塞，不知道該說些什麼為好。

見三人不再堅持要去替自己討還公道，鄧奉的心裡頓時就偷偷鬆了口氣兒，想了想，繼續補充：「今天咱們遇上的這些人，只有姓蘇的跟我是師兄弟，都拜在周師門下。其他幾個，有拜在趙博士門下的，有拜在韓博士門下的，還有拜在其他我也記不清是哪個博士門下。反正每人家裡頭都有些背景，只要他們幾個不在太學裡殺人放火，夫子們也只能睜一隻眼閉一隻眼！」

「這……」劉秀最近兩個月來除了讀書就是練武，還真沒怎麼留意過太學裡的各方勢力。嚴光和朱祐二人的情況也跟他差不多，兩耳基本不聞窗外之事。因此，儘管心裡頭都不贊同鄧奉的處置決定，一時間，卻連知己知彼都做不到，更拿不出什麼太好的解決辦法。

鄧奉知道三個好朋友在擔心自己，將再度被鼻血染紅的雪球奮力朝樹林中一丟，故作大氣地揮臂：「不遭嫉妒是庸才。我書比他們讀得好，也更得周博士欣賞，他們氣憤不過，才出此歪招。可越是這樣，我越瞧他們不起。畢竟太學是個讀書做學問的地方，不是市井幫派。大夥比的誰學問深，進境快，而不是誰能拉起更多的同夥打群架！現在暫且讓他們得意，待四年之後，咱們再看誰笑話誰！」

「善，此言大善！現在暫且讓他們得意，他年再看誰笑話誰！」劉秀、嚴光和朱祐三個，都為鄧奉的話語而用力撫掌。心中雖然依舊覺得今天遇襲之事蹊蹺，但鬱悶的感覺，卻一掃而空。

恰恰一陣大風吹來，將樹梢上的積雪吹得簌簌而落。與天空正在降下的雪片攪在一處，翻翻滾滾，宛若銀色巨龍御氣而行。四人的目光迅速被雪龍吸引，居高臨下，看向長安城外。

只見山舞銀蛇，原馳蠟象，整個世界宛若玉砌。更有兩隻勤快的雛鷹，冒雪展開雙翅，借著風力扶搖直上，欲與頭頂上的彤雲一爭高下。

大雪壓不斷雛鷹的翅膀，彤雲也無法將日光遮得太久。

風雪中，四名少年不約而同地將拳頭握緊。

下了山後，鄧奉因為鼻子出血太多，有些頭暈，便早早回了館舍休息。嚴光當晚跟同門有約，很快也匆匆告辭而去。剩下劉秀和朱祐兩個，覺得難得放鬆一次，便沿著太學又走了一大圈兒。然後在校門口找了家湯水鋪子，一邊烤火，一邊吃米酒暖腹。

劉縯和鄧晨離開之時，都曾經叮囑少年們不要惹事。因此二人也不敢多飲，每人叫了一碗米酒，就著一碟子鹽水蒓菜，略略意思一下而已。即便如此，喝到中途，朱祐依舊紅了小臉兒，放下陶碗，望著門外的風雪幽然長嘆：「唉——！如此美景……」

「你又怎麼了？在舂陵時，你不是日日都盼著能有書讀嗎？可別做什麼司馬牛之嘆，我們三個，都是你的兄弟！」劉秀擔心朱祐自傷身世，趕緊用筷子敲了下桌案，笑著打斷。

「我不是懷念家人，事實上，我根本記不得家人都長什麼模樣！若不是大哥不肯讓我忘了祖宗，說不定我早就改姓了劉。」朱祐笑了笑，輕輕搖頭，「我是感慨，如此美景，終究不能久長。等太陽一出來，雪就化了。然後美景歸美景，現實歸現實！讓人覺得，世間種種，不過是一場大夢！」

「那不是應有之事嗎，要是雪一直不化，地裡怎麼長莊稼，咱們豈不全都凍餓而死？」同樣是少年人，劉秀卻遠沒有朱祐那麼多愁善感，又笑了笑，低聲反駁。「你別告訴我，你想要做藐姑射之山上的仙人，吸風飲露[注三]而活吧？」

「若是果真能吸風飲露而活，也沒什麼不好。至少，能讓世間減少許多紛爭！」朱祐痴痴地望著門外，小聲回應，白淨的書生袍下，居然隱隱透出來幾分飄然出塵的之意。「乘雲氣，御飛龍，而遊乎四海之外。其神凝，使物不疵癘而年穀熟……」

「打住，打住，越說你還越上癮了不是！」劉秀被朱祐突然發痴的模樣嚇了一跳，趕緊又敲了下桌案，大聲打斷，「我記得你師從劉夫子，主修《周禮》，什麼時候改修《莊子》了？小心被夫子知道，將你革出門牆！」

「俗，俗！朱某只是突發感慨而已！」連續兩次都被劉秀打斷，朱祐終於又從神仙變回了俗人。翻開眼皮白了劉秀一記，搖著頭道：「劉三兒，你沒覺得，長安和太學，跟咱們原來想的，一點兒都不一樣麼？」

「一樣才怪？」劉秀猶豫了一下，笑著撇嘴，「除了嚴光之外，咱們剩下的三個，當初連新野都沒出過。坐井觀天，能想出什麼花樣來？」

「我原本以為，皇上乃當世大儒，他老人家腳下，官員應該比別處更清明一些。太學裡頭，也可以安安靜靜讀書，沒那麼多是是非非！」朱祐抓起陶碗狠狠喝了一大口，大聲感慨。

「皇上只有一個人，哪裡管得了那麼多，怕是有心無力吧！不過無論如何，你我都得謝謝他。否則，咱們也沒機會看到這麼多的書！」知道兩個多月前的打擊，已經在朱祐心裡留下的陰影，劉秀儘量將話題朝輕鬆愉快的方向引。事實上，他自己這幾個月來，心情又何嘗有過片刻平靜！

注三、吸風飲露，出自《莊子．逍遙遊》。

外面的世界，只有在想像中才更美好，正如眼前雪景，乾淨、宏偉、素雅、高貴。然後等積雪一化，遍地污泥馬糞。權貴們日常所居的高門大院和普通百姓所棲身的草廬茅屋，立刻涇渭分明！

朱祐酒勁上頭，拍打著桌案，大發宏願：「將來我如果有機會出仕，一定想辦法，讓外邊的，讓外邊的世界乾淨一些。至少，至少讓惡人作惡之時不能再肆無忌憚。否則，否則還真不如采薇深山，終生與書為伴。」

「劉某自當與君同往！」帶著幾分安慰，幾分期待，劉秀笑著舉盞。

話音未落，旁邊不遠處的座位上，忽然響起來一聲冷笑：「嗤！兩個黃口小兒胡吹大氣，真不怕被寒風凍住舌頭。想管別人的閒事，你們還是先給自己謀個能安身的營生再說吧！別以為太學出來就是天子門生了！一母之子，還有人受寵有人不受待見。天子門生那麼多，他老人家能記得你是誰？」

「你！」劉秀和朱祐兩個被兜頭澆了一通冷水，憤怒地轉身看去，只見一名身高臂長，滿臉愁苦的書生，端著一碗酒，正在鯨吞虹吸。其面前的桌案上，十幾個同樣大小的陶碗，摞得像根柱子般，搖搖欲墜。

「吳子顏，你又喝多了！」一聲呵斥，緊跟著響起。店小二兼老闆大叫著從後廚衝了出來，對著劉秀和朱祐連連作揖，「二位貴客，切莫跟這廝計較。這廝當年也是太學的高材生，但是學成之後，一事無成。就變成了個酒鬼，天天四處找人拌嘴為樂！」

「原來是吳學長，倒是我們兩個失敬了！」聞聽醉鬼曾經也是太學生，劉秀和朱祐二人臉上的怒意，迅速消散。笑著回應了一句，決定不跟此人較真兒。

誰料店小二的一番好心，卻沒收到任何好報。那醉鬼吳子顏一揮胳膊，將其撥了個趔趄。隨即將空空的酒盞朝桌案上一頓，大聲叫嚷：「喝多？你嫌我喝得多？我吳子顏，自上學時起，可曾欠過你一文酒水錢？」

「未曾，未曾！」店小二接連撞歪了兩三張桌子和胡凳兒，才勉強站穩，鐵青著臉輕輕擺手。「可是吳爺，您每次這麼鬧，其他酒客就都被你氣走了。小老兒全家都靠著這座小店兒吃飯……」

「噪聒！」醉鬼吳子顏從腰間解下佩劍，朝案上一拍，大聲斷喝，「拿去賣了，算吳某人賠給你的。」

「這，這，這怎麼成？小老兒拿了您的佩劍，您自己……」店小二的臉色頓時又由青轉紅，捧著佩劍低聲解釋，「小老兒，小老兒其實沒別的意思。您，您在小老兒這裡喝了這麼多年酒，小老兒真不忍心眼睜睜看著您，徹底，徹底變成個酒鬼！劍您自己留著，小老兒不用您賠錢。您拿喝酒的錢，去上頭打點一番，說不定還有機會謀個好差事！」

「你這老兒，倒是心好，可我吳子顏的事情，又豈是三瓜倆棗能搞定的？」沒想到買酒的陌生老漢，居然還在關心自己，醉鬼的眼睛忽然發紅。用力搖了搖頭，伸手拿回佩劍，然後用另外一隻手在口袋裡摸索幾下，掏出兩枚大布，一枚大泉[注四]，這些，全給你了，總夠賠你今天少賣的酒水。剩下的，且容吳某改日來補！」

注四、大布、大泉，都是王莽改制後，所頒行的新貨幣。官方規定，大泉一枚，可值原有銅錢五十枚。大布一枚，可當原有銅錢五千枚用。導致貨幣嚴重貶值。但這兩種貨幣因為數量少，在後世收藏價值都很高。

說罷，將佩劍朝脖頸後一扛，搖晃著逕自走出了大門。一邊走，一邊醉醺醺地唱道：「噫，知我者謂我心憂，不知我者謂我何求。悠悠蒼天，此何人哉？彼黍離離，彼稷之穗，行邁靡靡，中心如醉……」

「這個吳子顏，倒也是個妙人！就是不知道遇到了什麼挫折，居然變得如此落魄？」朱祐心中頓生知己之感，站起身，目送著醉鬼的背影低聲感慨。

「他啊，純屬活該！」話音剛落，旁邊立刻酒客大聲接茬兒。

「嗯？」朱祐楞了楞，詫異地扭頭。

說話者難得有了一次賣弄機會，喝了口酒，對著朱祐和其餘酒客大聲解釋：「此人姓吳，名漢，字子顏，當年在太學裡頭，可是數一數二的高材生。眼睛都快長到百會穴上去了。結果呢，呵呵，得罪了不該得罪的人，被人一巴掌拍飛，發落到了宛城附近去做亭長。然後不到一年就因為做事沒分寸，又被上司給革了職，只好灰溜溜地返回長安，再四處求人尋門路找事情做。你想，就他那副窮橫模樣，誰敢冒險幫他？」

「呵呵，就是！」

「這種人，活該倒楣一輩子！」

「這種人也是太學生，真是給太學丟臉！」

……

四下裡，議論說紛紛而起。伴著徐徐晚風，一道吹進劉秀和朱祐心裡，透骨地涼。

儘管對醉鬼吳漢並無太多好感，二人彷彿也從對方現在，看到了自己的未來。頓時俱失去了繼續飲酒的興趣，默默地站起身，結帳走出小鋪子之外。

「轟隆隆，轟隆隆，轟隆隆！」雙腳剛剛一下木頭臺階兒，耳畔就傳來了一陣隆隆的車聲。同時，也聽到有人大聲叫喊，「馬驚了，馬驚了，小心，大夥小心——」

「小心！」劉秀想都來不及細想，單手拉住朱祐，縱身回跳。雙腳剛剛離開地面，眼前就是一陣寒風颳過，有輛雙馬拖拽的大車，貼著二人的腳尖衝了過去。像滾動的巨石般，「轟隆隆」一路帶著雪沫與冰渣，撞向了太學的大門口。

「啊——！」二人這才想起來害怕，身背後寒毛根根倒豎。

如此沉重的馬車，在雪地裡根本不可能煞得住。先前若不是哥倆兒反應足夠快，今晚就得命喪於車輪之下，變成兩具冰屍！

「快躲開，快躲開，馬驚了，馬驚了。」叫喊聲仍在繼續，一浪高過一浪。卻是一些出門賞雪的學生歸來，發現情況危急，扯開嗓子，提醒門口附近的同窗們閃避。

此刻正值天色將黑，許多學子剛剛從講堂裡抱著書簡走出。發現大難臨頭，紛紛撒開雙腿，踉蹌著躲避。轉眼間，書簡、書包和儒冠、鞋子，就掉了滿地。

那馬車，速度卻絲毫不減，長驅直入。兩名學生攙扶著一名夫子見狀，趕緊調轉身形，跌跌撞撞躲進路邊的一座木樓。卻不料，拉車的挽馬早已瘋狂，居然不知道拐彎兒，拖著沉重的車廂，直奔木樓而去。

說時遲，那時快，眼看著馬車就要與木樓相撞，與裡邊的來不及逃走的學生玉石俱焚。斜刺裡，忽然丟過來一支佩劍，不偏不倚，正卡在了左側的車輻之間，「哢嚓」一聲，當場折成了兩段。

車廂頓時一滯，然後借力繼續向前滑動，整個車身快速向右傾斜，轉向。拉車的挽馬嘴角冒血，悲鳴不止。千鈞一髮之際，有名少年雙手抱著棵樹幹橫向狂奔而至，猛地一彎腰，將樹幹塞進左側的車輻間。

「嘎嘎嘎……」樹幹被車輻折成了一張巨弓，少年也被樹幹掃出了半丈之外，一個跟頭摔進了雪窩子當中。傾斜著高速向前滑動的馬車，在樹幹的羈絆之下，瞬間恢復了平衡。車輪貼著雪地繼續向前滑動，拐彎兒，速度緩緩下降。最終，「轟隆」一聲，貼著木樓的邊緣翻倒，散架，兩匹挽馬則雙雙跌出三丈之外，血流滿地，前腿、後腿等處，白慘慘的骨頭破膚而出！

「好！」眾學子先是呆呆發了一會兒楞，隨即，對著最後一刻用樹幹卡死車輪的少年用力撫掌。

那少年剛剛從雪窩子裡爬起來，摔得額頭烏青。聽到周圍的撫掌歡呼，頓時紅了臉，雙腳和雙手，都不知道該向何處安放！

「呵呵呵呵，呵呵呵呵，原來英雄也有害羞之時！」眾學子被少年的羞澀舉止逗得展顏而笑，這才看清楚，此人不過十三四歲年紀，個子也比大夥至少都矮了半頭。然而，卻人小本事大，居然在所有同學方寸大亂之際，獨自一人找到了化解危機辦法，並且獨自付之實施！

「這個人叫鄧禹，追隨三十六秀才當中的陳夫子修《周易》，我曾經在李夫子的《兵法》課上見過他！」朱祐與劉秀急匆匆趕來，定神看了看少年英雄模樣，隨即低聲向劉秀介紹。

「我聽說過他，好像來自新野，跟咱們算是同鄉！沒想到年齡居然這麼小！」劉秀笑著點點頭，低聲回應。

「半歲乳虎能狩熊，百年老龜上餐桌！」朱祐低聲補充了一句，拉起劉秀的手臂，就準備上前跟鄧禹打招呼。然而，還沒等二人擠進人群，對面不遠處，忽然有幾名油頭粉面的傢伙，拎著短棍橫衝直撞而入，分開人群，將鄧禹堵了個正著。

「姓鄧的，誰缺你來動咱們的馬車？」當先一個頭戴綠色風帽的傢伙，用木棒指著鄧禹鼻子尖兒，厲聲質問。看模樣，今日如果得不到賠償，定然不會跟鄧禹善罷甘休。

「咱們的馬車都要自己停下來了，缺少你來橫插一棍子？」

「咱家的馬都是久經訓練的，根本不會撞到人！誰要你來多事？」

「賠，賠挽馬和馬車！」

「姓鄧的，你別想走。咱們的挽馬是大宛良駒，每匹價值十萬錢。馬車也是公輸大師親手打造，萬金不換！」

「賠錢，賠錢！」

另外數名油頭粉面的惡少，也揮舞著短木棒，大聲叫嚷。發誓要給重傷的驚馬「討還公道」。

眾學子聽得忍無可忍，紛紛開口反駁：「蘇著，你又欺負人！分明是你的馬車差點撞倒了明德樓，鄧禹為了救人才斷然出手。」

「蘇著，別以為你父親是四品官兒，你就可以橫著走，這裡是太學！」

「是啊，姓蘇的，你也忒不講理。萬一剛才馬車撞到了人，誰也救不了你！」

……

那綠帽子惡少臉皮極厚，面對百夫所指，居然面不改色。把嘴一撇，大聲反駁：「撞人？你們哪隻眼睛看到，我的馬車撞到人了？分明是姓鄧的多管閒事，弄翻了我家的馬車，害死了我家的寶馬！」

「撞到誰了？自己站出來！站出來！」其餘惡少紛紛起哄，氣焰一個比一個囂張。

眾學子被氣得臉色發黑，卻拿這群惡少無可奈何。畢竟剛才情況雖然異常危險，因為大夥躲閃迅速，鄧禹應對得法，馬車從始至終，沒對太學裡的人和建築，造成任何實質傷害。

綠帽師兄蘇著見大夥被自己問住，頓時氣焰又高漲了三倍。抬起手，狠狠推了鄧禹肩膀一把，大聲威脅：「姓鄧的，別以為有人替你說話，你就可以蒙混過關。今天你要是不賠小爺的馬車和挽馬，咱們就去見官。看官府相信你，還是相信爺爺的說法！」

「對，拉他去見官，見官！」

「見官，見官！」眾惡少紛紛幫腔，彷彿已經贏定了官司一般。

少年鄧禹雖然反應機敏，智勇雙全，卻畢竟年紀太小，沒任何應付惡棍的經驗。居然被逼得連連後退，一雙明亮的大眼睛裡，也迅速湧滿了淚水：「我，我是看到馬車要撞上明德樓，才，才不得不出手的。我，我沒，沒錢給你！」

「沒錢，沒錢你就自賣自身，給老子做家奴！」綠帽師兄蘇著早就知道鄧禹不通世故，大笑著提出條件，「或者現在就跪下，給老子磕頭賠罪！馬車和挽馬共值四十萬錢，一個頭一萬錢，老子不占你便宜。」

「磕頭，磕頭！或者自賣自身作奴僕！」其他幾個惡少扯開嗓子，不停地替綠帽師兄吶喊助威。

少年眼中，幾乎都要噴出火來。然而他卻勢單力孤，乳虎難敵群狼。周圍的學子一個個義憤填膺，但是，顧忌到綠帽師兄蘇著及其身後那群惡少的實力，也無膽子出手幫忙。只能緊握雙拳，一個個對著惡少們怒目而視。

「磕頭，磕頭！」眾惡少氣焰越來越囂張，乾脆圍攏上前，去拉扯鄧禹的手臂，按住此人的肩膀，強行用力下壓。

鄧禹沒想到自己一時忍讓，卻換回了如此惡劣後果。想要奮力掙脫，卻已經徹底來不及。被壓得青筋亂冒，步履蹣跚。

「哈哈哈……」綠帽師兄挺胸凸肚，做捋鬚狀，心裡頭好生得意。

「住手！」眼看著鄧禹就要被惡少們按跪在雪地上，劉秀和朱祐怒不可遏，分開人群，聯袂殺至，「此乃斯文之地，爾等休要欺人太甚！」

那綠帽師兄蘇著瞇縫著眼睛，正準備享受欺負人的快意。被嚇得心裡頭一哆嗦，立刻腳下打滑，「撲通」一聲，摔了個四腳朝天。

「蘇師兄！」眾惡少見狀，再也不顧上欺負鄧禹，趕緊衝過去，伸手相攙。那綠帽師兄被摔得七暈八素，兩眼發綠。揮動雙臂推開眾人，隨即手指劉秀，大聲怒喝：「姓劉的，老子今天已經放過了你一次，你居然敢又欺負到老子頭上來！給我打，打出毛病來我全力承擔。」

「打！」眾惡少嘴裡發出一聲大喊，拎著木棍，一擁而上。

劉秀和朱祐心中俱是一凜，趕緊護住鄧禹，快速退向人群之外。那群惡少卻豈肯輕易罷手？在綠帽師兄蘇著的指揮下，竟迅速組成了一個半月陣型，揮動木棒，緊追不捨。

周圍的學子手裡只有書簡，無力阻攔，被惡少們打得倉皇後退，轉眼間，劉秀、朱祐和鄧禹三個，就陷入了重圍當中。

「馬車是我弄翻的，與他們兩個無關！」到了此刻，鄧禹依舊不肯牽連無辜。居然推開劉秀和朱祐，挺身而出。

劉秀和朱祐，豈肯讓他獨自面對眾惡少？明知道敵我眾寡懸殊，依舊揮舞著拳頭與鄧禹共同進退。不多時，三人身上就都挨了好幾棒，被打得立足不穩，來回踉蹌。

「姓劉的，先前馬車沒撞死你，你居然又自己主動送貨上門！」綠帽師兄咬牙切齒，兩眼當中寒光迸射。抽個空檔，悄無聲音閃到劉秀身後，高舉木棒，朝著他的後腦疾揮而落！

「砰！」說時遲，那時快！半空中，忽然有一個足有五斤重的雪球呼嘯而至，不偏不倚，正中綠帽師兄的鼻梁。

雪軟，不足以傷人。巨大的力道卻將綠帽師兄蘇著砸得倒飛出去，一個屁墩兒摔了個四腳朝天。手中木棒頓時不知去向，眼睛鼻子嘴巴一片模糊。

「啊呀——！」眾無賴少年顧不上再圍毆劉秀、朱祐和鄧禹，趕緊轉身營救同夥。還沒等他們趕到綠帽師兄身側，斜刺裡，有一名披著猩紅色大氅的高眺女子已經快速殺至，長腿如鞭，「砰！」「砰！」「砰！」將眾惡少一個接一個踢成了滾地葫蘆。

「好——」四下裡，歡聲雷動。正在為劉秀等人捏了一把汗的學子們，毫不吝嗇地將喝彩聲給予了高眺女子，唯恐自己喊的聲音無法被對方注意。

白雪、紅裳、長髮飄飄、笑臉如玉，這是多少年輕學子春夢裡才能看到的美景？偏偏今天它真的出現在了大夥眼前，偏偏還是美人救了英雄！

只有身在福中者不知福，居然轉過頭，楞楞地問道：「三姐，妳怎麼會在這兒？夫子今天給妳布置的大字寫完了？」

「啊，唉——」喝彩聲剛落，扼腕嘆息聲又起，這一刻，不知道多少學子將憤怒的目光掃向了劉秀，恨此人不知道什麼叫做珍惜。

馬三娘自己，對劉秀的反應，卻早就習以為常。臉色只是稍微變了變，就冷笑著說道：「我怎麼就不能在這裡了？下雪天，做女兒的來接義父回家，不行嗎？要不是我恰好路過，你現在已經變成了一具死屍！」

說罷，猛地又一轉身，長腿如鞭橫掃，將試圖從地上爬起來逃走的兩名惡少，再度踢進了雪窩子裡。然後用腳踩住其中一人後背，厲聲質問：「說，劉秀跟你們有何怨何仇？你們為何要合起夥來謀殺他？」

「沒有，我們沒有？女俠饒命，女俠饒命，我們真的沒有謀殺？」那惡少掙扎不得，臉貼著雪地大聲哀告，「我們只是想讓姓鄧的賠馬車，真的沒有刻意埋伏劉秀，真的沒有！」

「不說實話是吧？讓我看看你到底有多硬氣！」馬三娘的臉色瞬間如冰，蹲下身，揪住對方胳膊，迅速後擰，「沒有，大雪天，你們手裡為何還拎著棍棒？沒有，你們幾個的靴子上，為何提前綁好了防滑的麻繩？沒有，你們事先排演了這套小偃月陣法，又是為了針對誰？」

「啊呀，女俠饒命，饒命，我真的不知道，我真的不知道！」那惡少疼得滿臉鼻涕眼淚，卻依舊只管討饒，堅決不肯承認自己準備謀害別人性命。

「三姐，正主在這邊！」劉秀到了此刻，也終於意識到，今天所發生的一連串事情，實在過於蹊蹺。從地上撿起一根木棍，快步走到綠帽師兄身邊，用棍梢指著此人的鼻梁，大聲說道。

「誤會，誤會！」那綠帽師兄蘇著原本打算裝死蒙混過關，聽到劉秀的話，立刻嚇得睜開了眼睛，手腳並用向後快速爬動，「劉秀，這次真的又是誤會。我們，我們只打算逼鄧禹投靠我家，真的，真的沒有刻意打你的埋伏！」

「沒有？」朱祐快步從劉秀身側衝過，舉起撿來的棍子，毫不猶豫地打在了綠帽師兄的腳踝骨上，「你以為我們傻嗎？馬車裡一個人都沒有才是真的！誰家馬車受驚，既沒有車夫也不見車主？」

「你們，原來你們蓄意用空車殺人！你們到底想殺誰？居然下如此大的本錢！」鄧禹也頂著滿頭青包蹣跚著趕到，因為驚愕，所以才喊得特別大聲。

「啊——」眾學子迅速將頭扭向翻倒的馬車旁，一個個用力倒吸冷氣。

雙馬所拉的高車，根本不是普通人家所能供養得起。馭馬的車夫，必然經過嚴格訓練。而車廂中的乘客，通常也肯定是非富即貴。但是今天，衝進太學的這輛馬車上，卻既沒有車夫，也沒有乘客，從一開始，就是空空如也！

空車是從距離太學大門二百步遠的湯水館子門口衝過來的，最終翻倒位置是太學內距離大門只有一百五十步遠的明德樓。這三百五十步的範圍內，馬蹄和車轍的印記都清清楚楚！馬車所蓄意衝撞的目標，剛才也必定曾經出現在這道不長不短的印記附近，範圍瞬間縮小到十幾個。

大新朝的文官，多少還要點兒臉面。能太學錄取者，草包肯定有，但傻子卻沒有一個。鄧禹「無意」間的驚呼，迅速喚醒了所有夢中人。

瞬間驚愕過後，十幾個曾經差點葬身車輪之下的少年學子大吼著衝上前，用腳踩住綠帽師兄蘇著，亂拳齊下。

「姓蘇的，老子跟你無冤無仇，你為何要下此狠手！」

「老子跟你拚了！」

「老子不就是沒有為你代筆嗎，你居然想要老子的命！」

「打死你這混蛋，別人怕你阿爺的報復，老子不怕！」

「都別下死手，讓我來！老子家裡，好歹也有個做三品官的叔父。不怕跟他家打御前官司！」

「我來，我哥哥是……」

即便屢經擴招，能進入太學讀書者，也以現任官宦的子侄輩兒居多。像劉秀、朱祐、嚴光和鄧奉這種平民子弟，只占了不到十分之二。先前馬車從太學門口長驅直入，沿途受到驚嚇者數以百計。

這上百學子，先前只是以為挽馬是真的受驚衝入太學，事不關己，又不願意跟抱團取暖的惡少們正面衝突，所以才對惡少們圍攻鄧禹、劉秀和朱祐的行為，選擇了冷眼旁觀。如今得知自己很可能就是綠帽師兄蘇著謀殺的對象，立刻忍無可忍，堅決果斷報仇雪恨。

「沒有，我真的沒有針對你們！」綠帽師兄知道自己犯了眾怒，不敢抵抗。雙手抱頭，將身體縮捲成一團，大聲喊冤。「馬車是我借來的，剛剛把車夫趕走。我們幾個只是想駕車去看雪景，真的沒有想針對誰，哎呀，饒命。打死人啦，打死人啦……」

眾學子哪裡肯信？凡是曾經跟綠帽師兄有過節者，都覺得今天的謀殺極有可能是針對自己，不拷打出真相，誓不罷休。如此一來，反倒讓劉秀這個真正的被謀殺對象，失去了刨根究柢的機會，苦笑著退出身來，跟馬三娘、鄧禹、朱祐等人，面面相覷。

那綠帽師兄蘇著平素也是為惡太多，被如此多的同學圍起來痛打，居然沒有任何人上前幫忙拉架。倒是有不少曾經挨過他欺負者，也趁機湊上去，對著其屁股和大腿等肉厚處拳腳相加。只打得此人翻滾掙扎，痛不欲生。

「你到底跟他結了什麼梁子？」馬三娘雖然心地善良，卻不會同情這種蛇蠍之輩，自顧將劉秀拉到一旁，低聲詢問。

「今天他用冰塊砸鄧奉，被我抓住收拾了一頓，除此之外，根本沒有過任何往來！」劉秀眉頭緊鎖，越琢磨，越感覺一陣陣後怕。

若不是自己和朱祐平素一直在馬三娘的督促下練武不輟，若不是在即將走下台階的剎那，有人及時喊了一嗓子。要不是馬三娘剛才來得及時，此刻躺在地上的，恐怕就是自己。

「不行，我得去問問鄧奉，他到底有什麼把柄落在別人手裡？」朱祐也猛然打了個哆嗦，轉過身，拔腿就走，「我不信他會跟姓蘇的串通一夥害你！他不是那種人，絕對不是！」

「豬油，站住，到底怎麼回事兒！燈下黑會跟誰串通起來害劉三兒了？還有嚴光呢，他今天怎麼沒跟你們倆在一起？」馬三娘不明就裡，聽得滿頭霧水。本能地拉了朱祐一把，大聲追問。

「我不信，他不是那種人，肯定不是！」平素對她言聽計從的朱祐，卻好像瘋了般，用力甩開了她的手臂，大聲怒吼。一雙乾淨的眼睛，也瞬間充滿了血色。

鄧奉是鄧晨的侄兒，鄧晨是劉秀的姐夫。鄧奉與劉秀，非但是從小一起長大的好朋友，並且有舅甥之親。如果鄧奉連劉秀都會出賣的話，天底下，又有何人是他出賣不得？四人之間的友情，豈不是徹底到了盡頭？

「燈下黑不是那種人，他肯定另有苦衷！」劉秀的心臟，也是一陣陣抽搐，卻快步追上去，再度拉住朱祐，大聲替鄧奉辯解。「他跟姓蘇的乃同門師兄弟，平素幾乎日日相見。而以他的性子，即便被姓蘇的欺負了，也只想自己找回面子，輕易不會求別人幫忙！」

「咱們不是別人！」朱祐的眼睛越來越紅，淚水不知不覺就淌了滿臉。

他自幼父母雙亡，也沒有什麼兄弟姐妹，完全靠大哥劉縯的仗義收留，才總算沒有變成荒野裡的一具餓殍。所以，在他心中，從小一起長大的劉秀和鄧奉兩個，就是自己的親生兄弟。無論失去任何一個，都會痛徹心扉。

「要問，也得從綠帽師兄口中問！」看到朱祐落淚，劉秀的鼻子裡也是一酸。卻堅持不肯鬆手，強行把朱祐拖向了人群，「燈下黑要面子，你現在去逼問他，不會問出任何結果。」

「嗯！」朱祐抬手在自己臉上抹了一把，咬著牙跟上劉秀的腳步。

然而，還沒等兄弟倆把圍毆綠帽師兄的學子們分開，身背後，卻已經傳來了一聲怒喝：「住手！都給我住手！光天化日之下圍毆同窗，你們到底把太學當成了什麼地方？」

「他，他故意用馬車撞人！」正在毆打綠帽師兄的眾學子們甚不服氣，一邊繼續抬腳向下猛踹，一邊大聲抗辯。

站在外圍看熱鬧的學子們，卻已經認出了怒喝者身份，紛紛躬身下去，大聲問候：「王主事安好，弟子這廂有禮了。」

「住手，再不住手，休怪王某無情！」那王姓太學主事對向自己施禮的眾學子們不屑一顧，繼續大步走向人群，厲聲斷喝。

「住手，主事叫你們住手。再不住手，就把你們的名字記錄下來，然後按校規嚴辦！」跟在王姓主事身後的，還有十幾名校吏，也齊齊扯開嗓子，大聲威脅。

正打得痛快的一眾學子們，這才發現來人是太學主事王修，頓時被嚇得臉色發白，紛紛收回拳頭和大腳，快速後退。轉眼間，就把被打得鼻青臉腫的綠帽師兄蘇著給暴露了出來。

「你，你們小小年紀，怎麼能對同窗下如此狠手？」太學主事王修被蘇著的慘樣嚇了一哆嗦，停住腳步，朝著周圍的學子怒目而視，「此事是誰帶的頭？自己主動站出來認罪！否則，王某一定不會讓他輕易過關。」

「不是我！」「不是我！」眾學子們搖頭擺手，堅決不肯站出來充當英雄。

太學主事王修見狀，眼睛裡的怒火更盛。猛地一皺眉頭，隨手拉住一名學子的前大襟，厲聲逼問：「牛同，是不是你？王某剛才就看你打人打得最歡。他跟你何怨何仇，你竟然下如此毒手！」

「冤枉，主事，我冤枉！」學子牛同嚇得額頭冷汗亂冒，扯開嗓子，大聲喊冤。

「不是你，那是誰？你如果不說，王某就拿你是問！」主事王修八字眉倒豎，三角眼圓睜，目光裡也充滿了惡毒。

學子牛同手足無措，眼含淚水四下亂看。最後，卻目光卻掠過了劉秀，逕自落到了自己的手上，「我不知道，我真的不知道。是他，是蘇學長他故意弄了一輛馬車來撞大夥，大夥氣憤不過，才……」

一句辯解的話還沒等說完，先前已經假裝死去的綠帽師兄蘇著，猛地從雪窩子裡坐了起來，手指前伸，大聲控訴：「是劉秀，是劉秀帶頭襲擊我，還，還冤枉我故意拿馬車撞人！主事，您老可算來了！您老可要為學生主持公道！」

「哪個是劉秀，自己站出來！」太學主事王修的眼睛裡，迅速閃過一絲嘉許。隨即，又裝作什麼也不知道模樣，丟下牛同，怒喝著環顧四周。

站在綠帽師兄蘇著手指正對位置的劉秀，躲無可躲，只能硬著頭皮上前，向王修行禮：「後學晚輩劉秀，見過主事。」

「你小小年紀，為何心腸如此歹毒？今日若不是王某來的及時，他的性命，都要交代在你手上！」太學主事王修的目光，瞬間變得像刀子般鋒利，看著劉秀的眼睛，厲聲喝問。

「啟稟主事，學生不知歹毒二字，由何而來！更不知道，他故意放縱馬車撞人犯了眾怒，與學生有何關聯。」劉秀被問得心口發堵，卻強忍怒氣，沉聲回應。

馬車失控得蹊蹺，太學主事王修，也出現得過於「及時」。缺乏足夠證據，劉秀無法判斷，綠帽師兄跟王主事兩方，是否暗中勾結。但是，無論如何，他都不會選擇坐以待斃。

那主事[注五]王修，乃是皇帝王莽的族弟，在太學裡的地位僅次於兩位祭酒，影響力，卻還有過之。平素無論是針對博士還是學生，都想怎麼拿捏就怎麼拿捏。萬萬沒想到，一個剛入學不到兩月的新丁，居然對自己公然頂撞。頓時，怒火直衝頂門。

「差點把同窗師兄毆打致死，這種心腸不叫歹毒，還有什麼配得起歹毒二字？」抬手指著劉秀鼻子尖，主事王修的咆哮聲宛若驚雷，「至於放縱馬車撞人，如此大風雪天氣裡，馬車失控再平常不過。你有什麼證據證明就是他故意而為？沒有證據，卻栽贓陷害同門，你，你這種

注五、主事，全名為太學吏主事，古代太學官職名。

凶殘歹毒之輩，王某怎麼能容你繼續留在太學帶壞他人？」

「我，我沒有！」劉秀畢竟年齡還小，閱歷也不足。聽了王修一味地顛倒黑白，頓時委屈得額頭青筋根根亂蹦，梗起脖子，大聲抗辯道：「那麼多雙眼睛都看到了，他的馬車直接衝進了太學，差一點兒就撞死了人！那麼多雙眼睛都看到了，他帶著一夥爪牙，圍攻鄧禹。我只不過看鄧禹被打得可憐，才出手相救，怎麼就成了毆打師兄？王主事，您想把我從太學趕走，就儘管明說。何必費如此大力氣，變著法子朝我頭上栽贓！」

「栽贓，你居然敢說王某栽贓？」王修被氣得不怒反笑，咬著牙，用力搖頭，「王某身為你的師長，尚不能博得你半點兒敬意。更何況是你的同門和同學？好，今天王某就讓你心服口服。你說很多人都看到他的馬車差點兒撞死了人，誰能出來作證？只要能找到五個證人，王某就向你叩頭謝罪！誰，誰願意給他作證，儘管站出來！」

最後一句話，他是向著周圍所有學子喊的，聲色俱厲。眾學子被喊得心裡頭直打哆嗦，哪個敢帶頭站出來跟主事大人對著幹？同情地偷偷朝劉秀臉上看了一眼，隨即紛紛低下腦袋，靜默不語。

「沒有嗎？那好……」王修早就料到學子們不敢替劉秀張目，冷笑著宣布自己的決定，「劉秀，你品行不端，栽贓嫁禍同學於先，聚眾圍毆學長……」

「王主事，且慢，我能證明，劉秀學長所言句句屬實。」還沒等他把話說完，忽然間，人群後，響起了一個稚嫩的聲音。

「誰？」沒想到太學裡頭還真有傻大膽兒存在，王修迅速扭過頭去，向仗義執言者怒目而視。

「學生鄧禹，見過主事。」頂著滿頭青包的鄧禹緩緩上前，不卑不亢地向王修施禮，「學生先前遭到蘇學長及其爪牙的圍毆，多虧了劉秀學長仗義相救，才逃過了一場大劫。學生證明，劉秀學長所言句句屬實。如有虛假，學生願意跟劉秀學長接受同樣的處罰。」

「學生朱祐，也可以證明劉秀所言，句句屬實。如有虛假，願意接受任何處罰。」朱祐快步上前，與鄧禹並肩而立。

「學，學生牛同！願，願意證明劉秀所言，句句屬實。」受到鄧禹和朱祐二人的鼓舞，先前曾經被王修揪住逼問的那名學子，也壯起膽子上前，與鄧禹、朱祐共同進退。

「學生盧方元，也親眼看到蘇學長故意放縱馬車在太學裡橫衝直撞。」看到有人帶頭，第四名學子也快步上前，紅著臉為劉秀作證。

「學生韓建，也可以證明。」

「學生盧申，願意作證。」

「學生周俊，願意作證。」

「學生……」

「學生……」

也許是忽然之間熱血上頭，也許是無法面對心中的良知，更多的學子相繼挺身而出，不多時，就在王修面前站成了厚厚的一堵人牆。

「反了，反了，你們這群不知天高地厚的東西，莫非還想仗著人多，威逼師長不成？王某，王某今天無論如何，都不能助長此歪風！來人……」王修被驚得目瞪口呆，隨即，惱羞成怒。揮舞著胳膊，大聲咆哮。

「有！」一眾學吏大聲答應著衝上，拿筆的拿筆，拿竹簡的拿竹簡，就準備將學子們的名字一一記錄在案，然後挨個收拾。

就在此刻，不遠處，卻又傳來了一個渾厚的中年男聲，不算高，卻異常清晰。「且慢！王主事，且容陰某也來湊個熱鬧。陰某可以作證，剛才的確有一輛失控的馬車差點撞倒明德樓。黃夫子受了驚嚇，至今還站立不穩。而馬車的主人，過後非但不像大夥賠禮道歉，反而帶領七八名同夥圍毆冒險弄翻了馬車的同學。這才犯了眾怒，惹得大夥一擁而上圍毆之！你若是不信，陰某盡可以帶你去問黃夫子。還有，當時還有陳夫子、趙夫子和孫夫子，也在明德樓附近，他們都可以證明陰某所言非虛。」

「你，陰方，你又來亂蹚什麼渾水？」王修早以衝到頂門處的怒氣，迅速下洩。扭過頭，叫著來人的名姓，大聲抱怨。

陰方位列太學四鴻儒之一，底氣遠非尋常學子所能相比。滿不在乎地搖搖頭，繼續笑著說道：「陰某並非亂蹚渾水，陰某只是不想冷了學子們心中的熱血而已！陛下興辦太學，是為了培養國之棟梁，而不是為了養出一群唯唯諾諾的羊羔。如果他們今天因為心存畏懼，就不敢說出真相的話，將來出仕為官，也必然是一群只懂得阿諛奉承，欺下瞞上之輩。屆時，你我等為人師者，還有什麼顏面，去面對聖上的責問？王主事，你說，陰某的話，是否有幾分道理？」

「陰博士，你……」王修被問得額頭見汗，好半晌，都沒給自己今天的行為，找出恰當的理由。最後，只能將大袖一拂，厲聲說道：「就算他們是氣憤不過，也不該將同學傷得如此之重！對同學尚且下得了如此狠手，將來怎麼會善待治下百姓？一群殘民而肥酷吏，和一群唯唯諾諾的羔羊，未必前者就好與後者。」

「屆時，自有國法約束之！」陰方微微一笑，低聲回應，目光裡不帶半點軟弱，「而眼下，你我身為師長，卻必須處事公正。不能以一己好惡，就顛倒是非曲直。王主事，你意下如何？」

「誰不知道你陰博士，辯才無雙！」主事王修心虛，不敢繼續胡攪蠻纏。又揮了下衣袖，悻然回應：「此事，就交給你處理。王某不管了，且看你如何公正公平？」

說罷，轉過身，揚長而去。

「爾等，莫非書都白讀了嗎，還不恭送主事？」陰方心中暗笑，臉上卻做出一本正經模樣，對著眾學子們，大聲呵斥。

「恭送王主事。」眾學子笑呵呵作揖，對著主事王修的背影，擠眉弄眼。

陰方對學子們的小動作，視而不見。迅速又將頭轉向躺在地上裝死的綠帽師兄蘇著，沉聲問道：「兩條路，第一條，你自己起來回家請郎中看傷，然後派人把馬車和傷馬也弄走。今天的事情，陰某就當什麼都沒發生。第二條，你繼續躺著，陰某現在就搜集人證物證。然後把證據都交給兩位祭酒，請他們理清整個事情的來龍去脈，秉公而斷。到底何去何從，你自己選。」

「學生選第一條，學生選第一條！」綠帽師兄蘇著果斷從地上爬起來，一瘸一拐地倉皇逃命。身背後，留下一串幸災樂禍的笑聲。

劉秀也終於鬆了口氣，咧開嘴，跟大夥一起搖頭而笑。忽然間，卻感覺臉上一陣火辣辣地疼，抬手摸去，掌心處立刻黏黏冷冷一片。

將手撤到眼前再看，他這才發現，自己的臉不知道什麼時候被劃破了，手背、手腕等處，也布滿了一塊塊瘀青。所有傷勢都不算重，卻實在有些狼狽。於是乎，又搖頭苦笑了兩聲，抬起胳膊，準備用衣服擦拭血跡。目光所及處，卻忽然又出現了一片乾淨的白絹。一尺寬窄，表面綉花，暗香淡淡盈袖。

「劉家三哥，給！」一個略顯稚嫩的女聲，伴著暗香出現，近在咫尺。

劉秀腦海中，忽然亮起一道閃電。扭頭望去，只見飄飄白雪中，有一張粉雕玉砌的面孔，正含笑對著自己。

熟悉，而又陌生。

「靜女其孌，貽我彤管。彤管有煒，說懌女美。」沒來由地，劉秀腦海裡就冒出了一句詩文，雖然此刻手裡拿的是手帕，而不是紅色的笛子。

他想要說幾句客氣的話，卻又好像失去了語言能力。吶吶半晌，才終於冒出了一句：「醜奴兒，妳怎麼也在這兒？」

「我叔叔是太學博士，我上次跟你說過，你忘記啦？」陰麗華眉頭輕蹙，明亮的雙眸中，隱隱露出了幾分失落。但是很快，這種失落，就變成了害羞，低聲道：「手帕，手帕是給你擦血跡的，劉家三哥，你，你怎麼往懷裡塞！」

「啊？哦！多謝陰小姐！」劉秀這才終於緩過了神兒，匆忙用手帕在臉上抹了抹，又訕訕地將其還了回去。不待陰麗華伸手來接，卻忽然又覺得把染滿了血跡的手帕還給人家不太合適。趕緊又將手臂迅速向後縮回，同時低聲說道：「髒，髒了。我，我洗乾淨了之後再還給，不，改日我買了新的賠給妳吧！」

「啊！」陰麗華毫無防備，被手帕帶了個趔趄。差點一頭栽進他的懷中。下一個瞬間，二人卻又不約而同地鬆開手，倉皇後退，任手帕飄落於地，在白雪上綴起一朵殷紅。

劉秀頓時窘得臉頰發燙，楞楞地收住腳步，不知道該說些什麼好。短短兩個多月不見，陰麗華好像就長成了大姑娘。宛若一朵含苞未放的紅蓮，全身上下的青澀迅速褪散，代之的是一種無法掩飾的秀麗。

陰麗華明亮的眼睛裡，此時此刻，也再度映滿了劉秀的身影。挺拔、高䠷、書卷氣十足卻又稜角分明，站住飄飄白雪中，嘴角帶笑，雙目如星。

「哼！」

「哼！」

兩聲低低的咳嗽，將人世間最美麗的畫面，攪得支離破碎。劉秀的臉立刻紅得幾乎要滴血，彎腰撿起手帕，然後規規矩矩地抱拳施禮：「多謝小姐賜巾裹傷，他日劉某自當登門奉還！」

「劉兄不必客氣！你乃是新野同鄉，在來長安的路上，我陰氏一家，亦承蒙您的照顧甚多。」陰麗華紅著臉，大大方方地還禮。口中說出來的話，讓任何人都挑不出半點兒毛病。

如此一來，倒顯得冷哼者多事兒了。馬三娘氣得狠狠跺了一下腳，轉身便走。太學博士陰方，則笑著上前，將自家侄女陰麗華擋在了側後。隨即，又輕輕向劉秀拱手：「太學博士陰方，多謝令兄弟在路上對家兄一家仗義相救。」

「不敢，不敢！」劉秀此刻的身份是學生，哪敢受老師的禮？先一個側步退出去三尺有餘，然後長揖及地，「後學晚輩劉秀，見過陰師！晚輩在鄉間之時，就久聞陰師大名。今日得見，實乃三生之幸！」

「嗯！」陰方滿意地哼了一聲，笑著擺手，「罷了，罷了，劉公子不必多禮。你我既然是同鄉，不妨日後多多走動。在太學裡有什麼為難的地方，也儘管來找陰某。某日常授課，就在終始堂。平素不授課時，也多在其二樓讀書溫書。你儘管來，上樓時跟學吏說我的名字就是。」

這已經是擺明了要拿劉秀當半個弟子相待了，但同時也杜絕了劉秀真的去陰府「糾纏」自家侄女的隱患。既然報答了劉縯對陰固一家的救命之恩，又劃清了彼此之間的界線，真的是「算無遺策」。

有道是，響鼓不用重錘。劉秀只是稍稍錯愕，便又笑著躬身：「能向陰師當面求教，晚輩榮幸之至。」

「嗯！」陰方又輕輕頷了下首，然後，帶著幾分告誡意味，笑著吩咐：「像蘇著那種無賴，不過是仗著父輩餘蔭混個文憑[注六]而已。你能不搭理他，就儘量不要跟他發生瓜葛。待卒業之後，雙方各奔東西，一輩子都不會再有往來。犯不著把大好光陰全浪費在這種無聊的人和事情上。」

親眼目睹過萬譚一家的慘禍，劉秀早就明白，長安城不是個講道理的地方。想必太學也不能例外。因此，對陰方的告誡，立刻心領神會。於是乎，又笑著躬身受教。

陰方見他如此聰明，又如此知道進退。全身上下，竟然不帶絲毫同齡少年那種不知道天高地厚的狂妄，心裡便又多了幾分惜才之意。想了想，又笑著補充道：「令師許博士的學問見識，俱是陰某三倍。你與其終日捧著書本苦讀，不如多在他面前走動走動。他隨便指點你幾句，就足以讓你終生受用不盡。太學裡的某些二世祖，即便想找你麻煩，也沒膽子到他面前胡鬧。你是聰明人，有些話無需我多說。好自為之，先用功讀書，學成之後再出仕報效聖恩，這才是正路，其他，不必多想。」

「多謝陰師。」無論贊同不贊同對方的觀點，念在其並無惡意的份上，劉秀再度躬身下拜。

陰方笑著受了他的禮，然後又輕輕看了自己的侄女一眼，轉身飄然而去。陰麗華不敢惹自家叔父發怒，輕輕吐了下舌頭，快步追上。臨轉身前，卻又偷偷向劉秀擺了擺手，用極低的聲音說道：「手帕我不要了，三哥，你洗乾淨了收起來吧。千萬別扔了，否則，否則我會很生氣。豬油，煩勞轉告三姐，我很羨慕她！有那麼一身好武藝，無論想去什麼地方都可以隨心所欲。」

「哎，哎，我知道了。我一定把話帶到。」朱祐正不知道該怎麼去哄馬三娘開心，聞聽此言，立刻滿口子答應。

劉秀忍不住搖頭而笑，望著陰麗華的翩躚背影，心底由衷地為對方的人小鬼大而讚嘆。還沒等他來得及將目光收回，耳畔卻已經又傳來了鄧禹更加稚嫩的童音：「不好了，劉師兄，你這回可惹下大麻煩了！」

「哦？」劉秀微微一楞，迅速收回心神，轉身向鄧禹大氣地擺手：「沒什麼大不了的，最近天天跟麻煩為伴，我早就習慣了！況且，剛才姓蘇的那一夥人原本就是衝我而來，你只是遭到了池魚之殃。」

「劉師兄的救命之恩，鄧某不敢言謝。」鄧禹也楞了楞，隨即，似模似樣地向劉秀躬身施禮，「但，但師兄你誤會了我的意思。我剛才是說，好像有兩位姑娘都對你青眼有加。你選了其中一個肯定會得罪另外一個，這才是真正的麻煩。至於蘇某，一條癩皮狗而已，根本不值得師兄放在心上。」

「哈哈哈哈哈……」周圍看熱鬧的學子們放聲大笑，同時對劉秀的桃花運，羨慕得絲毫不加掩飾。

注六、文憑，舊時官府給頒發的各類憑證，包括學歷證明。

登時，劉秀剛剛恢復了正常的臉色，瞬間又紅中透紫。丟下一句「休要胡說」，像打了敗仗般匆匆逃離。眾學子見他居然為桃花運而尷尬，笑得愈發大聲，直到他整個人都消失在風雪之後，才揉著發疼的肚皮，各自散去。

這世間，容易逃避的，是他人的目光。無法逃避的，卻是自己的內心。當晚在靜安樓與嚴光、朱祐、鄧奉三人結伴夜讀，劉秀難得一次沒有讀進去。捧著一卷書簡，痴痴半宿，卻不知書中所云。眼前被燈光漂白的牆壁上，總是閃現出兩個修長的身影，一動，一靜，一大，一小，一熾烈如火，一似水溫柔。每一個彷彿此刻都伸手可及，然而，他卻不知道該如何選擇。

「她今年才十二歲，是因為自家伯父和哥哥太齷齪，才把我當成了英雄。等到及笄[注七]，估計早就把我給忘了！」無奈之下，少年人只能繼續自我欺騙。每一條理由，都找得甚為充分，「況且她叔叔說了，只准去終始堂找他，不准登陰府的大門。我跟她，一年裡連面都見不了幾回，胡亂尋思這些沒用的做甚？」

……

如是想著，心神倒是漸漸安定了下來。隱隱約約，卻又有一種刺痛油然而生。陰博士是怕自己窮小子高攀，才故意那麼說。可自己這輩子，又怎麼可能永遠是窮小子！俗話說，莫欺少年窮……

不知不覺中，他握在書簡上的手，就越來越緊。彷彿這樣，就能讓書簡上的內容，全都自動進入心裡一般。讀書、出仕、光耀門楣，然後……，對出人頭地的渴望，在少年人心中，從沒有一刻，如今天這般強烈。

也不知過了多長時間，忽然，一股焦糊味兒，直衝口鼻。猛地抬起頭，劉秀四下掃視，見到身邊沒有任何書簡被燈火烤到，才稍稍放下了心神。然而，就在此時，外面卻傳來了一陣嘈雜的鑼鼓聲，緊跟著，叫喊聲便如潮而至：「走水啦！走水啦！快起來，快起來各家清理門戶，莫讓火勢蔓延！快起來……」

迅速放下書簡，劉秀用力推開窗戶。朱祐等人也一躍而起，齊齊衝向窗口。

只見西北方向濃煙滾滾，有棟三層高樓，像支巨大的蠟燭般，烈烈而燃。半邊天空都被「蠟燭」燒得通紅，各種叫喊聲也是不絕於耳！

「是百雀樓！」朱祐眼神好，啞著嗓子，喃喃嘀咕。

「呼——」一股寒風夾著雪花破窗而入，幾個少年人同時身體一凜，驚愕忘言。

那百雀樓原本屬長安大俠萬譚，後來被茂德侯府第十三房小妾，「西城魏公子」看上而萬譚卻不願意出讓，結果「魏公子」隨便動了下手指，就令萬譚鋃鐺入獄，隨即稀裡糊塗丟了性命。留下的孤兒寡母非但沒能保住百雀樓，甚至差點被強行掠入魏府為奴，從此生死皆不歸自己左右。

當日劉秀聽孔永親口承認他也只能做到庇護萬夫人母子一時平安，無力將謀殺萬譚的真凶繩之以法，就憋了一肚子無名火。只是苦於力量單薄，且不敢牽連家人，才暫時強行忍耐。然而內心深處，他卻一直在偷偷琢磨，該如何以牙還牙，讓那「西城魏公子」也同樣落個人

注七、及笄，女子十五歲或者十六歲，為及笄。出自禮記，「女子十有五年而笄」。意味著可以成親嫁人。

財兩空的下場。萬萬沒有想到，有人居然比自己下手還快，一把大火，就將那百雀樓燒成了瓦礫堆。

「燒得好，燒得好，讓他巧取豪奪，讓他謀財害命。這回，真是報應不爽！」鄧奉的聲音忽然從身側響起，將劉秀的心裡話，一字不差地表達了個清清楚楚。

「姓魏的這次麻煩大了。借著茂德侯府的勢力謀得了百雀樓，他至少得拿出一大半兒收入去孝敬甄家。如今百雀樓重新裝潢之後開業不到還半個月，就被祝融君一把火捲了個精光。姓魏的即便不當場被燒死，恐怕也得債臺高築，沒三年五載緩不過元氣來。」朱祐也是興高采烈，一邊輕輕撫掌，一邊替某人算起了明細帳。

只有嚴光，在四個人當中心思最為縝密。輕輕拉了一下劉秀的胳膊，用微不可聞的聲音問道：「大哥和姐夫去扶風需要走幾天？會不會是他們又路過長安，順手……」

「不可能，你別亂說！」劉秀被嚇了一大跳，趕緊一把捂住嚴光的嘴巴，然後警惕地四下觀望。

同一個房間內的其他眾學子，此刻注意力也都被火光吸引。一個個圍攏在不同的窗戶前，對著「大蠟燭」方位指指點點，根本沒有人顧得上聽劉秀等人在說什麼，更沒有人故意往四兄弟身邊湊。

「扶風距離長安沒多遠，我哥他們應該早取了別的道路回家了，不會再專程來長安一趟，更不會來了長安不見咱們。」確定周圍沒有人偷聽自己這邊的談話，劉秀終於鬆了一口氣，鬆開嚴光的嘴巴，沉吟著道。

話雖然說得無比肯定，內心深處，他卻沒半點把握，此事真的與自家大哥劉縯、姐夫鄧晨二人無關。當日親眼目睹了「西城魏公子」囂張氣焰者，只有大哥、姐夫、自己、馬三娘和孔永。孔永身為朝廷高官，如果豁出去得罪甄家，想要捏死「西城魏公子」，就像捏死螞蟻般容易，犯不著派人半夜去放火。大哥和姐夫擔心拖累自己和鄧奉，當時沒有動手，這次也不知道會不會專程折返回來替萬譚報仇？而自己，今晚一直在抱著書簡發呆。如此，除了大哥和姐夫之外，剩下唯一一個有「作案」嫌疑和理由，又恰恰能力足夠者，就呼之欲出。

猛然就心臟一哆嗦，劉秀眼前就出現了當日自己指點馬三娘去棘陽縣衙放火，對方茅塞頓開的面孔。隨即在次日清早，三娘就去放了第二次。如果再加上今晚這次，正好是舉一反三，孺子可教。

下一刻，他的脊背處，就被冷汗濕了個透。棘陽乃地方小縣，馬三娘又是大名鼎鼎的女匪首，當日即便明知道大火是她所放，岑彭也沒能力調動全國的捕頭捕快，全天下搜尋找她的蹤影。而今夜這把大火，卻燒在長安城中，燒在大新朝皇帝的眼皮底下，烤焦了茂德侯甄尋、廣新公甄豐和大司馬甄邯的臉，若是萬一被甄家發現蛛絲馬跡……

「咚咚咚，咚咚咚，咚咚咚……」正惶恐不安之時，背後忽然傳來一陣急促的腳步聲響。緊跟著，房門被人從外邊用力推開，十多名學吏魚貫而入，挑著明晃晃的燈籠，照亮屋子內每一張驚詫的面孔。

「數仔細了，有幾個人，都有誰在，把名字一一記錄在案！」太學主事王修的聲音，緊跟著在樓梯口響起，聽起來宛若毒蛇在黑暗中狂吐信子。

「是！」眾學吏大聲答應著，開始清點人數，記錄名姓。根本不屑向學子們解釋，他們這樣做的理由。

「你們幾個，也不用再熬夜了，早點兒回館舍休息！」王修的面孔，終於出現在屋門口，看到劉秀居然也在挑燈夜讀，臉上明顯出現幾分詫異。隨即，又擺出一副不怒自威模樣，繼續大聲補充道：「最近天乾物燥，容易走水。所以，從今天起，一更之後，各樓堂就必須熄滅燈火。誰也不得再擅自在裡邊逗留！免得一不小心碰翻了燈盞，將整個太學都付之一炬！」

「主事，我等，我等即將卒業，最近，最近功課頗重！」立刻有幾個年齡稍長的學子，大聲向王修求肯，「若是，若是回到寢館，人多手雜，反而更容易將油燈碰翻。還不如……」

「寢館那邊，最遲一更半，也必須熄滅火燭，誰也不准再挑燈夜讀！」話音未落，主事王修就厲聲打斷，「平素白天多花些心思讀書就好了，沒必要非把功課拖到晚上。萬一引發火災，你自己一人性命難保事小，波及整個太學，你就是千古罪人！賠上全家性命，也難贖萬一！」

眾學子聞聽，頓時心急如焚。一個個上前圍住王修，連連作揖。

「主事，我等夜讀三年有餘，從沒灑過一滴燈油！」

「主事，卒業大考在即，還請多給學生一點讀書時間！」

「主事，我等自當小心謹慎，絕不敢讓四周濺出半點兒火星！」

「主事……」

那王修身為皇族子弟，哪裡理解尋常學生的難處。猛地把袍袖一揮，大聲道：「以前沒有，不等於今後沒有。老夫必須防患於未然。太學的規矩，也不能為爾等區區幾人，就隨便更改。此事就這麼定了，爾等速速熄了燈火，回去睡覺！如果有人膽敢偷著點燈，無論是在樓堂，還是寢館，只要被學吏逮到，立刻驅逐出太學，絕不寬恕！」

「呼——」袍袖帶起的冷風，將臨近的兩盞油燈，同時掃滅。

房間裡猛地一暗，同時暗淡下去的，還有數名學子的眼睛。

此時的太學生中，雖然以官宦人家子弟居多，但是，像劉秀這般出身在普通人家的孩子也不算罕見。更有很少一部分學子，家境甚至比劉秀還差，吃住全靠學校供應，平素也沒有任何餘錢去買燈油。而主事王修的「禁止燈火令」一下，等同將他們蹭學校油燈的讀書機會給剝奪了一大半兒，這讓大夥如何能繼續忍氣吞聲？

當即，就有人上前大聲抗辯道：「主事，近來風雪交加，連館舍裡的被褥，都濕得幾乎要擰出水來，何來天乾物燥之說？您老擔心失火燒了太學，我等讀書時多加小心便是，何必連燈火都一併禁掉？須知陛下之所以大興太學，乃是期許我等能早日成為國之棟梁。如果我等不到兩更就睡，日上三竿才起，那和市井閒漢還有什麼分別？將來怎麼可能擔當大任，怎麼回報陛下的……」

「住嘴！」王修根本沒耐心傾聽幾個毛頭小子「胡說八道」，將三角眼一豎，厲聲打斷，「老夫禁止爾等一更半後再點燈，又沒禁止爾等讀書！爾等若是真的有心向學，星光、月光還有地面上的雪光，如何就利用不得？況且老夫只是禁止爾等在樓堂和寢館裡點燈，外邊野地裡，涼亭中，鳳巢山上，凡是空曠之處，哪裡不能點燈？你等去那些地方徹夜苦讀，老夫高興還來不及，怎麼可能多事去禁止！」

這就有些過分不講理了。眼下外邊飛雪連天，彤雲密布，哪裡來的月光和星光？至於曠野裡點燈讀書，且不說寒氣徹骨，根本不是身穿單衣的學子所能承受。就算人能扛得住凍，只要風勢稍大一些，燈火也隨時會被吹熄，哪裡還能為書簡提供照明？

「主事身穿貂裘，想必不知道寒風當中，我等連絲襖都買不起者是何等滋味？」有學生實在忍無可忍，梗著脖子大聲頂撞。

「空曠之處隨便點燈火，主事真是英明。學生愚鈍，不知道如何能讓油燈不被寒風吹滅，還請主事指教！」有人則採取迂迴策略，拐著彎子嘲諷王修站著說話不腰疼。

更有甚者，乾脆啞著嗓子，陰陽怪氣地說道：「爾等休要胡鬧，主事乃是出於一番好心。君不聞，天欲降大任於斯人也，必勞其筋骨，苦其心志嗎？先讓爾等抗得住凍，只要一個冬天都沒死，日後必然飛黃騰達。」

「火燭容易被吹滅，爾等不會效仿古人去鑿壁偷光嗎？王主事的家就在太學隔壁，你先翻牆進了院子，然後再把他家書房的牆壁鑿個窟窿出來，以王主事的大度，當然不會跟你計較。」

「非但不會計較，恐怕還會在書房中多點幾支蠟燭。」

「是極，是極，咱們今後想要讀書，就只能到王主事家鑿壁偷光了！可若是不小心看到了什麼不該看的怎麼辦？哎呀呀，罪過，罪過！」

……

眾學子中年紀大者，不過二十出頭，年紀小者，則只有十一、二歲。心裡頭憋了一肚子怨氣兒，發作起來根本不會考慮邊界在哪，轉眼間，就從鑿壁偷光，說到了偷窺王修的隱私上。

那王修雖然是跟皇帝王莽的關係遠了些，但好歹也姓王，豈能容忍一群毛孩子對自己肆意調侃？猛地從學吏手裡奪過用來挑燈的木棍，朝著正說得高興的學子們，劈頭蓋臉打了過去，一邊打，一邊大聲喝罵：「叫你們熄燈就熄燈，哪裡來的那麼多廢話？再不滾，老子奏明皇上，將爾等全都革出太學，讓爾等一輩子都休想出頭。」

太學生們不敢跟他動武，被打得抱頭鼠竄而出。待來到外邊的空地上，心裡頭卻愈發憤懣。一個個拳頭緊握，大聲詛咒：「沒本事的殺才，也就會欺負我們這些軟柿子。有種你去打一下功成公和功崇公？也算對得起你皇上族弟的牛皮？」

功成公王康和功崇公王方，都是王莽的親孫兒，白天時也在太學就讀。論輩份，二人都算是主事王修的侄兒。但論地位，王修這個太學主事，可照著兩位國公差了不止十萬八千里。平素上趕著拍人馬屁還來不及，怎麼可能敢碰王康和王方一根手指頭？

「呵呵，什麼聖上的族弟啊，我呸！」有一名膽大的學生，乾脆直接掀開了王修的老底兒。「他出身於河東王氏，陛下出身於河北王氏，根本就算不得一王！只是仗著自己能寫幾篇詩賦，亂認祖宗，才跟陛下攀上了親戚。也就是陛下憐他有才，能讓他借著皇家的名義在太學裡招搖撞騙。若是換了別的皇帝，早命人拿大棍子直接打死了！」

「可不是麼，他跟陛下的關係如果真有他自己說的那麼近，少說也能封個國侯？怎麼可能只在太學裡混個主事當？」

「按他的算法，老子還姓田呢，倒推五百年，豈不跟皇上也沾親帶故？」注八

「是極，是極，倒推三千年，我等都是皇親國戚！」

「哈哈哈哈……」

大夥只顧著發洩心中不滿，卻沒料到，主事王修，居然從背後悄悄跟了上來。逮住「皇親

注八、田姓，最早出於嬀氏，乃齊桓公後裔。楚漢爭霸時，一部分子侄為了避禍改姓王。所以王莽與田姓，幾百年前是一家。而嬀氏作為舜帝一脈，衍生出來的姓氏極多。所以倒推三千年，學子們都可能是王莽的親戚。

國戚」的話頭，立刻大發淫威：「站住，你們這群狂生，眼裡還有皇上嗎？都是皇親國戚？誰是皇親國戚，站出來讓老夫看看，站出來，站出來？」

冒認皇親，一旦失敗，可是抄家滅族之罪。眾學子即便膽子再大，豈肯自己跳出來找死？一個個當即緊緊閉住嘴巴，鴉雀無聲。

主事王修找不到發落對象，被怒火燒得眼睛發綠。繞著眾學子轉來轉去，猛地將腳步一停，手指劉秀，大聲喝問：「劉秀，是不是你？剛才是不是你說，你也是皇親國戚？你不要急著否認，老夫年紀雖然大了些，耳朵卻沒有聾！」

「主事明鑑，學生最近嗓子有疾，說話時疼得厲害，所以剛才一言未發。」劉秀不知道自己到底怎麼得罪這位王主事了，強忍憤怒，啞著嗓子辯解。

他正出於變聲期，嗓子原本就略帶沙啞。此刻再故意屏住了鼻孔，聽起來更為特色鮮明。王修聞之，立刻就知道，自己抓錯了目標。然而卻又不甘心讓劉秀如此輕鬆過關，眉頭皺了皺，厲聲道：「傍晚跟人打架時，怎麼沒見你嗓子疼？這會兒，想疼就突然疼起來了，欺老夫不通岐黃是不是？老夫不管，反正剛才亂攀皇親的傢伙，就在你們這夥人中間。劉秀，老夫限你三日之內，把此人給老夫找出來，否則，老夫只有拿你是問！」

「這……」劉秀氣得兩眼冒火，真想直接給老匹夫來一記黑虎掏心。

讓自己出面去抓剛才那個亂認皇親的人，不是等同於把自己直接推向了所有學子的對立面嗎？三天後，無論交出哪個，自己都必將成為眾矢之的。而不交人，自己就只能背起「亂認皇親」的黑鍋，同樣會死得慘不忍睹。

「啊！」能進入太學讀書的，就沒有傻子。眾學子也被王修的「陽謀」給嚇了一大跳，紛紛側身避讓，不敢再跟劉秀靠得太近。以免後者被逼急了，胡亂攀扯一個人來做替死鬼。

「爾等還不快滾，難道，還要留下來給他出謀劃策嗎？」王修要的就是這個效果，心中好生快意。把鑲著貂皮的袍袖猛地一甩，大聲斷喝。

眾學子如夢初醒，紛紛奪路而逃。只留下鄧奉、朱祐、嚴光、鄧禹，和其他兩三個平素與劉秀走得較近者，在風雪中面面相覷。

王修這招實在歹毒，讓少年們根本不知道該如何去化解。當晚聚集在劉秀的寢室裡，大夥兒摸著黑商量了半宿，也沒想出一個妥當的對策。最後，都累得筋疲力竭，只能各自先告辭回去睡覺，把問題拖到明天再去面對。

劉秀自己，也不知道該如何是好。放棄學業一走了之，他會無顏見哥哥和族中父老。繼續留在太學裡頭，即便在許子威的庇護之下，僥倖過了眼前這關，恐怕今後四年之內，主事王修也會不斷栽贓陷害，防不勝防。若是一怒之下……

想著想著，他就徹底被疲倦吞沒，昏昏沉沉睡了過去。待第二天早晨醒來，天光已經大亮。正欲起身洗臉更衣，忽然間，就聽到耳畔有人獻媚地喊道：「學長醒了？學長需要洗漱嗎？小弟早就打來的熱水，一直在炭盆上裡給您溫著呢！學長慢動，鞋子在這兒，襪子，襪子在這邊，都是小弟今天早晨特地去買來的，是城裡老瑞坊的新貨，您穿上試試，合不合腳？」

「你是？」劉秀從小到大，也沒過過一天使奴喚婢的生活，遲疑著集中目光，仔細觀看。

只見一個頂著熊貓眼的胖子，半彎著腰地跪坐榻前。雙手捧著嶄新的鞋襪，滿臉討好。彷彿欠了自己幾千萬錢一般，唯恐自己稍有不快，讓他馬上歸還！

「蘇，你是蘇著？」劉秀用力揉了好幾下眼睛，才終於分辨出來，對方就是昨天試圖用馬車撞死自己的綠帽師兄。立刻戒備地雙手握拳，膝蓋彎曲，手肘和脊背同時貼近床板。

來長安途中與群賊作戰所打磨出來的殺氣，立刻透體而出。把個綠帽師兄嚇得「激靈靈」打了個哆嗦，身體後仰，一跤坐倒。雙手卻依舊緊緊抱住新鞋新襪，大聲哀告：「劉師兄，劉師兄饒命。小的再也不敢了，真的不敢了。小的昨天是吃豬油多了蒙住了心，才被別人當了刀子使。小的知錯，請劉師兄念在小的沒有真正傷到你的份上，饒過我這一回！」

「你，你是專程來向我謝罪的？」劉秀剛剛睡醒，頭腦有點跟不上趟。雖然緩緩放鬆了戒備，眼睛裡卻依舊充滿了狐疑。

四鴻儒之一陰方昨天已經暗示得非常清楚，姓蘇的是個如假包換的二世祖。只要不把天捅出窟窿來，太學就無法將其開革。更不可能去追究其昨天是否真的曾經故意策動馬車殺人。而僅僅隔了一個晚上，此子居然主動登門謝罪？並且唯恐自己這個苦主不肯寬恕！如此巨大的前後反差，讓人在短時間內，怎麼可能信以為真？

「師兄慧眼如炬，小弟的確是專程前來謝罪的。小弟才六更天，就，就從家中坐著馬車匆匆忙忙趕了過來。小弟，小弟別無他求，只想讓師兄明白，小弟也是受了那壞人利用，並非故意要坑害師兄！」從劉秀的表情上，蘇著知道自己很難取信於人，趕緊一個軲轆爬起來跪好，雙手將鞋襪舉到眉間，畢恭畢敬地解釋。

「受了壞人利用？誰利用了你，誰還能利用得了你？」劉秀將信將疑，皺著眉頭準備剖繭抽絲。

「師兄你何必明知故問！」蘇著立刻又打個哆嗦，含著淚磕頭，「小弟知道自己昨天做的實在過分，還請師兄念在小弟好歹也是鄧公子的同門師兄份上，饒過我這一回。將來師兄叫小弟往東，小弟絕不敢往西！」

聞聽此言，劉秀愈發覺得頭暈腦脹，沉下臉色，正準備喝令對方把話說清楚。屋門卻在外邊被人猛地推開，緊跟著，小學弟鄧禹帶著兩腳雪沫子跑了進來：「師兄，劉秀師兄，我想到對策了，我想到對策了！反正昨晚黑燈瞎火，看不清都有哪個在場，你只要把綠帽子……啊！你，姓蘇的，你怎麼也在這？」

後半句話，顯然是因為他看到了綠帽師兄的在場，才脫口而出。後者被問得一咧嘴，放聲大哭：「鄧，鄧禹，我，我知道昨天不該帶著欺負你，可，可你也不能把我朝絕路上推！我已經知道錯了，我已經給劉師兄當面道歉了。你，你，你小小年紀，心腸，心腸怎麼如此黑？！」

鄧禹今年才十二歲，雖然人小鬼大，但心理素質卻遠不如其他人成熟。設計坑人被目標抓了個現行，頓時窘得面紅耳赤。

劉秀見狀，突然好像弄明白了姓蘇的為何今天對自己如此恭敬。苦笑著搖搖頭，大聲喝斥：「行了，別裝孫子了！許你昨天帶著那麼多人打他，就不許他報復回來？」

「我，我，我認打，認打還不行嗎？」綠帽師兄蘇著又被嚇了一哆嗦，咧著嘴，苦苦哀求。「師兄，師弟，我認打，你們怎麼打，我都不還手就是。求求你，求你放過一條生路！放我一條生路吧！我這輩子，都忘不了你們的大恩！」

「行了，劉某雖然恨你，卻也不屑拿你去頂缸！」劉秀最看不起這種賴皮狗，擺了擺手，低聲許諾。「但是，你也必須說清楚，到底是誰指使你害我？否則，我有的是辦法讓你求生不得，求死不能！」

最後一句話，他是故意咬著牙說的。並且還努力裝出一副凶神惡煞模樣。那綠帽師兄蘇著聞聽，居然第四次打了個哆嗦。然後用力擦了把眼淚，止住悲聲，帶著幾分詫異追問：「師兄，師兄真的不知道是誰指使我害你？那，那昨夜百雀樓的大火……」

「大火？大火關我何事？我昨天前半夜在靜安樓讀書，才會被王主事抓了差，去幫他查找背地裡胡亂跟皇上攀親戚者。哪有功夫離開太學？更甭提跑到百雀樓去放火！」劉秀終於恍然大悟，知道自己剛才與蘇著說到兩岔去了，懊惱不迭。

「那，那魏公子和他手下弟兄，也不是師兄殺的？」蘇著也終於明白，自己好像白白擔驚受怕了一場，帶著幾分遲疑，繼續喃喃追問。

「我赤手空拳，怎麼可能打得過那麼多人？你把我當什麼了，再世聶政嗎？」劉秀的心臟猛地一沉，表面上，卻繼續裝作滿臉茫然。

「呼——」蘇著長出一口冷氣，跌坐於地，失神地搖頭，「那，那是誰，殺，殺了魏公子？二十幾個隨從，個個都是練家子，結果被人一口氣殺了個乾淨，連求救聲都沒來得及發出。腦袋也全掛在了街邊大樹上。屍體，屍體與百雀樓一道，燒得連塊囫圇骨頭都不剩？」

「你問我，我去問誰？」劉秀搖搖頭，糊塗依舊寫了滿臉。心裡頭卻愈發堅信，能殺光魏公子及其爪牙而不驚動周圍鄰居者，必然是自家大哥、姐夫和馬三娘其中之一。

正為三人如何平安脫身而憂心忡忡之時，卻看到鄧禹猛地衝上前，一把揪住蘇著的脖領子：「這回，口供和人證俱在，看你怎麼翻盤？師兄，且莫再給他機會繼續害你，把他交給王主事，治他亂攀皇親，治他大不敬之罪！讓他也知道，什麼叫做惡有惡報，天道好還！」

「我，我昨天一晚上都嚇得沒敢離開家門，根本沒來太學。你休想栽贓陷害！」確定「西城魏公子」不是劉秀所殺，蘇著的腰桿子立刻就恢復了硬度。果斷站起身，丟下鞋襪，對著鄧禹怒目而視。

鄧禹哪裡肯放他離開，一閃身堵住了屋門。正欲尋找新的方略，逼此人幫劉秀去頂賬。卻看見劉秀不屑地揮手：「算了，我剛才說的話算數，鄧師弟，放他走吧！王主事是存心找我的麻煩，不會這麼容易就讓我蒙混過關。」

「師兄你……，也罷，師兄好鞋不睬臭狗屎！」鄧禹一楞，隨即很不情願地讓開了道路。

蘇著懸了大半宿的心臟，終於落回了肚子內。一息都不願意在劉秀面前丟臉。朝鄧禹翻了個白眼兒，甩動衣袖，邁步便走。然而，被門外的寒風一吹，他又迅速打了個哆嗦，雙腿像釘子般釘在了門檻兩側，久久不敢繼續移動分毫。

劉秀說「魏公子」被殺，百雀樓被放火之事，與他無關。可天底下，有誰殺人放火之後，還會滿大街宣揚？況且自己三天前才拿了百雀樓的乾股，答應替「魏公子」報仇雪恨。昨夜「魏公子」和他手下的爪牙就被殺了個乾淨，百雀樓也被付之一炬！這前後兩件事，發生得實在過於巧合。後一樁凶案恐怕不是劉秀親手所做，也是他派人所為，怎麼可能半點牽連都沒有？

所謂「以小人之心，度君子之腹」，就是這般模樣。綠帽師兄蘇著平素所做的卑鄙凶殘之事太多了，所以揣摩劉秀的心思之時，不知不覺中就把自己的行事習慣帶了進去。越想，越覺得劉秀這個人可怕，表面上裝得人畜無害，背地裡，卻是心狠手辣，殺伐果斷！

「要走就快點兒，別戳在門口礙事！」鄧禹的聲音從背後傳來，帶著一股子說不出的「凶殘」。

綠帽師兄蘇著再度打了個哆嗦，果斷轉身，狂奔而回。三步兩步跑到正在彎腰穿鞋的劉秀身前，「撲通」一聲跪倒：「劉師兄，我錯了，我真的知道錯了。您大人大量，千萬別跟我計較。我，我馬上去找王主事承認，昨夜是我亂攀皇親國戚，與您沒半點關係，與您沒半點兒關係！」

「嗯？」劉秀實在弄不清楚綠帽師兄又在發哪門子瘋，歪著頭看向他，滿臉困惑。

「師兄您不用擔心我，除了我，沒人更適合去頂缸了。我二姐嫁給了南安縣侯王治，二姐夫的祖父是皇上遠房的堂弟，我說我是皇親國戚，不算冒認。王修老兒絕對不敢去大宗正面前跟我對質！」唯恐劉秀不給自己「將功贖罪」的機會，綠帽師兄仰著脖子，大聲補充。

他算得很清楚，自己跟劉秀之間的恩怨，全因「魏公子」所起。原本就沒到不死不休的地步。如今「魏公子」葬身火場，百雀樓的乾股也隨著昨夜的大火化作了灰燼。自己再跟劉秀鬥下去，就是故意拿著玉圭碰瓦片了！萬一把後者逼急了，拍拍屁股一走了之。然後每天都派遣死士盯著蘇府，自己就是每天帶一百個護衛，也難免有百密一疏的時候。所以，還不如送對方一個人情，彼此握手言和。反正這種人情對自己而言只是舉手之勞，根本不用費任何力氣，也沒有半點兒風險。

劉秀哪裡知道，綠帽師兄心裡，已經把自己當成了某個江洋大盜的兒子，正在「大隱隱於市」。見此人居然把頂罪之後的退路都找好了，不覺啞然失笑：「蘇兄，那王修可是皇上的族弟。他之所以難為我，恐怕背後還有長安四虎的影子！」

「沒事兒，他這個族弟，跟皇上的關係比我還遠！」蘇著用力拍了下胸脯，大包大攬，「至於四虎，跟我蘇某人平素還有些交情。斷不會因為這點兒小事，就翻了臉。」

聽他說得豪邁，劉秀也不再客氣，本著多一事不如少一事的原則，笑著點頭允諾：「也罷，如此就委屈蘇師兄了。待過了此劫，改日劉某單獨擺酒向蘇師兄致謝。」

「應該的，應該的！」綠帽師兄蘇著立刻歡喜地一跳而起，滿臉堆笑，「應該我來請劉秀師兄和鄧禹師弟才對，咱們三個，算不打不相識。」

劉秀才不願意跟此人「不打不相識」，笑著婉言拒絕。蘇師兄卻是個熱乎膏藥，上前一把拉住他的手，大聲補充：「劉師兄千萬別跟我客氣，小弟平素最喜歡聽你們這些江湖好漢快意恩仇，不，最喜歡聽一些江湖上的奇聞逸事！我家還開著一座百花樓，全長安的好漢都經常去找裡邊的姑娘玩。好多人在裡邊賭輸了錢，連佩劍都輸掉了。我家的管事非但不會逼債，甚至還白送一份馬車錢，讓他們順利回家。」

「還是個包娼庇賭的！」劉秀心中偷偷嘀咕了一句，借著繫腰帶的機會，將手輕輕掙脫，「多謝蘇師兄了，小弟改天有空，一定去叨擾師兄！」

「那就說定了！」蘇著喜不自勝，連忙敲磚釘角。見劉秀好像依舊不太感興趣，猶豫了一下，又壓低了聲音，滿臉神秘地說道：「小鄧喜歡的那個名叫貓膩的女娃，是我們百花樓一直當作頭牌養著的，輕易不會許人！我上回說要他若敢惹我，我就把那女娃賣到西域去，是嚇唬人的，絕對不會當真。師兄放心，我回去後就告訴老鴇，不准讓任何人梳櫳貓膩。一直給小鄧留著，直到他成家立業之後，派來馬車來接。」

「你說什麼，鄧奉喜歡上了你們百花樓的頭牌？」聞聽此言，劉秀比今早聽聞「魏公子」被人割了腦袋，反應還要劇烈。立刻將兩眼瞪了個滾圓，反手一把拉住了蘇著的胳膊，「什麼時候的事情？我怎麼不知道？他，他怎麼會去賭博，還，還逛妓院！」

「師兄你居然不知道？」蘇著也被弄了個滿臉愕然，楞楞半晌，才繼續補充道：「剛剛開學那會兒，我們幾個同門師兄弟聚會，就硬把小鄧給拉上了。他一下子就喜歡上了貓膩。對，就是我們百花樓即將推出的頭牌紅姑。後來，後來我見他幾乎無法自拔，就，就開始用貓膩來威脅他……」

說著說著，蘇著自己也覺得有些不好意思。趕緊用另外一隻手拍了下胸脯，大聲保證：「師兄放心，既然小鄧是你的兄弟，我就不再騙他就是！把貓膩一直給他留著，等他可以成家之時，送給他做個美妾。讓他嬌妻美妾成雙，左擁右抱！」

「啊？」到了此刻，劉秀才終於弄明白，鄧奉昨日面對綠帽師兄蘇著之時，為何會縛手縛腳。原來這位比自己年齡還小的外甥，居然喜歡上了百花樓全力打造的頭牌紅姑貓膩。而那小貓膩的賣身契卻在某個與蘇家密切相關者手裡，根本不得自由。所以蘇著隨時隨地，都可以拿貓膩為把柄，對他進行威脅。

再想到鄧奉以前那種把朋友的事情看得比其自己的事情還重的性子，一切就更加水落石出了。為朋友兩肋插刀，為紅顏知己再插兩刀，插來插去，苦的全是他自己。別人承不承情都很難預料。

「你既然如此慷慨，何不現在就將那位貓膩姑娘的賣身契給了鄧奉？還用等什麼他將來成家立業？」鄧禹雖然年級小，主意卻來得比任何人都快。大眼睛滴溜溜一轉，就點明了蘇著先前的允諾只有口惠而沒有實至。

「呵呵，呵呵！」蘇著被說得臉色微紅，乾笑了幾聲，壓低了嗓音解釋道：「師弟有所不知，這長安城裡的富貴人家，哪能真的親自出馬去操持賤業？讀書人的臉面還要不要了？清流們彈劾讓人煩不煩？所以大夥都是心照不宣地找一些忠僕，讓他們或者他們的家人出面去打理。遇到好生意也不能自己吃獨食，還得掰許多乾股出去，讓其他人睜一隻眼，閉一隻眼。所以百花樓雖然主要被我家掌控，我卻不能自稱是其少東。若是尋常女子隨便送人也就送了，像貓膩這種頭牌，從小到大培養所費之資，早就超過了她的重量。怎麼可能我隨便一句話就做得了主？能讓管事扣住她四年之內不被別人梳櫳，已經是極限了。況且現在把她送給鄧奉師弟，不是我說，鄧奉師弟也保不住她，反而給師弟招災惹禍。總得等鄧奉師弟卒業之後，授了官職，然後投入某個實權大吏門下，讓人看到他有拉攏價值，股東們才願意破財與他結交。而那些原本盯上小貓膩的人，才會悻然罷手！」

這番話，算得是「掏心窩子」了。非但有理有據，並且將長安城內諸多明暗規則，一一羅列了個清楚。劉秀和鄧禹兩個見識雖然都不算差，可小門小戶出來的孩子，平素怎麼可能接觸到如此「高端機密」？只聽得渾身發涼，額頭見汗，楞楞半晌，才終於緩過一口氣來，喟然而嘆。

那蘇著卻真的被「魏公子」及其爪牙的腦袋，給嚇壞了。唯恐「江洋大盜」之子劉秀懷疑自己的結交誠意，又推心置腹地，將另外一些普通人根本看不到的潛規則和「高端秘辛」一一道出，以佐證自己剛才的話沒有半點兒虛假。劉秀和鄧禹兩個人聽了，愈發覺得毛骨悚然，很是懷疑，這長安城，這大新朝，是否還屬人間？

直到早飯的鐘聲響起，劉秀和鄧禹的「人生大課」，才終於告一段落。借著吃飯的機會擺脫了綠帽師兄蘇著，二人手裡握著饢餅，嘴裡嚼著鹽漬桔梗和茱萸，卻覺得一切都索然無味。

接下來，大半日的光陰，又宣告白費。夫子們所講授的內容，劉秀一個字都沒聽得進去。

昏昏然熬到了下午申時，連哺食注九都沒顧得上吃，就急急忙忙跑到了許子威府上。

許子威今天恰好沒課，所以僕人們對劉秀這個家主的親傳弟子來訪，絲毫不覺得奇怪。連通稟都沒用通稟，就直接將他給放了進去。只是在入門之後，才小心翼翼地提醒了一句：家主正在書房會客，請勿直接往裡闖。若是需要見三小姐，則請通過書童阿福相邀。

劉秀鄭重答應，懷著滿腹心事，低頭小步快行。原本打算先讓阿福把馬三娘約到前院，問一問昨夜百雀樓的大火，到底是何人所為。然而還沒等靠近許子威日常所居的正堂，就聽見一串激動的話語，從書房的窗口傳了出來：「子威兄精研《尚書》，自然也知道如今所傳《尚書》，並非全本。並且許多文章靠耳口相傳再重來謄抄得來，疏漏錯誤比比皆是。劉某所崇尚之復古，正是為了去偽存真。將聖人之言，聖人之意，重現於當世。撥暴秦以降三百年之渾噩，復上古……」

「是嘉新公！怪不得僕人們提醒我不要亂闖！」劉秀眉頭立刻皺緊，臉上也浮起了幾分警惕之色。

嘉新公乃太學的祭酒，原名劉歆。後來為了避大漢皇帝的諱，改做劉秀。此人有過目不忘之才，自幼跟在其父身後校對皇家藏書，對很多經典著作都倒背如流。見識也極為廣博，半生閱盡諸子百家。

照理說，如此一個博學多識的人，應該懂得兼容並蓄才對。然而事實卻恰恰相反。嘉新公學術上的主張，不僅繼承了董仲舒的「罷黜百家，獨尊儒術」觀點，而且更進一步，力求復古！認為當世所傳學術著作，大部分都曲解了古聖本意。必須根據古本，大力斧正，才能確保聖人之言不失，聖人之道再度大行於天下。

這種觀點，自然遭到了很多人的反對。然而當時漢朝的輔政大臣王莽，卻如獲至寶。力排眾議，授予了此人河內太守的顯職。並且在大新朝取代大漢之後，又封其為國師。

國師主張學術復古，皇帝主張盡復古制，這一臣一君，最近幾年倒也配合得相得益彰。只是本屆大新朝的百姓實在「不行」，體會不到皇帝和國師兩個的良苦用心。所以隨著古制和古學的不斷推進，他們的怨言越來越多。更有甚者，居然落草為寇。並且編造了「出東門，不顧歸……五去為遲，白髮時下難久居！」這種「大逆不道」的鄉謠！

所以聖明天子王莽，為了三代之治重現。一方面著令嚴尤、王尋等名將率領大軍，四處「安撫」百姓。另外一方面，則著令嘉新公劉秀帶領飽學之士，著書立說，闡述「復古」的深遠意義，以求那些誤入歧途者能幡然悔悟。

嚴尤、王尋兩位將軍都身經百戰，對付那些手拿菜刀、竹竿的愚民，當然捷報頻傳。但嘉新公這邊戰績，就相形見絀了。所寫出來的一系列為復古搖旗吶喊的大作，非但未能得到鄉野愚頑的認同，就連長安城內，也屢屢出現質疑的聲音。

這些質疑的聲音宛若蚍蜉撼樹，傷害不了復古大業的根本。但蚍蜉如果太多，也實在有礙觀瞻。故而嘉新公急需盟友出面相助，就把主意打到了已經致仕多年的許子威頭上。

許子威這人油鹽不進，早年還跟沒接受禪讓的王莽交情頗厚。嘉新公無法強行邀請他出山，只好採取迂迴策略，先說動了老好人揚雄，打著探討《尚書》的名義，前來登門拜訪。

怎奈百密終有一疏，嘉新公知道許子威對當世所傳《尚書》有頗多質疑，全力投其所好。

注九、晡食，古人每日兩餐。第二餐一般在下午申時前後，叫做晡食。

卻忘記了，中大夫揚雄也是個書痴。平素為人八面玲瓏，一涉及到學術，就開始死較真兒。非但在《尚書》的真偽上，處處跟他針鋒相對。並且很快將戰火燒到了別處，除《詩經》，儒門其他三經，《周易》、《春秋》、《周禮》，竟無一倖免！

嘉新公拉揚雄來，是為了給自己幫腔，豈能允許其「臨陣倒戈」？很快就忘記了初衷，跟揚雄戰了個不亦樂乎。而原本在其臆想中肯定會跟他論戰一番的許子威，反倒成了中間派。一會兒幫他戰揚雄，一會兒又幫揚雄「搖旗吶喊」，玩了個不亦樂乎。

「以往總覺得揚祭酒為人處事圓潤，卻沒想到，他還有如此死板的一面！」劉秀在窗外側著耳朵聽了一會兒，覺得老頭吵羅圈架十分有趣，忍不住悄悄在心裡嘀咕。正準備悄悄離開，以免遭受池魚之殃。剛一轉身，就看見馬三娘拎著一個巨大的銅壺，快步走了過來。書童阿福則完全成了馬三娘的小跟班兒，雙手捧著一盤子點心，亦步亦趨。

「你怎麼來了？在太學裡又被人欺負了？」馬三娘全然忘記了昨晚的不快，看到劉秀，目光立刻開始發亮，「先等我一會兒，我請義父、揚伯父和劉伯父喝點兒茶湯，吃點兒點心，免得他們吵得太辛苦，氣力不濟！」

「噓！」劉秀將食指豎在唇邊，哭笑不得地連連搖頭。

見過拉架的，卻沒見過火上澆油的。三娘這種做法，不是唯恐天下不亂嗎？然而，馬三娘卻沒給他說話的機會，大步流星闖了進去，單手將銅壺高舉，滾熱的茶湯帶著白氣飛流直下，「三位老將軍，請稍事休息。用罷戰飯，再重新披甲執戈，亦不為遲！」

話落，水止。書案上隔著老遠的三個茶盞，竟然在眨眼間被一一斟滿。而黃褐色的茶湯，卻半滴未灑。

三位正吵得不可開交的老儒，先是被熱茶湯嚇了一大跳。待看完了馬三娘神乎其技的表演，又聽清楚了她半文半白的奚落之語，頓時個個老臉通紅。再也吵不下去，端起茶盞來大喘粗氣！

沒想到馬三娘居然也學會了用激將法，劉秀佩服得直挑大拇指。也趕緊從阿福手裡，搶過托盤，快步走入書房之內，笑著向許子威等人勸道：「祭酒、世伯、師尊，請用些點心。眼看著酉時就到了，莫餓傷了身體！」

「你們兩個小娃，倒也有趣！」嘉新公早就知道許子威新認了義女，並且收劉秀為弟子之事，臉色更紅，尷尬地笑了笑，伸手取了點心果腹。

「茶不錯，就是香料略放多了些，反倒遮住了茶葉的清香！」揚雄訕訕轉換話題。

似許子威這般高門大戶，家中自然不缺丫鬟僕婦。由義女和弟子端茶倒水，原本不合規矩。但此時此刻，兩個國師哪裡還顧得上拘泥小節？雙雙以茶水和點心擋臉，狼吞虎嚥吃了個痛快。

許子威這個家主，卻有意在外人面前給劉秀爭臉面，笑了笑，大聲道：「祭酒，這就是我的關門弟子，年齡雖小，但學問、胸懷與眼界，都是上上之選。就是名字沒有取對，竟然不小心犯了您老人家的諱……」

話音未落，嘉新公已經跳了起來，單手掩面，大聲抗議：「是王修那小人故意拿老夫的名字當刀子用，老夫知道後，已經跟他大鬧了一場。子威兄切莫再拿此事來打老夫的臉！」

「劉秀，還不趕快謝過祭酒！」許子威要的就是嘉新公這句話，朝著劉秀，大聲斷喝。

劉秀也是個機靈鬼，立刻放下了裝點心的托盤，上前鄭重給嘉新公劉歆（秀）行禮，謝過對方不怪自己冒犯名諱之罪。嘉新公劉歆（秀）窘得幾乎無地自容，紅著臉咬了半晌牙，最後長嘆一聲，喟然擺手：「罷了，罷了，老夫早知這樣，當初就把名字改回去了。也省得今後被許老怪當弟子呼來喝去！」

「你現在位高權重，除了陛下之外，哪個敢當面直呼汝名？」許子威笑了笑，輕輕撇嘴。嘉新公劉歆（秀）知道他說的在理，也笑著搖頭。隨即，又將目光轉向劉秀，和顏悅色地問道：「你今年多大了，可曾有了表字？」

「回祭酒的話，學生今年十六歲，尚未取字。」劉秀可不敢像許子威那樣，對太學祭酒怠慢，又行了禮，大聲回答。

「嗯，才十六歲，果然是後生可畏！」見他態度始終彬彬有禮，嘉新公劉歆（秀）嘉許地頷首。然後，又迅速將目光轉向許子威，笑著問道：「我見你這弟子不錯，想越俎代庖為他取個表字，你意下如何？」

「你是怕子威兄喊劉秀時，自己不舒服吧？」不待許子威回應，揚雄就一語戳破了嘉新公的真實動機。

嘉新公劉歆（秀）無言自辯，只能尷尬地點頭。許子威見狀，也不好拒絕，想了想，低聲道：「也行，反正他還要在太學讀四年書，表字早晚得取。祭酒如果肯賜予他一個，當然是榮幸之至！」

「嗯！」嘉新公劉歆（秀）手捋鬍鬚，低聲沉吟。轉瞬間，便有了主意，「我看過他的學籍。既然在家中排行老三，他哥哥表字為伯升。伯仲叔季，他自當從叔字。而他又隨你許老怪主修《尚書》，尚書有云，依類向形，故謂之文。乾脆，就叫劉文叔好了！」

「甚佳，甚佳，陰陽二氣演化天地間致理曰文，年少早達為叔！文叔兩個字，的確取得好！」沒等許子威表態，揚雄又搶著點評。

他精通《周易》，善推演命理。他說「文叔」兩個字取得好，許子威當然不會再有什麼異議。於是乎，又笑著提醒劉秀謝賜字之恩。

劉秀相信許子威此舉必有深意，紅著臉再度給嘉新公劉歆（秀）行禮。後者終於避免了再給許子威當「弟子」的風險，心情甚佳。笑著伸手將劉秀的胳膊托起，帶著幾分拉攏的意味說道：「老夫既然給你取了表字，今後你便算老夫的半個親傳弟子。老夫的課，要常來聽，切莫一輩子也跟你師尊那樣，死抱著一本不知道是真是假的《尚書》不放！」

「祭酒放心，學生自當努力！」劉秀這才明白，許子威是怕一個人保不住自己，又順手拉了嘉新公這個實權人物做大旗。心中感激不盡，再度躬身下去，大聲回應。

「嗯！」嘉新公自己就聰明過人，所以也欣賞聰明練達的同類。見劉秀一點就透，心中便湧起了更多的提攜之意，於是乎，又笑著捋了下鬍鬚，繼續和顏悅色地問道：「文叔，你和三娘既然聯袂進來給我們三個老怪物拉架，想必已經知道我們之間的爭執因何而起了吧？不妨你也來說說，到底是復古，釐清並遵從聖人本意為好。還是從今，人云亦云，隨波逐流為佳？」

「這……」劉秀萬萬沒料到，初次見面，太學祭酒居然拿三位當世大儒都爭論不出結果的難題來考校自己，頓時緊張得額頭冒汗。迅速扭頭看向許子威，希望恩師能阻止這種荒唐的事情發生，免得自己進退兩難。

誰料許子威卻對他這個關門弟子放心得很，居然笑著點了點頭，大聲鼓勵道：「但說無妨，大道之前，沒有師徒。縱為君臣父子，也必須以理服人！」

「你儘管說，即便說得不對，我們三個老傢伙，也不會笑話你！」揚雄也對劉秀頗為推崇，笑著在一旁幫腔。

「是！」劉秀原本是個謹慎的性子，但是到了此刻，也只好囂張一回。先再向三位老儒做了個揖，然後稍做斟酌，朗聲答道：「聖人所言，所書，所得，在傳承中多有缺失遺漏，至今恐怕已經偏離原貌甚遠。所以，弟子以為，做學問之時，釐清聖人本意，杜絕以訛傳訛，甚為重要。」

「嗯！」嘉新公看了揚雄和許子威二人一眼，得意地點頭。

他比揚、許二人，都跟劉秀接觸得晚。關係也不如二人跟劉秀來得親近。但劉秀一開口，就對他的大部分觀點表示了支持，這如何讓他不覺得歡欣鼓舞。很顯然，道理在自己這邊，揚、許二人，特別是揚雄，剛才完全是在胡攪蠻纏！

揚雄和許子威二人卻不急著跟他爭一時鋒頭，只管捏著茶盞，慢條斯理品味。頓時，嘉新公心裡就又起了疑，皺著眉頭，自己捕捉劉秀的下文。

「然而，完全遵從，就不必了。聖人所在之世，與現在大不相同。一味從古，反而有削足適履之嫌！鞋子的確穿上了，而足上的血跡，外人又怎麼可能看得見？」頓了頓，劉秀繼續說道。英俊的面孔上，帶著與年齡毫不相稱的凝重。

從舂陵一路走到長安，沿途中，他看到的災難太多了。朝廷的諸多復古措施看似完美，但執行起來，卻完全不是那麼回事兒！而皇帝和朝中諸公卻對民間的苦難視而不見。反而堅信，這些不過是暫時現象。只要繼續推進復古，不斷加快、加大復古力度，將復古進行到底，就可以憑空畫出一個像傳說中三代之治那種盛世來！

以前沒有表達機會，說了也沒啥用處。所以劉秀把自己連日來所思，所感，都憋在肚子裡，跟誰都不願吐露。今天，他先被綠帽師兄蘇著的「人生大課」，打擊得心灰意冷。緊跟著又受到了嘉新公的刻意引導和揚雄、許子威二人的親切鼓勵，先壓後揚，頓時再也憋不下去，肚子裡話如火焰般，噴湧而出。

嘉新公劉歆（秀）原本是抱著玩笑的態度，想利用劉秀這個懵懂晚輩來給三個老儒當一回裁判。許子威和揚雄，則是為了讓劉秀在太學祭酒面前表現一下，一邊卒業時能有個好前程。三人誰都沒有料到，少年人嘴裡，居然也會說出如此針砭時弊的話來。

當即，許子威和揚雄兩個，就喝嗆了水，手捂嘴巴，咳嗽不止。而嘉新公劉歆（秀），則將眉頭皺起，沉聲質問道：「文叔，你的話，似乎除了治學之外，還另有所指。莫非，你覺得如今朝廷力行古制，有什麼不足之處。要知道，是前朝之政，已經走到了窮途末路。今上登基後，才決定恢復古制和古法，並非事出無因！」

「嗯，嗯，嗯，嗯！」許子威和揚雄兩個，咳嗽得愈發大聲，唯恐劉秀聽不見。但是，他們卻再一次低估了少年人的膽氣和執拗。只見劉秀輕輕向嘉新公行了禮，大聲說道：「祭酒考校，學生不敢藏拙。學生竊以為，學術歸學術，治國歸治國。學術務必求實求真，正如吾師剛才所言，大道面前，並無師徒父子。而治國……」

深吸一口氣，他眼前迅速閃過趙氏和萬譚一家的慘，陰固父子的刁，以及長安四虎和西城魏公子的惡，繼續大聲說道：「復古也好，革新也罷，必須立意在民。如果不聞不問民間疾苦，所謂復古與革新，都不過是當官的換著幌子殘民自肥而已，彼此沒有任何分別。與聖人之道，更是半點關係都沒有！」

「豎子，你才多大？居然也敢學著別人的樣子胡說八道！」許子威被嚇得長身而起，以與年齡毫不相稱的敏捷，一個箭步跨到了劉秀面前，大聲斥罵。隨即，又迅速轉身，將劉秀擋在背後，朝著嘉新公長揖而拜，「子俊兄，許某平素對弟子管教不嚴，這才導致他口無遮攔。這種小孩子話，根本做不得真，還請你切莫跟他一般見識！」

「是啊，狂悖之言，不值一哂，子俊兄沒必要跟他較真兒！」揚雄也趕緊站起身，訕笑著打圓場。

嘉新公劉歆（秀）的臉色黑了又紅，紅了又黑，短短幾個呼吸時間，就變了十多次。到最後，卻徹底變成了灰白色，手扶書案，喟然長嘆：「唉——！子威、子雲，劉某在你們兩位眼裡，人品就如此之不堪嗎？切莫說他剛才那番話，乃是劉某要求他所講。即便劉某事先沒有要求他實話實說，好歹作為太學的祭酒，劉某豈會蓄意去坑害自己的學生！」

「這……，子俊兄這話從何而起？」許子威和揚雄兩個明責暗護小心思被人當場戳破，尷尬得面紅耳赤。

嘉新公劉歆（秀）又橫了他們二人一眼，苦笑著搖頭：「俗話說，童言無忌。正是因為其無忌，才幾近於真。老夫又何嘗不知道，陛下竭力恢復古制，給了許多貪官污吏殘民自肥的藉口？可若不恢復古制，末帝在位時，國政混亂到何等模樣，你等又不是沒看到。蕭規曹隨，依舊是死路一條。」

「的確，子俊兄所言非虛！當時的情況，的確如此！」揚雄和許子威都是飽學鴻儒，可以保持沉默，卻不願閉著眼睛顛倒黑白。因此，無法反駁嘉新公的話，只能心情沉重地點頭。

「繼續因循下去是死，復古改制，好歹還能看到一線生機。」嘉新公劉歆（秀）抬手抹了一把笑出來的眼淚，繼續搖頭而嘆，「子威、子雲，這些年來，你們只看到劉某佞，看到劉某只知道順著皇上的意思說話，為復古而奔走鼓吹。卻不想想，如果換了另外一個人坐在劉某的位置上，是否就能讓皇上改弦易轍？有劉某在，好歹改制還有跡可循。若是連古制這個依據都沒了，由著皇上的意思隨便來，爾等可否想過，那將是什麼後果？」

「這……」許子威和揚雄兩個悚然而驚，再度無言以對。

以他們兩個多年來對大新朝皇帝王莽的瞭解，後者可不止是一個當世大儒，對韓非之術、鬼谷之術，也涉獵極深。甚至還兼通墨家、陰陽家、道家、兵法家的蓋世絕學，對機關、占卜、符命，亦瞭如指掌。

就這樣一個博學多才的絕代英傑，若說他真的對古制痴迷成癲，肯定是自欺欺人。唯一的解釋，恐怕就是他想將自己的諸多奇思妙想，通過「復古」的藉口付諸實施。所謂復古，只是為了變著花樣革新尋找藉口而已！

如此，古制，便成了堤壩和牢籠。一旦連古制這個藉口都不再需要了，以大新朝皇帝王莽那種天馬行空的行事習慣，恐怕接下來結果便是洪水肆虐，猛獸橫行。屆時，受災的，就不僅僅是某城某地的庶民和某家某姓，全天下所有人，上到公侯將相，下到平頭黔首，都無路可活！

「你這小子，有膽量，有見識，還難得有一副古道熱腸！」見許子威和揚雄都被自己說成了啞巴，嘉新公劉歆（秀）終於出了一口惡氣。大笑著站起身，對著劉秀說道：「可也需記住，剛極易折，月滿則虧，想要濟世救民，光是知道仗義執言可不成，還得懂得迂迴進退，先達其位，再謀其政。否則，到頭來即便不身陷囹圄，也會變成一個只會指天罵地的腐儒，這輩子都一事無成！」

「學生謹受教！多謝祭酒指點！」確信嘉新公劉歆（秀）對自己無任何惡意，劉秀鄭重躬身施禮。

「謝我，倒不必了，你今後別闖出讓我這個祭酒也擔待不起的禍事來，劉某就感激不盡了！」嘉新公劉歆（秀）側開身子，用力擺手。「子威兄，你也不用給你的弟子使眼色了。老夫既然先前說過拿他當半個弟子，自然不會食言而肥。至於你，出來不出來幫忙無所謂，不帶頭跟老夫對著幹，就好！」

說罷，又笑著向著許子威和揚雄兩個搖搖頭，揚長而去。

許子威和揚雄二人兀自未從震驚中緩過心神，竟忘記了起身相送。直到嘉新公劉歆（秀）的腳步聲徹底聽不見，才互相看了看，苦笑著向後說道：「唉，今天，你我可是被劉老兒結結實實地給打了臉。今後半年之內，見到他都無法再高聲說話！」

「可不是麼？平素只覺得他是個阿諛奉承之輩，卻沒想到，阿諛奉承的表面下，居然還藏著如此胸懷！」

「誰知道他剛才是不是在撒謊騙人？」在場眾人當中，只有馬三娘，心神沒有受到嘉新公劉歆（秀）之言的半點兒影響，鬆開已經握出了汗水的銅壺柄，大聲猜測。

「三娘，休要以小人之心度君子之腹！」許子威立刻皺起了眉頭，低聲喝止，「至少，劉秀今天不會因言獲罪！」

「是他讓劉秀說的，劉秀要是因此獲罪，他也是同謀！」馬三娘吐了下舌頭，滿臉不服。

事實上，剛才她也被嚇得魂不守舍。甚至已經準備拿銅壺當武器，一旦聽到嘉新公劉歆

（秀）吩咐隨從進來抓劉秀，就直接砸爛此人的狗頭。好在嘉新公劉歆（秀）雖然官大，卻沒有丟了良心。否則，今天在場所有人的結局，恐怕都很難預料。

許子威在最近兩個月來，已經委託揚雄偷偷派人打探過馬三娘的情況。知道她曾經被江洋大盜馬武帶入過「歧途」，身上殺氣極重。所以也不敢指望，短短幾個月之內，就能將她重新變成大家閨秀。笑了笑，帶著幾分縱容的意味說道：「妳以為這是在縣衙裡打官司呢，還會有人問問案情經過，分清主犯從犯？就憑他是國師，嘉新公和太學祭酒，就可以一句話決定劉秀的生死。哪個吃飽了撐的，才會為了一個普通學生，去找當朝國師的麻煩！」

「揚伯父不也是國師和祭酒嗎？還是中大夫。」馬三娘立刻開始心裡發虛，嘴巴上卻依舊死撐到底。

「我這個國師，可跟嘉新公比不起。他是皇上的左膀右臂，而我，在皇上眼裡，跟街頭算命的方士大抵相似。」揚雄趕緊起身，笑著擺手。隨即，又朝著許子威笑了笑，抱拳告辭而去。

對於這位連宅院都隨手相贈的至交好友，許子威可不敢像對待嘉新公一樣輕慢。趕緊領著弟子和義女，起身相送。待目送對方的馬車漸漸去遠，吩咐僕人關好了院門，臉色立刻陰沉了下來，腳步聲也變得異常沉重。

劉秀見狀，還以為許子威是在惱恨自己口無遮攔，趕緊從背後追了幾步，小心翼翼地賠罪：「師尊，弟子知道今天說話魯莽了，請夫子切莫生氣，弟子願意領任何責罰！」

「不是，不關你的事！」許子威的腳步一緩，苦笑著回頭看了他一眼，低聲長嘆：「為師是在擔憂，從此天下又要多事了！這一回，不知道哪些人，又要稀裡糊塗地青雲直上，哪些人，又稀裡糊塗地身死族滅。」

「啊？」劉秀的視野再寬，也寬不到就憑著三個老頭的爭論，都推斷出天下進入多事之秋的地步，禁不住目瞪口呆。

「你可知劉子俊今天為何而來？」見關門弟子一副懵懵懂懂的模樣，許子威又笑了笑，循循善誘。

「不是，不是想請您老出山，跟他一道替皇上繼續大力恢復古制而奔走鼓呼嗎？後來見實在說服不了您和揚師伯，就退而求其次，只請您老別帶頭反對就好！」劉秀腦海裡，迅速將剛才隔窗聽到的話語，和隨後發生的所有事情過了一遍，沉吟著總結。

「真要這麼簡單就好了！」許子威朝天吐了口氣，眼前瞬間白霧蒸騰，「老夫已經致仕多年，即便跳出來跟他對著幹，又能有多大作用？頂多是螳臂擋車，甚至連螳臂擋車都不如！你只猜對了一半兒，他最開始想請老夫出山相助是真，而最後那句話，不是退而求其次，而是在警告老夫，切莫要被人當了刀子使，做了那出頭的椽子。皇上，皇上恐怕不想再聽到任何反對改制的聲音了。而消滅反對之聲的最簡單辦法，就是殺一儆百！」

「啊！」劉秀腳下一滑，差點沒當場栽倒。無論如何想像不到，先前一副寬厚長者模樣的劉歆，居然在話語之外，藏著一把鋒利的鋼刀。

「我就知道，那老傢伙沒安好心？嘴上說的是一套，轉過身去做的又是另外一套。早知道這樣，剛才一壺熱茶就該澆在他腦袋上！」馬三娘則立刻又將柳眉倒豎，緊握著拳頭大聲品評。

「他對我沒有惡意。這回，三娘妳又錯了！」許子威搖搖頭，嘆息著補充，「要殺人的更不是他，而是皇上。劉子俊拉我出山不成，順手就給我提個醒。免得我自己稀裡糊塗撞到刀口上，讓皇上將來難做。畢竟，皇上沒登基之前，跟我也算有過一番交情。如果接下來我非要強出頭，不殺我則表現不出皇上要加速復古的決心。而殺了我，皇上難免要背上害友之名，有損千古一帝的形象。」

「啊——」馬三娘的嘴巴，大得簡直能塞進一個鵝蛋。與此刻書生意氣的劉秀相比，她的頭腦更單純，也更無法理解，大新朝朝堂之上，那些複雜吊詭的彎彎繞。居然因為意見相左就要殺得人頭滾滾！殺不殺一個人，居然不是因為他是否有罪，而是因為他的死，能否有助於達到某種目的，或者表明某種態度。

「所以，你們兩個，從今天起，儘量少出門，少惹事，能閉嘴時，就儘量別亂說話！」愛憐地看了自家義女和徒弟一眼，許子威很是認真地叮囑。「否則，老夫難免有時候會相救不及。」

「是！弟子一定牢記恩師教誨！」能體驗出老人家話語裡的關切之意，劉秀鄭重躬身行禮。

馬三娘卻覺得渾身上下都不得勁兒，苦著臉，小聲抗議道：「整天憋在家中，那豈不是要活活悶死？況且我什麼時候主動惹事了，每次都是……」

「閉嘴，今天的二十張荷葉寫滿了嗎？」許子威把眉頭一豎，怒目而視。

「我，我剛才不是怕你被氣壞，給你解圍去了嗎？」馬三娘像受驚的鳥雀般瞬間跳出老遠，一邊跑，一邊快速解釋，「行了，你別瞪眼睛！我知道錯了，我這就去寫，這就去寫不就行了嗎。多大個事兒啊，用得著吹鬍子瞪眼……」

話音未落，人已不見蹤影。只留下許子威和劉秀兩個，站在呼嘯的寒風中，大眼瞪小眼兒。

「老爺，剛才的點心，是三小姐親自下廚盯著廚娘做的。您老累了一整天了，多少吃一些吧！」書童阿福擔心許子威下不了臺階兒，趕緊上前笑著懇求。

「吃！撐死好過被氣死。」許子威吹鬍子瞪眼睛，做悲憤狀。內心深處，卻隱隱有幾分得意。終究是自己的女兒，雖然幼年時不幸落在山賊窩裡，被養出了一身匪性，但自己一瞪眼睛，她還不是乖乖地去練字了？更難得的是這份孝心，居然怕餓壞了老父，親自去下廚房。

劉秀在旁邊心中偷笑，臉上卻擺出一副小心翼翼模樣，上前攙扶著許子威的胳膊，將老夫子送回書房。師徒兩個分賓主落坐，就著茶水和點心，先吃了個半飽。然後，劉秀又偷偷觀察了一下許子威的臉色，起身拱手：「恩師，弟子今天給您添麻煩了。若不是弟子說話魯莽，那劉祭酒也沒機會威脅……」

「已經說過了，不關你的事情！」許子威想都不想，搖頭打斷，「況且那劉子俊雖然是個官迷，卻不至於出爾反爾。他說過不會拿你的話做把柄，就不會做。這點，的確比朝廷中大多數人的人品都好得多！」

「那老師您……」劉秀訕訕笑了笑，繼續小聲探詢。從先前嘉新公劉歆跟自己說話的態度和語氣中，他已經推斷出，此人不會拿自己的話做文章。但是，如果因為自己的一時意氣用事，影響了許子威的決定，他依舊會覺得心裡內疚。

這次，他連將話說一半兒的機會都沒有，便被許子威再度擺手打斷，「小小年紀，哪來那麼多心思？老夫原本就沒打算出頭！他劉子俊警告也好，要挾也罷，根本就是自說自話。」

「呼——！」劉秀懸在心中的石頭終於落地，訕笑著吐氣。正準備找個藉口去尋馬三娘查證昨夜百雀樓的大火跟她是否相關，卻忽然許子威又低聲說道：「少年人，要的就是一股子銳氣。若是像個老頭子般，無論做什麼事情都瞻前顧後，反而失了本性。所以，你今天的所作所為，不能稱之為錯。頂多是沒有弄清楚說話的對象是誰而已。」

「師尊說的是，學生今後一定會牢記於心。」劉秀抱拳拱手，真心受教。

見自家關門弟子一點就透，許子威老懷大慰，抬手捋下鬍鬚，笑著說道：「你向來老成持重，為師還擔憂你銳氣不足。今天才發現，原來你還有如此犀利的一面！最近是不是又看到了什麼污七八糟的事情？還是在太學裡，又有人找你的麻煩？如果是後者，不妨說出來。為師雖然年邁，我的弟子，卻也不是哪條野狗都隨便能欺負！」

說著話，腰桿緩緩挺直，有股無形的殺氣，透體而出。

「找麻煩的人肯定有，不過已經無須恩師您親自出馬，有人今天早晨答應，去替弟子頂缸了。」劉秀笑了笑，帶著幾分感激回應。

「頂缸？」許子威聽得滿頭霧水，帶著幾分不安低聲追問，「是三娘拿刀子逼著此人去的？還是又將此人打了個鼻青臉腫？」

「沒有，這次真的不關三娘的事情。不過……」劉秀立刻笑著搖頭，隨即，心裡面又偷偷敲起了小鼓。

綠帽師兄蘇著之所以願意出面去應付主事王修，是因為其被百雀樓前掛著的那一大串人頭給嚇破了膽子，以為這件事跟自己有關。而自己，到現在也沒弄清楚人到底是馬三娘殺的，還是大哥和姐夫聯手而為？

「到底怎麼回事？你能否說清楚一些？」許子威本能察覺劉秀的話言不由衷，皺起眉頭，低聲吩咐。

「這次真的不關三娘的事情！」劉秀咬咬牙，果斷做出結論。

是三娘幹的也好，不是三娘幹的也罷，無論如何，都不該再把恩師牽扯進來。恩師因為思念亡女成瘋，本來已經很可憐。如果再讓他知道，他好不容易找回來的「女兒」，殺起人來如同砍瓜切菜，恐怕剛剛好轉的病情又會迅速加重，甚至就此一病不起！

「事情最初是這樣的，昨天下午弟子貪玩，與鄧奉、嚴光、朱祐他們三個去鳳巢賞雪，半路上遇到了鄧奉的同門師兄蘇著，此人……」唯恐許子威看出端倪，不待對方繼續追問，劉秀就主動把昨天晚上直到半夜所發生的事情，都主動陳列了出來。

關於劉秀仗義出手救了鄧禹，反被蘇著倒打一耙，然後差點又被主事王修故意冤枉的經歷，許子威昨晚已經聽馬三娘說過一次。而對此事的前因後果，他卻瞭解得不甚詳細。聽鄧奉挨了欺負，卻一味求全退讓，便忍不住眉頭緊皺，滿臉懷疑。待聽劉秀說鄧奉之所以對蘇著忍氣吞聲，不是背叛了朋友之義，而想另行攀附高枝，而是因為百花樓的頭牌紅姑貓膩，頓時又哭笑不得地連連拍案：「胡鬧，真是胡鬧。那青樓裡邊，哪裡有什麼真情？不過一個掏錢，一個賣笑而已。即便他天天把姓蘇的打個鼻青臉腫，只要貓膩還能為百花樓賺到足夠錢，就不會有誰去碰她一根寒毛！誰缺他去忍辱負重！」

「師尊所言極是，今天早晨蘇著也這麼說。」劉秀笑了笑，點頭表示贊同。隨即，又繼續說起昨天下午王修如何想顛倒黑白，最終被陰方出面阻止的經過。順便把馬三娘也大大褒獎了一番，以免等會兒許子威因為三娘出手痛毆無賴，而又對她追加責罰。

「那陰方倒也精明，幾句話，就把你們兄弟對陰固一家的救命之恩全抵了，他不去做生意，還真是可惜！」許子威聽得直撇嘴，對陰方的為人大加鄙夷，順帶，又低聲提醒道：「俗話說，採藥看地，擇女看家。陰固、陰方兄弟倆都不把救命之恩當回事，陰盛也是個如假包換的趨炎附勢之徒，他家的女兒，呵呵，恐怕長大之後也不是個好相與的。誰要是真的迎回家中，後宅恐怕一天也甭想安寧。」

「師尊此言差矣！」儘管話出自老師之口，劉秀聞聽，依舊覺得如鯁在喉。辯解之言不假思索地脫口而出「據學生所知，陰家麗華，並不是陰固的女兒，為人也跟陰固父子大不一樣。」

「那是，那是她年紀還小吧！」許子威老臉微微一紅，好在天色依舊變暗，才避免了被劉秀看出來。「算了，老夫不跟你爭論這些。只是隨口一說而已。那王修既然盯上了你，恐怕不會輕易罷休。」

「的確！」劉秀巴不得許子威不要再提這個茬，趕緊順著其口風迅速補充，「昨夜弟子在靜安樓讀書，忽然看到外邊燒紅了半邊天，緊跟著，王主事就衝了進來……」

為了避免馬三娘被懷疑，他故意含糊了起火的地點，迅速將話頭又扯到王修身上。誰料，許子威雖然終日埋頭學問，卻並非兩耳不聞窗外事的書呆。聽劉秀只用了半句話，就將昨夜震驚長安的那場大火一帶而過，立刻就猜到了這個弟子的真實用心。擺了下手，大聲打斷：「你是懷疑三娘做的吧，不用懷疑了，老夫肯定不是她。昨晚老夫嫌她又跟人打架，罰她寫了一百張荷葉。今天早晨過來跟老夫學習新字的時候，她累得連胳膊都抬不起來了，哪裡還有力氣偷著去燒百雀樓。」

「噗——！」想起馬三娘提筆比提刀還重的模樣，劉秀不禁啞然失笑。隨即，又為自己的小心思被恩師看破，而羞了個滿臉通紅。

「你呀，小小年紀，哪來如此多心思？」許子威見狀，忍不住笑著數落。「又替這個操心，替那個著想，你就不怕把自己活活累死？」

「從家鄉來長安的路上，三姐多次出手相救。弟子，弟子真的不願看到她，她有任何閃失！」劉秀沒勇氣看許子威的眼睛，低著頭小聲補充。

「唉，她的確不是個讓人省心的。但這次，老夫保證不是她！」許子威嘆了口氣，繼續笑著搖頭。

正可謂，女大不中留，三娘的那點兒心事，作為成了精的老人，他豈能看不出來？可自家弟子心裡，對三娘卻只有姐弟之情，沒有男女之欲，這讓他這個做父親和老師的，又如何去從中撮合？總不能強行下令，讓劉秀必須娶自己的女兒吧？那樣，非但三娘今後會成為整個長安城的笑柄，夫妻兩個的後半輩子，也不可能相處和睦。

「禁止燈火之事，令靜安樓中讀書的同學都非常不滿。大家情急之下，就說了一些出格的話，王主事找不到人，就把弟子給揪了出來，勒令弟子去做探子……」劉秀被笑得心裡發虛，趕緊迅速將話頭重新引回正題。

這回，許子威沒有再胡亂打斷。靜靜地聽他講述完了整個事情的經過，並且將綠帽師兄蘇著被百雀樓的命案嚇破了膽子，主動替他去對付王修，以及蘇著主動介紹的那些長安城裡的潛規則，也都聽了個完完整整。直到劉秀把前因後果全都說明白了，並且解釋清楚了他自己今天情緒不受控制，對朝政大加抨擊的緣由，才用手捋下鬍鬚，笑著說道：「王修那廝昨夜又是奔著你去的，沒想到，反而成了你與百雀樓大火毫無關係的證人，所以他過後氣得像瘋狗般四下亂咬，也情有可原。」

「啊！」劉秀又是一楞，眼前許多迷霧緊跟著就迅速消散一空。「弟子，弟子真不知道什麼時候得罪了他，他，他竟然，竟然如此不顧身份，非要置弟子於死地！」

「不是他，是王固、王麒，甚至還有其他長安兩犬！」許子威又笑了笑，輕聲點出幕後真相，「你和你哥在灞橋上讓四犬顏面盡失，如果不從你身上找回來，他們今後在長安城裡眾紈絝子弟當中，說話的份量就會小一大截！所以，當初阻礙你入學，昨天的顛倒黑白，和昨夜故意讓你成為所有在場學子的敵人，都是同一件事。而你，卻把事情想得太簡單了。蘇著這臭小子我知道，壞事沒少幹，卻天生一副兔子膽兒，他才不敢過分得罪長安四犬。況且即便他這次替你去頂了缸，王修也會再找別的辦法來害你，終究不肯讓你安寧。」

「這……」劉秀聽得心中一緊，好不容易才輕鬆起來一點的心情，再度落入了低谷。

「這什麼，莫非這點兒小麻煩你就怕了。當初想利用老夫去對付嘉新公的那股機靈勁兒，哪裡去了？真是讀得書越多，反而越倒退！早知道這樣，當初就不該送你進太學。」許子威立刻笑著瞪了他一眼，大聲數落。

真是哪壺不開提哪壺，劉秀心裡最內疚的事情，就是當初曾經打算利用許子威去對付嘉新公劉歆（秀）。雖然後來陰差陽錯，他的計謀根本沒有來得及實施，但每次回想起來，都會因為自己當初的幼稚和衝動，而大汗淋漓。

這次，他再度被羞了個無地自容，趕緊站起身，老老實實地求肯，「師尊，小徒這次真的無計可施了，還請師尊指點迷津。」

「有什麼可指點的，你是老夫的弟子，他王修想動你，還不夠份量。」許夫子撇嘴冷笑，連連拍案，顧盼之間，不怒自威！「非但是他，即便四犬背後的家長聯袂而至，老夫不點頭，他們也甭想動你一根寒毛。你儘管回去，該幹什麼就幹什麼老夫倒是要看看，他王修還能折騰出什麼新花樣來。」

「師尊！多謝了！」心中猛地一暖，劉秀鼻子隱隱發酸。據他的觀察，自家恩師許子威雖然舉止略有一些瘋癲，做學問時喜歡死較真兒，平素在其他方面卻非常隨和。輕易不會發火，更不會主動與人為敵。而今天，老人家為了自己，竟兩度動了真怒，發誓不會跟某些人善罷甘休。

這讓他心中，頓時就有了一種孺慕之感，彷彿一個在外邊受了欺負的孩子，忽然看到了久別的父親。而父愛這種奢侈，早在他剛剛記事兒的時候，就已經消失不見。記憶裡的父親形象，也早已變得模糊不清。勉強能想起來的，只有郊外一堆冰冷的黃土和清明時節的幾縷草煙。

「怎麼，你怕為師對付不了那王修嗎？」聽自家弟子說話的聲音裡帶著顫抖，許子威還以為劉秀是在為自己擔心，擺了下手，冷笑著補充，「莫忘記了，為師當年可是清流之首？所謂清流，就是終日不幹任何正經事，專門給別人雞蛋裡挑骨頭。呵呵，為師雖然多年不操此業，卻也不能容忍別人挑骨頭挑到自己弟子頭上！」

「多謝師尊！」劉秀被許子威的說法，逗得破涕為笑。再度躬身下去，鄭重施禮。忽然覺得窗外夕照又明媚了許多，寒風也不再像先前一樣冰冷。

雖然依舊未能找出到底是誰殺了西城魏公子及其同夥，但是確認此事與馬三娘無關，依舊讓他感覺肩頭為之一輕。待回到太學，情況果然正如許子威所料，綠帽師兄蘇著的主動頂缸行為，除了讓王修愈發憤怒之外，根本沒起到任何效果。但是劉秀此刻肚子裡已經有了主心骨，倒也不覺得如何畏懼。

唯恐被劉秀責怪辦事不力，綠帽師兄將情況小心翼翼地向他進行了彙報。劉秀和顏悅色地安撫了此人幾句，就權當此事從未發生。捧起書本，繼續埋頭苦讀。倒是鄧奉、嚴光、朱祐、鄧禹等人，因為不知道許子威已經答應替劉秀出頭，一個個急得心中火燒火燎。

第二天，第三天，大夥都在忐忑不安中度過，主事王修卻難得耐住了性子，居然一直按兵不動。到了第四天早晨，眾人聚集在劉秀寢室門口，正準備一道前去食堂用飯，耳畔忽然傳來一陣噪聒，扭頭細看，只見一夥學吏在主事王修的帶領下，氣勢洶洶地走了過來。沒等走到近前，有股無形的殺氣，便已經撲面而至！

雖然對王修的人品甚為不屑，畢竟對方占了個老師的名份，劉秀等人，不得不上前行禮。那王修卻對眾人看都不看，緊皺眉頭，擰著鼻子大聲說道：「行了，都讓開吧！老夫聽聞昨夜有人不顧禁令，在寢館中點燈讀書直到深夜，特地前來查證！老夫倒是要看看，何人如此大膽，居然把自家讀書的事情，看得比整個太學還重。」

「主事明鑑，我等昨夜都是按時入睡，並未置禁令於不顧。」劉秀等人聽得心中一緊，連忙齊齊大聲自辯。

「到底違背未違背禁令，口說無憑，要查過才能知道。」王修一邊冷笑，一邊發狠。隨即扭過頭，對身邊的一名親信大聲吩咐，「林海，帶幾個人進去，挨個屋子搜。檢查所有燈油和燈芯，看看哪個燈油最少？燈芯最短？然後將燈主的名字記錄下來。」

「是！」一位名叫林海的學吏，乾脆地答應了一聲，帶領十餘個如狼似虎的校僕，長驅直入。轉眼間，就將臨近的數個房間，都翻得一片狼藉。

眾學子氣得兩眼發紅，卻都無可奈何。王修乃是太學主事，地位僅次於兩位祭酒，手握「生殺大權」，尋常學子，根本惹他不起。唯一值得慶幸的是，大夥昨晚都睡得很早，太學統一配發的葛線燈芯都沒怎麼用，即便學吏們想雞蛋裡挑骨頭，也無從挑起。

「啊呀，我的燈芯還是三天前換的，主事明鑑！」忽然有人大聲叫嚷了起來，走到王修面前，連連作揖。

大夥聞聽，立刻將同情的目光投了過去。待發現說話者是平素讀書最不上心，卻仗著天資聰明而成績名列前茅的快嘴沈定，頓時一個個臉上又泛起了古怪的笑容。

那沈定也是長安人氏，父親和叔叔官職都不算太低，還有一些實權。如果主事王修，敢向他頭上栽贓，也算大夥看走了眼一回！

令眾人失望的是，王修果然處事靈活。只是朝沈定狠狠瞪了一眼睛，就將其輕輕放過，「一邊站著，別亂說話！燈芯是否為昨夜燒短的，老夫自有辦法判斷！」

「嗤！還不是胡亂栽贓，想冤枉誰就冤枉誰！」眾學子好生不屑，一個個在心中偷罵。

正準備看王修接下來如何折騰，劉秀的屋子內，忽然傳來一聲驚叫。緊跟著，學吏林海，拎著兩根手指長的蠟燭，快步跑了出來。將「物證」朝王修面前高高舉起，大聲彙報：「主事，在下於劉秀的房間裡，發現了這個。」

「不可能，你栽贓嫁禍。蠟燭那麼貴，劉秀怎麼可能用得著起？」鄧奉大急，立刻跳起來大聲抗辯。

「劉秀連件厚衣服都捨不得買，哪裡來的錢買蠟燭？」朱祐緊隨其後，小臉兒因為氣憤而漲得通紅。

「可不是麼，這也太過分了！」

「指鹿為馬，也不過如此！」

……

其餘學子也看不過眼，紛紛撇著嘴交頭接耳。尤其以嚴光、鄧禹、牛同等人，議論得最為大聲！

俗話說，公道自在人心。劉秀生就一副古道熱腸，平素對周圍的同學也都彬彬有禮。從沒仗著自己學過幾天武藝，就故意找茬欺負人。也從沒拿著許子威的關門弟子身份，招搖過市。所以大夥都不忍心看著，他被主事王修憑空栽贓！

況且王修栽贓的手段，也忒不高明！他自己平素用蠟燭用習慣了，就以為苦哈哈的窮學生也會點著蠟燭讀書。卻不知道，此物價格乃是燈油的二十餘倍，除了官宦人家的後代，一般人根本用不起。而劉秀的家境，僅僅比學校裡最窮的那幾個，好上一點點兒而已，怎麼可能奢侈到點蠟燭讀書的地步，並且一買就是兩支！

「栽贓嫁禍，誰看到林教習栽贓嫁禍了？證據何在，要是有，就儘管站出來說個清楚！」主事王修的臉孔，迅速變成了紫茄子色。卻仰仗著手中的權力，繼續顛倒黑白。

能躋身四鴻儒之列，此人學識當然都不可能太差。但學識歸學識，人品歸人品。為了王麒、王固等人暗地裡所答應的酬勞，他早已利令智昏。

本以為眾學子當中，無人敢冒犯他這個太學主事的虎威。誰料話音剛落，鄧奉就第一個站了出來：「學生沒有看見，但學生卻可以拿性命擔保，蠟燭並非劉秀所有！」

「劉秀他們家窮，肯定買不起這東西！」朱祐也不再退讓，大步走上前，與鄧奉並肩而立。

「學生懷疑有人故意栽贓！」嚴光嘆了口氣，緊隨朱祐之後。以他的性子，本不願正面跟主事王修起衝突。但是，既然對方根本沒打算給劉秀任何活路，他只能選擇跟弟兄們並肩而戰。

「學生在太學裡從沒見有人用過這種蠟燭！」

「學生也相信劉秀不會違反校規！」

「學生願意替劉秀作證，蠟燭並非他所有！」

……

見有人帶頭，沈定、牛同、張奇、楊睿，還有其他一些平素跟劉秀多有往來的同學，也紛紛站了出來，據理力爭。

沒想到學生們居然如此膽大，王修本已經漲紫的臉，迅速開始發黑。猛地一咬牙，冷笑著道：「好，好，你們有本事！剛過入學沒幾天，居然就敢勾結起來，一道對抗師長。老夫今天若是不……」

「且慢！」威脅的話才說了一半兒，半空中，忽然傳來了一聲低沉的怒喝。緊跟著，許子威單手杵著一根枴杖，晃晃悠悠走了過來。身背後不遠處，還跟著副祭酒揚雄和祭酒劉歆（秀），兩張老臉上寫滿了譏諷。

「許大夫，你怎麼有空到寢館這邊來了？莫非，你要干涉王某處理不守規矩的學生嗎？」王修心裡頓時就是一哆嗦，硬起頭皮，大聲質問。

許子威跟太學副祭酒揚雄兩個相交莫逆，這一點，他心裡頭非常清楚。但許子威跟太學祭酒劉歆（秀）互相看不上眼兒，這一點，他心裡同樣瞭如指掌。而今天，許子威跟正副祭酒同時出現在學生的寢館附近，情況就有些令人不安了。誰知道這老瘋子今天又轉錯了哪根筋，要做出什麼么蛾子來？

「王主事言重了！你是主事，許某一個教書先生，如何敢對你份內之事指手畫腳？」早就知道王修是個什麼貨色，許子威也不生氣。搖了搖頭，大笑著回應，「至於為何到寢館來？當然是來看老夫的關門弟子了！這年頭，非但為師者挑弟子，弟子也會挑老師。許某好不容易才撈到一個看著順眼些的弟子，萬一被人給弄沒了，許某豈不是追悔莫及？」

「你……」被許子威夾槍帶棒的話語，氣得兩眼發藍，王修連咬兩次下唇，冷笑著道：「你還說不會指手畫腳？這次肇事者，恰恰就是劉秀！他故意違背燈火禁令，在床下私藏蠟燭，半夜挑燈夜戰夜讀。王某今天將他拿了個人贓俱獲……」

「且慢，贓物呢，拿給我看看？」許子威用枴杖朝地上重重一戳，再度沉聲打斷。「這小子昨天還跟老夫哭窮，說連雙暖和點的靴子都買不起，今天居然就有錢買了蠟燭？真是，真是欺人太甚！劉秀，過來，告訴為師，你從哪裡弄來的錢？」

「師尊，弟子沒錢，蠟燭也不是弟子所有。」劉秀被許子威吹鬍子瞪眼的模樣，逗得心中暗笑。表面上，卻裝出一副十分委屈模樣，扁著嘴上前回應。

「我這弟子說蠟燭不是他的，王主事，你可聽清楚了！」許子威立刻又將頭轉向王修，冷笑著發問。

「他在說謊，蠟燭分明是從他床下搜出來的！林教習和其他學吏都可以為證。」王修被笑得心裡直發虛，咬著牙死撐。

「蠟燭，從劉秀床下找到的蠟燭！」學吏林海硬著頭皮上前，雙手舉起一對上好的香蠟。

「真是暴殄天物！此等上好的蜂蠟，居然有人捨得拿來讀書！」許子威看了一眼「物證」，不緊不慢，繼續冷笑著搖頭，「非但劉秀用不起，即便老夫，恐怕都不捨得一次點兩支。林教習，你說是不是？」

「卑職，卑職不知！」校吏林海，可沒膽子直視許子威，低下頭，結結巴巴地回應。

「不知道是否有人栽贓陷害老夫的徒兒？還是不知道老夫用不用得起蜂蠟？」許子威卻不肯放過他，繼續低聲追問。

「不知，不知是否……」林海被問得心神大亂，擺著手，小聲回應，「不，不知道，不是，不是，沒人，沒人栽贓陷害您老的徒弟。您老，您老別，別跟卑職開玩笑了，您老怎麼可能用不起蠟燭！」

「不瞞你說，我還真用不起！這種蠟燭可貴了。」許子威笑了笑，語調忽然放緩，「市面上還經常缺貨，有時候買都買不到。林教習，老夫的話對也不對？」

「不，不知道，應該，應該吧！」校吏林海被問得頭腦發暈，一邊擦著冷汗，一邊小心翼翼地回答。

「那你知道在哪賣嗎？」許子威忽然瞪圓了眼睛，厲聲喝問。

「城西段家，肯定有，我，我不知道，我也沒有，沒有買……」林海被嚇了一哆嗦，本能地大聲回應。話說到了一半兒，才忽然發現自己被許老怪給帶進了坑中。再想改口，卻已經徹底來不及。

「哈哈哈，哈哈哈哈……」周圍的學子們，個個笑得前仰後合。根本無法，也不想給主事王修留任何面子。

主事王修被氣得眼前金星亂冒，飛起一腳，將學吏林海踢了個仰面朝天！「蠢貨，老夫讓你幫忙追查昨夜是誰違反禁火令，挑燈讀書，誰讓你公報私仇來？滾出去，別讓老夫再看到你！」

「多謝主事，多謝主事開恩！」學吏林海心中有苦說不出，只能趴在地上，連連給王修磕頭。

其餘幾個學吏看到此景，忍不住個個心中發寒。為了把「罪證」落在實處，他們幾個今早特意沒有拿王修平素所用的蠟燭，而是冒著寒風跑了一趟西市，才把蜂蠟給買了回來。誰料，王修絲毫不念大夥的苦心和苦勞，發現栽贓嫁禍的事情敗漏，立刻將林海踢出去承擔了所有罪責。

此時此刻，主事王修哪裡顧得上管手下幾個嘍囉怎麼想？狠狠掃了許子威師徒一眼，轉身就走。然而還沒等邁出第二步，身背後，卻又傳來了許子威不緊不慢的聲音：「王主事，何必走得如此著急？我這弟子，據說大前天夜裡曾經對你不敬，帶頭說了許多混帳話，你難道不打算再追究了嗎？」

「算了！不過是小孩子的……」王修急於脫身，本能地就想宣布放棄。然而看到在不遠處冷眼旁觀的兩位祭酒，又立刻捨不得丟臉太多。咬著牙停住腳步，再度緩緩轉身，「雖然王某不能確認是誰說的瘋話，但令徒當時卻身在其中。劉秀，老夫問你，三天期限已過，你可找到了當晚的罪魁禍首？」

「學生，學生記得……」劉秀心中惱怒，本能地就想再度把綠帽師兄丟出去，看王修如何收場。但是，左腳處卻忽然被許子威用力踩了一下，立刻心領神會，「學生無能，願領主事責罰！」

眾學子原本已經準備散去，聽到突然又出了新變故，便紛紛將腳步停了下來。眾目睽睽之下，王修豈能隨便示弱？冷哼一聲，大聲說道：「既然如此，那本主事若不罰你，又如何服眾？也罷，念你只是做事無能的份上，罰你去將館舍周圍的積雪清理乾淨，劉秀，你可願意？」

「弟子願意，多謝主事寬容！」這回，劉秀沒有需要任何人提醒，就乖乖地俯身稱謝。

王修終於挽回了一絲顏面，笑著撇撇嘴，再度轉身準備離開。舉手投足間，又充滿了平素的風流倜儻。

「唉──」祭酒劉歆（秀）和副祭酒揚雄二人看到此景，忍不住相對著悄悄搖頭。以他二人對許子威的瞭解，豈不知這老怪向來講究恩怨分明。如果剛才王修灰溜溜夾著尾巴逃走還好，許老怪也會就此罷手，不再出什麼大招。而王修放著生路不走，偏偏要挽回什麼顏面，這回，可是正對了許老怪的脾氣，所有招數使出來都再無任何顧忌。

果然，沒等二人的嘆息聲停止。許子威已經又追上了王修，扯住對方衣袖，大聲說道：「王主事且慢，如此薄懲，實在是太便宜了他！知道的是你王主事寬宏大量，不知道的，還以為是老夫護短，逼著你不得不對老夫的徒兒網開一面！」

「嗯？」王修弄不清楚許老怪葫蘆裡到底賣的什麼藥，猶豫著扭頭，「那按你說，本主事該如何處罰他？」

「不尊師長在先，辦事無能在後，不嚴懲，不足以令其引以為戒！」許子威忽將笑臉一收，大聲說道，「而打掃積雪這種小事，三兩下就幹完了，根本沒任何威懾力。依老夫之見，要麼不罰，要罰就讓他好好長個記性。老夫前日去藏書樓查閱典籍，發現裡邊的書簡缺失損毀甚多，而管理藏書樓的學吏，根本修不過來。既然如此，不如就讓劉秀每天課餘，都去裡邊幫忙修理書簡。當天任務不完工，便不得再踏出校門半步！」

「這……」王修楞楞半晌，怎麼琢磨，也沒琢磨出修理書簡，能比打掃積雪輕鬆到哪裡去？要知道，太學藏書樓裡的書簡，恐怕有數千萬斤之多。歷年來蟲咬鼠嗑，根本修不勝修。而館藏書簡，還不能像尋常所用的書簡那樣，只是拿毛筆把字寫在竹片上了事。待墨跡乾涸之後，還得再拿小刀子將每個字的一筆一畫，都刻得清清楚楚。如此，才能有效避免因為日曬，潮濕，或者磨損，所導致的字跡難以辨認問題。

換句話說，修書簡這事兒，既消耗體力，又消耗心神，還考驗人的耐性。太學裡的老師和學吏們，個個都視其為苦差，避之唯恐不及。如果有人肯主動提出參與，王修求之不得，怎可能將其拒之門外？

想了又想，也沒猜出許子威的居心到底何在，太學主事王修索性決定順水推舟。「好，既然你這做老師都不肯放過他，王某又何必濫發善心？劉秀，從明天起，你課餘就去藏書樓幫忙修書。無論任何理由，都不得逃避。否則，本主事知道後，一定對你加倍處罰，你好自為之！」

「學生，學生遵命！多謝恩師，多謝主事！」劉秀心裡頭樂開了花，臉上卻裝出一副苦不堪言模樣，有氣無力地躬身施禮。

數百萬斤書，大部分都是市面上有錢都買不到的經典！免費的燈油，不需要考慮任何禁火令，想點到什麼時候就什麼時候！還有免費的炭盆，筆墨、書刀、空白竹簡！自己如果在裡邊不修上三四年書，怎麼對得起恩師的一番良苦用心？而四年後，當自己從藏書樓裡走出來，天高地闊，又有何處不能去得？

「且慢，王主事還請稍待！」正興高采烈地憧憬著未來之際，耳畔卻又傳來了許子威的聲音。依舊不疾不徐，卻讓劉秀充滿了期待。

再看太學主事王修，渾身上下的寒毛幾乎全都倒豎而起。眉頭緊皺，雙手交叉抱於胸口，左右兩條蟲子般的眉毛上下亂跳，「許，許博士，王某看在你年紀和資歷的份上，已經一再退讓，你切莫得寸進尺！」

「老夫只是有個小事想煩勞王主事而已，你又何必如此心虛？」許子威輕輕聳了下肩膀，話語當中機鋒必露。

主事王修聽聞，愈發覺得頭皮發乍。把眼睛一瞪，大聲拒絕：「誰心虛了！你才心虛？王某平素跟你毫無往來，你的忙，恐怕求不到王某頭上！」

「王主事這話可就差矣，今冬甚寒，老夫家裡的炭燒光了，不找你這主事幫忙，還能找誰？」許子威碰了個硬釘子，卻也不生氣，繼續擋在王修的去路上，「軟磨硬泡」。

「就這點兒小事兒？」王修緊繃的心神猛地一鬆，滿臉難以置信。

「對你這日理萬機的主事是小事兒一樁，對於我這行將就木的糟老頭子，寒冬臘月沒有木炭取暖，當然比天塌下來還大？」許子威做出一臉委屈模樣，大聲回應。

王修已經被這老怪物折騰得徹底失去了繼續纏鬥下午的欲望，長長吐了一口白霧，低聲道：「你稍等，王某下午就派人給你府上送兩千斤精炭過去。王某今天還有別的事情，就不再奉陪……」

「且慢！」劉秀心中立刻閃出了兩個字，隨即，就又聽到了自己恩師許子威的聲音。

「許博士，你到底想要如何？」王修被折騰得筋疲力竭，用力跺了兩下腳，大聲質問。

「不是想要如何，而是心中有一惑不解！」許子威忽然收起了臉上的疲懶，正色說道，「按理，老夫身為太學四鴻儒之一，每年除了薪俸之外，還有米糧和柴薪按季發放。而老夫這兩年卻發現，柴薪越發越少，米糧成色也越來越差。特別是今冬，明明該領八千斤上等精炭，居然只到手了六千出頭。老夫年紀大，扛不住凍，所以想請教主事，這一千八百多斤精炭，到底去了哪？是光老夫一個人的份量缺了兩成多，還是太學裡頭所有博士、教習和小吏，都沒有領到足額？」

「這……」剎那間，王修的臉色大變，額頭上，冷汗滾滾而下。

俗話說，車不抹油輪不轉！放眼長安城內所有衙門當中，有哪個掌管錢糧的官員，不中飽私囊？歷任太學主事，有哪個不在老師和學生的米糧、柴薪、燈油等物上暗中抽潤？所有大小官吏早就習慣了，根本沒人出頭去爭！太學裡的夫子們，也都自視清高，誰有功夫去稱量那根本不值錢的柴炭重幾斤幾兩？

然而，沒人計較，不等於就合理合法。取暖的木炭不值錢，朝廷額外下發給老師們的米糧也不見得有多金貴，可架不住太學裡的老師、學吏和學生數量眾多。除了兩位國師名下的份額沒人敢動手腳，四鴻儒、三十六秀才……，再加上萬餘學生，隨便再每個人頭上「節省」一點兒，折算成銅錢，就足以將整座明德樓生生填滿。

「老夫記得陛下在擴建太學之初，曾經親口說過，他希望十年之後，天下牧民之官，半數出自太學。」唯恐主事王修死得不夠快，許子威笑了笑，繼續緩緩補充，「而言傳終不如身教，如果為人師者貪贓枉法，損公肥私，教出來的學生，又怎麼可能把陛下的期望放在心上？到頭來，一個個爭相殘民自肥……」

「夠了！」王修猛地跳了起來，雙手做鷹爪狀，抓向許子威面孔，「許老怪，你，你血口噴人！王某，王某乃陛下族弟，怎麼可能看得上這點兒小錢？」

許子威一改先前老態龍鍾模樣，豎起枴杖，劍一樣指向王修的胸口，將此人逼得連連後退，「怎麼，王主事欲殺老夫滅口嗎？老夫雖然致仕多年，朝堂上，好歹還有幾個舊交在，絕不會看著老夫死得稀裡糊塗！」

「你，你……」王修氣得眼前陣陣發黑，這才想起來，許子威曾經是前朝的上大夫，清流之首，前半輩子做的都是彈劾別人的勾當！而現在，他想要後悔，卻哪裡來得及。只能期望能通過胡攪蠻纏，先將眼前危機對付過去，然後用最快速度消滅一切罪證。

他的願望很完美，然而，旁邊看熱鬧的卻不只是一群學生，還有祭酒劉歆（秀）和副祭酒揚雄。二人知道許子威既然把老師和學生們的米糧柴薪被貪污剋扣的問題擺在了明面兒上，並找了藉口騙他們來到現場，就不會再輕易放過王修。而此事不加限制的繼續鬧下去，倒楣的恐怕就不止是王修自己，萬一驚動了皇上，在其盛怒之下，整個太學，恐怕都得天翻地覆！

「唉！」相對著嘆了口氣，副祭酒揚雄和祭酒劉歆（秀）快步上前，擋在了許子威和王修二人中間，相繼說道：「子威兄，王主事，二位暫且息怒。朝食時間堪堪將過，學子們不吃飯，哪裡有力氣讀書？」

「二位剛才的話，揚祭酒和劉某都聽到了。太學乃為國家培養棟梁之地，這種事情，肯定是越早查清楚越好。王主事你不要著急，許大夫也不要動怒。劉某這就讓人封了帳目，徹查此事到底是何人所為？及早抓到真正的貪污挪用者，也好還王主事一個清白。」

畢竟是祭酒和副祭酒，他們兩個的話，任何師生都不能不理。而當著眾多學生的面折騰，也的確有損太學的形象。因此，王修和許子威二人雖然都恨不當場生撕了對方，卻只能暫時偃旗息鼓。

周圍的學生見沒熱鬧可看，紛紛嬉笑著離開。劉秀和鄧奉等人也終於出了口惡氣，帶著滿懷的感激和佩服，偷偷向許子威行了個禮，然後快步走向食堂。

嘉新公劉歆（秀）動作極快，當天下午，就徹底查明了糧食和柴薪被剋扣的真相。包括林海在內，一共十六位涉案的教習、學吏，被太學開格，交付有司查辦。太學主事王修雖然沒有貪污，但也因為「馭下不嚴」，主動引咎辭職。只留下了一個鴻儒的名號，繼續教書育人。

很顯然，這次王修的「皇家血脈」，又發揮了作用。使得嘉新公劉歆（秀）不得不放了他一馬。雖然此人跟大新朝的皇上，只是出了五服的遠親。血脈之間的聯繫已經非常稀薄！

在感慨「王家人」的強大之餘，眾師生，難免也把話題轉到了這場衝突的另外一位當事人，許子威身上。赫然發現，這老怪，雖然已經致仕多年，當年的本事，可依舊爐火純青。

太學主事在原本該發給師生的錢糧物資上動手腳，並非王修的創舉。歷朝歷代，每一位主事，都會這麼做，差別只是多少而已。在所有人眼中，這幾乎已經成了慣例。而慣例，通常就不會有人較真兒。當然，如果較真兒，就一抓一個準兒，根本不需要認真去尋找證據，反覆查驗。

復古乃當朝第一等大事！皇上在做重大決策之前，最恨有人橫生枝節。嘉新公奉命為復古造勢，也不希望聽到太多雜音。而太學的各類物資被貪污挪用之事，恰恰在這個節骨眼兒上，被許子威給捅了出來……

「嗤！沒點兒本事，怎麼可能做得到上大夫？」當議論聲傳回嘉新公劉歆（秀）的耳朵，後者立刻冷笑著搖頭：「上大夫位於九卿之下，專職負責彈劾百官，檢舉不法！當年咬上誰，對方不得脫一層皮？王修只看到了王麒和王固許諾的好處，卻不想想，如果許子威那麼好惹，他們的長輩自己怎麼不去惹？利令智昏的東西，可惜了那一肚子聖賢書。」

無論太學裡的師生在背地裡如何交頭接耳，但是，有一點，卻誰都不敢否認。那就是，許子威這老怪物護犢子護得厲害。誰要是欺負了他的弟子和門生，他絕對不會因為顧忌對方的背景就不聞不問。

於是乎，劉秀的處境，在短短幾天之內，就大為改善。非但以往幾個受了王修指使暗地裡給他小鞋子穿的教習和學吏大為收斂，就連太學裡的一些紈絝子弟，包括綠帽師兄蘇著等，都對他禮敬有加。誰都不想為了替別人出頭，把自己和自己身後的家長拖累進來，成為許老怪下一次攻擊的靶子。

對於周圍眾人態度的變化，劉秀當然能感受得到。然而，他的內心當中，卻沒有湧起太多波瀾。首先，他原本就是一種沉穩寬容性格，對於外人的態度，並不是太在意。其次，他清楚地知道，大夥尊敬和忌憚的不是自己，而是恩師許子威。這就跟俗話所說的「頭二十年看父敬子」是一個道理。

還有第三，就是百雀樓的大火，至今還沒找到「真凶」。長安城內的官兵都已經急紅了眼睛，恨不得將任何與「西城魏公子」有過來往的人，全都當「疑犯」抓進大牢中嚴刑拷打。如此緊張關頭，傻瓜才會跳來跳去吸引別人的注意力。

於是乎，「低調做人，用心讀書」八個字，在接下來的日子裡，就成了劉秀的座右銘。除了每隔半個月左右被馬三娘以「考校武藝進境」為由，拖到許府後花園「痛毆」一頓之外，他平素很少再出太學大門。課餘時間，幾乎全都花在了藏書樓中，一邊幫助負責管理藏書的學吏們修補書簡，一邊利用藏書樓中從不熄滅的油燈，發奮苦讀。

鄧奉、朱祐、嚴光三個，起初還本著有難同當的想法，一抽出時間，就跑到藏書樓來幫劉秀修補典籍。到後來，發現這差事辛苦固然辛苦，卻有數不完的書籍可讀，用不盡的燈油可用，並且偶爾做得好了，還有賞錢可拿。頓時，一個個就如同老鼠鑽進了糧倉裡，誰都不肯再輕易離開了。負責管理書樓的學吏見他們年少好學，又都「師出名門」，便對三人渾水摸魚的行為，選擇了睜一隻眼閉一隻眼。反正館藏書簡缺損者甚多，甭說再多三名學子幫忙，就是再多三十人，三百人，沒有十年八載，也修補不完。

人在沉浸於一件自己喜歡的事情中時，就感覺不到時間的流逝。幾乎一轉眼，冬天就過去了。然後又一轉眼，花開，花落，雨起，雨收，落葉繽紛，大雁南歸。

第二個學年，悄然而至。更多的學子，如過江之鯽般湧入了太學，經過初步評定之後，被分入各位鴻儒、秀才、公車、韋編門下。太學裡邊越來越熱鬧，太學外邊，也越來越擁擠。

經歷了九個多月時間，百雀樓的大火，已經徹底被人遺忘。真凶據說是城南的一群地痞，在春天時被官府捉獲歸案後，羈押到秋末，悉數砍了腦袋。但明眼人誰都知道，這群地痞只是官兵們無奈之下，胡亂抓的替罪羊而已。能無聲無息將「西城魏公子」及其手下二十幾個爪牙全都幹掉，然後又從容脫身者，武力絕對不會輸給聶政、朱亥。而身懷聶政、朱亥那樣的絕技，誰還會窩在城南做混混？又怎麼可能在官府找上門來時束手就擒？

然而知道歸知道，卻是誰都不會替地痞們喊冤。首先，那些只懂得坑蒙拐騙，行事欺軟怕硬的地痞流氓著實個個死有餘辜。其次，「西城魏公子」原本就不是什麼好鳥，殺他乃是為民除害。對於這樣的大俠，眾人保護還來不及，吃飽了撐著才會支持官府對其窮追不捨！

地痞們被處決的那一天，朱祐特地跑去看了一回熱鬧。回來之後，在夥伴們面前口若懸河，將十幾個地痞流氓在法場上被嚇尿了褲子的醜態，描述得活靈活現。鄧奉嫌他出去看熱鬧時不招呼自己，故意嘲笑他不務正業。朱祐卻搖著頭，大聲道：「非也，非也，你只知其一，不知其二。第一，世間諸事，皆可修身。光知道埋頭苦讀，難免會讀成書呆子。第二，子曰：『三人行，必有我師。』看了那些地痞流氓的下場，就會在心裡告訴自己，這輩子千萬別活成那樣的人。平素恃強凌弱，看上去威風八面。事實上卻是別人眼裡的一隻土狗，用的著時驅趕著四下亂咬，用不著時，立刻抓了下湯鍋。」

「呸！就你理由多！」眾人聽罷，一個個搖頭撇嘴。但內心深處，卻愈發地警醒。這世道，如果不能出人頭地，就會變成砧板上的魚肉，官府時不時來割一刀，豪門家奴時不時來割一刀，地痞流氓再時不時來割一刀。三割兩割，就會被分吃個乾淨，根本甭指望誰會手軟，誰會替你主持公道！

意識到自己所處的地位，並且有了努力的方向之後，四名少年讀書愈發用功。非但儒門五經研讀不倦，對於其他館藏各家經典，只要感覺有興趣或者認為日後對自己有用的，也謄抄、背誦、揣摩，務求窮其本意。說來也怪，四人把心思都放在了讀書上，根本沒時間去跟同學往來。結果，非但未曾被同學們視為異類，身邊的朋友，反而越聚越多。

有的人，如綠帽師兄蘇著，還有一個名叫周昌的紈絝子弟，是出於誤解，認為劉秀的背景深不可測，所以才有意跟他親近；有的人，是出自精明，認為劉秀、鄧奉、朱祐、嚴光四兄弟如此努力，並能持之以恒，未來的前途必然非常可期，所以才提前開始結善緣。有的人，是受了四兄弟的照顧或者恩惠，如鄧禹、牛同等，感激之餘，自願追隨。但是，更多的人，則完全出於佩服、欣賞或者投緣，覺得跟四兄弟在一起時，總有說不完話題，永遠不用擔心被欺負，遇到學業上的疑問，也總是能群策群力，快速找出最恰當答案。

結果，在不知不覺中，太學裡便傳起了「書樓四俊」的名號。同齡或者臨近年齡的學子，都知道，有四個經常在藏書樓中打雜的同窗，學業出色，人品可靠，並且個個古道熱腸。相比之下，什麼「長安四虎」、「鳳巢五霸」、「北城七雄」之類的綽號，反而沒多少人再提了。即便偶爾談到，大多數學子臉上也立刻寫滿了鄙夷！

長安距離南陽郡頗為遙遠，往來一次極為耗時。劉秀、鄧奉、朱祐、嚴光四個，也都不是出於什麼富裕人家。因此，第二年冬休，四人又留在了太學之中，誰也沒有提回去探親的茬兒。只期待能早日完成學業，然後披錦而還，讓各自身後的家族，擺脫任人宰割的命運。讓長輩和關心自己的人臉上，早日出現驕傲的笑容。

倒是四人各自的授業恩師，不忍心看到自家得意門生讀書太辛苦熬壞了身體。在除夕後，陸續派人將四學子叫回家中，打了好幾頓牙祭。

朱祐的老師劉龔性子在四鴻儒裡頭，最為隨和。見劉秀等人個個長得玉樹臨風，便在酒席間開起了玩笑。說皇上正在給其二女兒建寧公主王嬅擇婿，長安城內未婚世家子弟，無不踴躍自薦。然而，王嬅雖然生為女兒身，卻繼承皇帝陛下大部分的才氣和眼光。對送上來的備選名單，都不屑一顧。直到被皇帝催急了，才借著與其長姐黃皇室主出門賞雪的機會，邀請了求婚者們一道赴宴，當場出了三道題目，考校眾人的學問。

結果，竟無一人能全部答對。賓主雙方，都失望而歸。論本事，「書樓四俊」肯定不在那些世家子弟之下，不如也把題目找來做做，一旦全答對了，說不定就能娶個公主回家，同時瞬間名滿天下！

「弟子，弟子一直視文叔為兄。兄長親事未定，弟子不敢爭先。」隨著年齡增長，朱祐的性子越來越活潑，無法直接拒絕其恩師的提議，乾脆就推劉秀出來當擋箭牌。

劉秀聞聽，立刻窘得面紅耳赤。舉著酒盞嚅囁了半晌，才訕訕答道：「劉師有所不知，學生家境甚貧，太學一行，幾乎將兄長的積蓄花了個精光。所以學生在入學第一天就早已發下宏願，卒業之前，不敢心生旁騖。」

「學生在老家，已經定親。」

「學生，學生生性跳脫，恐怕難入公主之眼。」

嚴光和鄧奉兩個，也趕緊放下酒盞擺手。唯恐拒絕得慢了，被老好人劉龔當作候選駙馬給上報皇家。

並非他們對皇家有什麼成見，也非那建寧公主王嬅生得奇醜無比。事實上，能娶公主為妻，乃是眾多少年讀書郎的美夢之一，劉秀等人也不能例外。而建寧公主王嬅，非但天資聰慧，相貌據說也不輸給其姐姐黃皇室主分毫。只可惜，建寧公主的年紀，比四人略長了一些，早在十二年前就已經及笄。其前任夫婿也與黃皇室主的夫婿一樣命薄，沒等來得及理解男女之別，就急匆匆地「跨鳳而去」[注十]。

此際奉行早婚，大戶人家的女兒雖然十六歲才及笄待嫁，平民百姓家的女兒，十二歲成親，

十四、五歲作娘的比比皆是。劉秀、鄧奉、朱祐、嚴光四人雖然都想出人頭地，但是也不願娶一個比自己大了整整一輪的公主，借此平步青雲。那樣，功名富貴雖然來的容易，恐怕永遠會被太學的同窗們不齒！百年之後，在史冊上可能也會留下笑柄。

他們這些心思，當然不能明說，所以只能胡亂找藉口搪塞。好在鴻儒劉龔，也只是隨口一說，並未認真。饒是如此，少年們在酒宴過後，依舊心有餘悸。相約誓今後這樣的酒席，一定能推就推，千萬別再自投羅網。

然而，一天之後，許子威派阿福準備馬車來接，四人依舊欣然前往。酒宴間，許子威也未能免俗，笑呵呵地說起了建寧公主出題擇婿的掌故。但是重點卻沒有落在四人是否應該前去碰碰運氣上，而是興致勃勃地點評起了題目本身。

「淮陰領兵一千五，戰罷歸來六成餘。三人一排多出二，五人一隊末為四；若是七人各成列，最後一列尾缺一。」帶著幾分考校意味，許子威笑著將題目如實背出，「問戰歿者幾？實歸者幾？」

「一千另四十九！」說來也怪，四人當中學業最好的朱祐尚在抓耳撓腮，答案居然從嚴光嘴裡脫口而出。

「善！」許子威稍稍一楞神兒，立刻大笑者撫掌。「這第一題，當日用時最短者，據說也算了足足一炷香功夫。如果子陵在，根本無須再考第二題，此題過後，高下已分。」

注十、秦穆公的女兒早夭，後人訛傳其被神仙看中，與夫婿一道成仙。一騎龍，一乘鳳。

「學生只是喜歡算術，熟能生巧爾！」嚴光被誇的臉色發紅，笑著起身行禮。

「坐，子陵且坐，今日乃是家宴，無需顧忌那麼多禮節。」許子威從來不在自己看好的晚輩面前擺架子，叫著嚴光剛剛取的表字輕輕揮手。

「謝恩師！」嚴光紅著臉跪坐於矮几之後，目光炯炯，殷切盼著第二道題的出現。

「下一題，考的東西就多了。穆公有女弄玉，善奏笙。其婿善奏簫。子知笙、簫何為而作？始於何時？今簫古簫，有何異同？」知道少年人爭強好勝，許子威也不讓四人多等，笑了笑，繼續將第二道題如實轉述。

秦穆公的女兒弄玉和女婿簫史因為音樂而相知相戀，最後雙雙成仙的故事，在民間廣為流傳。但民間只流傳這段戀情的神奇，卻從未涉及到二人所持樂器的具體細節。建寧公主以此典故為題，很顯然，一是以弄玉和簫史的婚姻為例子，申明未來的夫婿，必須跟自己志同道合。二則，想要考校求婚者知識的廣度，免得嫁給了一個不學無術的紈絝子弟，或者白首窮經的書呆子，後半生過得索然無味。

「笙者，生也；相傳為女媧氏所作，義取發生，律應太簇。簫者，肅也；相傳為伏羲氏所作，義取肅清，律應仲呂。古有『雅簫』，編二十三管，長尺有四寸；又有『頌簫』，編十六管，長尺有二寸。總謂之簫管。其無底者，謂之『洞簫』。後世厭簫管之繁，專用一管而豎吹之。又以長者名簫，短者名管。今之簫，非古之簫矣！然其所奏之樂，卻毫厘不差。蓋去繁就簡，人之本欲也！若棄一管而重回二十三編，則非但奏者不勝其力，聞著亦難免頭暈腦脹！何苦來哉！」[注十一]這回，卻是劉秀搶了先。面帶笑容，侃侃而談。

話音落下，許子威竟忘記了撫掌。楞楞半晌，才喟然長嘆：「善，大善。非但前面答得毫厘不差，最後兩句，更是切中時弊，令為師耳目一新。只可惜，當日公主出題之時，你不在場。否則，此言能經公主之口，傳入陛下之耳，明年冬天時，也許就可以少凍死許多人！可惜，真是可惜！」

「弟子昨天若是在場，肯定答不出來！」劉秀被誇得有些不好意思，笑了笑，低聲補充，「弟子今早，從別人嘴裡聽過這三道題。剛才坐車的時候，一直在琢磨答案……」

「好啊，劉文叔！原來你早就知道了題目，卻不告訴我們！」鄧奉立刻跳了起來，作勢欲撲。

「想必第一題你也早已經解了出來，剛才只是故意沒有回答，讓我空歡喜了一場！」嚴光的性子遠比鄧奉沉穩，卻也微笑著抗議。

「沒有的事！」劉秀聞聽，趕緊擺著手解釋，「第一道題並非我所長，直到剛才，我依舊沒算出結果。第二道題出自劉祭酒父親所著的《列仙傳》上卷，我前幾天剛剛修理了其中的兩條破損的竹簡，當時看著覺得有趣，就一下子記在了心裡！」

「你又故作謙虛！列仙傳裡，只涉及到了一段典故。但公主所出的題目看似簡單，卻涵蓋了《春秋》、《雅樂》和《禮記》。非熟讀此三經者，很難一下子就給出詳盡答案。」

「就是，你總這樣！須知自謙過甚，便近於偽也！」

「同樣是修理書簡，為何我們卻都沒看到這些？你這運氣也太好了一點兒？」

注十一、這幾句話，引自《東周列國志》，有些許改動。前面的韓信點兵之題，是古代數學名題，出自《孫子算經》。

鄧奉、嚴光和朱祐三人卻不肯相信，一個接一個，大聲開口反駁。

大夥終日朝夕相處，彼此之間也算知根知柢。若論聰明機變，朱祐當數第一。若問細緻多謀，則嚴光高出其他所有人不止一頭。而若論見聞廣博，知識積累雄厚，則劉秀肯定要將大夥全都甩出老遠。畢竟他是最早進入藏書樓博覽百家之書的，平素學習也最為用功！

看著四名學子在自己眼前打打鬧鬧，許子威感覺自己身體裡一下子就又充滿了活力。年輕就是好，有充裕的時間和精力可用，眼睛裡也沒有太多塵雜。可以大膽的指點江山，品評古今人物，既不用擔心說錯了丟臉，也不用擔心身邊的朋友去檢舉告密……

正滿懷羨慕地看著熱鬧，卻聽到自家義女三娘用筷子重重地敲了下桌案，大聲催促：「行了，行了，行了！你們再誇他，他就也要乘龍上天了！文叔，你快說，第三道題是什麼，你是否已經想到了答案！」

「三姐妳太高看我了，我這裡一點兒頭緒都沒有！」劉秀被筷子敲打桌案聲嚇了一跳，搖搖頭，笑著回應，「第三道題，聽起來更為複雜。國之大事，在祀與戎，周有武衛大扶胥[注十二]，四馬引之。馬披革衣，車護銅甲。天寒雪厚，如何驅之而戰？答題者可口述，亦可演示，切實可行者，便算過關！」

「倒也！先是《數》，然後是《禮》、《樂》，這回，又考到《御》了！」朱祐聞聽，立刻兩眼翻白，做眩暈狀。

「這位建寧公主哪裡是挑選丈夫，分明是替皇上挑選秀才！」嚴光搖著頭，連連苦笑。

禮、樂、數、書四藝，大夥在太學裡頭都有條件研究琢磨。射箭之術，也勉強可以在馬三娘的指點督促下，偶爾練習之。然而御道，除了時間、精力和悟性之外，卻需要大量的金錢來做支撐。長安物貴，居之不易。為了購買筆墨書籍，大夥把當初沿途繳獲的戰馬，都早已委託阿福找牙行去換了銅錢。平素哪裡有機會摸到已經瀕臨絕跡的戰車？即便豁出去臉皮去找人借，過後也找不到合適的場地去練習！

唯獨鄧奉，雖然一樣沒多少機會摸到戰車，卻不甘心總是被其他三人甩在身後。拿著筷子和酒盞在自己面前的矮几上擺弄了片刻，忽然笑著抬起頭，大聲說道：「依我之見，你們都被建寧公主給捉弄了。她知道皇上力行復古，所以就拿武王伐紂所用的四駕戰車來做障眼法。無論是誰聽了之後，肯定首先就想到的是御者如何掌控如此沉重的馬車，主將和戎右如何相互配合？事實上，在冰天雪地中，這種戰車能不翻就已經要感謝神明庇佑了，怎麼可能衝鋒陷陣？」

「那豈不是說，這道題根本沒有答案，公主她根本不想嫁人？」馬三娘聽得滿臉興奮，揮舞著拳頭大聲詢問。

有那麼多青年才俊競相求娶，還有機會自己挑三揀四，最後還誰都沒看上，出難題讓所有求婚者知難而退，這建寧公主，真是女中豪傑。如果哪天自己能遇上，一定將她拉回家中，同飲三百大杯！

「答案肯定有，只是那些公子王孫，如何能想得到？」鄧奉卻不肯配合她的心思，搖搖頭，帶著幾分傲然回應，「冰天雪地，戰車所面臨最大問題便是路滑，自身又龐大笨重，容易翻倒。但我看百姓在大雪天裡賣柴炭，個個都唯恐牛車上拉得少，擔心雪下得不夠厚。卻從來沒有人

注十二、武衡大扶胥，周代大型戰車，見於《六韜》。

擔心牛車太重容易翻掉……」

「牛車和戰車如何能比？」沒有耐心等他把話說完，馬三娘就大聲打斷。

「當然不能比，但道理卻是一樣。」鄧奉又笑了笑，大聲補充，「賣柴炭的百姓，遇到上坡，就先把車輪卸下來，然後讓牛拖著車走。就憑著車底下的兩根木條，便可以滑上滑下。而人在後面，反而要想辦法拉緊車身，免得其滑動太快！根本不用擔心翻車，因為車身原本就貼著地面兒！」

「噢——！」眾人恍然大悟，看向鄧奉的目光中，立刻充滿了佩服。

「善，大善！」許子威在主人的位置上，也再度連連撫掌，「道家有云，大道無形，生天育地。大道無情，運行日月；大道無名，長養萬物；細細想來，此言誠不我欺也。車身已經貼在了地上，自然就不容易再翻。而積雪既然容易將人馬滑倒，當然也利於車身滑行。這些道理肉食者不知，賣炭者卻早已身體力行多年，真是妙哉，奇哉，令人感悟良多！」

說著話，居然一下子就陷入了某種玄妙狀態，老臉發紅，頭顱後仰，左右兩個手掌交替拍案不止。

馬三娘對此早已見怪不怪，很熟練地叫僕婦取了兩個塞滿了羊毛的靠枕入內，擺放於自家義父身後，免得老人家因為亢奮過頭而仰面朝天栽倒。然後舉起酒盞，向劉秀等人晃了晃，低聲道：「讓你們幾個見笑了，他老人家一直就是這樣，突然想起什麼事情來，就會物我兩忘。來，咱們幾個難得一見，讓我這個做姐姐的，敬你們一杯，飲盛！」

「飲盛！」劉秀等人見她說話斯文大方，渾然沒有當初那動不動就掄刀砍人的狠辣模樣，都忍不住心中偷笑。表面上，卻做出一本正經模樣，大聲答應著舉起酒盞，一乾而盡。

「那個，做駙馬的事情，你們四個，就真的一點兒沒有想法嗎？」馬三娘的眼睛中星光閃爍，滿臉促狹，一邊點手示意僕婦繼續給大家斟酒，一邊帶著幾分鼓勵詢問。就像一個賢惠的姐姐，在替幾個即將成年的弟弟操心終身大事。

如果不知道她以前的根柢，四俊當中，肯定有人會上當。然而當年渾身是血提刀推門而入的形象，在大夥記憶裡實在太深刻了。讓人無論如何都不會相信，不過是寫了一年毛筆字，她就能脫胎換骨。當即，四少年就相繼搖頭，然後異口同聲地回應，「三姐休要拿我等開玩笑，公主雖然是窈窕淑女，然而我等卻生得太晚了些，實在不敢做如此奢求！」

「我呸！還嫌人家年紀大？人家還沒嫌你們年紀太小，屁也不懂呢！」馬三娘立刻就裝不下去，將酒盞朝面前矮几上一頓，大聲反駁。

「嫌也好，不嫌也好，反正我等是不會往上湊！」看到馬三娘原形畢露，劉秀笑得連連搖頭，「況且那三道題，真的很難回答。我今天早晨想了整整一路，才只琢磨出了第一題……」

「真的？」馬三娘卻不肯相信，歪著頭，滿臉狐疑。

「真的！如假包換。」劉秀在她面前，從來不裝老成。又笑了笑，輕輕舉起右手，「我可以對天發誓……」

「哪個要你發誓了！」馬三娘笑著瞪了他一眼，剎那間，全身上下都彷彿灑滿了陽光。「那種問題，回答出來，又有什麼好得意的。況且她就是故意在難為人，你要是當場回答出三個問題，她說不定還會出第四個，第五個，第六個，反正，什麼時候把你嚇得知難而退，什麼時候才會作罷！」

「三姐高見，小弟佩服！」沒等劉秀回應，朱祐搶先挑起了大拇指。「如果妳當時在場就好了，定然讓許多人不再上當受騙。然後公主說不定反而會著了急……！」

「油嘴滑舌！」馬三娘今天心情極好，只是輕輕白了他一眼，便不再出言打擊。

「沒油啊，我今天一直挑素菜吃……」朱祐卻被白得心中一蕩，本能地就想再貧上幾句。然而眼角的餘光忽然看到在旁邊始終彬彬有禮的劉秀，忽然打住了話頭，又嘆了口氣，輕輕搖頭，「唉——」

「你又怎麼了，大過年的，嘆什麼氣？小心變成小老頭兒。」馬三娘知道他身世淒苦，連忙用玩笑話打岔。

朱祐心神又是一黯，看看馬三娘，又用眼角的餘光看看劉秀，強笑著敷衍：「我是嘆氣，這三道題目，幾乎將君子六藝，禮、樂、射、御、書、數，全都包括了進去。尋常人家的子弟，平素連馬車都摸不到幾次，更何況是作戰所用的武衛大扶胥？」

他原本是在隨口編造理由，以免讓人看出來自己到底是因為什麼而難過。卻不料，馬三娘立刻就當了真。先將眉頭皺了皺，隨即單手拍案，「這有什麼好嘆氣的？如今行軍打仗，戰車根本就是擺設，誰還會駕著笨重的武衛大扶胥衝來衝去？你要是真的想學，我幫你找機會就是。孔師伯家在城外有座園子，平素根本就沒人住。而他現在手握重兵，借輛觀禮用的戰車出來玩玩，總不會太難！」

「三姐，三姐，我只是，我只是隨便一說！」沒想到馬三娘會如此熱情相待，朱祐窘得面紅過耳。連忙坐直了身體，用力擺手。

「我看此事可行！」話音剛落，先前一直在神遊天外的許子威，忽然又返回了人間。手拍桌案，大聲決定，「戰車和場地，我去找孔師兄想辦法。君子六藝，你們四個絕不能找藉口不努力修習。禮、樂、射、御、書、數，雖然將來未必都用得上，但聖人將六藝並列，自然有他的道理。

如今天子力行復古，說不定哪天，就會把君子六藝全拾起來，當作選拔評判人才的準繩。」

「這？師尊，我等，我等……」劉秀等人又是驚詫，又是感激，不知道該說什麼才好。

許子威卻又笑了笑，帶著幾分關切補充，「三娘生來喜動不喜靜，老夫關了她整整一年，眼看著她一點點變了模樣。老夫欣喜之餘，卻又總是惶恐不安。怕把她關得狠了，又要突然消失得無影無踪。所以，你們師姐弟平素抽空去孔家的園子裡，學習一下射、御二技，好歹也都能透一口氣，活動活動筋骨。沒必要終日陪著我這老頭子，弄得你們一個個也都像好幾十歲的人一樣。這樣不好，失了天性，不好！年輕人，就該有年輕人的樣子！」

「原來您老是怕三姐憋出病來！」朱祐恍然大悟，笑著連聲答應，「去，一定去，學生絕不辜負您老的良苦用心。文叔、子陵、士載，你們三個不常說吃不下飯嗎？咱們多去外邊活動活動，肯定胃口大開。」

「你就知道吃！也不看看自己，都快肥成肉球了！」劉秀、嚴光和鄧奉三個，異口同聲地打擊。

「這不是肥肉，這是一肚子聖人之學。」朱祐立刻拍了下圓滾滾的小腹，朗聲作答。

「哈哈，哈哈，哈哈哈……」看著兄弟四人談笑炎炎的模樣，許子威又禁不住啞然失笑。

「年輕，就是好。三娘，為父已經幫妳幫到這兒了，想要抓住其中一個，妳自己也得多努力才行。」

以劉秀現在的年齡和心智，如何會覺察不到，許子威在努力撮合馬三娘和自己？然而，覺察到歸覺察到，他卻無法決定，自己該不該接受這份善意。

馬三娘美麗、大方、善良、坦誠，並且武藝高強。在許家過上了一整年安穩之日之後，身上的鋒芒漸漸隱去，整個人從頭到腳，都增添了許多雍容華貴之氣。這樣一個妙齡女子，如果能娶回家，肯定是一生的良伴。劉秀知道，劉秀承認，然而，他卻無法忘記，另外一個嬌花照水般的身影。

在過去這一年多時間裡，劉秀曾經在心中無數次試圖說服自己，三姐是才是最好的，而醜奴兒不過是一份奢侈的夢幻。自己比醜奴兒大了四歲多；自己不受陰家任何人待見；眼下的劉家和陰家，門不當戶不對，彼此間橫著一道天塹般的鴻溝；陰固父子不遠千里將醜奴兒接到長安來，明顯是想在長安城中給她找一個前程遠大的夫婿……

然而，所有理由，卻都抵不住怯怯的一句話：三哥，他們是他們，我是我……

每當這句話在耳畔響起，劉秀精心尋找的那些理由，就都在剎那間粉身碎骨！而他本人，也像被當胸狠狠捶了一拳，心口處又悶又疼。隨即，一種倔強和不甘，就迅速湧遍了全身。

陰固不願意讓他登門，是覺得他無法給陰家帶來足夠的好處。陰方用有恩必償的方式劃清界線，是不看好他的前程。而他，又怎麼可能做一輩子窮書生！史冊記載，蘇秦[注十三]年少時曾經窮得無處立錐，最終卻掛六國相印。百里奚[注十四]窘迫時曾經在路邊乞食，最終卻成為五羖大夫。自己努力未必輸給蘇秦，堅韌未必差於百里奚，憑什麼就注定會一輩子窮困潦倒，沒沒無聞！

這種倔強與不甘，雖然與馬三娘無關，卻無形中，加大了他與馬三娘之間的距離。彷彿如果他接受了三娘，就等同於主動向命運低頭。等同於主動承認，陰家對他的那些疏遠和輕視，都再正確不過。他劉秀就是一個既沒本事又沒骨頭的窮酸書生。不借助老師和岳父的勢力，就狗屁不如！

於是乎，面對許子威的善意，他選擇了繼續裝傻。儘管有時候他也知道，自己這樣做很過分，而馬三娘很無辜。「況且朱祐對三姐情根深種，如果三娘嫁給我，朱祐肯定會傷心！」有時候，劉秀會努力讓自己看起來更高大，更善良。畢竟比起自己的左顧右盼，朱祐的痴情著實令人感動。

於是乎，在所有人都心照不宣的狀態下。切磋御術和射藝，就變成了師姐和師弟們之間真正的切磋，絲毫沒有朝許子威期盼的方向發展。直到假期結束，三姐依舊是三姐，劉三依舊是劉三，彼此之間相處默契，卻永遠隔著一條無形的縫隙，宛若雷池。

假期很快就結束了，返校的學子們，帶回了各式各樣的美食和天南地北的奇聞逸事，令太學迅速變得熱鬧非凡。然而，所有美食和奇聞，都不如一個消息對學子們的吸引力來得更大。那就是，有人在解出了建寧公主所出的三道難題之後，又接連通過了公主新增加的六道難關。最終，贏得了公主的芳心和皇帝陛下的賞識。

此人的名字，叫做吳漢。

對於吳漢，大夥可是一點都不陌生。去年在太學門口的酒館裡，經常有人看到他酩酊大醉的身影。而吳漢當初因為跟了一個韋編做弟子，憑空奪下了青雲榜榜首，卒業後卻只混了個亭

注十三、蘇秦年少時窮困潦倒，卻努力讀書不綴。後來憑藉淵博的知識和過人的口才，說服六國共同對抗秦國，被六國爭相禮聘為相。

注十四、五羖大夫，秦穆公用五張羊皮為代價，從楚國人手裡買回了奴隸百里奚，所以百里奚被人戲稱為五羖大夫。百里奚任秦國大夫多年，「謀無不當，舉必有功」，興辦教育，施恩百姓，並且幫助秦國向西拓地千里，一舉解決了西邊各部落對秦國的威脅，奠定了大秦崛起的基礎。

長做的「慘烈」過往，也令人不勝唏噓。

至於吳漢為何連亭長的位置都沒保住的緣由，大夥兒就都不太清楚了。地方官難做，距離長安城越遠的地方，官場裡頭的貓膩就越多。這，幾乎已經是全天下人的共識。

「那青雲榜，到底是什麼來頭？我好像聽說過很多次？」朱祐好奇心重，趁著大夥都在滿臉羨慕地談論吳漢與那九道難題的答案之時，笑著打聽。

「入學這麼久了，你居然不知道青雲榜為何物？可真是個書呆子！」快嘴沈定，從不辜負他的綽號，立刻接過話茬，大聲奚落。

「小弟也不知道，還請沈兄指點迷津！」嚴光靈機一動，也湊上前，笑著拱手。

當初他和劉秀等人在棘陽所面對的縣宰岑彭，也跟吳漢一樣，做過青雲榜的榜首。此人的武藝、智謀、以及處理事情時候的狠辣果決，都給大夥留下了非常深刻的印象。所以，每當聽到青雲榜三個字，嚴光就格外留心。

其實根本不用他來畫蛇添足，沈定肚子裡，向來都藏不住任何秘密。得意洋洋地四下看了看，將聲音提高了幾分，繼續賣弄道：「這個，說來話就長了。青雲榜，顧名思義，當然是平步青雲。當初太學設立此榜之時，乃是為了激勵學子們發奮讀書，勇於爭先。所以，只要能位列榜內者，卒業後的前程都不會太差。」

「那豈不是跟歲末大考沒了分別？」嚴光聽得微微皺眉，故意啞著嗓子往歪了理解。

快嘴沈定果然上當，立刻笑著搖頭：「大謬，此言大謬。歲末大考是歲末大考，青雲榜是青雲榜，豈可相提並論？歲末大考，一年一次，考的永遠是儒門五經，憑一張考卷兒定輸贏。而青雲榜，卻要求禮、樂、射、御、書、數，六藝精通。向來就不是死讀書簡，就能如願以償的。

想位列榜上，比歲末大考不知道難了多少倍！並且每隔數年，才評定一次。只要入榜，就注定名揚天下！」

「啊——」嚴光聽得暗暗乍舌，隨即，又忍不住低聲追問，「那，那吳子顏，為何連個亭長的職位都沒保住？按理說，他才華出眾，名氣又那麼大，應該能讓別人有所忌憚才對？我聽說他回到長安已經好幾年了，為何，為何竟然沒有任何人幫，幫他一幫？」

「那還不簡單，他當初得罪了王……」快嘴沈定想都不想，立刻給出答案。然而，話說到一半，卻果斷又將下半截兒吞回了肚子。警惕地四下看了看，低聲補充：「當然是得罪了不該得罪的人。不過，有本事的人，終究不會困死在淺灘上。這不，吳漢師兄竟連過九關，贏得了公主的芳心。今後，看誰還敢故意壞他的前程！」

「噢——！」眾人恍然大悟，在羡慕之餘，對吳漢這些年來的遭遇，也充滿了同情。既然此人出身太學，大夥在提及他的時候，難免就會把自己代進去。然後欽佩、感慨、進而覺得揚眉吐氣。在建寧公主與駙馬成親的當天，許多學子還特地請了半天假，去街上看新郎官跨馬迎親。據說，那吳漢一改昔日在校門口酒館裡的落魄模樣，看上去風流倜儻，宛若宋玉在世，子都[注十五]重生。

然而，劉秀在人群裡，卻分明看到一張塗滿了脂粉的臉。僵硬、冰冷，無喜無悲！

注十五、子都，春秋第一美男子。當時世人曾經有云，不見子都之美者，謂之心盲。

「吳師兄並不滿意這樁婚姻婚事！」剎那間，劉秀悚然而驚。隨即，就感覺到了寒風刺骨。吳漢師兄看中的，既不是公主的淵博睿智，也不是公主的美貌大方。他看中的，僅僅是建寧公主這個稱呼。

換句話說，經歷了青雲榜首卻僅授亭長之職，就職不到兩年即被上司罷免驅逐，回到長安尋找門路卻連續數載無人援手等一連串打擊之後，吳漢終於「大徹大悟」。以無與倫比的果斷與機智，連闖九關，最終把自己「嫁入」了皇家！

從此之後，他也正式成為了「王家人」的一員，並且比其他大多數「王家人」，距離皇帝更近。從此之後，那些曾經想盡各種辦法打壓他，毀壞他前程的「王家人」，就無法再阻擋他半步，只能眼睜睜地看著他青雲直上。

從此之後，太學門口再也不會有當劍換酒的落魄書生吳漢！再不會有人醉得站立不穩之時，還念念不忘提醒學弟們躲避危險。再也不會有人隔著數丈遠將全身上下僅剩的值錢之物擲向馬車，只因馬車即將撞上太學的明德書樓。

從此之後，大新朝又多出了一位吳姓皇親。文武雙全，殺伐果斷。

有時候，眼神兒太好了，並不是一種幸運。至少對此刻的劉秀來說，情況是這樣。

在完全看清楚了吳漢娶親時的面孔那一瞬間，他心中沒有湧起分毫洞徹某種秘密的得意。相反，此後接連好幾天，整個人看起來都懨懨的，無論做什麼事情都提不起精神。

好在身邊還有鄧奉、朱祐、嚴光三個，發覺他狀態不對勁兒，雖然無法問清楚緣由，卻及時找到了解決辦法。那就是，將心情不好的人拖到城外的孔家莊園裡頭，騎馬、射箭、駕車、比武，直接累個半死。等一身臭汗出透，洗過了澡，再痛痛快快大吃上一頓，無論什麼煩惱，都可以迅速拋到九霄雲外。

恢復了精神的劉秀，讀書愈發用功。新學年的功課，也愈發沉重複雜。在忙忙碌碌中，正月底那場盛大的婚禮，就被學子們忘到了腦後。新的談資不斷出現，然後又隨著時光的流逝不斷失去吸引力。不知不覺，大夥交談的話題，又回到了「儒門五經」上。歲末大考又來了，五經都在必考之列。

在歲末大考前一晚，劉秀等人特地沒有溫書，而是打著修理典籍的名義，躲進了藏書樓裡，對燈品茗。

這是第二場歲末大考，過去之後，就意味著太學生涯已經來到了下半段。兩年來的寒窗苦讀，非但豐富了四名少年的知識，而且在不知不覺中，將他們的氣質也改變了許多。讓每個人都不復當初剛來長安時的青澀模樣。

鄧奉最近借著其同門師兄蘇著的支持，終於跟百花樓的頭牌歌女貓膩互換了信物，因此春風得意，從頭到腳都透著一股子不加掩飾的自信。

朱祐因為經常被其老師劉龔帶著出去應酬，體態愈發「豐盈」，為人處事也愈發老成圓潤。說出來的話，要麼詼諧，要麼熱情，讓每個人聽了都如沐春風。

劉秀則變得愈發沉穩厚重，大部分時間都不開口，只要開口，往往就是一語中的。讓所有同伴都斷了話題。

而嚴光，最近半年則迷上了《周易》和《算經》。即便在喝茶之時，手指也總習慣性在桌面上曲曲伸伸，彷彿能隨時報出杯子中茶水的重量。

「孫子曰：多算勝，少算不勝，子陵既然如此沉迷易理和數術，何不算算，明天第一場考題為何？」作為後加入隊伍的小跟班兒，鄧禹被手指敲桌子聲吵得頭大，忍不住站起來，笑著打趣。

本以為這樣，至少可以讓嚴光的手指頭暫且消停片刻。誰料後者聞聽，非但沒有將手指停住，反而「咚咚咚咚」，敲得宛若急雨。直到把所有同伴都敲得站了起來，準備給他一點兒「教訓」，才忽然笑了笑，用力拍案，「有了，諸位且慢，明日第一場考試，必然與井田相關！」

「井田？」鄧禹等人立刻收起了拳頭，滿臉驚愕的詢問。「明天第一場，不是考春秋嗎？」

「井田是周禮上的內容，怎麼會放在春秋經的試卷上？」

「可不是麼，井田跟春秋經有何關係？子陵又在信口胡猜？」

……

「誰說井田與春秋經沒有關係？」嚴光收起笑容，緩緩坐直身體，「半月之前，嘉新公忽然心血來潮，在課堂上講了好一陣子《春秋穀梁傳》，你們可記得否？」

「當然記得，當時聽得我差點睡著了。朱祐還被嘉新公點將，當場背誦了一段。」鄧奉警覺地皺起眉頭，小聲回應。

「古者三百步為里，名曰井田……」劉秀隨即將當時的提問內容複述了出來，皺著眉頭補充，「此前我記得嘉新公還講過一次《孟子》，也是關於井田制的內容！而揚祭酒也在課堂上，專門講了田、夫、里、同的換算方法！」

剎那間，所有質疑聲都消失不見。大傢伙兒楞楞地看著嚴光，欽佩得五體投地。

兩位祭酒，不會無緣無故講起井田，而當今朝廷的復古改制，正進行得如火如荼。再聯繫到春秋之時，魯國率先推行按畝繳納稅賦，開毀棄古法之先河，考《春秋》的內容時，直接考到井田制上，簡直是板上釘釘！

「觀一葉而知秋，古人誠不我欺！」半晌之後，朱祐忽然長嘆著說道。「當今天子崇尚復古，宰相借機提議重興井田。最近又有人上本，天下之田盡歸於公。今年歲末大考，不考井田還能考什麼？子陵，你不光是神算，簡直就是鐵嘴鋼牙！就是端著空茶杯，也能啃下塊陶土來。」

「哈哈哈哈哈……」眾人被朱祐逗得捧腹大笑，笑過之後，心中的驚愕盡去，取而代之的，則是對明天考試的信心。

既然已經猜出考題十有八九與井田相關，眾人便不再閒聊，聚精會神討論起書中關於井田制各種記載來。不總結不知道，一總結，居然發現非但《春秋》中有多篇記述與井田相關，《周禮》、《易經》、《尚書》都不能例外。甚至《詩經》內，也有「雨我公田，遂及我私」之語，隱隱與其他各經關於井田的內容暗合。

這下，大夥心內可終於有了明悟。紛紛開口，從各種角度討論破題及解題的可能。為了彼此之間不至於雷同，還特地制定了「臧否」策略。約定一旦遇到類似題目，則有人負責正面稱頌，有人主動擔當反方。一定做到有理有據，言之有物。

一直討論到子時，眾人才帶著幾分雀躍各自散去。第二天早晨，又起了個大早，重新溫習了一遍相關知識點，抖擻精神，奔赴考場。

待展開卷題，劉秀頓時楞了楞，隨即險些當場以掌拍案。只見絹布做的卷面上，赫然藏著兩個大字，井田。其餘幾個字無需看得太仔細，答案就在筆尖噴湧而出。

大約在一個多時辰之後，他將卷子反覆檢查了三遍，確定再無遺漏，便交卷出了考場。恰遇上鄧奉和嚴光從別的考場走出來，三人相視一笑，一起等候朱祐、鄧禹兩個的佳音。

不多時，朱祐和鄧禹也答完題目，仰首而出。此刻距離考試正式結束尚有半個時辰，其他學子正在抓耳撓腮。眾人見此，得意之餘，心中又暗道一聲「僥倖」。看向嚴光的眼神，愈發充滿了佩服。

接下來幾日，其餘四經的考試，也一一進行。果然又如嚴光所料，全都是圍繞著井田制的沿革、優劣、劃分辦法以及恢復可能來展開。其餘學子毫無準備，每場考試結束，都痛苦得捶胸頓足。書樓四俊和鄧禹，則信手拈來，答得無比輕鬆。

隨即半個月有餘，天氣因為化雪而稍有回溫，所有博士和教習們，集中在一起為過萬學子批改試卷，根本無暇上課。眾太學生就撒了鷹，呼朋喚友四下賞雪，而劉秀等五人依舊縮在藏書樓中，手握毛筆刻刀，耕耘不輟。

數日之後，試卷判完。太學牆壁上貼出了一張金色榜單。令其他大部分學子無法相信的是，這一年大考榜首，居然是年齡最小的新野鄧禹。嚴光、劉秀、朱祐和鄧奉，則分別位列二到五名。

一時間，五人名聲大噪，走到哪裡都有人對他們目呈羨色，更常有人打著求教之名，提著禮物到五人的寢館拜訪。言談之中，毫不客氣地亮出了各自背後的家世。希望能將五人當中一到兩個，拉入自家門牆。

汲取當年吳漢的教訓，對於前來拉攏者，劉秀一概交給朱祐應付。而朱祐表面上看起來肥頭大耳，卻生了一顆九孔玲瓏心。收了禮物之後，跟來者東拉西扯半晌，逗得對方笑逐顏開。但是直到最後，卻什麼承諾都沒得到，只能揉著笑疼的肚皮怏怏而去。

「幾位切莫著急，現在上門的，其家族實力都只能算作一般。而等第三場歲末大考之後，才會有真正的公卿之家出手。」快嘴沈定跟五人關係走得近，怕他們過早地被拉攏者預定，找了個機會，悄悄地提醒。

「多謝沈兄！」劉秀等人知道對方出自一番好意，齊齊拱手道謝。

已經過去兩場大考了，第三場，還會太遠嗎？早晚有一天，五人的名字，也會像在太學中一樣，傳遍整個長安。

並不是所有前來示好者，被婉拒之後都知難而退。其中一些自恃家族實力龐大的妄人，見劉秀等居然「不識抬舉」，便悍然發出了威脅。這個時候，就輪到綠帽師兄蘇著出馬了，只見他，先用動嘴巴，再動拳頭，實在不行就直接亮家世跟對方比誰的靠山更硬，一連串絕招下去，頓時就打得對方落荒而逃。

如此七八天過後，非但把朱祐給累得嘴角開裂，蘇著也被累出了一對兒黑眼圈兒。大夥個個筋疲力盡，乾脆直接躲進了藏書樓。發誓風頭不過，不再出來見人。誰料，話音剛落，樓門外，就傳來了一個陰惻惻的聲音，「鄧禹、嚴光、劉秀、朱祐、鄧奉，你們五個都在樓上嗎？趕緊去誠意堂，欽差正在那裡等著你們！」

「欽差，哪裡來的欽差？我們又不是朝廷官員？」劉秀等人長身而起，快速走向樓梯口。低頭下望，恰看見鴻儒王修那張僵屍臉。

「胡亂打聽什麼？難道老夫還能欺騙爾等？才考好了一場歲末試，就如此張狂，平素的修心功課都做到什麼地方去了？」王修就好像被欠了幾百萬錢沒還一般，劈頭蓋臉就是一頓呵斥。

鄧奉被訓得兩眼發紅，本能就打算開口反駁。朱祐卻從背後走上去，用力將他擠開到了一邊。然後隔著扶欄，居高臨下地俯身施禮：「勞您老久候了，我等現在就去。只是我等都沒見過什麼世面，萬一在欽差面前說錯了話，豈不是給您老丟人？是以，還請您老點撥幾句，讓我等心裡多少有個準備。免得見了欽差之後，手足無措！」

「嗯！你倒是懂得禮貌，不枉了劉夫子苦心栽培了一回。」王修終於找回了做師長的尊嚴，滿意地捋了捋山羊鬍子，仰著頭補充：「你們幾個運氣好，試卷被陛下調過去御覽了。陛下為了鼓勵太學的其他學子也奮發向上，特地賜下了筆墨書硯等物。欽差已經在誠意堂等著了，你們去了之後，記得不要亂說亂看。否則，惹怒了欽差，祭酒也救不了你們！」

「多謝夫子！」眾人聞聽，趕緊跟朱祐一道躬身。

王修怎麼看這幾個，都怎麼不順眼。尤其是劉秀，讓他每每都怒火中燒。再度板起面孔，大聲說道：「好自為之，別忘乎所以！天下之大，絕非你們幾個井底之蛙所能知曉。」

說罷，一甩袖子，逕自揚長而去。唯恐再多看眾人幾眼，就被肚子裡的無名業火活活燒死。

劉秀等人偷偷吐了下舌頭，趕緊快步下樓。不多時，便來到了太學內最寬敞的一棟建築，誠意堂前。

通往大堂門口的臺階上，早已擠滿了聞訊趕來的學子。一個個看著即將入內接受皇帝獎勵的五兄弟，滿臉羨慕。

劉秀等人雖然定力都不算差，被如此多雙羨慕的眼睛看著，也個個覺得腳下生風。正目不斜視地往前走，耳畔忽然又傳來了一聲柔柔地呼喚：「三哥，劉家三哥，你真厲害。我早就知道，他們都看低了你。」

「這是誰啊？居然敢在誠意堂前大喊大叫！」眾學子的注意力頓時被吸引了過去，紛紛扭頭觀望。只見一名身材高䠷，紅裙翠袖的幼齡少女，站在不遠處的雪地中，快速地向劉秀揮手。吹彈可破的面孔上，竟然沒有半點兒畏懼和羞澀。

「醜奴兒！」劉秀的眼神頓時就是一亮，腳步瞬間停滯。然而，來自身邊的咳嗽聲，卻又讓他立刻意識到此刻自己身在何處。連忙笑著向少女揮了下胳膊，然後緊緊跟上鄧奉和嚴光。

「真氣死了，好處全都讓你一個人占了！我考得也不差，怎麼沒人為了我而高興！」朱祐故意裝出一副受傷了模樣，酸酸地打趣。

劉秀被說得心裡發熱，不敢還嘴。不知不覺間，眼前卻又浮現了大哥劉縯那滿是風霜的面孔。

若是哥哥知道自己名列三甲，只怕又要找上幾個朋友大醉一場吧！已經兩年多沒見了，也不知道他現在變成了什麼樣子？是不是還在終日為了當年預支收成送自己讀書的事情，被叔父們天天嘮叨？是不是還為了讓妹妹多攢點嫁妝，動不動就跟長輩們據理力爭？

不過，快了，最多還有兩年，自己就可以卒業了。以恩師許夫子的人脈，自己的前程恐怕不會比岑彭來得差。屆時，叔父們就只會誇獎大哥當初高瞻遠矚，誰都不會記得，他們如何百般阻攔、刁難。

正興奮地想著，雙腳已經邁過了誠意堂的門檻。鴻儒王修在裡邊等得正急，見五人終於來到，立刻起身迎上前，帶著他們走向坐在主位上的一個白面無鬚官員：「還不見過歐陽中使？讓中使等這麼久，爾等真是好大的架子！」

「不知中使駕到，學生等迎接來遲，失禮，謝罪！」聽出了話語裡隱藏的毒針，劉秀等人卻沒心思跟他計較。站成一排，齊齊向白面無鬚的歐陽中使抱拳躬身。

那姓歐陽的中使，倒是很好說話。笑著看了大夥幾眼，隨即輕輕抬手：「都不必如此客氣了，咱家當年，也曾經奉陛下之命，在太學讀過幾個月的書。細算起來，應該是你們幾個的學長。所以，也沒什麼失禮不失禮的。」

「多謝歐陽師兄！」朱祐為人機靈，立刻帶著大夥再度俯身。

歐陽中使滿意地點頭，隨即，便迅速將話頭引回正題。「爾等的試卷，陛下都一一調閱過了。雖然文字上有許多疏漏和錯誤，立意也頗為青澀。但能夠做到言之有物，也令陛下心懷甚慰。」

「多謝聖上施惠太學，我等才能有機會到此讀書！」朱祐心思剔透，立刻代表大夥大聲稱頌。

歐陽公公聞聽，臉上的笑容愈發親切。點了點頭，低聲誇讚：「你倒是個知道感恩的，也不枉了陛下昨晚閱卷到深夜？你叫什麼名字，哪裡人士，師從何人？」

「啟稟師兄，學弟姓朱名佑，南陽舂陵人士，師從劉鴻儒，恩師賜表字仲先。」朱祐想都不想，立刻恭恭敬敬地回答。

「原來是劉鴻儒的親傳弟子，怪不得小小年紀，便如此出類拔萃。」歐陽中使敏銳地從朱祐的表字來歷上，猜出了劉龔對這個門生的器重，立刻笑著大聲誇讚。

「中使別抬舉他，這小子就像個猴子般，僥倖考好了一場，就已經把尾巴豎了起來。再抬舉，就一個跟頭竄到天上去了。」坐在側面綉墩上的鴻儒劉龔，頓時覺得臉上有光，笑著擺手謙虛。

歐陽中使知道此人在太學中的地位，也知道此人交遊廣闊。於是乎，愛屋及烏，點手命麾下隨從取來一套毛筆，親自起身送到了朱祐面前，「你的文章，師兄也拜讀過。果然得了鴻儒真傳。這套筆，乃是陛下當年親手所製，特地命師兄賜給你，望你今後能繼續認真修身，早日成為我朝棟梁。」

「謝陛下！」饒是朱祐平素圓滑老練，此刻也感動得語無倫次。趕緊雙手接過毛筆，然後伏地朝皇宮方向跪拜叩頭。

這回，歐陽中使沒有喊他免禮。而是在旁邊監督著他畢恭畢敬地叩首三次，才俯身將他拉了起來，繼續笑著勉勵道：「令師的文章學問和本事，都屢得陛下讚賞。等你卒業之後，想必成就也不會太差。屆時師徒兩個同列朝堂，朝夕奏對，定是一樁美談。」

朱祐聞聽，趕緊再度躬身相謝。他的老師劉龔臉上，也興奮地滿是紅光。師徒兩個對著歐陽中使，又說了大半車客氣話，才小心翼翼地到一旁落坐。剛將身體坐穩，就看到歐陽中使快步走到了鄧禹面前，笑著問道：「這裡頂數你年紀小，想必就是新野鄧禹吧！九歲入太學，十一歲名列大考第一。也只有我大新朝，有聖人一樣的天子在位，民間才能生出你這樣的英才。」

鄧禹被誇了個猝不及防，慌忙紅著臉做揖，大叫慚愧。歐陽中使見他身上稚氣未脫，也不過分為難他，笑著擺了擺手，隨即命人取來一方硯臺，大聲說道：「這是陛下親手所製的紫泥硯，全天下不超過十塊兒。陛下吩咐師兄我，親手頒發給你。希望你再接再厲，將來做本朝之甘羅。」

甘羅十二歲為相，代表大秦出使數國，驚才絕艷。而王莽的口諭中，居然將鄧禹比做此人，可見其對鄧禹的欣賞。當即，在場四名鴻儒，個個驚訝得合不攏嘴巴。而鄧禹的授業恩師陳老夫子，竟然激動蹲在地上，雙肩顫抖，滿臉是淚。

倒是鄧禹本人，雖然也激動得小臉通紅，卻依舊沒亂了方寸。先雙手接過硯臺，然後屈膝跪地，向皇宮而拜，「太學末進鄧禹，多謝陛下。承蒙陛下聖明，大興太學，草民才有機會來長安讀書。此番賜硯之恩，永生不忘！」

歐陽中使見他小小年紀，卻比大人還要穩重，心中立刻又對他高看了數尺。待應有的禮節走完，便俯身將其攙扶起來，笑著鼓勵：「陛下求賢若渴，向來不問出身。你文章寫得好，書讀得用功，小小年紀又懂得感恩。將來成就肯定不會太低。說不定，甘羅都不及你。到那時，可千萬記得提携師兄！」

鄧禹被誇得臉紅欲滴，連忙再度躬身道謝。歐陽中使笑呵呵又勉勵了他幾句，親自將其送到了陳夫子身邊。隨後，緩緩走向了嚴光。

嚴光所長在於謀劃全域，待人接物，遠不如朱祐機靈。年齡又不似鄧禹那般幼小。因此雖然先前在歲末大考中名列第二，此刻被前兩人一比，卻顯得才幹平平。那歐陽中使隨便勉勵了他幾句，代表皇帝賜下一卷親手抄錄的《論語》，便走完了過場。

接下來，便輪到了鄧奉。見此人長得唇紅齒白，玉樹臨風。歐陽中使的眼神便迅速發亮，待交談了幾句，發現鄧學弟非但皮囊生得好，學問見識也很不錯，就愈發覺得此子值得自己高看一眼。於是乎，便又像先前對朱祐和鄧禹二人一樣，頗費了些心思鼓勵，做足了師兄的樣子，才宣告罷休。

他平素在皇宮裡悶得無聊，難得找機會出來透一次氣，所以也不在乎浪費時間。但旁邊觀禮的老師們，卻都煩悶了起來。最為煩悶的，當然還屬劉秀。從進門之後一直站在大堂中間，既不敢跟人說話，又不敢隨便走神兒，漸漸就覺得腰瘦背痛，兩眼發直。

就在這時，歐陽中使忽然放開了鄧奉。將臉色一板，大聲問道：「哪個是劉秀？聖上讓咱家問你，你在答卷上非上古而崇暴秦，將井田制說得一文不值，可是出於本心？好好想想再回答，陛下可是要咱家帶你的說辭回去覆命！」

剎那間，堂內堂外，一片死寂。

誰也沒有想到，王莽這個日理萬機的大新天子，居然跟太學的考卷較起了真兒！將學子們為了應付考試而寫的文章，當成了對朝政的品評。

很顯然，劉秀在考卷上，沒說井田制的任何好話。如果被引申為妄議政事，恐怕聖人天子也不忌憚再仿效一次儒門祖師爺，直接因為胡亂說話而誅殺了他這個「少正卯」。

「劉文叔，恢復井田，乃是經歷天子首倡，九卿共決，自六國一統以來的第一善政，你哪來的膽子，竟然在考卷上大放厥詞？又是誰指使你，將暴秦之政當作萬世楷模？」就在眾人為如何替劉秀脫罪而心急如焚之際，鴻儒王修卻猛地跳了出來，指著劉秀的鼻子大聲質問。

「王子豪，你也忒無恥！」作為劉秀的老師，許子威豈能眼睜睜地看著別人坑害自家的得意弟子？用枴杖朝地上奮力一戳，長身而起。「我是他的師父，他的本事都是我教的！你想栽贓嫁禍，就衝著我來！」

「子豪，過了，過了！」太學祭酒劉歆（秀）雖然平素跟許子威有諸多不睦，此刻也看不慣王修身為太學鴻儒，卻想方設法將學生朝死路上推。也緊跟著站了起來，沉聲勸阻。

而那王修，兩年前就是因為劉秀、許子威師徒才丟了太學主事之職，今天好不容易得到了報復機會，豈肯善罷甘休？當即把脖子一梗，拱手四下抱拳：「祭酒，諸位同僚，非王某挾私報復！這劉秀自入學的第一天起，就拉幫結派，上欺老師，下辱同學。兩年多來，受其禍害者不計其數。如今，他又為了博取虛名，故意將陛下力推的復古之政貶得一文不值。如此刁鑽狡猾，心術不正之輩，王某豈能容他再繼續荼毒同門？今日，剛好當著中使的面兒，將他逐出門去，還我太學讀書清靜之地！」

「喔——」門外看熱鬧的同學聽得直犯噁心，跺著腳大聲鼓噪。

許子威也被氣得直哆嗦，抄起枴杖，就要跟王修拚命。一直坐在他旁邊沒說話的副祭酒揚雄，卻忽然伸手拉住了他，微笑著輕輕搖頭：「子威兄，稍安勿躁！陛下是讓中使前來找劉秀問話的，劉秀本人還沒開口，其他人豈能越俎代庖？」

「這……」許子威被他說得一楞，旋即，皺著眉頭停住了腳步。

他相信揚雄的「神機妙算」，更相信揚雄的人品。既然揚雄絲毫沒覺得王修的言語能害得了劉秀，他這個師父就沒有必要現在就替弟子出馬接招。

「說！你若是如實招供，陛下看在你年紀小的份上，說不定還會饒過你。」王修也聽到了揚雄的話，頓時心裡頭就有些發虛，但表面上，卻依舊聲色俱厲，「你若是繼續執迷不悟，王某今天就算拚著得罪所有同僚，也必須替太學清理門戶！」

「夠了！」實在受不了王修如此給太學丟人，祭酒劉歆（秀）猛地一拍桌案，大聲怒喝：「王子豪，本次大考的試卷都是老夫命人所出，最後的名次排定，也是老夫和揚祭酒兩人拍的板。劉秀所答，雖然與老夫出題的本意不合。卻有理有據，言之有物。作為文章來說，當然是上上之選。你要是非得給他栽一個妄議之罪，來，來，來，先把老夫扭送去有司。題是老夫出的，優等是老夫給的，老夫就是那個背後教唆他的罪魁禍首。」

「噢——！」誠意堂外，頓時歡呼聲四起。除了少數幾個人之外，其餘絕大多數學生，都為自己祭酒的仗義大聲喝彩。

或臧或否，乃是寫文章的基本技巧。春秋經考試時那道關於井田利否之辯，幾乎有三成以上學子都採取了否定策略。大夥這麼做，並非真的就覺得井田制毫無可取之處，而是為了考試而考試，根本沒想過到把自己的理論應用在現實當中。

如果劉秀因為在考卷上否定井田制而獲罪，那其餘上千名跟他選擇了同樣「戰術」的學子，豈不個個都是同犯？如果劉秀因為妄議朝政被掃地出門，其他上千名「同犯」，試問誰能獨善其身？

所以，即便平素對劉秀不服氣，大夥此刻，也必須站在他這邊。否則，非但有出賣同門之嫌，還會引火燒身。

「別吵，吵什麼吵！」此時此刻，鴻儒王修已經騎虎難下。明知道學子們將自己恨入了骨髓，卻依舊咬緊牙關不肯鬆口，「是非曲直，自有陛下聖裁。劉祭酒，王某絕非針對你。中使，你也看到了，這劉秀在太學裡，是如何糾集同黨，橫行無忌！」

他原本以為，自己只要順著皇上的意思說話，即便站在了全天下人的對立面兒，皇宮裡來的太監，也得全力給自己撐腰。誰料，這一次話音剛落，歐陽中使立刻皺起了眉頭。「王博士，原來你還知道是非曲直需要聖裁。咱家以為你已經替聖上拿好了主意呢！」

「不敢，下官不敢。」鴻儒王修被嚇得激靈靈打了個哆嗦，額頭上冷汗滾滾而落，「下官，下官剛才，剛才是，剛才是怕中使您被此子，此子蒙蔽，所以，所以才……」

「有勞王博士費心了！咱家還沒糊塗到那種地步！」歐陽中使雖然是個太監，身上的陽剛之氣卻比王修多出了十倍，用力一揮袖子，大聲打斷。「讓開，別耽誤功夫！咱家問完了話，還得向聖上啟奏呢。劉秀，你回答咱家，你寫在考卷上的那些胡言亂語，是出自本心，還是單純為了應付考試？」

「嗯，嗯，嗯！」兩位祭酒和許子威都嗆到了吐沫，彎下腰，用力咳嗽。

「你想包庇他也不能如此明目張膽吧？這和直接教他怎麼回答有什麼分別？」鴻儒王修，臉色卻變得一片紫黑，佝僂著水蛇腰，在心中怒吼。

然而，不滿歸不滿，他卻沒勇氣朝著欽差發作。只能咬緊牙關，豎起耳朵，聽劉秀如何順坡下驢。

出乎所有人意料的是，明明歐陽中使已經把話替他說了出來，劉秀卻絲毫沒有領情。兀自像個傻瓜般拱起手，如實彙報：「啟稟中使，考卷上所作之答，的確是學子心中所想。井田制弊端甚多，而大秦雖然殘暴，商鞅變法，卻功在當代，利在千秋！」

「你！」沒想到自己一番苦心回護，全都給了倔驢。歐陽中使氣得眼前直發黑。手指劉秀，大聲斷喝，「你，你，好你個糊塗蟲，莫非，你是急著以死求名嗎？」

「中使明鑑，老夫早就說過，此子仗著有幾分小聰明就肆意妄為！」王修立刻又回了過了魂，跳起來，大聲幫腔。

「中使明鑑，學生並非沽名賣直！」劉秀卻不慌不忙地看了他一眼，再度向歐陽中使拱手，「學生以為，朝堂決策，自有聖上，宰相，三公九卿和文武百官定奪。無論學生在答卷上如何胡言亂語，都影響不到朝政分毫。以聖上之英明，也只會對學生的胡言一笑了之。而如果學生因為心存畏懼，就故意跟中使說了假話，便等同於欺君。比起在老師和聖上面前露怯，學生更怕欺君。」

「你……」王修臉上的喜色，瞬間又被凍成了冰疙瘩，手指劉秀，渾身上下顫動不停。

「啊？哈哈，哈哈哈哈……」歐陽中使則楞楞半晌，隨即放聲大笑，「你這小混帳，原來心裡早就有了主意，虧咱家這個做師兄的，平白替你擔心了一場，好，好，比起露怯，你更怕欺君。若全太學的師弟們，都像你一般對陛下忠心耿耿。也不枉了陛下每年花費那麼多錢財，來支持你們讀書。」

說罷，先抬手擦了擦笑出來的眼淚，隨即示意隨從取來最後的賞賜之物，親自送到了劉秀面前，「這是一把尺子，也是陛下親自指點匠人所製。望你今後努力向學，莫辜負了陛下的栽培。」

「謝陛下鴻恩！」劉秀上前，從中使手裡接過一把青銅打造的量具。然後朝著王莽平素所居住的方位叩首。

歐陽中使依舊像先前對待別人一樣，靜靜地等著他三叩結束。然後親手將他拉了起來，笑著問道：「皇宮大內，除了陛下之外，最初任何人都不知道其到底怎麼使用。你天資聰明，不妨現在就猜猜，此尺到底可以量哪些物件，與平常之尺有何不同？」

劉秀聞聽，心中頓時也湧起了幾分好奇。趕緊將銅尺舉到眼前，仔細查驗。結果，不查驗還好，一查驗，整個誠意堂內，再度鴉雀無聲。

只見那青銅尺，與尋常百工或者裁縫所用之尺，毫無相似之處。上下竟然多出了兩對卡口，一大一小，彼此錯開半寸。而尺身，也分為內外兩層，中間開著空槽。邊緣處，則簪著密密麻麻的量標。

這哪裡是尺子？分明是有人異想天開，胡亂製造出來的大號玩具。可天子金口玉言，說它是尺，它就是尺，誰有膽子直斥其非。

「嗯，嗯，嗯……」許子威忽然又喝嗆了水，伏身矮几咳嗽不停。

副祭酒揚雄同情地看了他一眼，搖頭苦笑。當師父的就是頭倔驢，還指望徒弟靈活機變，這不是指望老虎窩裡養狐狸嗎？早知道今天，你倒是提前教他如何當面一套，背後另說一套啊？真是平素不著急，火燒眉毛了才想起來缸裡需要蓄水。

「學弟愚鈍，還請師兄指點迷津！」出乎所有人意料，劉秀這一回，終於沒有故意去「找死」，而是以先前在他身上從未曾看到過的圓滑，笑著求肯。

「你真的看不出來這尺子怎麼用？」歐陽中使臉上立刻流露出來幾分失望，眉頭輕皺，低聲詢問。

「學弟，學弟平素一直悶頭讀書，見識，見識不多。所以，所以還請師兄見諒！」劉秀被問得臉色微紅，非常慚愧地搖頭。

「也不怪你，陛下智慧如海，我等如何能及！」歐陽中使擅長察言觀色，知道他沒有說假話，笑了笑，帶著幾分遺憾低聲講解，「就是師兄我，如果沒有陛下親自指點，也不知道這是一把尺子。你看，這上面兩個角，可以抵住孔洞邊緣，測量內部大小。而下面兩條腿，則可以夾住物件，測其外部長短粗細……」

劉秀聽得兩眼發直，對皇帝陛下的智慧，由衷感到欽佩。在場其他人，也撫掌讚嘆不已。歐陽中使看到大夥的反應，立刻比收了半車銅錢還要開心。乾脆又命人拿來了銅錢、筷子，彈丸等物，當場演示了起來。

誠意堂內外的師生們，雖然有不少出自寒門小戶，可基本上誰都未曾操持過百工營生。頓時，一個個看得眼花撩亂，驚叫連連。直到銅尺重新回到劉秀手裡，才紛紛戀戀不捨地收回了目光。

歐陽中使有任務在肩，不敢在外邊逗留時間太長。又命人將本次歲末大考的第六到第十名學子也叫了進來，代表皇帝賜予了每名學子一套衣服，一雙鞋襪，並且溫言鼓勵了幾句，便起身告辭。

此時的長安城，只有二十多萬戶人家，規模遠不如後世龐大。馬車從太學開動，前後不過小半個時辰，便已經返回了皇宮。當雙腿一踩上宮內的地磚，他的氣質立刻大變。像一隻覓食歸來的豹子般，無聲無息地，飄到了王莽日常處理奏摺的函德殿門口。

守在門口的侍衛和閹人們立刻入內代為通報。短短二十幾個呼吸之後，另外一名平素被王莽器重的太監快步跑了出來，低下頭，小聲吩咐：「走吧，陛下讓你現在就進去。怎麼去了如此之久，陛下已經批了一百多斤奏摺了！」

「有個蠢貨從中搗亂，所以才耽擱了一點兒時間。」歐陽中使撇了撇嘴，冷著臉回應，「陛下讓他去太學就職，原本是為了讓他替陛下收天下英才歸心。他卻倒好，整天不是想著害這個，就是坑那個，唯恐不招人恨！」

「是王子豪那廝嗎？」另外一名太監立刻就猜出了歐陽中使說的是誰，帶著幾分不屑撇嘴，「陛下早就知道那廝不堪大用，只是耐著彼此算是同族的份上，賞他一碗安穩飯吃而已。要不是其他族人皆有要緊事做，一時無法替代他，陛下恐怕早就……」

「不提這個妄人！免得陛下生氣！」歐陽中使很有分寸地打斷話頭，快步走入殿門。隔著老遠，就跪在了地上，請大新皇帝王莽治自己辦事拖拉之罪。

王莽雖然平素在群臣面前不苟言笑，對身邊的幾個得力太監，態度卻極為友善。立刻從堆成了山的奏摺上抬起頭，笑著擺手，「行了，裝什麼裝？你明知道朕不會處罰你。平身，近前來說話。小順子，把剛才給朕的熱湯，也給他倒一碗暖暖身子！」

「哎，奴婢遵命！」另外一名太監答應著，去準備熱湯。歐陽中使則感動得兩眼發紅，恭恭敬敬地又給王莽磕了幾個頭，然後才緩緩站起身，快步來到小山般的奏摺前，啞著嗓子說道：「奴婢不知道是幾輩子修來的福分，才得遇陛下！只恨奴婢……」

「行了，廢話少說！」王莽瞪了他一眼，毫無帝王形象地舉起書簡，「再囉嗦，就給朕滾出去。朕是要你做事的，不是養你聽奉承話的。事情辦完了嗎，那幾個學子成色到底如何？」

「奴婢恭喜陛下，那五人假以時日，必成國之棟梁！」歐陽中使向後躲了躲，隨即整頓了下衣衫，鄭重下拜。「大考頭名鄧禹，今年才十一歲。反應機敏，且少年老成。若非聖人當世，民間定生不出如此英才。」

「他年少有才，是他自己聰明好學，且遇到了個好老師。關朕什麼事情？」王莽根本不相信這些馬屁，非常清醒地搖頭。「況且年少時聰明過人，長大後卻越來越平庸的，世間也不少見。只要他能用功讀書，將來別變成廢物，朕的錢財和心血，就算沒白費。」

「奴婢可以拿性命擔保，此子將來定成大器！」偷偷看了一眼王莽的臉色，歐陽中使迅速補充。

聞聽此言，王莽臉上終於露出了幾絲欣慰之色。笑了笑，大聲道：「這句話，朕記下了。如果他將來真的成了大器，你就是他的伯樂。反正也用不了幾年的事情，等卒業之時，你的判斷準不準，就見分曉。」

「奴婢不敢貪功，學子們，也不會准許奴婢冒認伯樂。今天奴婢去替陛下頒發賞賜，學子們都說，虧了陛下聖明，下令大興太學，他們才有資格入內讀書。」歐陽中使非常會說話，立刻擺著手回應

「嗯！」王莽聽得臉上一喜，隨即，又笑著搖頭，「小兔崽子，你這拍馬屁的功夫，倒是愈發嫻熟了，朕差點就上了你的當。廢話少說，其他幾個人呢，其他幾名學子成色如何？」

熟悉王莽的做事風格，歐陽中使不敢再囉嗦，想了想，用儘量簡練的語言回答：「啟稟陛下，據奴婢觀察，嚴光謹慎多謀，朱祐能言善辯，鄧奉見識不凡，都是難得的少年才俊。至於那個劉秀，則各方面都占了一點兒，並且心思剔透。將來的成就，恐怕還在其他四人之上！」

「嗯，居然是剔透！你且說說，怎麼個剔透法？朕的銅尺呢，你可賜給了他，他當時表現如何？」王莽對其他幾人興趣一般，唯獨對劉秀格外重視，皺了皺眉頭，沉聲追問。

「是，是這樣的，陛下容奴婢細細道來！」歐陽中使心裡一緊，連忙放棄了提携學弟一把的主意，躬著身子，實話實說，「最初，奴婢問他……」

不確定王莽的態度，所以，他也不敢再妄做定論。只是儘量簡單地，將當時對話經過完整描述。

王莽開始聽得興致勃勃，待聽到劉秀說：朝政大事自有皇帝陛下來裁定，比起因為害怕而說假話，更不敢欺君。他的臉上，就露出來幾分失望之色。又聽到銅尺賜下之時，劉秀等人個個滿臉茫然，失望之色則變得更濃。

歐陽中使見此，更不敢再替任何人說話。只管將自己看到和聽到的情況，如實彙報。連同兩位祭酒和許子威的表現，還有王修當時的言行，都毫無遺漏和遮掩。

王莽耐著性子，聽歐陽中使彙報完了整個經過。隨即懶洋洋地打來個哈欠，搖著頭道：「他也看不出那尺子可做何用嗎？唉，朕見他考卷上的觀點標新立異，還以為他跟別人有什麼不同呢！原來，原來就是為了混個優等，所以另闢蹊徑罷了！唉，白費了朕一番期待，真是無趣得很。」

「他，他只不過是個很尋常的學生而已，此番能考個五門全優，恐怕運氣成分多一些。」歐陽中使聞聽，也趕緊順著王莽的話頭改口，「肚子裡未必有什麼真才實學。即便有，也無法及得上陛下一根腳趾頭。」

「呵呵，你這貨，越來越會說話了！」王莽被逗得咧嘴而笑，隨即，又滿臉遺憾地嘆氣。「朕的一根腳趾頭，朕的一根腳趾頭，真的有如此高嗎？你可知道，什麼站在高處之時，四顧無人，究竟是何等滋味？算了，不跟你說了，說了你也不懂。朕終究是空歡喜了一場。順子回來了，你去一邊喝湯吧！朕還有許多奏摺要批。」

「謝陛下賜湯！」歐陽中使聽得心中好生忐忑，不知道自己這番出去辦差，到底是辦砸了，還是甚合聖心。趕緊躬身下拜，然後一邊倒退著向小順子所在位置走，一邊偷偷觀察王莽的臉色。

只見這位大新朝皇帝，無所不能的聖明天子，一手握著書簡，一手握著毛筆，半晌，都沒有落下半個字。已經不再年輕的面孔上，此時此刻，竟寫滿了落寞與孤獨！

太學向來就不是個能藏住秘密的地方。

就在當天下午，皇帝親自調閱歲末大考試卷，並且欽賜筆墨書硯和銅尺給前五名考生的消息，就傳遍了整個長安。緊跟著，在一雙雙無形之手的推動下，那具誰也不知道怎麼用的銅尺，也被畫在了一張張價值不菲的白綢上，迅速走上了許多達官顯貴的案頭。

「皇上對某些人尸位素餐不滿，準備從五經博士中啟用賢才了！」

「皇上惱恨復古改制進度太慢，要抽調學生去各司幫忙！」

「皇上有意給太學中品學兼優者賜予綉衣[注十六]，前往各地督查田畝歸公事宜！」

「皇上……」

隨著雪片般的白綢圖樣，還有無數流言，在城內城外不脛而走。文武百官們忐忑不安，地方望族也都急成了熱鍋上的螞蟻。太學裡的老師和學生們，更是一個個人心惶惶。然而，讓所有人始料未及的是，除了當日派身邊太監歐陽朔去太學走了一遭之外，大新朝皇帝，當世第一大儒王莽，沒有再做任何其他安排。彷彿那件事從未發生過，或者只是自己一時心血來潮，做過之後，便提都不再願意提。

注十六、綉衣，綉衣使者，漢武帝時的一種榮譽。被賜予綉衣的人，可以替皇帝體察民情，監督政令實施，彈劾地方百官。

很快冬假開始，家距離長安較近的學子紛紛返鄉探親。隨即，除夕來到，皇帝和文武百官開始冬沐。人們的注意力迅速轉移到別的地方，喧囂聲也越來越低，最終，隨著「劈哩啪啦」的爆竹聲，所有流言，都消失得乾乾淨淨。

劉秀、鄧奉、嚴光、朱祐、鄧禹五個，也終於鬆了一口氣。不再整天為被捲入漩渦中而提心吊膽。長安距離新野頗為遙遠，假期長度不足以供大夥走個來回。所以，大夥也不去想回家探親的事情，繼續躲在藏書樓中，終日與竹簡為伴。

他們各自的老師，當然不會忘記自己的得意門生。除夕之後，便陸續邀請五名學子到府上用宴。包括嚴光的老師陰方，念在自家弟子年前曾經給自己掙足了面子的份上，也勉為其難地請了一回客。並且擰著鼻子，讓嚴光把劉秀也一起叫了過去。

這種彼此之間都很勉強的家宴，當然不可能吃出什麼味道。劉秀在陰家，甚至連陰麗華的面兒都沒見著，便又被陰盛以學長的身份好一通教訓。勒令他今後低調行事，切莫再亂出鋒頭，以免連累師門。順便又隱隱地告訴他，如果沒有足夠的靠山，即使連年歲考都名列前茅，也未必能混到太高的官職。而像陰家這種「豪門」，絕不會跟一個九品下吏聯姻。沒有父母之命，所有打陰家女兒主意的人，都是痴心妄想。

鄧奉勃然大怒，當場就起身打算拂袖而去。倒是劉秀自己，假裝沒聽出陰盛的話外之意來，硬拉著鄧奉坐到了酒宴結束，給嚴光撐足了面子，才禮數周全的起身告辭。

回到太學，嚴光心中負疚，少不得要向大夥賠罪。劉秀卻笑了笑，搖著頭道：「臉都是自己爭來的。想要人看得起，咱們今後做出點兒模樣來就是，何必計較這一時短長？把功夫和精力都浪費在這種妄人身上，太累，也不值。」

「你倒是想得開！」鄧奉在旁邊聞聽，忍不住又出言譏諷。然而，不滿歸不滿，他卻也知道，眼下大夥的確沒有跟陰家平起平坐的資格。所以，當晚一個人居然讀書讀到了後半夜，直到雞叫聲響起，才趴在桌案上沉沉睡去。

第二天中午，卻是許子威安排了家宴。少年們一改昨日的拘束，在許家談笑風生。只是許子威因為年紀大了，無論精力和體力都遠不如前兩年。才陪著大夥吃了一小會兒，便讓三娘出來招呼師弟們，而他自己，卻由阿福攙扶著，回了後宅。

「老師最近怎麼了？莫非是天氣太冷，染上風寒了嗎？請過郎中沒有，郎中怎麼說？」劉秀看得揪心，趁著周圍的僕婦們不注意，悄悄向馬三娘打聽。

「沒啥，就是年紀大了，精力不足。郎中看過，也開不出什麼好方子。我給他找了一套可以慢慢打熬筋骨的拳法，希望他練了之後，能起到一些作用。」馬三娘對許子威的身體狀況，也非常擔心。勉強擠出幾分笑容，低聲回應。

劉秀等人聞聽，立刻沒心思再吃飯。七嘴八舌地，討論起該去請哪個名醫出馬，或者用什麼偏方好藥來治病。只是他們幾個閱歷甚淺，認識的人也非常有限，翻來覆去，能找到的辦法也沒超過一巴掌。並且都是馬三娘早就嘗試過的，都沒起到任何作用。

倒是馬三娘自己，畢竟做過山大王，定力遠比幾個毛頭小子強。聽大夥越說越沒有價值，笑了笑，擺著手道：「你們不懂，就別瞎操心了。能把學業弄好，再考一個前五回來，義父肯定比啥都高興。至於他的病，我已經跟孔師伯說過了，想開春後送他老人家回故鄉休養。義父老家那邊天氣遠比長安暖和，說不定他回去之後，就能立刻好起來。」

「也對，師父這是離開故鄉久了，所以才傷了腸胃。回去吃些家鄉菜肴，說不定就能好轉！」劉秀聞聽，立刻來了精神，擦拳摩掌，大聲說道。「什麼時候走，我去請了假，跟妳一起送師父。說不定順路還可以回舂陵一趟。」

「想得美！」馬三娘輕輕白了他一眼，苦笑著搖頭，「義父名氣太大了，皇上肯不肯讓他走還都不一定呢。孔師伯答應幫忙去找皇帝分說，卻沒保證他的話能管用。至於你，如果義父知道你為了他要耽擱學業，肯定立刻會打消回鄉的主意。」

這都是自家人之間，才會說的大實話。許子威最初收劉秀為徒時，是為了通過他來留住馬三娘。但在那之後，卻很快就把劉秀當成了真正的關門弟子，將他看得比自己的性命還重。絕對不會因為自己生病，就影響耽擱了弟子的學業。

劉秀聽得心裡發燙，愈發想早日送恩師返鄉。扭過頭去，正準備悄悄跟嚴光商量了個可以讓許子威無法反對的辦法，耳畔卻已經傳來了老人爽朗的笑聲：「怎麼了，都在擔心我這老頭子嗎？多謝了，我這不是病，人老了，精力自然就會不濟。睡睡就好，誰都不用擔心。這不，才睡了小半個時辰，我已經容光煥發。」

「師父！」劉秀趕緊站起身，攙扶著許子威重新入座。老人家卻擺擺手，笑著道：「不必了，我胃口弱，即便入席，也吃不下什麼東西，反而讓你們覺得拘束。有幾句話，我剛才去睡覺前，忘了說。現在想起來了，趕緊說給你們聽。否則，也許一會兒就又忘了。」

「老師請明示，我等莫敢不從！」猜到許子威肯定是想起了什麼要緊的事情，少年們紛紛起身，拱手肅立。

見大夥一臉嚴肅模樣，許子威又笑了笑，搖著頭道：「不必如此，其實你們已經做得很好了，只是老夫不放心，所以才再多浪費一番口舌。前段時間，太學和長安城內那些亂七八糟的流言，想必你們也都聽到了一些。雖然與你們關係不大，但是，無風不起浪！你們幾個接下來，一定得多加小心。」

「弟子謹記師父教誨！」劉秀等人想了想，紛紛點頭。

「長安城內，蛇鼠成群。太學位於長安城中，自然也不可能是什麼清靜之地。」許子威笑了笑，繼續低聲說道，「老夫猜不出陛下厚賜你們幾個的用意，但老夫卻能猜到，很多人已經嫉妒得發了瘋。還有很多人，會想方設法拿皇上厚賜你們的事情，來做文章，以達成他們自己心中所願。前一段時間的流言蜚語，就是明證。」

「多謝師父，弟子今後一定小心謹慎，不給別人可乘之機！」劉秀腦中突然出現王修那雙充滿陰毒的眼睛，拱了拱手，大聲保證。

「你知道就好！」許子威看了他一眼，滿意地點頭，「你們幾個，名聲已經足夠響亮，沒必要再跟人爭一時短長。皇上這次，也許是無意中將你們幾個放在了風尖浪口上，也許是有意而為，君心難測，他到底是怎麼想的，老夫猜不到，也就不廢心思去猜了。但只要你們穩得住，安安心心做學問，任何事情都不多摻合。那些人，自然也找不到足夠的理由把你們牽扯進去。等他們折騰累了，自然就會換個目標折騰。屆時，你們再出來展現各自的才華，也不為遲！」

「是，弟子回去之後，就閉門讀書。輕易不下書樓半步！」知道許子威是真心為了自己好，劉秀拱起手，再度鄭重許諾。

許子威就是喜歡他這份穩重勁兒，笑了笑，繼續低聲說道：「光躲在書樓裡苦讀，也不妥當。該出來透氣，還是要多出來走走。長安城裡未必安全，但孔家莊園裡，總不會有什麼問題。世道越來越不太平，你多花些力氣練武，將來萬一遇到麻煩，好歹也能有自保之力。再者，三娘能經常跟你們幾個在一起，也不至於活活憋死。」

「義父——！」沒想到許子威說著說著，就又把話題引到了自己頭上。馬三娘羞不自勝，拖長了聲音抗議了一句，落荒而逃。

許子威看著她匆匆遠去的背影，再看看滿臉通紅，卻忽然變成了悶嘴葫蘆的劉秀，忍不住在心裡悄然嘆氣。

劉秀見狀，心裡不免湧起了幾分負疚。但與此同時，陰麗華的影子，在眼前卻愈發清晰。好在鄧禹和朱祐兩個足夠機靈，察覺屋子裡氣氛尷尬，立刻想辦法轉移了話題。恰巧朝廷兵馬在入冬後，打過幾場勝仗，師徒倒也不乏談資。東拉西扯了片刻，盡歡而散。

第三個學年很快開始，少年們的功課，更加繁重。而為了督促所有人上進，太學裡邊，也經常將高年級學生組織起來，面對面切磋學問。對獲勝者不乏獎勵，對失敗者卻不加任何懲罰，只要積極參與，肯定不會吃虧。

這些切磋交流活動，原本都是劉秀等人再次大展身手的好時機。但是，他們卻牢記許子威的教誨，不再輕易露面兒。平素要麼躲在藏書樓裡苦讀，要麼去孔家莊園裡頭修行射、御二技，生活中雖然少了與外人競爭的樂趣，每個人的本事，卻都與日俱增。

時光忙碌中過得飛快，眼看著，就又來到了初秋。許子威的乞骸骨表章，依舊沒獲得皇帝的恩准。劉秀怕老人煩悶，去許家的次數，便越來越勤。能幫忙處理些雜務，就處理一些雜務。能陪老人吃口熱乎飯，就陪老人吃頓熱乎飯。時不時還找些奇聞逸事來，哄老人開心。

許子威見他孝順，愈發覺得自己這個關門弟子收得值。！雖然無法讓他做女婿，也不再藏私，將平生本事傾囊相授。甚至包括一些為官之道，官場上的爭鬥手段，都舉了實際例子，手把手教了個清楚。

這一日，劉秀在許家開完了小灶，匆匆返回太學。才在寢館裡換了衣服，正準備繼續去藏書樓苦讀，門卻忽然被人用力推開。快嘴沈定帶著滿身的怒氣，一頭闖了進來。

「怎麼了，沈兄，誰惹到了你頭上？」劉秀對這位直心腸的官宦子弟印象不錯，見他被氣得臉色鐵青，忍不住低聲詢問。

「還能怎麼？太過分了，他們怎麼能吃相如此難看！青雲榜，青雲榜以後就徹底成了恥辱榜，沈某的名字，今後也徹底跟那幾頭臭蛆一道，爛了大街。」

「青雲榜？」自打吳漢做了駙馬之後，劉秀依舊很久沒聽到人提起過這三個字，忍不住皺著眉頭重複。

「你一直躲在藏書樓裡，兩耳不聞窗外事，當然不知道！」沈定看了他一眼，咬著牙揮舞拳頭，「即便知道，估計你也不會在乎。畢竟皇上那裡，你已經留下了名字，不像我們這些人，日日想著如何能揚名立萬。」

「到底怎麼回事兒？沈兄，我怎麼越聽越糊塗了！」劉秀被弄得滿頭霧水，忍不住低聲抱怨。

「青雲榜，青雲榜終於重開了。」沈定左顧右盼，終於照了個柔軟的枕頭，一拳砸了上去，「大夥日日盼著這個榜，希望能在上面留下自己的名字。所以每次切磋，都傾盡全力。結果呢，這次上榜十人，王麟、王固、王璋、王恒他們，就占了前八。只把第九和第十，留給我和蘇著。這他媽的哪裡還是什麼青雲榜？分明就是恥辱柱！沈某大好男兒，卻被他們偷偷拿去填了茅坑。」

「啊？」早就知道王家人吃相難看，卻沒想到能難看到如此地步，劉秀頓時被驚了個目瞪口呆。

數年才開一次的青雲榜，居然毫不客氣地被內定了前八。而沈定和蘇著二人，明顯是被拉進去充樣子的，只為了向外界證明，這個榜單非常「公平」。

這不是欲蓋彌彰嗎？整個太學，誰不知道「長安四虎」是什麼貨色？他們的名字能位列榜上，那本屆青雲榜的存在還有什麼意義？還不如直接告訴大夥兒，本屆青雲榜，已經變成了皇親國戚的專屬之物，凡血脈不夠高貴者，一律不在統計範圍之內。

「以往幾屆青雲榜，雖然謠傳也有舞弊之舉，但至少第一、第二名，還都貨真價實。」見劉秀被驚詫的半晌說不出話，快嘴沈定揮動著拳頭，繼續憤怒地抨擊，「頂多在第三到最後一名之間，偷偷摸摸塞進去一兩個後臺硬的，還唯恐被大夥發現。可這次，竟直接拿走了前八。真不知道他們到底是不知羞恥，還是蠢到以為全天下的人都是睜眼瞎？」

「可能有所憑仗，所以才肆無忌憚吧！」劉秀終於緩過來幾分心神，從陶壺中倒了一碗溫水，輕輕推到沈定面前，「沈兄沒必要太生氣，先喝口水潤潤嗓子！既然大夥都知道這個榜單是自欺欺人，名字在不在上面，意義恐怕都不大。」

「怎麼不大！」沈定一拳砸在桌子上面，震得水花四濺，「明白人，知道沈某是倒了大楣，才被他們把名字列在青雲榜上湊數。不明白的，還以為沈某跟那八個傢伙，是一丘之貉呢！今後提起青雲榜的笑話，就肯定會提起沈某，讓沈某跳到黃河裡頭都洗不清這一身骯髒。」

「沈兄，息怒，息怒，真的沒必要介意這些！」劉秀手急眼快，迅速俯身，趁著水碗沒落地之前將其抄起來，重新放回桌案，「沈兄你是什麼人，大夥還不清楚嗎？至於誤會，有道是路遙知馬力，時間久了，誤會自然就煙消雲散。況且本屆青雲榜，有八個是假貨，只有你和蘇著師兄是憑著各自的本事殺進去的。去掉那八個，你們倆就是第一和第二。」

「你可真會安慰人！」沈定被誇得有些不好意思，收起拳頭，紅著臉道。「我再有本事，也不可能比得上你和鄧禹。蘇著恐怕這會也不知道在哪發傻呢！說實話，嚴光你們幾個都不在榜上，這青雲榜還有什麼意思？這青雲榜，這青雲榜……，唉！竟硬生生被老賊王修給毀了。」

「前幾屆，不是出過吳漢和岑彭兩位師兄嗎？」劉秀笑了笑，繼續溫言撫慰，「你這麼想，將來你只要做出一番事業來，別人就會把你跟吳漢和岑彭兩位師兄名字放在一起。至於其他人，說實話，這麼多屆青雲榜，我也只記住了吳漢和岑彭兩個名字，其他人誰還有空去翻？」

「那也倒是。唉！沈某只好儘量往好裡頭想了。」沈定的滿肚子屈辱之火，終於慢慢熄滅，嘆了口氣，輕輕點頭。但是，很快，他就又將頭抬了起來，非常好奇地上下打量劉秀，訝然驚叫：「你，你居然一點兒都不生氣？文叔，你這份定力，可是全太學都找不到第二個。」

「我為什麼要生氣？」劉秀皺起眉頭，低聲反問。

「因為，因為我，我們都覺得，你，你應該排在本屆青雲榜第一才對！」沈定臉色又是怡紅，抬手搔著自己圓圓的腦袋，訕訕解釋，「既便不是第一，前三名肯定也有文叔你一席之地。而能列在你前面的，只可能是鄧禹和嚴光！」

「我哪有那麼大的本事？」劉秀笑了笑，輕輕搖頭，「沈兄你太看得起我了。況且青雲榜的評定，是靠五經博士們的公議，而不是靠一張考卷。公議麼，難免就會受博士們的個人好惡影響。」

「那都是王修老賊，最近一直在叫囂，不能只憑歲末大考來判定是否有真才實學！原來彎彎彎繞全在這裡呢！居然還有蠢貨，跟著他一道叫囂。卻不知道，如果不憑著考試定輸贏，那不就成了拚誰的靠山更硬嗎？到時候只要評判者歪歪嘴巴，結果就是天上地下。」沈定皺著眉頭沉吟了片刻，隨即滿臉佩服地點頭。「我終於明白你為何不去參與切磋了，高，實在是高，原來算準了王修老賊會故意打壓，所以根本不給他這個機會！」

「倒也不是因為王修，而是最近讀書入了迷，懶得下樓！」劉秀當然不會說自己之所以不去參加切磋，是得了許子威的指點，不想樹大招風。所以乾脆拿讀書上癮來做藉口。

沈定聞聽，臉上的佩服之色愈濃。又接連點了好幾下頭，大聲說道：「師兄你就是厲害，連不小心讀書讀入了迷，都能歪打正著避過王修老兒的茶毒。不像我，居然傻乎乎地送貨上門。」

「我不出招，他如何破之？」劉秀笑著說了句俏皮話，然後連連搖頭。「不提這些了，徒惹自己一肚子不痛快，何必。沈兄你吃哺食沒有，如果還沒，不妨一道去門口湯水館子小坐一會兒。」

「氣都氣飽了，哪裡顧得上吃飯！」沈定撇撇嘴，悻然回應，「走吧，我請你。我是長安人，算是地主。自己家門口，沒有讓你這個南陽人請客的道理。」

他知道劉秀家境清寒，所以拿二人的籍貫當藉口，堅持要做東。劉秀知道此人是個小富翁，所以也不跟他爭。笑了笑，起身出門。

沈定笑著跟上，一邊走，一邊絮絮地補充，「早知道是這樣的結果，我也不參與得那麼積極了，這下好，沒博到一個好名聲，反而沾了一身騷臭。師兄你可不知道，原本以往幾次切磋，都是祭酒親自主持。可祭酒和副祭酒兩個，最近都在朝堂上忙得腳不沾地。這主事之權，就又稀裡糊塗地落在了王修老賊手裡。他拿著雞毛當令箭……」

「就他一個人嗎？按理說，陰博士和劉博士也應該有份。」劉秀笑了笑，有一句沒一句地追問。

自己的老師許子威最近身體有恙，肯定沒精力和體力出面主持學子們之間的切磋。但陰方正當壯年，劉龔歲數也不算大。按理說，有他們兩個在場做評判，那王修的吃相，應該無法如此難看才對。

「唉，文叔有所不知！」沈定搖了搖頭，低聲長嘆，「那劉夫子在朝廷那邊有個綽號，叫『劉油球』，這輩子從沒跟任何人發生爭執。雖然朱仲先是他的學生，只要不涉及身家性命，他就不會為了朱仲先跟王修去力爭。而陰固，那廝膽子比老鼠還小，更不會輕易得罪王家。」

劉秀聽聞此言，只能苦笑著搖頭。整個太學裡頭，像自家老師許子威這種，把弟子當成親生兒子般呵護的，恐怕根本找不到第二個。自己不知道上輩子做了什麼善事，這輩子才誤打誤撞拜在了許夫子名下。而其他學子，即便是朱祐和嚴光，比起自己，運氣都差了太多。

正默默地感慨著，忽然間，身後傳來了一陣凌亂的腳步聲。劉秀怕擋了對方的路，連忙拉著沈定一道側身閃避。誰料，對方竟直奔他們兩個而來，一邊跑，一邊大聲叫嚷：「劉師兄，劉秀師兄，你，你快去看看吧！打起來了，朱祐和嚴光兩個，跟長安四虎打起來了。四虎那邊幫手多，你再不過去，朱祐肯定會吃大虧。」

「在哪？為什麼打起來的？」劉秀大驚失色，一把拉住對方胳膊，焦急地追問。

嚴光做事一向低調，朱祐待人也素來圓滑。他們兩個跟長安四虎正面起了衝突，恐怕絕非雙方一言不合那麼簡單！

「藏書樓下！到底為啥，我也不清楚。」前來報信的學子彎下腰，大口大口地喘起了粗氣，「據說，據說是因為王固要朱祐跪地謝罪，朱祐不肯。雙方就打了起來。」

「該死！」顧不得問得更仔細，劉秀低聲罵了一句，拔腿直奔藏書樓。

前後將近三年的時間裡，他和朱祐、嚴光、鄧奉四個，幾乎把藏書樓當成了「老巢」。平素除了上課、吃飯和睡覺之外，大多數情況下都會躲在樓中埋首苦讀。今天的衝突地點既然是藏書樓下，朱祐跟長安四虎就不可能是偶遇。四虎肯定是早有準備，弄不好，是專門帶領著爪牙堵在了樓門口，就等著看「書樓四友」誰先自投羅網。

「文叔，文叔小心。我，我去找劉祭酒出面仲裁。」沈定追了劉秀幾步沒追上，揮舞著胳膊，大聲提醒。「長安四虎跟王夫子向來一個鼻孔出氣，你小心他們聯手害你！」

「知道了！」劉秀啞著嗓子答應，腳步片刻不停。才跑出了三十幾步，又看到小胖子牛同滿頭大汗地衝了過來，一邊迅速向自己靠近，一邊用力揮動胳膊，「文叔，文叔，你快去，快去找祭酒。王麒和王固他們是故意前來找麻煩的，身邊帶著很多嘍囉。你一個人過去，肯定是白白挨打。」

「多謝，已經麻煩沈子安去了！」劉秀感激地答應了一聲，腳步速度絲毫不減。

長安四虎首要目標是自己，而嚴光和朱祐，只是被殃及的池魚。這當口，無論如何，自己都不能選擇獨善其身。

「四虎全都瘋了，根本不講道理。蘇著師兄去拉架，被他們一通亂拳打進了臭水溝。」牛同伸手拉劉秀一把，卻沒有拉住，把心一橫，乾脆從背後快步追上來，跟他並肩狂奔。

「啊？」沒想到綠帽師兄蘇著，在關鍵時刻居然沒有做縮頭烏龜，而是站在了自己這邊，劉秀心中大感意外。楞了楞，本能地開口追問：「他傷得重不重，我說的是蘇師兄？到底怎麼打起來的，你知道原因嗎？」

「不，不重，蘇師兄家裡好歹也有人在朝中為官，四虎不敢對他下死手！」牛同一邊跑，一邊喘息著回應，「你問打架的原因，我也不太清楚。好像是，好像是今天青雲榜頒布，長安四虎還有另外幾個高官子弟占了其中前八。然後他們就自封為青雲八義，招搖過市。有人心裡不服，就去跟朱祐抱怨，朱祐順口就說了一句，什麼青雲八義，照我看青雲八蟻還差不多。結果這話不知道怎麼回事兒，轉眼就傳到了長安四虎耳朵裡。於是乎四虎就帶著另外四個青雲榜上的人，一起堵在了藏書樓門口……」

「該死，欲加之罪，何患無辭！」劉秀又低聲罵了一句，雙腿邁得更快，頭腦也愈發清醒。

這件事，表面上是因為朱祐話多，侮辱了青雲八義而起。骨子裡，卻是新出爐的「青雲八義」，想踩著自己和嚴光、朱祐和鄧奉四人立威。畢竟，在本屆青雲榜出爐之前，學子們提起自己和朱祐等人，便以「書樓四俊」或者「書樓四友」稱之。若是能一舉將「書樓四友」踩在腳下，「青雲八義」自然就成了響噹噹的金字招牌。從此之後，學子們只會注意到他們的輝煌戰績，從而將他們當初靠舞弊手段爬上青雲榜的醜態漸漸遺忘。

只是，「書樓四友」所以成名，憑得是連續兩次歲末大考。折服人心靠的是學業，是乾乾淨淨的數張考卷。而想憑著打群架，就將「書樓四友」的招牌打垮，然後由「八義」踩著成名，這伎倆未免太幼稚了些！即便長安四虎愚蠢到像一群無賴頑童，暗中幫其出謀劃策並提供支持的王修，其頭腦也不會如此簡單。

猛然眼前閃過王修那張陰惻惻的面孔，劉秀的腳步頓時開始變慢！不對，打群架只是一道開胃湯，圖的是先把衝突挑起來，吸引到足夠的關注。而王修和長安四虎那邊，肯定還有其他招數緊隨其後。如果自己這邊毫無準備，一味跟著對方的套路走的話，肯定是越走越被動，甚至真的落入陷阱當中，萬劫不復。

想到這兒，他趕緊壓低了嗓子，快速追問道：「青雲八義，除了四虎之外，另外四個人是誰？他們今天是跟著四虎一起來尋釁，還是在旁邊袖手旁觀？」

牛同跑得上氣不接下氣，還以為劉秀也是因為體力不支而減慢速度，想都不想，喘息著回應：「有，有昆陽顧華，是王修的親傳弟子。還有一人名叫甄蕝，是茂德侯的侄兒，授業恩師是陰方。第三個，名叫陰武，師從劉祭酒。還有一個也姓王，名叫王玨！是四虎當中王恒的親哥。」

「原來是他們四個！那顧華、甄蕝和陰武，倒也不算無名之輩。」劉秀心中頓時閃過四張不算陌生的面孔，一邊繼續邁步跑動，一邊皺緊了眉頭。

「他們四個都沒出手，但也沒旁觀。而是在一邊兒拉偏架，並威脅其他同學，不准大夥上前給朱祐幫忙。」牛同想了想，又快速補充。

「那顯然就是另有準備了！」劉秀心中暗道，「既然還有後招，就不會現在就對朱祐痛下殺手！以朱祐和嚴光兩個的本事，聯起手來，對付七八個王固那種貨色應該也沒問題。」

想到這兒，他心思稍定，再度加快腳步。不多時，就來到藏書樓下，只見樓前專門用來供馬車裝卸竹簡的空地上，密密麻麻擠滿了人。在場的大多數學子，都面孔漲紅，義憤填膺。

「退後，退後，誰也不准幫忙，這事兒是我們青雲八義和他們書樓四俊之間的恩怨。誰敢出頭，就是跟我們八義為難。」一個毛驢臉兒瘦高個子少年，站在人群內側偏北的位置，不停地叫喊。每一句都聲嘶力竭，唯恐周圍的學子們聽不清楚。

而太學裡另外一支紈絝團夥的首領蘇著，則被幾名同伴攙扶著，帶著滿身的泥水，站在了人群外一個水坑旁，一邊哭，一邊大聲數落，「王玨、甄蒓，你們這些喪盡天良的，把上月吃我的酒水吐出來！嗚嗚，嗚嗚，當初答應過我，不再找劉文叔他們幾個麻煩的？你們說話不算數，說話不算數，嗚嗚，你們，你們算什麼英雄！嗚嗚，嗚嗚……」

「你少摻合，再摻合，就再連你一塊兒揍！」毛驢臉兒少年嫌他翻舊賬翻得鬧心，猛地分開人群，直撲而至，「別以為你阿爺是……，啊——」

還沒等他的手觸到蘇著面頰，斜刺裡，忽然飛來一隻長腿，將其撩了起來，凌空飛出半丈多遠，「撲通」一聲，栽進了秋雨所聚成的泥坑中央。

「小子找死，敢打我家少公爺！」

「劉文叔，你敢打小公爺，你真是吃了豹子膽！」

「少公爺，少公爺！」

「子玉，子玉兒！」

……

先前在人群內與毛驢臉兒少年一道負責「維持秩序」的另外四名看客和七八名家丁大驚失色，紛紛衝出人群，直奔水坑旁的劉秀。

「青雲八義就是這等貨色嗎？以多欺少，還要搬出長輩做靠山！」劉秀毫無畏懼，又飛起一腳，將正在企圖從背後抱住自己的毛驢臉少年，再度踹回了水坑。然後從容挽起書生袍下襬，冷笑著大聲質問。「有本事，就自己上，爾等先前不說，此乃青雲八義跟書樓四友之間的恩怨嗎？咱們都不是小孩子了，別動不動就搬家中長輩做靠山。否則，劉某真的要懷疑，你們八個在青雲榜上的名次，也是完全靠家人暗中運作而來！」

「好——！」

「問得好！」

「劉秀師兄問得好！」

「噢，噢……」

四下裡，喝彩聲宛若雷動。先前積壓在學子們肚子裡的怒氣，剎那間被徹底引爆。有人扯開嗓子，拚命起鬨。有人則順著劉秀的口風，大聲引申：「劉秀師兄說得沒錯，他幾個能上榜，就是靠拚誰的父親官大！」

「什麼青雲榜，應該叫王家榜才對，除了王家人，誰也上不得！」

「什麼青雲八義，本屆青雲榜分明就是個笑話！」

「青雲八義，呵呵，朱祐說得沒錯，青雲八蟻還差不多！」

「青雲八蟻，青雲八蟻……」

聽著周圍驚濤駭浪般的叫喊聲，撲向劉秀的另外榜上三義，顧華、甄蒓和陰武，個個臉紅得幾乎要滴血。而王家的那幾名家丁，也因為學子們的蓄意阻擋，跑成了前後四段兒。

對於被馬三娘狠狠「捶打」了三年多的劉秀來說，同時應付兩名家丁，還真沒任何難度。主動迎上前去，兩條長腿左掃右踢，「乒、乓」「乒、乓」「乒、乓」，將前三組陸續衝過來的家丁，全都踢進了身後的水坑。

他長得原本就英俊，最近三年來堅持練武不輟，而太學裡的伙食也給得份量夠足，因此整個人愈發出落得宛若玉樹臨風。乾淨俐落地解決了六名家丁之後，緩緩從半空中下落，長袖飄飄，衣襬飛舞，剎那間，竟將許多同齡學子看得目眩神搖。

「殺人啦，殺人啦，有人刺殺小公爺！」最後一組家丁分明已經衝到了劉秀身前，看到前面幾個同夥的下場，竟然嚇得沒有了絲毫戰意，掉轉頭，撒腿就朝人群裡跑。

「打得好！」

「劉秀師兄威武！」

「劉秀師兄！劉秀師兄！」

……

眾學子顧不上再關注長安四虎那邊的戰況，紛紛回過頭來，為劉秀大聲喝彩。先前完全處於劣勢的朱祐和嚴光兩個，所承受的壓力也頓時一鬆，立刻揮舞雙拳，向對手發起了反擊。

「劉文叔，你欺人太甚！」

「一起上，咱們跟他拚了！」

「一起上，今日有他就沒咱們！」

先前因為被學子們起哄而羞愧得邁不開腳步的顧華、甄蒓和陰武三人，終於鼓足了勇氣。嘴裡發出一連串叫嚷，聯袂衝上。他們三個，武藝還不如那幾波家丁。轉眼間，就紛紛被踢進了水坑。從始至終，連劉秀的衣服角都沒等碰到。

「青雲八義就這等水平嗎？」隔著好幾道人牆，看不清朱祐那邊的情況，劉秀故意扯開嗓子，大聲挑釁，「已經有四個躺進水坑裡了。另外四個呢，還不快快過來跟他們湊做一堆兒！」

「另外四個，交給我們！」耳畔忽然傳來一聲熟悉的斷喝，好友鄧奉和鄧禹，帶著十幾個青布蒙臉的學子，蜂擁而至。分開人群，撲向長安四虎及其所帶的爪牙。

原來他倆先前之所以遲遲沒有趕到，是回寢館那邊去搬救兵了。而大夥此刻穿的全都是一模一樣的書生袍，彼此之間年紀相差無幾。只要蒙了臉，長安四虎今後想要報復，都不知道誰是「仇家」。

這一下，可算是一把火點燃了乾草垛。周圍先前被王玨、甄莼等人威脅，敢怒不敢言的學子們，瞬間就全都開了竅。一轉頭撕下衣袖，再一轉頭，就變成了蒙面大俠。三二群，五一夥，衝向了長安四虎，亂拳齊揮。

彈指間，形勢就徹底逆轉。長安四虎及其爪牙和家丁們，被打得鼻青臉腫，抱頭鼠竄。而嚴光和朱祐，反倒成了進攻方，帶著上百名學子們，圍追堵截，絕不輕易放棄這難得的出氣時機。

也是長安四虎平素作惡太多，仇家遍地。偌大的藏書樓前，竟然沒有任何人替他們求情，反倒不停地有學子偷偷用手帕或者衣袖蒙住了面孔，衝上去給朱祐等人助拳。直到把長安四虎和他們手下的爪牙和家丁全都放翻在地，大夥兀自不願停下，抬起腳，向著俘虜們的屁股、大腿等肉厚的地方猛踹。

「小心，小心別打出人命來！」情況的變化速度，已經遠遠超過了劉秀的反應速度。他不知道該怎麼應對，只能站在人群外，大聲提醒。

可一片混亂當中，誰還會聽他的話？所有動手的學子很快就都打紅了眼睛，下腳越來越沒有分寸。

相比之外，先前被劉秀陸續踢進泥坑裡的王玨、甄蕀等人，反倒算交了好運。至少劉秀在踢他們的時候，腿上刻意留了力氣。而在將他們踢進水坑之後，只要他們不主動往外邊爬，也不會再痛打落水狗。

眼看著，長安四虎就要大難臨頭。劉秀救也不是，不救也不是，進退兩難。就在此刻，藏書樓的窗口，忽然傳來一聲怒喝：「住手，同學之間打架，豈可傷人性命？你們眼裡，到底還有沒有王法！」

「你少管！」正打得興起的學子們，本能地抬起頭還嘴。然而，還沒等大夥再度抬起腳，有一個錦帽貂裘的年輕武將，已經從窗口飛身而下。半空中雙腿不停交錯，「乒乓」「乒乓」「乒乓」，將圍攻王麒、王固和王恒的學子們，踢得後退數步，接二連三栽倒了一大片。

「速速退下——」那青年武將也緊跟著雙腿著地，迅速將一枚腰牌舉起，大聲斷喝：「驍騎都尉吳漢在此，爾等休要再故意滋事。速速退下，否則，休怪做師兄的大義滅親！」

「退下，全都退下！」附近另外兩座建築中，也有上百名身穿暗紅色皮甲的軍漢魚貫而出，將環首刀高高舉起，大聲斷喝：「驍騎營在此，爾等休要張狂！」

眾學子宛若兜頭被潑了一整桶冰水，瞬間就恢復了理智。互相看了看，趕在身份沒被正式記錄下來之前，一哄而散。只留下劉秀、朱祐、嚴光、鄧奉和鄧禹五個「罪魁禍首」，站在原地，錯愕相顧，苦笑搖頭。

從窗口裡跳下來人，竟是吳漢。

當年在太學門口湯水館子裡彈劍作歌的落魄師兄吳漢。

曾經的青衫已經換成了錦衣，腳下的布靴，也換成了暗紅色的麝皮。

看到劉秀等五人居然沒有趁亂一起逃走，吳漢眼睛裡瞬間閃過一絲意外。隨即，便板起臉，冷笑著質問：「你們幾個無賴頑童，膽子倒是不小？聚眾毆傷同學，居然還不逃跑？莫非，你們幾個有恃無恐？還是算定了吳某這個師兄奈何不了你們？」

「後進學弟朱祐，見過吳師兄！」五人當中，朱祐頭腦最為靈活，也最為能說善道。立刻主動上前，代表大夥兒向吳漢回話，「師兄有所不知，我們五個，平素每天不上課時，都在書樓裡修理竹簡。師兄您剛才跳出來的窗口，正是我們平素幹活的地方。而師兄您現在堵住的位置，正是藏書樓的大門。」

「啊——」吳漢楞了楞，隨即啞然失笑。「哈哈，哈哈，哈哈。有意思，有點兒意思！怪不得吳某剛才在樓上，聞到一股烤竹子味兒，原來是你們幾個平素所積。這麼說來，你們五個剛才根本不是留下來認罪，而是覺得打人有理，還想著像沒事兒人一樣進藏書樓幹活兒！哈哈，哈哈，吳某自認為心大，卻也沒心大到如此地步。」

「師兄明鑑，這不是心大。」朱祐笑了笑，不卑不亢地拱手，「您剛才既然偷偷躲在了二樓，想必已經看到了整個事情經過。藏書樓相當於我等的家，朱某和好友嚴光，是在自己家門口被王恒帶人圍著打。如果不是仗著身體靈活，此刻弄不好早已經一命嗚呼。而後來王恒他們幾個自己過於囂張犯了眾怒，被同學們一擁而上打翻在地。朱某等人也並未趁機落井下石。」

幾句話，看似平平淡淡，實際上卻機鋒暗藏。欺門趕戶，在大新朝律法中是一條重罪。無論訴訟雙方之間的衝突以前因何而起，堵著對方家門去打架的，肯定會被官府判做理虧。而以重凌寡，也向來不被律法所容，朱祐和嚴光兩人先前硬扛王恒、王固等二十餘個，到底是誰欺負誰，不問自明！至於後來王恒、王固等人被同學們蒙著臉痛扁，根本與朱祐、嚴光、劉秀、鄧奉、鄧禹五個無關。即便有人硬要朝他們頭上栽贓，頂多也只能譴責他們見死不救，並且還有一個救援來得及來不及問題可供爭辯。

當即，吳漢的眼睛裡，再度閃過了一絲驚詫。皺起眉頭，先上上下下反覆打量了朱祐好幾遍，然後，才緩緩說道：「你倒生了一張蘇秦之口，卻不知道是哪位先生門下，能教出你這樣的學生？」

「回師兄的話，學弟師從太學四鴻儒之一劉夫子，主修周禮。」朱祐又笑了笑，依舊回答得彬彬有禮。

「原來是劉夫子，你倒沒枉了他言傳身教。」吳漢終於恍然大悟，苦笑著連連搖頭。「看了吳某今天想要治你等聚眾鬧事之罪，恐怕會有些難度了。」

「我等原本就沒有聚眾，師兄又何必勉強為之，自毀名聲？」朱祐的反應極為機敏，立刻朗聲回應。

「名聲，師兄我居然還有名聲？」吳漢頓時感到非常意外，豎起眼睛，冷笑著發問。

「青雲榜之首吳漢吳子顏，太學裡哪個不知？與岑彭師兄一道，都是我等後學末進的激勵自己上進的楷模。」朱祐收起笑容，鄭重補充。年輕英俊的面孔上，看不出半絲虛偽之色。

吳漢的眼睛中，第三次閃過一縷驚詫。虛張著嘴巴，楞楞地看著朱祐、劉秀、嚴光、鄧奉和鄧禹，半晌，若有所思。

太學裡，居然還有人記得他這個當劍換酒的落魄師兄！太學裡，居然還有人記得他吳漢當年的風光！而他自己心中，什麼青雲榜，什麼歲考兩度第一，都早已成了過眼煙雲。那些虛名，在離開太學之後沒給他帶來半點兒助力。反而讓他落下了一個紙上談兵的惡評，長年累月承受各種羞辱。

「吳師兄，吳師兄千萬別上他的當。許多人都親耳聽到了，他將青雲榜貶得一錢不值。」陰方的弟子甄蕪忽然衝了過來，頂著滿腦袋的泥漿，大聲控訴。

「朱某看不起的是你們這些仗著長輩勢力硬擠進青雲榜內的蚍蜉，而不是青雲榜，更不是吳師兄！」朱祐厭惡地看了此人一眼，冷笑著補充，「況且青雲榜的聲譽，也不是朱某一個人所能詆毀。算起來，真正毀了他的，反而是你們。」

「你，你，你，你胡，胡說！」無論學問還是口才，十個甄蕪加在一起，也比不上一個朱祐。直氣得此人語無倫次，渾身戰慄。偏偏此人的袖口，袍角等處，還有泥漿在不停地下淌，滴滴答答，轉眼成溪！

「本屆青雲榜是不是因為你們幾個變成了笑話，你們自己心裡清楚。」朱祐冷笑著又補充了一句，傲然仰頭。

「你，你，你……」陸續從泥坑裡爬出來的王珏、顧華、陰武三個，想衝上前跟朱祐拚命，卻又忌憚對方的武力。只能躲在半丈遠的地方，上下跳腳。

吳漢看看這四隻泥猴兒，再看看地上躺著的四頭烏眼兒豬，心中忍不住暗暗嘆氣。這種廢物，八個加一起，都比不了朱祐一個。虧得王修和陰方等人，還有臉將他們硬朝青雲榜中塞。而自己此番受王恒的父親所托前來替他兒子撐腰，恐怕不會太容易！雙方的實力差別根本就是天上地下，明眼人一看便知。除非自己豁出去臉皮親自上陣，可吳某人的臉皮，又怎能如此不值錢。

正猶豫間，卻看到鴻儒王修帶著十七八個學吏，滿頭大汗地跑了過來。對現場的情況看都不看，更顧不上問問青紅皂白。將手朝朱祐等人頭上一指，大聲斷喝：「劉秀，光天化日之下，你敢聚眾圍毆同學，誰給你的膽子？來人啊，把他們五個給我拿下！王某今日若不能替受害者討還公道，就白戴了這頂五經博士冠。」

「是！」學吏們狐假虎威，一擁而上。劉秀、朱祐、嚴光、鄧奉、鄧禹五人，則礙於師道尊嚴，根本不敢反抗。眼看著就要被架住胳膊，集體拖走。驍騎都尉吳漢忽然把眉頭一皺，低聲冷哼：「嗯！」

「刷！」周圍的驍騎營士卒，立刻抽刀出鞘，對著學吏們怒目而視。

眾學吏嚇了一哆嗦，趕緊鬆開手，灰溜溜看向王修。後者被看得面紅耳赤，轉過頭，朝著吳漢大聲質問：「吳都尉，你什麼意思？莫非你要干涉王某處置幾個頑劣學生嗎？」

「吳某什麼意思，不需向王博士彙報。王博士若是覺得吳某做事欠妥，不妨行使你的五經博士之權，直接向陛下上書彈劾吳某在太學裡橫行不法。」吳漢不屑地橫了他一眼，冷笑著回應。

「你……」王修的臉色，迅速由紅轉黑，卻無可奈何。

五經博士不光是個教職，還有資格直接向皇帝上書，參與國家決策。若是得到機會外放，最低都是一個刺史。然而，這些權力和前途，都是寫在書簡上的。看得見，摸不著。只要他王修一天沒有得到外放為刺史，在五品驍騎都尉吳漢的面前，就囂張不起來。而後者此刻的官職雖然算不得多高，卻是實打實的帝王嫡系，並且日後的前途不可限量。

「聚眾鬥毆的話，就不必再說了！」一個硬釘子頂回了王修，吳漢心中多少舒坦了些。想了想，大聲補充：「以近乎於十倍的兵力，拿不下對方五人，你們也好意思？」

「吳子顏，你這——」沒想到吳漢居然不肯替自己出頭，長安四虎氣得一骨碌爬起來，大聲咆哮。

「住口！」吳漢一聲怒喝，將他們後半截質問，全都憋回了肚子裡，「吳某做的是陛下的驍騎都尉，不是爾等的家奴！吳某如何做事，用不著你們幾個白丁來指手畫腳！」

喝住了王恒等人之後，他又深吸了一口氣，緩緩將目光轉向朱祐：「打架之事，吳某可以不問。畢竟吳某今日只是奉命前來太學巡查，不宜對學生之間的爭鬥干涉過多。然而，你對青雲榜出言不遜，吳某，卻不能裝作充耳不聞！」

「學弟並非詆毀青雲榜，而是看不得別人……」朱祐聽得心中一寒，趕緊高聲解釋。

「說過的話，難道你還想否認嗎？」吳漢又是一聲怒喝，將他的話也硬憋回肚子內。「吳某只看事實，不問本心。好心殺人，也是殺人，與持械逞凶沒任何差別。」

「師兄！啊——」朱祐聽得大急，揮舞著手臂就試圖高聲抗辯。劉秀卻悄悄從後邊走了過來，輕輕捏住了他肋下肥肉。

朱祐因怒而生的氣勢，頓時被掐斷。低下頭，不再做任何徒勞掙扎。

吳漢眼睛裡，第四次閃過一股濃濃的詫異。想了想，放緩了語氣補充：「都是同門師兄弟，你們雙方，沒必要非為了些許意氣之爭，就鬥個你死我活。這與陛下大興太學的本意不符，也會令爾等的師長傷心。這樣好了，既然本次糾葛，是因為朱祐為首的書樓四俊，看不起新出籠的青雲八義而起，你們之間，不妨就來一次公平對決。十天之後，書樓四俊在誠意堂，迎戰青雲八義。無論輸贏，都不得再繼續互相仇視。如此，誰高誰低，自見分曉。太學當中，還能留下一段佳話！朱祐，王恒，你們兩個意下如何？」

「但憑師兄做主。」朱祐知道這已經是最好的結果，斷然拱手。

「當然可以！」王恒頂著一腦袋青色的大包，咬牙切齒，「但是不能比五經，那只是書簡上的東西，算不得真本事。」

「乾脆比誰更懂吃喝嫖賭算了，你準贏！」鄧禹聽得勃然大怒，立刻冷笑著嘲諷。

「住口！」吳漢對這個年紀極小，卻手段狠辣的師弟甚為忌憚，立刻大聲出言喝止，「青雲榜之所以不同於歲末大考，就是因為其不參照儒門五經。聖人云，君子六藝，禮、樂、射、御、書、數。就這六項，你們雙方每項任選一人出戰。十天之後，吳某親自來誠意堂做見證！看看我的這些師弟們，到底成色如何？」

「理應如此！」王修聞聽，頓時喜出望外，拍打著手掌大表贊同。

「劉秀，你有膽子就別找藉口。光會死記硬背儒門五經，算不得真本事！」王恒卻唯恐劉秀不肯接招，繞過朱祐，直接向「正主兒」發起了挑戰。

「對，六藝兼通，才是真有本事。白首窮經，不過是顆蠹蟲。」甄蒓也在旁邊跳著腳，大聲幫腔。

「也罷，如爾等所願！十日之後，一決高下！」劉秀不知道對方到底從哪裡來的自信，笑了笑，輕輕拱手。

「那就定在十日之後，期間任何人不得再擅自向對方起釁，否則，算自動認輸。」吳漢見雙方都不反對，便笑著做出了最後的裁決。

「我等但憑師兄做主！」

「就依師兄！」

劉秀和王恒代表各自一方，相繼向吳漢施禮。然後又帶領各自的夥伴散去，彼此之間，誰都沒興趣再多看對方一眼。

待太學祭酒劉歆（劉秀）被沈定領著匆匆趕到，衝突已經徹底宣告結束。書樓四俊十天後將在誠意堂應戰「青雲八義」的消息，也像長了翅膀般傳遍了整個校園。聽聞雙方即將比試的項目為君子六藝，並且提出之人乃是驍騎都尉吳漢，劉歆（劉秀）先是楞了楞，旋即，搖頭而嘆。吳漢終於放棄了他的驕傲，一心一意投靠了王家。表面上，他對王修等人不假辭色。暗地裡，卻將青雲八義推上了不敗之地。

要知道，君子六藝，可不同於儒門五經。後者只要你天資不太差，並且肯下苦功夫，就一定會有所成就。而前者，禮、樂、射、御、書、數，六項裡頭至少有四項需要拿財貨來堆。想那普通人家出生的學子，平素能買了竹簡和筆墨抄書，就已經是一種奢侈。哪裡有更多的錢財，去聘請名師指點禮、樂？

而想要學御，還得買得起戰馬和馬車！想要習射，木弓竹箭練出來的身手，怎麼比得上終日角弓鐵鏃為伴？

將儒門五經列為太學必須科目，乃是前朝大漢武帝親手所定。在那之後，歷屆皇帝和太學祭酒們，不是看不到死讀五經的壞處，更不是不知道，光憑著五經培養不出真正的棟梁之才。然而他們之所以不廢五經改六藝，就是因為心裡非常清楚，後者非出身於大富之家必不能為。一旦做出了這種更改，則不出二十年，文武百官將再無一人出身於普通之家。屆時，那些失去了通過讀書改變命運希望的寒門學子當中，誰能保證不會出幾個陳勝、吳廣。

明白人不止是祭酒劉歆（秀）一個，太學裡的大多數五經博士和教習在聽說了十天之後的比試項目，都相信王恒、甄蒓等人勝券在握。同時，內心深處，對驍騎都尉吳漢的手腕，佩服不已！

不愧是當年的青雲榜首，連續兩屆歲末大考頭名。這吳子顏手段果真了得！幾乎不著任何痕跡，就將新出籠的青雲八義，拱上了可以跟書樓四俊平起平坐的地位。

十天之後的比試結束，青雲八義就會因為力壓書樓四俊而聲名遠播。即便意外把比試輸掉，當然，這幾乎沒有任何可能，哪怕是萬一中的萬一，萬一王恒等人輸掉了比賽，只要沒輸到連褲子都掉下來的地步，照舊一舉打響了青雲八義的名頭。

同樣的名頭，對於普通學子來說，用途未必很大。頂多是卒業後進入官場順利一些。而對王恒、甄蒓之流，則是肋下生風。很快，他們各自身後的家族，就會將名氣，轉化為實際利益。從此讓他們各自在仕途上平步青雲！

在眾人羨慕或者期盼的目光中，十天時間一晃而過。正式比賽的這一天，誠意堂前，人山人海。萬餘太學學子，無分年紀，除了寥寥幾個臨時有事脫不開身者，幾乎全都趕了過來。

而吳漢當初之所以選定誠意堂做比試場地，看中的就是此建築不但內部空間廣大，門口的空地也足夠寬敞。待比試完了禮、樂、書、數，交手雙方只要往門外一走，就可以在門口的空地上，繼續比試射、御二藝。當然，能讓王恒等人，在眾目睽睽之下將書樓四俊擊敗，也是其中一重考慮。只是這一重考慮有些見不得光，所以知情人都心照不宣。

為了避免時間耗久了，場面混亂出事兒，祭酒劉歆草草地講了幾句場面話，再度申明師兄弟間的切磋乃為激勵所有人奮發上進，勝者勿驕，敗者勿餒，就宣布了第一場競技的考題，賓禮。

賓禮乃五禮之一，專門應用於國與國之間的外交。題目要求，參賽雙方都假設自己為大新朝的治禮郎[注十七]，分別出馬，接待匈奴和高句麗的使臣。而兩位外邦使臣，則由驍騎都尉吳漢和五經博士崔發暫且假扮。

「我來，我跟劉夫子學了三年周禮，還沒用上過一次。這回，總算撈到一個學以致用的機會。」朱祐毫不客氣地主動請纓，第一個下場競技。

「青雲八義」那邊，出場的則是王恒的親哥王玨。後者為了今天的比賽，特地在臉上敷臉白粉，又換了一身大紅錦袍，看上去比新娘子還要光鮮。本以為，憑著以往跟在父輩身後多次觀摩朝廷接待外邦使臣的經驗，肯定能力壓朱祐一頭。結果切磋開始之後，剛剛文縐縐地對著「匈奴使節」說了幾句場面話，耳畔就忽然傳來了一聲斷喝：「蠻夷之邦，地不過一州，民不足百萬，安敢妄自尊大？若繼續虛言狡辯，當心我天朝雷霆之怒！」

「啊？」不光靠近門口處觀戰的同學們都楞住了，同為「使者」的王玨，也目瞪口呆。他自問平素在長安城內，也算橫行人物。可自己欺淩的對象，都是平頭百姓。幾曾將外邦使節，像個奴僕一般呵斥！這哪裡是禮？分明就是仗勢欺人！

而那朱祐，卻絲毫不覺得他自己做得有多麼離譜。沒等假扮高句麗使節的五經博士崔發將回答的話說完，居然又猛地向前跨了一步，再度居高臨下厲聲斷喝：「汝如此執迷不悟，是作死耶？找死耶？抑或與汝主有仇耶？速去，告知汝主。要麼奉命行事，要麼提兵來見。陛下仁慈，許高句麗兩者二選其一！」

「好……」距離門口最近的同學帶頭大聲喝彩，興奮莫名。稍遠處的同學雖然聽不清朱祐在說什麼，卻見他儒冠布袍，像春秋時的國士一般，居高臨下怒斥「外夷」，頓時就把自己代入了進去，剎那間，掌聲如雷！

「這小子，還真有幾分急智！」朱祐的老師劉龔手捋鬍鬚，左顧右盼。先前聽了題目，他還偷偷為自家弟子嗚了幾聲不平。畢竟王玨出身於公侯之家，見過的大場面，是朱祐的上百倍。此番比試，可以說沒等開始，勝負就已經分明！然而，他卻萬萬沒想到，自家弟子朱祐應變能力竟如此強悍，發覺情況對自己不利，便果斷揚長避短，放棄對禮數細節方面的深究，直奔主題。

「這，這小子，呵呵，呵呵，再長幾歲，世間還有誰治他得住！」祭酒劉歆（秀）的眼光，卻比劉龔又高了不止一籌。隱約猜測出了朱祐的真實企圖，驚詫之餘，苦笑著連連搖頭。

王修、王恒、王固等人心中則暗叫一聲不妙，紛紛努力給王玨使眼色，暗示他不要受競爭對手干擾，盡力一展所長。而劉秀、嚴光等人，則悄悄地擊掌相慶，樂不可支。

只有跟朱祐同場競技的王玨，根本看不出來朱祐此舉的深意，還以為對方在毫無目的的胡鬧。頓時忍無可忍，跳將過來，指著他的鼻子大聲呵斥：「朱仲先，我大新乃禮儀之邦，豈能……」

「王兄，汝大新人耶？高句麗人耶？」朱祐絲毫不以他的指責為意，笑呵呵地退開半步，低聲打斷。

注十七、治禮郎，古代外交官，隸屬於大鴻臚。漢代定額四十七人。專門負責應對外國使節。

「你……」王玨被他問得微微一楞，這才想起來，朱祐是在模擬大新朝的禮官，與高句麗使者交涉。哪怕此人做得再出格，自己也沒有當場喝止他，助長高句麗使者氣焰的道理。

想明白此節，他本能地就打算採取措施補救，然而，卻為時已晚。只見朱祐又笑了笑，又低聲提醒道：「王兄，你奉命與匈奴使節交涉，忽然將其晾在一邊，是何道理？莫非故意拆朱某這個同僚的台，比你所承擔的任務還重要十倍？還是你又一時舊疾發作，把禮賓當成了兒戲？」

「哄！」這次，大笑的不再只是門外的觀戰學子。誠意堂內，所有師生，都忍不住連連捧腹。

本場競技考的是禮賓，論表現，朱祐這個治禮郎到現在為止，的確有些過分慢待的異族使節。然而，他卻同時大揚了上朝天威，可謂功過參半，彼此可以相抵。而王玨先是將匈奴使者丟在一邊不理，然後又公然替高句麗使者說話，很顯然，從頭到尾就沒弄清他這個司禮官到底隸屬哪一方，丟人現眼不說，還有損國榮。若是真的發生在現實當中，被皇帝下令直接推出去砍了腦袋，都不會有人替他喊冤。

「不算，不算！重來，重來！他耍賴，他耍賴！」哄笑聲中，王玨終於意識到了自己的錯誤，揮舞著手臂大聲叫嚷。「他耍賴，他耍賴！」

「哈哈哈哈……」門外看熱鬧的一眾學子們，笑得愈發開心。巴不得這個平素橫行霸道的傢伙，當眾出更多的醜。

倒是他的同夥王恒，頗有幾分眼力。知道繼續讓王玨胡鬧下去，青雲八義形象就徹底掉入了泥坑，果斷站了起來，向擔任本場裁判的副祭酒揚雄拱手：「揚大夫，這場我們認輸。」

「胡說，我沒輸！」從小到大沒栽過什麼跟頭的王玨哪裡肯接受失敗？紅著眼睛轉過頭，大聲咆哮：「九弟，我沒輸！他使詐，他故意使詐亂我心神！」

「走吧，下去休息片刻，勝敗乃兵家常事！」扮作匈奴使者的吳漢沒心思陪著王玨一道丟人現眼，嘆了口氣，走上前，用力抓住了他的一隻胳膊。將此人連拉帶勸，拖向觀戰席。

「我，我沒輸！不算，他使詐，使詐！」王玨依舊不願接受現實，怎奈身手照著吳漢差得太遠，根本沒有能力反抗。只能一邊用雙腿在地上亂蹬，一邊啞著嗓子大聲嚷嚷。

「噢，哈哈，哈哈，哈哈哈！」門外的學子們看到了，大笑著起鬨。看向其餘青雲八義的目光中，也充滿了戲謔。就這點兒本事，還想跟書樓四俊一爭高下？人家即便每人都蒙上眼睛，再綁住一隻手，都能挨個收拾你們十遍。

「嗯嗯，嗯嗯，嗯嗯！」副祭酒揚雄也笑得肚皮直發痠，但職責在肩，他還必須及時站出來保證比試繼續進行。因此先咳嗽著用戒尺拍打桌案，將哄笑聲壓了下去。然後又站起身，大聲宣布：「本輪比試，朱祐表現過於囂張，得分中下。王玨多次忘記本職，得分——，無分！」

「且慢！」王修和劉龔同時拍案，大聲抗議。

揚雄微微一楞，旋即笑著抬手發出詢問：「子豪兄、孟公，莫非你們二人認為揚某的裁定有不妥之處？」

「當然不妥！」王修紅著臉，梗著脖子，大聲抗議。「我大新乃是天朝上國，講究的是以德服人。即便藩屬之國行為有錯失之處，也素來以懷柔為主，怎能動輒以武力相要挾？朱祐剛才所為，分明是把他平素欺凌弱小的那一套，又照搬到了賓禮當中。非但曲解了賓禮的本義，而且有失國格！揚大夫給他打分中下，實在過於照顧。依王某之見，頂多是一個下下，甚至跟王玨一樣無任何分數，才算中肯。」

「呵呵，呵呵，呵呵——」靠近誠意堂門口處，立刻爆發出了一陣低聲竊笑。眾學子們都對王修過分偏袒自家人的舉動，嗤之以鼻！

而擔任本輪比試裁判的副祭酒揚雄，卻絲毫不以王修的胡攪蠻纏為意。笑了笑，又將目光轉向了劉龔：「孟公，你的意思是？」

「不公，揚祭酒給朱祐打分中下，劉某也以為，過於不公！」劉龔撇撇嘴，大聲回應，「劉某不明白，朱仲先的表現，有什麼不妥當之處，你居然才給他打了個中下？我大新既然是天朝上邦，就得有上邦的威嚴。皇上是如何對待匈奴和高句麗的，莫非揚祭酒已經忘了？」

說罷，一屁股坐下，裝做滿義憤填膺模樣，白鬍子被粗氣吹得滿臉亂飄。

「你……」沒等揚雄做出回應，王修已經跳了起來，手指劉龔，額頭上青筋根根亂蹦。然而，憤怒歸憤怒，他卻一句反駁的話都說不出口。

原因很簡單，以德服人，那是書本上才有的事情。大新朝皇帝王莽，從來不跟小國講什麼以德服人！前段時間他老人家給匈奴和高句麗下旨，命令這兩個國家的首領改王為侯，對方不從。他老人家就一句廢話沒說，立刻派遣大軍打上了門去。當著如此多人的面，王修就是再膽大包天，也沒勇氣說大新朝的皇帝有失國格。

「哈哈哈……」先前因為劉龔也站出來指責揚雄評判不公而震驚的學子們，這才明白過味道來，一個個笑得前仰後合。

而鴻儒劉龔，則收起了怒容，笑呵呵的向著自家弟子朱祐招手：「仲先，過來，坐到為師這裡來。為師向來講究，與人方便，與己方便。可某些人得了方便，卻不知足，還想踩到你的頭上。為師就只好讓他不再方便了！過來，咱們看你那其他幾位好友，如何橫掃殘敵。」

「你，劉孟公，你……」王修氣得直哆嗦，卻依舊沒有任何能力反擊。

當初他在評定青雲榜之時，的確充分利用了劉歆和揚雄兩個被朝廷中的事情纏得無暇分身，許子威臥病在床的大好時機。並且吃定了劉龔不喜歡爭鬥的弱點。而本屆青雲榜的結果出籠之後，劉龔也的確沒有明確表態反對。所以，他才肆無忌憚地再接再厲，準備通過挑翻書樓四俊的方式，強扶青雲八義上位。卻萬萬沒有料到，劉龔是個老好人不假，被人欺負到自家弟子頭上，卻照樣會跳起來拚命。

「算了，子豪，你先退下，不要耽擱比賽時間。」還是祭酒劉歆（秀）性子厚道，實在不忍心看著王修繼續丟一眾五經博士的臉，站起身，微笑著擺手。「分數就按揚祭酒剛才說的打，他是本輪切磋的仲裁，有一言而決之權，任何人都不要再爭。」

「也罷！咱們且看下輪！」王修多少還知道一些好歹，咬著牙，用力點頭。

劉龔是劉歆（秀）的族侄兒，當著這麼多人的面兒，不能讓做祭酒的叔叔無法下臺。狠狠瞪了一眼王修，也皺著眉點頭。

第一場比試，就此宣告結束。幾名校吏很不情願地先將比分寫在了白色葛布上，然後用竹竿高高地挑起，掛於誠意堂外。中下比無分，書樓四俊以「微弱」的優勢，「勉強」拿下了第一局。

第二輪切磋，很快就在「友好熱烈」的氣氛下，拉開了帷幕。由五經博士崔發擔任裁判，要求書樓四俊和青雲八義雙方各出一人，切磋樂技。

按照周禮中對樂的描述，習樂者，需要掌握三項基本技能才算學有所成。樂德、樂語和樂舞。樂德可以陶冶人的品行情操，讓人做事中和、祇庸、孝友。樂語可以鍛鍊人的技能，讓人通過音樂來興道、諷誦、言語。而樂舞，則是綜合技能，用於祭祀祖先，禮敬鬼神及在國禮上招待諸侯。

經過秦末大亂，樂舞基本失傳。而樂德向來無法當場展現。所以六藝中的樂，基本上就簡化為單純的音樂譜曲和演奏兩項技藝了。

皇帝王莽乃當世第一大儒，其同族晚輩，無論親疏遠近，都以其為楷模。故而這樂技，便成了每個皇族子弟從小的必修之課。在他們當中，只有造詣深淺的差別，絕對不會出現任何一個樂盲。

因此，第二場切磋剛一開始，二十三郎王固就先聲奪人。擺開伯牙之琴，十指翻飛，錚錚之聲脫弦而出。時而如同潺潺流水，時而猶如江河直下，彈到盡興處，身體亦隨著樂律輕輕搖擺，宛若不食人間煙火的神仙，在用樂曲訴說知音難尋的孤獨。

門內門外的學子們起初還面帶嘲笑，聽著聽著，臉上的笑容就漸漸變成了驚詫。不多時，驚詫的表情又相繼變成了佩服、感慨、遺憾、傷懷，一個個目光無比凝重。

「倉啷！」數弦齊顫，宛如裂帛，琴聲戛然而止。繞梁的餘音中，二十三郎王固懷抱古琴，起身，優雅地向五經博士崔發俯身：「弟子獻醜，請恩師指點！」

五經博士崔發先是半晌沒有回應，直到王固再次俯身致意，才終於從迷醉狀態緩過些許心神，以手輕拍桌案，低聲點評道：「好，好，琴樂一道，你以登堂入室，老夫自問未必能及，又如何出言指點？上上，上上，上上之評絕不為過！」

「多謝夫子！」王固第三次俯身，然後收起謙卑，挺直脊背，驕傲地向劉秀等人發起挑戰，「小弟獻醜，還請對面的幾位師兄下場賜教！」

「這王固，也不單單是個二世祖！」劉秀楞了楞，低聲感慨。扭過頭，剛想問問自己這邊最喜歡操琴的鄧奉，到底有幾分把握跟對方打成平局。卻見鄧奉已經捧了一把不知道從哪裡借來的古琴，越眾而出，「王學弟莫要自謙，你這一曲，的確聽得人渾身通泰！愚兄不才，且以一曲相酬。」

說罷，也不管王固如何回應，逕自走到場地中央坐下。橫琴於膝前，信手撥動，「咚咚，咚咚，咚咚」，短短幾下，竟令屋子內所有人，頭皮為之一乍。

「嘶——」擔任仲裁的五經博士崔發，心裡大吃一驚，立刻滿了肅然地倒吸冷氣。

他先前給了王固那麼高的評價，其中的確有故意替此人揚名的成分在，但更多的則是，真心實意對此人的水平感到佩服。然而，行家一伸手，就知有沒有。鄧奉只是短短彈了幾個音符，所表現出來的琴樂造詣，已經不在王固之下。

如此一來，情況就有些麻煩了。他剛才給王固的打分已經上上，待鄧奉把整個曲子彈完，得分又該幾何？身為五經博士，他總不能像王修一樣，閉著眼睛說瞎話吧？況且在場之中，劉歆、揚雄、陰方、劉龔，還有其他許多博士和教習，也都不是聾子！當著如此多的人上下其手，崔某人自問還沒那麼厚的臉皮。

正痛苦得恨不得狠狠抽自己耳光的時候，又聽到琴聲忽然一變。從金鼓交鳴，變成了鎧甲鏗鏘。彷彿有一隊隊將士，從半空中走了下來，向著彈琴著躬身施禮。而彈琴者手上，彷彿也憑空多出了數枚令箭，把將士們又陸續分派出去，一隊隊走向昏暗的戰場。

戰場上，敵軍壁壘森嚴，人數龐大。將士們卻毫不猶豫地向這刀劍叢林發起了衝鋒。馬蹄在血漿中翻飛，流矢在半空中呼嘯，更有一員無敵猛將，持鐵槊，跨烏騅，所向披靡！須臾戰馬，猛將瀝血而歸。將士們緊隨其後，無怨無悔。輓歌聲起，戰馬悲鳴，鄉愁如霧，在人頭頂縈繞不散。

鄧奉的十根手指速度放緩，誠意堂內的師生，卻有近半數人，已經淚流滿面。

「這廝，從哪學來的本事，看模樣竟然不在王固之下！」劉秀被樂曲聲感染的頭皮發緊，卻依舊努力保持著理智，扭過頭，低聲向嚴光詢問。

嚴光想了半晌，滿臉凝重的搖頭。鄧禹眼含淚花，用力擺手。很顯然，二人對鄧奉學藝之事，都一無所知。

倒是坐在眾人身後觀戰的蘇著，揮舞著拳頭，將牙齒咬得咯咯作響，「好，就這樣彈。讓他們不給我面子。彈死他們，讓他們知道知道，什麼叫做天外有天！」

「莫非是她？」忽然間，劉秀眼前閃過一個單弱的身影，緊跟著，心中又湧起了幾分無力。兄弟四人都沒有餘錢禮聘名師指點樂技，但兄弟四人當中，卻不是誰都沒機會接觸名師。長安城內數一數二的妓館，百花樓中就有一個高超的樂師，名為貓膩，色藝雙絕。平素輕易不會彈琴，偶爾一曲彈罷，便可得紅綃無數。

長安城內，成百上千的錦衣公子，想要與她親近，都沒有機會進入她的香閨，唯獨鄧奉，出入隨意，想在裡邊待多久就待多久，從來沒有任何問題。

有這麼一個色藝雙絕的師父手把手教，鄧奉如果學不出點名堂來都難！更何況他一沒錢，二沒勢，想俘獲美人的芳心，也只能在「才」和「藝」兩個字上下功夫。而學問做得再好，貓膩都未必看得見，也看不懂。樂這東西，學到極致，卻是有語言的功效。不論雙方學問、地位和人生經歷差距有多大，琴聲一起，自然聞弦歌而知雅意。

只是百花樓的歌姬貓膩，雖然早已對鄧奉傾心相戀。鄧奉的肩膀，卻未必擔負得起這份美人恩重。三年前彼此年紀都小，還都未體味出世道艱難，總覺得將來的日子裡充滿了希望。而如今鄧奉的太學生涯已經過去了七成半，貓膩也已經從懷春少女變成了傾城紅優，這兩人的將來……

正楞楞想著，耳畔的琴聲，忽然變得無比淒涼。彷彿眼睜睜地看著美玉墜地，繁花凋零，卻來不及，也沒能力做任何改變。剎那間，劉秀鼻子就是一酸，兩行熱淚奪眶而出。

還沒等他來得及去擦，琴聲忽轉高亢，畫角崢嶸，鐵騎齊奔。半空中，絕世猛將的身影再度出現，虎目含淚。烏騅馬上，依稀還有一個絕世美人，香消玉殞。沿途中，無數敵軍殺來，都被鐵槊掃翻於地。烏騅馬踏著屍體狂奔，仇人一個挨一個授首，猛將臉上，卻再無絲毫自豪之色。

背後那縷目光已經不在，縱橫掃千軍又如何？縱力能拔山，又如何？大江在前，白浪滔天，孤舟如飛而至。回首處，一片殘山剩水，不見任何故人。

於是乎，那武將棄了烏騅馬，沉了奪命槊，將美人的屍骸推上孤舟，任其隨波而去。自己仰天長嘯，橫劍頸前，灰白色的天地間，猛地濺起耀眼的紅！

「錚！」弦斷，曲盡。鄧奉呆坐於地，十個手指的指套不知道何時已經盡數磨破，鮮血淋滴染滿琴身，被透窗而過的日光一照，妖異奪目。

而此時此刻，竟沒幾個人能注意到那染滿了鮮血的古琴，和鄧奉正在滴血的十根手指。誠意堂內外，大部分學子和老師，都以手掩面，肩膀聳動，落淚無聲。

許久，許久。

驍騎都尉吳漢忽然緩過神來，撫劍長嘆：「霸王解劍，霸王解劍，吳某還以為，世間早就無人再能彈奏此曲。卻沒想到，士載師弟，士載師弟竟得了真傳。此曲一出，天下樂師，幾人還敢與你爭鋒！」

「啊，此曲竟然叫做霸王解劍！怪不得如此悲愴。」

「害得老子都把眼睛哭紅了！原來是西楚霸王與美人虞姬的故事。」

「這下真的長見識了，原來樂技到了真正的化境，居然能不知不覺奪人魂魄！」

「慘了，慘了，聽完此曲，半個月之內心情都好不起來！」

……

誠意堂門口的眾學子們這才陸續從樂曲的意境中被驚醒，個個抹著通紅的眼睛，低聲讚嘆。一時間，竟然沒有人想起來比較，鄧奉和王固兩個，在樂技上，誰高誰低。

在場的眾位老師，也個個失魂落魄。一邊偷偷用袖子擦掉臉上的淚痕，一邊交頭接耳，「不愧為書樓四俊之一，某原以為鄧士載是憑著同鄉關係才被勉強列入其中。如今看來，卻是某看低了他。」

「琴為心聲，這鄧士載平素看起來與世無爭，恐怕骨子裡驕傲得很。」

「沒有幾分傲骨，怎麼演繹得出當日的西楚霸王！」

「霸王解劍，霸王解劍，虞姬不在了，世間怎麼可能還有霸王？」

……

只有劉秀、嚴光、鄧禹、朱祐四個，心神沒有完全沉浸在繞梁的餘韵當中。不約而同走入了場內，或抱起古琴，或攙扶起目光呆滯的鄧奉，或用乾淨的葛巾擦拭包紮流血的手指，忙得無暇他顧。

這種舉動，對裁判來說，多少有些失禮。然而，擔任本輪切磋裁判的五經博士崔發，卻根本不願追究。先拿著一塊綉花手帕，擦了好半天淚，才勉強穩住心神，唏噓著點評：「先前那一曲流水，技臻化境。而這曲霸王解劍，卻技近於道。老夫不才，不敢再擅自評判孰優孰劣，還請祭酒親自定奪。」

「老狐狸，你都技近於道了，還用老夫再定什麼優劣！」太學祭酒劉歆（秀）在心中偷罵，臉上卻故意裝出幾分為難，「的確，這兩首樂曲的彈奏水平，的確很難分出高下。總體上王固彈得更為嫻熟，而鄧奉卻占了曲子自身的便宜，並且能做到心與琴通。所以，老夫就來做個惡人，這一局，鄧奉小勝，得分上上。王固惜敗，得分上等！你們二位切磋者，以為如何？」

「單憑祭酒定奪！」王固雖然不甘心，卻知道彼此之間的差距，恐怕不止一點半點。繼續糾纏下去，只會讓同學們看笑話，絕對賺不回半點兒好處。因此，也咬著牙，用力點頭。

鄧奉的心神，依舊沉浸在霸王自刎烏江的悲壯氣氛中無法自拔，竟沒有回應祭酒劉歆（秀）的話。忽然從鄧禹懷中奪過古琴，用裹滿葛布的手抱在胸前，奪路而去。只留下滿堂張大的嘴巴，和梁間隱隱的樂聲。

若背後那縷目光已經不在，縱橫掃千軍又如何？

若身邊無妳相伴，

縱力能拔山，又如何？

烏江滔滔，孤舟遠去。

轉身直面萬馬千軍，無恨無懼！

門口眾學子，紛紛側身讓路。一時間，竟無人跳出來指責鄧奉失禮，也無人像第一輪切磋結果公布時那樣，大聲抗議裁判打分不公。

這樣的樂技，原本已經不需要裁判來打分。

小勝怎樣？大勝又怎樣？即便有人今天捂著耳朵宣布鄧奉慘敗給了王固，數年之後，學子們談起今日之事，誰會還記得王固所奏的「流水」？誰可能忘掉鄧奉所彈的霸王？

霸王解劍，原本就沒在乎過世人評短論長。

他丟了江山，丟了美人，丟光了一切，他依舊是個英雄，頂天立地。活得瀟然，走得倜儻！

而贏了亥下之戰的對手們，或兔死狗烹，或閉門謝客，或夫妻反目，又有誰得到過片刻輕鬆？

「這，這，對師長的裁定結果不滿，居然就立刻揚長而去，這種學子心裡，怎麼可能有半分樂德？」王修忽然像被馬蜂螫了屁股般跳了起來，朝著劉歆（秀）大聲挑撥。「祭酒，就憑他目無尊長這一點，將他的得分降為下下也不為過！」

「祭酒，鄧士載並非故意失禮，而是剛才彈琴過於投入，傷了心神。」鄧奉的老師周玨不肯讓自己的弟子吃虧，硬著頭皮站起來，向劉歆（秀）拱手，「得罪之處，還請祭酒念在他此刻神智不清的份上，原諒則個。」

「神智不清，神志不清他還記得把琴帶走？你說他神智不清，如果連彈一支曲子的定力都沒有，他將來又如何替陛下做事？」王修哪裡肯輕易讓鄧奉過關，立刻把頭轉向周珏，揮舞著胳膊厲聲質問。

也不怪他如此失態，在他原本的設想中，禮、樂、射、御、書、數，除了最後兩項之外，其餘四項青雲八義都絕對勝券在握。然而，前面兩輪切磋結果，卻狠狠抽了他兩記大耳光。青雲八義非但未能如願碾壓對手，反倒被對手碾壓得毫無懸念。

如此，接下來四輪切磋，「八義」只要再輸掉任何一輪，便只能跟「四俊」戰平，萬一把「書」、「數」兩輪全都輸掉，當初踩著「書樓四俊」快速揚名的計劃，就徹底成了夢幻泡影。

所以，哪怕是冒著得罪太學所有同僚，並且被所有學子不齒的風險，他王修也必須咬住鄧奉失禮而去的錯誤不放。進而煽動劉歆，將第二輪切磋的結果改寫。只有這樣，接下來的切磋當中，青雲八義才有機會扳回局面。也只有這樣，他王修的能力、謀略和忠心，才會得到長安四虎背後的王氏族人們認可，從而才有機會離開太學這個清水衙門，從五經博士注十八變為一州刺史，外放地方。

注十八、漢武帝時期，五經博士數量極少，所以地位顯赫。非但能夠直接參與政治，一旦外放，就可以轉任某州刺史。而當時天下不過分為九州。後來五經博士也不斷增加，轉任刺史便成了理論上的可能而已，實際上朝廷很少會把這麼重要的職位直接授予一個沒有任何政治經驗的讀書人。

「這，這，這……」周玨在太學中的地位原本就不如王修高，平素也不善跟人爭執。見對方直接把矛頭對準了自己，心中立刻就有些犯怵，紅著臉，淌著汗，期期艾艾不知道該如何回應。

倒是太學祭酒劉歆（秀），膽識和氣量，都遠超王修。見此人一點兒都不講究吃相，忍不住敲了下面前桌案，大聲喝止：「行了，王博士，周博士的解釋沒錯。老夫聽完了剛才那一曲霸王解劍，半晌都回不過神來，更何況彈奏者本人？第二輪切磋結果，老夫剛才已經宣布過了，沒有必要再做更改。暫且中斷一刻鐘時間，供切磋雙方休息。然後，立刻開始切磋第三項，六書。」

「這……」王修大急，知道自己一個人「說服」不了劉歆（秀），趕緊將求救的目光轉向吳漢。

事先沒有想到書樓四俊的本事如此強，居然毫無懸念地接連拿下了禮、樂兩場比試，驍騎都尉吳漢此刻也心急如焚。

他曾經答應過王恒的父親王淑，要替八義揚名。也向甄蒓的叔叔甄尋，做出過類似的承諾。如果青雲八義今天揚名不成，反而被對手踩進了爛泥坑，他的承諾就會徹底落空。屆時，即便有公主在背後撐腰，他也難免要被王淑和甄尋等人折騰個「鼻青臉腫」。

然而著急歸著急，短時間內，吳漢卻想不出任何好辦法來力挽狂瀾。俗話說，爛泥扶不上牆。這青雲八義，絕對是如假包換的一團爛泥。早知道這樣，吳某人當初無論如何，也不會貪圖王淑與甄尋的幾句好話，就跳出來攬下如此爛活兒。現在好了，人情沒做成，臉卻快被學弟們給打腫了。再繼續挨上幾巴掌，今後還有何面目再往太學裡邊湊。

正氣惱間，猛然感覺到有人在用目光向自己求救，吳漢本能地就一記白眼瞪了過去。「老子自顧不暇，哪還有功夫救人？著急，著急你自己上！」然而，當看到王修眼睛裡隱隱冒出來的怨毒，他心中又是一凜：「吳子顏，你苦頭還沒吃夠嗎？這年頭，臉面和良心值幾個錢。八義背後，不但站著王家和甄家，其中還有人是祭酒劉歆（秀）、博士陰方、博士王修的親傳弟子。為了所謂的臉面與良知，去得罪如此多的重要人物，不值，絕對不值！」

想到這兒，吳漢忍不住在心中幽幽嘆氣。「同樣是得罪人，得罪普通學子，總比同時得罪了王家、甄家和太學內半數實權人物好。幾位師弟，你們莫怪吳漢。要怪，只能怪自己沒生於大富大貴之家。」

猛地一推面前桌案，他彷彿瞬間把另外一個自己推進了萬丈深淵，咬著牙，緩緩站起來，緩緩向劉歆（秀）拱手，「祭酒，學生有個建議，不知道祭酒可願一聽？」

在他站起來的剎那，祭酒劉歆（秀）就猜到接下來的切磋，又要橫生枝節。也在心中偷偷嘆了口氣，笑著點頭：「說罷，子顏不必客氣，你今日是仲裁之一，不再是太學的學生。」

「那學生就僭越了！」吳漢笑了笑，再度躬身施禮，無論臉上的表情還是肢體動作，都完美無瑕，「先前兩輪切磋，雖然精彩紛呈，卻俱安排在誠意堂內進行。我等在旁邊觀戰時久，難免覺得氣悶。而外邊大多數學弟們都看不清楚比賽過程，等得也百無聊賴。接下來的切磋，若是還是要安排在屋內進行，恐怕沒等切磋完畢，有人就要昏昏欲睡。所以，依照學生之見，祭酒不妨將切磋的順序調整一下，接下來先進行五射和五御，待雙方切磋完五射和五御之後，再回到屋子內繼續進行六書和九數。如此，張弛有度，非但參賽雙方都能保證良好狀態。堂外的學弟們，也不致於等得太枯燥。」

「這，數日之前早就定好的過程——？」劉歆（秀）心中又偷偷嘆了口氣，眉頭輕皺。

還沒等他把反駁的話說出口，王修亦撫掌讚嘆：「好，子顏不愧為當年青雲榜首，一語就說中了要害。做事都講究張弛有度，始終憋在屋子裡，青雲八義和書樓四俊，恐怕都發揮不出真正實力。哪如接下來，先去外邊透透風，然後再回來繼續最後兩輪？」

「祭酒，子顏雖是太學的學生，但他同時也是驍騎都尉，奉陛下之命巡視長安。今日切磋之事，既然是他所首倡。他的想法，咱們這些做師長的，不能多少考慮一二！」博士陰方不甘落於他人之後，也跟著上前大聲幫腔。

他是嚴光的師傅，知弟子莫如老師。如果第三輪切磋，是六書，青雲八義當中，恐怕無一個是嚴光對手。而接連輸掉三場之後，青雲八義肯定方寸大亂，士氣一瀉千里。接下來的另外三場切磋，即便實力遠強於對手，也絕無獲勝得可能！

所以，第三和第四輪切磋，無論如何都得選青雲八義最擅長的。只有這樣，才能避免被徹底打垮，才有希望挽回頹勢。否則，非但青雲八義真的變成了青雲螞蟻，他們這些決定本屆青雲榜的人，也同樣會成為笑話！

「嗯——」見如此多的人出面支持吳漢，祭酒劉歆（秀），只好把反對的話悄悄吞回肚子內。以他的睿智，如何猜不出吳漢等人臨時提出更改切磋項目順序，乃是給「青雲八義」創造挽回頹勢的時機？然而，他卻不能為了四名普通學子，去過分得罪王家、甄家和如此多的同僚。更何況，新出爐的「青雲八義」當中還有一人是他的親傳弟子，如果輸得太難看，他這個師傅臉上也會黯然無光。

因此，又稍稍猶豫了片刻，太學祭酒劉歆（秀）只好強笑著點頭：「也罷！禮、樂、射、御、書、數，五射和五御，原本就排在六書和九數之前。原來的切磋順序，的確不太妥當。揚祭酒，麻煩你帶幾個人去疏導學子，騰空誠意堂前的場地。一刻鐘之後，雙方切磋射藝。」

「祭酒！」還沒等揚雄答應，朱祐的恩師劉龔已經拍案而起。然而，劉秀的反應卻比他更快，搶先一步躬身下去，朝著祭酒劉歆長揖及地，「多謝祭酒成全，我等這就下去準備。劉師，鄧禹最近習射頗有所得，您一會不妨當場考察他的進境。」

「這？」劉龔立刻將已經湧到喉嚨處的話語硬憋回了肚子裡，詫異地看向年齡只有十二歲的鄧禹，滿臉難以置信。

太學博士陰方，立刻從劉秀的話語裡，聽出了幾分味道不對。本能地就開始懷疑，自己是否幫了吳漢倒忙。正遲疑間，對面的王恒已經跳了起來，大聲抗議道：「鄧禹是誰？他是你們書樓四友之一嗎？今天說好了是書樓四友和青雲八義切磋，關他何事？如果隨便拉一個就可以代替自己下場，我們這邊直接請吳漢師兄好了，他一個人，保證打垮你們四個還綽綽有餘。」

「子安，休得胡言！」吳漢立刻扭過頭去，大聲呵斥。隨即，又將目標轉向劉秀，笑著說道：「王恒的話，雖然有失禮貌。但八義與四俊之間的切磋，的確不該由外人登場。文叔師弟，你還是換個人為好！」

「對，鄧禹不是四俊之一，不能下場。」王修的反應也不慢，果斷出馬幫腔。

雖然不知道鄧禹的射藝到底如何，但是前面兩場切磋中，朱祐和鄧奉二人所占的優勢實在太明顯了。所以，他和吳漢、王恒等人，本能地就認為，鄧禹肯定是劉秀身邊射箭本事最好的一個。如果想在第三場切磋中鎖定勝局，無論如何，都要避免此人下場。

「夫子和兩位師兄有所不知，我們這邊只有四個人，各自參加一項，就差了兩項。」見這三人的反應實在激烈，劉秀無奈，只好拱起手來大聲解釋，「如果不准鄧禹登場，接下來的切磋，弟子、朱祐和嚴光，就肯定得有人獨自參與兩輪才成。」

「無妨，無妨！」王恒熟讀兵法，知道田忌賽馬的典故。只要能讓對手的「上駟」無法登場，就不在乎「中駟」和「下駟」反覆參加比賽。

吳漢、陰方和王修三個，也愈發堅信鄧禹射藝非凡。果斷選擇了支持王恒的觀點。「無妨，你們四個參加六藝切磋，原本就得有人同時參加其中兩門。只要登場者出自你們四人中間就行，不在乎是誰。」

「既然如此，第三場切磋，劉某就只好自己勉強為之了。」劉秀先向滿臉愕然的鄧禹，投過去抱歉的一瞥，然後「硬著頭皮」回應。「一旦輸得太難看，還望兩位夫子和吳都尉不要見笑才好。」

說罷，竟沒心思再做爭辯。低著頭，嘆著氣，轉身緩緩而去。那一刻的身影，要多蕭瑟有多蕭瑟。

「唉！吳子顏表面上沒給王恒等人幫忙，事實上，卻又在上下其手。」堂內觀戰的眾位博士和教習見狀，心中忍不住就湧起了幾分同情之意。嘆著氣，低聲交頭接耳。

「唉！誰說不是呢！還有祭酒，終究捨不得自己的徒弟吃虧。」

「唉！形勢比人強。」

「唉！劉文叔畢竟年輕，放不下一時成敗。」

「輸就輸了，能連贏兩場，足以證明書樓四俊的成色。」

「那又怎樣，還不是讓那八個混帳小子借勢上了位？」

「唉——，可惜，可惜……」

只有熟知劉秀根柢的揚雄，回頭看了看面帶歉然的劉歆（秀）和滿臉得意的王修、陰方、王恒等人，雙目在不知不覺間，就流露出來幾分憐憫。「本事不濟，縱使把機關算盡又能如何？可惜了，吳子顏不跳出來橫生枝節，也許八義還不至於輸得太慘。他這一出手，呵呵，呵呵，呵呵呵呵……」

他平素處處與人為善，卻不是沒有自己的原則，更不會因為料定「八義」在接下來的切磋當中會輸得很慘，就暗中叮囑劉秀手下留情。相反，因為看不慣王修等人將好端端的讀書之地搞得烏煙瘴氣，揚雄還巴不得這些人被劉秀按在地上狠狠地抽耳光。於是乎，在帶領學吏們清理場地之時，做得格外利索。

一刻鐘時間匆匆而過，切磋雙方，都將書生袍換成了箭袖短打，再度返回誠意堂前。這一次，代表「青雲八義」出場的乃是茂德侯甄尋的侄兒甄蒓，手持一張朱紅色的獵弓，發誓要力挽狂瀾。

「血蛟弓，這廝居然把血蛟弓拿了出來。不算，不算，這是作弊！」沒等擔任本場裁判的五經博士陰方，宣布比賽規則。蘇著已經搶先一步跳了起來，大聲抗議。

其他學子不識貨，但甄蒓手裡所持血蛟弓，卻逃不過他的眼睛。此物乃大新朝皇帝剛剛接受禪讓那年，西海羌人所獻，一共才三把。據說弓身乃是用昆侖山上數百年才能長成的一種血蛟樹的樹心所造，通體血紅，瑩潤如玉。無論彈性、力度還是柔韌性，都遠非尋常角弓所能匹敵。射出去的箭又快又穩，幾乎不需要太多練習，就能隨心所欲。

皇帝陛下得到血蛟弓後，聖心大悅，當場就給了獻寶的西海羌人首領，賜了姓氏和封爵。此後在幾次平定叛亂的戰爭中，此弓據說每每大發神威。分別被安新公王舜、大司空王邑和茂德侯甄尋拿著，射殺強敵無數。今天，甄蒓居然把皇帝賜給甄家的血蛟弓帶了出來，足見其對取勝志在必得。

而反觀劉秀，手裡拿的卻是一張軍中最常見的角弓。弓臂上下兩部分都已經舊得看不出顏色，弓附處也只是簡單地纏了幾道破麻繩兒。雙方如果以這種狀態交手，毫無疑問，甄蒓未戰之前已經鎖定了大半兒勝局。

因此，無論如何，蘇著也要阻止比賽的進行，至少，也得讓裁判給劉秀也換一張過得去的好弓。然而，他的抗議，卻根本沒收到任何結果。非但裁判陰方直接選擇了裝聾作啞，比賽的當事人劉秀，也只是友善地朝著他笑了笑，便不再回應。

「他，他拿的是寶弓，寶弓！」蘇著又氣又急，揮舞著胳膊向嚴光求援。「至少能比角弓省三成力氣，並且還能保證一百五十步外的準頭。」

「蘇師兄稍安勿躁，再好的弓箭，也得由人來使。」嚴光卻是胸有成竹，笑了笑，示意他稍安勿躁

「角，角弓太，太硬。最，最難持穩！」以為嚴光不理解自己的意思，蘇著繼續大喊大叫。

他說的全是實話，軍中日常所用角弓，都是由朝廷組織工匠批量製造。雖然每把角弓都經歷了「冬天剖析弓幹，春天冶角，夏天冶筋，秋天合攏諸材」等一系列嚴格的工序，單張角弓通常耗時三年才能製造完成。但每一張弓的性能，卻都大不相同。弓臂的穩定性，也隨著季節

和天氣的變化，而不斷變化。射出的箭力道足是足矣，準頭卻很難控制。哪怕是軍中專職弓箭手，也只能保證七十步之內十中五六，百步之內十中二三。不經常練習射箭的普通人，能保證不把羽箭射到天上去，就已經非常難得。

然而，實話如果說錯了場合，也一樣等同於廢話。甄蒓能拿著一張絕世寶弓下場，是因為其叔父為茂德侯，其叔祖父為廣新公。而劉秀的叔叔卻在南陽新野舂陵務農為業，劉秀的叔祖父也是一介布衣百姓。

所以，白白嚷嚷大半天，蘇著依舊沒收到半點效果，反倒把前面的比賽規則介紹平白地錯了過去。待他終於垂頭喪氣地準備接受現實的時候，第一輪箭術切磋已經開始。

只見距離劉秀和甄蒓二人七十步遠的地方，分別放了一張成年人高矮的箭靶。隨著陰方一聲令下，二人同時拉動弓弦，「嗖，嗖，嗖，嗖……」白羽和雕翎交錯，轉眼間，就各自射出了五箭。

「甲號靶，五箭皆中靶心！」

「乙號靶，五箭全中，靶心！」

報靶聲，緊跟著響起，下場二人，居然未分輸贏！

彷彿早就料定了這種結果，裁判陰方立刻命令學吏將靶子挪到了一百步遠。隨即要求二人再度引弓而射。

「嗖，嗖，嗖，嗖……」

「嗖，嗖，嗖，嗖……」

又是一串白羽破空聲響，緊跟著，負責報靶的學吏再度大聲喊出比賽結果，二人居然又是五箭皆中紅心，第二次戰了個旗鼓相當。

「好……」喝彩聲，湧潮般響了起來，震得窗紗嗡嗡作響。學子們，毫不吝嗇地將歡呼贈送給了雙方，對劉秀和甄蒓兩人的精湛技藝大加讚嘆。

「劉文叔，好樣的！拿角弓對血蛟弓都照樣贏，兄弟我送你個大寫的服！」鄧禹和嚴光身側，蘇著喊得尤為大聲，唯恐周圍的學子們，分辨不出血蛟寶弓和尋常角弓的差別。

早就知道他的性子，他的叫喊聲，對劉秀沒造成任何影響。而同樣的叫喊聲落在甄蒓耳朵裡，卻比針扎還要難受。因此，不待本輪切磋的裁判陰方宣布二人再度戰成平局，後者就猛地扭過頭去，朝著劉秀大聲發出邀請：「劉文叔，光對著死靶子射，顯不出你我的真本事！甄某想換一種射法，你可敢接招？」

「願聞其詳！」角弓太硬，接連射了十箭，劉秀膀子早已發痠。連忙借著跟甄蒓說話的機會，悄悄地舒緩筋骨，恢復體力。

甄蒓所持的血蛟弓，弓臂所用的材料為單獨一種，拉弓時要省力許多。故而，此刻他的額頭上汗珠都沒出現幾粒兒。聽到劉秀的回應聲裡隱隱已經帶上了喘息，甄蒓心中頓時就為之一定。想了想，大聲道：「兩軍陣前，哪裡有死靶子可射？咱們要比，就比真本事，射飛靶！將一個草人兒用繩子吊在一百二十步外，你我兩個每人發三矢，上靶多者為勝！」

「好！」劉秀原本還以為是什麼新鮮玩法，聽對方說的居然是自己兩年前就已經練習了不下百次的射稻草人兒，立刻滿口答應。

「那就換靶子！夫子，我要跟他懸空射草人，一百二十步！」唯恐他反悔，甄蒓立刻向陰方提出了要求。

看完了前兩輪射擊結果，陰方此刻信心大增。也不管臨時修改切磋規則是否合適，馬上安排了人手前去執行。

不多時，有一個金燦燦的稻草人兒，被繩索吊在了一百二十步外樹梢上。隨著從北而來的秋風，飄飄蕩蕩。

比試新規則的提出者甄蒓向劉秀做了個邀請的手勢，隨即，拉開血蛟弓，凌空而射。

「嗖，嗖，嗖！」竟然是三箭連珠，呈品字型相繼而進。一箭正中草人胸口，一箭射中草人肩窩，最後一箭，則貼著草人胯下飛過，帶起了一連串金黃色的碎屑。

「好，連珠箭，連珠箭，三箭全中！」青雲八義中的另外七人，同時跳了起來，帶頭歡呼。唯恐周圍的學子們全都是瞎子，看不到那三支羽箭落在了何處。

「兩箭，只中了兩箭，還有一箭歪了，歪了！」蘇著、沈定、牛同等人則大聲糾正，毫不客氣地將沒有留在草人身體上的羽箭，刨除在外。

「青雲七義」哪裡肯答應？立刻衝過去，「據理」力爭。蘇著恨王恒等人前幾天不給自己面子，也毫不猶豫地針鋒相對。眼看著雙方就要大打出手，鄧禹卻冷笑著站了起來，不屑地說道：「急什麼，劉文叔不是還沒開始射箭嗎？等他射完了，你們再爭甄蒓到底射中了幾支也不遲！」

「那也是三支，我就不信，劉秀還能把草人上的箭，再給射下來！」王恒氣得兩眼冒火，把嘴巴一撇，大聲叫囂。

話音未落，耳畔就聽見一聲巨響，「啪！」隨即，喝彩聲宛若雷動。

王恒嚇得心裡猛地一哆嗦，趕緊扭頭向場內。只見掛在距離劉秀和甄蒓兩人一百二十步外的稻草人兒，小半邊身子，連同肩膀上所中的羽箭，都不知去向！

說時遲，那時快。還沒等只剩半邊身體的稻草人在空中停下來，劉秀的第二箭已經脫弦。「啪」，又是一聲霹靂般的巨響，將草人脖頸以下部分，撕了個粉碎。

「好，劉文叔，劉文叔威武！」

「劉文叔，劉文叔！」

「神射，神射！」

……

誠意堂前，喝彩聲和掌聲，一浪高過一浪，連綿不絕。

常言道，不怕不識貨，就怕貨比貨。先前甄蕺三箭連珠射中懸空草人，還令許多學子撫掌讚嘆。如今，看到劉秀接連兩箭將草人射得只剩下一個腦袋，頓時，眾學子就把歡呼和掌聲，全都改變了贈送對象。並且一個個唯恐不夠激烈，掩飾不了自己先前看走了眼的尷尬。

「鏟頭箭，他用的是鏟頭箭！」旁觀者中，有人終於看出關鍵所在，扯開嗓子大聲提醒。

「啊，居然是鏟頭箭！」驍騎都尉吳漢，也長身而起，楞楞地看著正在將第三支箭抽出來的劉秀，滿臉愕然。

其他人可以不知道，作為新晉的領軍武將，他對鏟頭箭這種利器，卻一清二楚。此箭乃軍中特製，專門為了破壞敵方將士的鎧甲所用。箭鏃呈鐵鏟型，鋒利異常，只要命中，就能將皮甲切出一條巨大的豁口。然而，因為鏟頭形狀的鐵鏃不利於破空，此箭想要命中標靶，不知道比尋常箭矢難了多少倍。甭說在一百步外箭無虛發，能做到三十步內十中一二者，都足以博得神射美名。

正不知道該不該替甄蒓感到悲哀的時候，晴空中，忽然有一道白虹貫日而過。「刷」地一下，將蔚藍的天空切成了兩半兒。

「啊——！」吳漢和眾博士、教習、學子們，頓時就忘記了場上尚未完成的切磋，齊齊抬頭，看向突然貫日而過的白虹，驚詫莫名。

「……夫專諸之刺王僚也，彗星襲月；聶政之刺韓傀也，白虹貫日；要離之刺慶忌也，倉鷹擊於殿上。此三子者，皆布衣之士也，懷怒未發，休祲降於天，與臣而將四矣。若士必怒，伏屍二人，流血五步，天下縞素，今日是也！」

《國策》上的名句，緊跟著就出現在大多數人的耳畔。白虹貫日，天下縞素！今日天空中又現白虹，到底，到底預兆著哪位壯士又要一怒拔劍？

異像出現得快，去得也快。轉眼，頭頂的天空再度恢復正常，白虹消失不見。帶著幾分困惑和惶恐，眾人緩緩低頭。耳畔猛然傳來「嗖！」地一聲輕響，第三支羽箭，已經脫弦而出。

「啊！」大夥這才意識到，劉秀還有第三箭要射，趕緊定神細看。只見一道寒光凌空飛出一百二十多步，「啪」地一聲，正中剩下的稻草人頭顱！銳利的箭鏃帶著半截箭桿兒貫靶而出，後半截箭桿兒連同箭羽，卻穩穩地卡在了稻草頭顱裡，不肯再多向前移動分毫！

靜！

誠意堂前，萬籟俱寂！

秋風習習，吹動金黃色的稻草，如煙般絲絲飛舞。

煙雲過處，五根羽箭交替躺於地面。卻仍有一支橫亙在空中，與稻草做的頭顱一道，以拴緊稻草的繩索為半徑，來回搖擺。

一下，兩下，三下，四下……

節奏清楚，不緩不急。

所有學子、教習、五經博士，包括王恒和王珏等人，目光都隨著稻草頭顱的軌跡，上下挪動，如著了魔般，渾然忘記了時間和周遭萬物。

良久，良久，才終於有人夢囈般發出一聲呻吟，「這，這，這怎麼可能！」

「好——！」山崩海嘯般的喝彩聲，緊跟著響起，將呻吟和質疑，全都吞沒得無影無踪。

三箭連發固然精彩，可比起一箭碎靶，就成了小兒科。

一箭碎靶已經嘆為觀止，誰料後面還有輕重，隨心所欲想讓羽箭停在哪裡，就讓羽箭停在哪裡。

切磋雙方的水平高下，再度不需要任何人來裁定，便已分明。和先前「禮」、「樂」兩項比賽時一樣，彼此之間差距宛若天塹！

「多謝，多謝各位誇獎！」山崩海嘯般的喝彩聲中，劉秀一改平素謙謙君子模樣，笑呵呵朝四下抱拳。褪了色的角弓與洗得發白的短打相襯，愈發顯得超凡脫俗。

終於從震驚中緩過神來的甄蒓，則如喪考妣。忽然將價值萬金的血蛟弓狠狠丟在了地上，張牙舞爪地撲向了劉秀：「你，你耍賴！你射掉了我的箭，你耍賴！不算，這輪切磋不能算！」

以劉秀此刻的身手，怎麼可能被他撲倒？只是輕輕側了下身體，就躲了開去。隨即迅速勾了下腳，「撲通」一聲，將此人絆了個狗啃泥。

「啊，哈哈哈哈，哈哈哈哈——」歡呼聲，轉眼就變成了哄堂大笑。周圍看熱鬧的學子們，一個個開心得直抹眼睛。

最近十天裡，新出爐的「青雲八義」，就像八隻長出尾巴的公雞般，天天仰著下巴，招搖過市。彷彿他們八個，真的將所有同學都踩在了腳底下一般。今日，謝天謝地，他們終於被打回了原形！

「耍賴，你耍賴！這輪比賽不算，不算！」被哄笑聲羞辱得無地自容，甄蒓趴在地上，雙手掩面，放聲嚎啕。「嗚嗚，我也三箭都上了靶！嗚嗚，是你故意射碎了草人！你，你欺負我，你故意欺負我，嗚嗚，嗚嗚嗚，嗚嗚嗚……」

「哈哈哈，哈哈哈哈，哈哈哈哈……」周圍學子見此，一個個笑得愈發酣暢淋漓。

什麼「青雲八義」，狗屁！八隻仗著家族勢力爬上了青雲榜的螞蟻而已。那種關起門來只有自家人數著玩兒的狗屁榜單，根本沒任何價值可言！

「別笑了，有什麼好笑的，劉秀用鏟頭箭，的確有作弊的嫌疑！」五經博士王修無法容忍連續三次被「抽耳光」的恥辱，忽然像一個瘋子般衝進了場地內，揮舞著胳膊大聲咆哮。「這輪切磋不能算，必須……」

「你怎麼不說甄蒓用了寶弓呢？」

「喂，血蛟弓還在地上扔著呢，王夫子，你小心踩到！」

「夫子，用血蛟弓算不算做弊啊？咱不能只盯著別人……」

既然王修自己將作師長的臉面丟進了泥坑，學子們也不客氣，紛紛扯開喉嚨大聲提醒。

「誰，誰在胡說八道？」王修頓時怒不可遏，轉過頭，朝著所有學子大聲質問，「站出來，有種就站出來說。血蛟弓是皇上賜給甄家的，血蛟弓怎麼就不是弓了？」

「王夫子，本輪裁判是陰博士，不是你！」實在受不了他給太學同僚們丟人，副祭酒揚雄拍案而起，大聲斷喝。

「子豪，退下！是不是做弊，自有陰博士判斷！」祭酒劉歆（秀），也好像被人抽了耳光一樣慚愧，紫黑著臉，大聲補充。

王修雖然利欲熏心，卻沒勇氣同時跟兩位祭酒對著幹。咬了咬牙，掉頭而回，「反正王某不能眼睜睜地看著，劉秀仗著本事好，就故意羞辱同學。陰博士，你看著辦！」

「媽的，都輸得漏出屁股了，我還能把皂褲撿起來給他套臉上！」陰方氣得眼冒金星，卻不得不硬著頭皮出馬給自家弟子甄蒓找場子。「嗯，嗯，劉文叔，剛才王夫子的話你可聽到了，你可有解釋？」

「噢，噢噢噢……」沒等劉秀開口，周圍的學子們，依舊大聲起鬨。對陰方如此明目張膽的偏袒行為，大加抨擊。

五經博士陰方的臉，瞬間就羞成了豬肝色。甄蒓是他的弟子不假，王家人的面子他的確需要照顧，可，可他陰方好歹也裝了一肚子聖賢書，怎能，怎能真的一點兒廉恥都不顧？

正尷尬得欲掩面而逃之際，驍騎都尉吳漢，卻依舊快步走了過來。朝著劉秀搖頭而笑：「好箭法，師兄當年，不如你甚多。可射藝不僅僅要求準確，還需通曉射禮。子曰：射者，仁之道也。文叔兩箭碎靶，固然贏得暢快，卻未免過於不留情面。」

這純屬是胡攪蠻纏，只是說得好聽一些而已。如果先前是劉秀大敗塗地，他才不會指責甄蒓罔顧射禮。頓時，場外又響起了一片哄鬧之聲，無數正義感尚在的學子們，都毫不客氣地將嘲笑聲「獻」給了曾經心目中的楷模，吳漢吳師兄。

然而，明知道自己的做法讓人瞧不起，吳漢卻不得不咬著牙繼續死撐。借切磋來迅速揚名立萬的主意，是他所出。如今「八義」非但沒有能如願踩著劉秀等人肩膀上位，反而輸掉了褲子。過後非但王家和甄家的某些人會死追著他吳漢不放，在皇上和某些實權大臣眼裡，恐怕也會認為他徒有虛名。

「劉，劉秀，你若是沒有話說，老夫，老夫……」既然吳漢已經將學子們的嘲笑吸引了過去，陰方終於緩過來一口氣，咬了咬牙，就準備上下其手。

「鏟頭箭，乃是軍中專用的三種破甲箭矢之一。學生家貧，買不起箭矢。所以弓和箭都是昨天臨時從崇祿侯府上借來的。當時沒仔細看，不知道箭鏃都是鏟子形狀。待今天上場後，想換已經來不及！」彷彿早就料到有人會雞蛋裡挑骨頭，劉秀拱拱手，不慌不忙地回應。

「崇祿侯，你說哪個崇祿侯？」陰方心裡頓時就是一緊，立刻啞著嗓子追問。彷彿崇祿侯三個字，比在場上萬名學子的抗議聲威脅更大。

「回夫子的話，崇祿侯是家師的同門師兄，官拜寧始將軍。請恕學生不能直呼其名。」劉秀猶豫了一下，繼續彬彬有禮地回應。

崇祿侯三個字，比先前的孔師伯，還重了十倍。五經博士陰方的心臟又是一緊，眼睛裡的怒氣迅速煙消雲散。

劉秀的老師許子威已經病入膏肓了，自然無法對他構成威脅。可崇祿侯孔永，卻是實權在握的寧始將軍，眼下又聖眷正濃。如果劉秀真的早已投在了此人門下，今日之事……

不比王修和吳漢，二人好歹都算皇親國戚。五經博士陰方，身後可沒任何靠山。因此，也不敢再多冒任何風險。只見他，迅速換了另外一副面孔，和顏悅色地補充：「噢，我明白了。

想必你這一身本事，也是孔將軍所授。你說你一時心急，拿錯了箭矢。莫非，莫非你今天用的，全都是這種鏟頭箭？」

「正是，夫子不妨讓人將靶子抬過來親手檢驗！」劉秀想都不想，立刻輕輕點頭。

這句話，聽在內行人耳朵裡，卻比周圍的抗議聲，還要響亮十倍。登時，根本不用陰方安排人去拿，吳漢親自帶著一小隊驍騎營士卒，快步將四張木靶扛了回來。

只見，甄蒓先前所用的靶子上，十根名匠親手打造的精良箭矢，這會兒已經自行掉落了七支。還有三支羽箭雖然沒有掉下，卻也被風吹得歪歪斜斜，隨時都可能與靶心脫離。而劉秀先前所射出的十根羽箭，卻全都結結實實插在箭靶上，每一根都深入盈寸。

「我不信，我不信！」甄蒓一個骨碌爬起，猛撲到劉秀所用靶子跟前，抓住箭尾，用力外拔。

前面所用十根羽箭也是鏟頭鏃，並且箭箭命中靶心！你劉秀以為自己是誰，難道是養瑤基[注十九]嗎？那你還在太學裡蹲著做什麼，早去投軍，早就拜將封侯了！

眾目睽睽之下，第一支羽箭，被他緩緩拔離了靶心。鏟頭鏃，居然真的是鏟頭鏃！鏃鋒處，因為與木靶劇烈碰撞，已經隱隱發白。

「我不信，我不信！」甄蒓聲嘶力竭地大叫著，繼續拔出第二支羽箭，依舊是鏟頭形箭鏃，在靶子上留下的痕跡宛若刀切。

「我，我……」他不敢再大聲叫喊，雙手的動作，卻愈發瘋狂。

第三支，第四支，第五支，第六支羽箭，相繼被拔出。全是一摸一樣的鏟頭鏃，箭鋒處全都隱隱發白，留在兩張箭靶上的痕跡，也全都像刀切般整齊。

「嗚嗚，嗚嗚……」甄蕤無力地蹲在了地上，雙手掩面，肩頭聳動。

用普通軍中制式角弓和最難保證準頭的鏟頭破甲錐，居然十矢皆中靶心，箭箭深入盈寸。如果早一點兒看到，他又怎麼可能提議比賽射飛靶？

雙方的射藝，早就不屬同一個層面！他今天簡直就是自己送臉上門，唯恐被打得不夠狠，不夠疼，不夠瘋狂！

已經連輸三場，場場實力相差懸殊！後面三場中，還有別人最擅長的六書和九數！再堅持比下去……

「呼——」一陣秋風捲著稻草吹過，剎那間，讓許多人的臉色，變得像箭鏃一樣慘白！

「師弟神射，吳某這個做師兄的自嘆不如。」半晌之後，驍騎都尉吳漢終於決定接受現實，咬著牙向劉秀點頭。

「多謝師兄誇獎。」劉秀再度禮貌地拱手，彷彿先前試圖在雞蛋裡挑骨頭的，不是此人一般。

「只是運氣稍好了一些而已，不敢自鳴得意。」

「師弟在兵法一道，想必也登堂入室。」吳漢忽然展顏而笑，漂亮的丹鳳眼裡寒光四射。

「略通一二，但是比起師兄，恐怕還有所不如。」劉秀笑著搖頭，態度謙和而平靜。

「能做到百二十步依舊箭箭命中，師弟應該不是第一次用破甲鑿吧？」

注十九、養瑤基，古代傳說中的神箭手，百步穿楊說的就是他。

「平素練習之時，一般借到什麼就用什麼，沒資格挑剔。」

「他日若有機會，吳某也想跟師弟切磋一二。」

「師兄若是只為切磋而來，小弟自然奉陪！」

「那，吳某先恭喜師弟贏了這一局！」吳漢終於又搖搖頭，笑著轉身。

「師兄客氣，祭酒先前曾經說過，同門之間的切磋，勝負都是家常便飯。」劉秀向著他的背影，輕輕拱手。

從始至終，二人都沒說一句出格的話，彼此之間談笑炎炎。彷彿真的是某個卒業多年的師兄，見到師弟學業有成，衷心地替他高興一般。

只是，在旁邊聽完了整個對話過程的陰方，卻忽然間後悔莫名

一整壺的箭都是鏟頭破甲鑿，自然不能說最後那三支箭，是存心挑選出來，專門用於做弊。所以，甄蒓和王修兩人先前的指責，根本沒有立足之處。吳漢想幫，也無從幫起！

鏟頭破甲鑿以力大，迅猛和難以控制著稱，連特別加厚的皮甲，都能直接切出一條整齊的口子。射碎了稻草做的飛靶，更是理所當然。所以，吳漢關於射禮缺失的指責，也成了吹毛求疵。

致於最後那一箭為何恰恰未將稻草做的頭顱射碎，卻卡在了頭顱中，用運氣解釋就可以。反正對手的箭都已經墜落在地，這最後一箭已經徹底將勝局鎖定，謙虛一點兒，沒任何壞處。

如此，整場勝利就變得完美無缺。

驍騎都尉吳漢能看得出來，劉秀在故意羞辱對手。然而，他卻無法論證劉秀是故意。因為，早在切磋還沒開始之前，後者就已經準確地計算出了，比試將會如何進行，對手會做如何反應。

所以，吳漢誇完了劉秀的射藝之後，立刻將話題轉向了兵法。

而劉秀的回答看似謙虛，卻直接點明了吳漢先前更改六藝切磋的進行順序，同樣是在使用兵法。師兄、師弟兩個，大哥別說二哥。

緊跟著，吳漢以切磋為名，發出威脅。

劉秀的回應，則直接告訴對方，不要自以為做得聰明，其替王恒等人上下其手的行為，早就被大夥看得一清二楚。

吳漢被戳到了痛處，氣得含羞而走。

劉秀卻又追著告訴他，雙方今後打交道的情況不止是這一次。誰輸誰贏，未必可以預知。繼續糾纏下去，誰會笑到最後，也不一定。

……

「這都是哪裡來的妖孽啊，陰某最近肯定是走路沒有留神，不小心踩上了太歲頭頂。」聽明白了雙方對話的陰方，恨得連連咬自己的後槽牙。

一方是曾經的青雲榜首，一方今天徹底將青雲榜踩進了爛泥坑。雙方今後若是對上，肯定是天雷撞地火。而陰某人，剛才偏偏沒想起來先躲得遠遠，偏偏就無意間成了衝突雙方的見證。

陰某人怎麼如此倒楣！

「夫子，可以宣布本輪切磋結果了嗎？」正當陰方恨不得將他自己藏進臭水溝裡之時，劉秀忽然朝他笑了笑，小聲提醒。

「啊——」五經博士陰方，這才意識到自己還是本輪射藝切磋的裁判。楞了楞，紅著臉地舉起一面角旗，「第三場，劉文叔得分上上。甄蒓得分上，中上。劉文叔勝！」

「噢——」早已等得不耐煩的學子們，再度發出歡呼。將羨慕和祝賀，毫不吝嗇地送到劉秀、朱祐和嚴光三人面前。

已經哭不出來眼淚的甄蒓從地上站起，失魂落魄地走向場外。連輸三場，青雲八義技不如人太多。接下來的三輪切磋，他不敢再指望意外翻盤。

王恒、王固、顧華、陰武等人，也個個垂頭喪氣，知道大夥先前通過擊敗書樓四俊揚名的計畫，已經徹底落空。按照目前這種態勢，再比下去，恐怕還要被繼續打臉。真的不如主動認輸，好歹還能留下些許顏面。

然而，還沒等他們幾個把心中的想法付諸實施，長安四虎中的老四，過山虎王麟忽然長身而起。三步兩步衝到場內，大聲向劉秀發起了挑戰，「接下來該比御術了，書樓四俊派誰登場？小爺就不信，你們四個六藝皆精！」

「當然還是劉某！」劉秀毫不猶豫地放下角弓，拱手回應。

「老二十七！」王恒和王固大吃一驚，趕緊站起來試圖阻攔，「別比了，咱們……」

「不行，必須比。你們願意認輸你們自己認，我不認！我不信他連駕車都比我強！」王麟卻像瘋了般，扯開嗓子大喊大叫。

明明只要打平，或者小敗，只要輸得別太慘，青雲八義就能在太學裡徹底立下名號。誰料輸完了一場又一場，場場輸得慘不忍睹！

這種情況下，認輸有何用？還不是一樣淪為整個太學，乃至長安城的笑柄？不如拚盡全力扳回一局，好歹雖敗猶榮。

「劉文叔，你剛才已經上過一次場！」關鍵時刻，還是陰武的反應最為機警，見王恒和王固勸不住王麟，立刻從對手身上做文章。

「我們那邊只有四個人，先前鄧禹要上場，已經被各位拒絕。陰博士、王博士和子安師兄，也親口說過，不在乎我們當中一人出場多次！」早就預料到他們會拿這種情況挑刺兒，劉秀笑了笑，不慌不忙地提醒。

「你——」陰武徹底說不出話，手指劉秀，身體因為憤怒而顫抖。

故意的，劉秀肯定是故意的！先前他假裝要讓鄧禹替書樓四俊出戰，就是為了騙自己這邊說出不在乎四俊多次登場的話。而事實上，鄧禹的射藝未必真的出色，他劉秀本人，才真正有必勝的把握！

「劉師兄，劉師兄！」聰明人，可不止陰武一個，周圍看熱鬧的許多學子，也忽然想明白了前因後果，一個個興奮得大呼小叫。

什麼事是料敵機先？這種情況就是！

算準了「青雲螞蟻」要耍賴，所以提前兩輪就張好了網子，就等著「螞蟻們」，自己往上撲。鄧禹是「螞蟻們」自己拒絕的，可以多次登場的話，也是「螞蟻們」自己說的，周圍無數教師和學子，都聽得清清楚楚，「螞蟻們」發現情況不利再想出爾反爾後悔，那得丟多大的臉！

山崩海嘯般的歡呼聲中，剩下的青雲七義一個個鐵青著臉，呆坐於場外，不知所措。

山崩海嘯般的歡呼聲中，第四輪切磋的裁判劉龔，命人取來了兩輛雙挽戰車，將其並排放在了誠意堂正門口。

為了避免雙方有作弊嫌疑，無論是車還是挽馬，這回都是由太學提供，誰都沒資格挑剔。

隨即，劉龔猛地揮落手中角旗，宣布切磋正式開始。

歡呼聲戛然而止，學子們站直身體，踮起腳尖，眼睛一眨不眨。唯恐錯過某個激動人心的精彩畫面。

他們當中，絕大多數人，甭說摸，平素連戰車的模樣，都只是在絹布畫冊上才看到過。這種曾經煊赫一時的沙場利器，早在戰國後期，就已經被騎兵淘汰。留下來的，基本只能做主將點兵、觀禮而用的儀車，根本沒機會再一展身手。直到了本朝，鴻儒皇帝力行復古，才又將此物從武庫的角落裡翻了出來。

平素見都見不到的東西，當然尋常人不可能無師自通地駕駛著它飛奔。然而，「尋常人」三個字裡邊，卻不包括王麟。

身為王家人，哪怕不怎麼受寵的旁支子弟，他也比普通學子見多識廣。更何況，家族上下為了對皇帝表示支持，特意將駕駛戰車，作為年輕晚輩的必修功課，專門請了名師對他們手把手指點！

「駕！」雙手抖動挽繩，王麟催促著挽馬疾馳如飛。車輪滾滾，泥漿四濺，短短幾個呼吸時間，就沿著預先畫出來的場地邊緣跑了一個整圈兒。

這是他平素從未發揮出來的最好水平，速度自問無人能及。

驕傲的笑容，迅速湧了滿臉。王麟在車上站直了身體，衣袂飄飄，長髮飛揚。

他堅信，那個南陽來的鄉巴佬，無論如何都不可能比自己更快。他根本就沒聽見對方的車輪聲和馬蹄聲。

斷然回首，他決定狠狠羞辱一下劉秀，為前幾輪輪掉的同夥，出一口惡氣。

下一個瞬間，他卻僵在了戰車上。兩眼發直，嘴巴遲遲無法合攏。

在他驚愕的目光中，「南陽鄉巴佬」劉秀，悠哉悠哉地驅動著車馬，沿著場地的邊緣徐徐而行。一會兒橫拉車身向左，一會斜驅挽馬向右，車身與戰馬動作整齊劃一，車輪和車鈴聲彼此相和，翩躚宛若白鶴當空起舞！

「唉——！」驍騎都尉不忍再看，以手掩面大聲長嘆。

驅車狂奔！你以為這是在長安鬧市縱馬呢，誰先跑完了全程便要享受別人的頂禮膜拜。但凡讀書稍微上一點兒心的人，都應該知道，「五御」跟速度沒半點兒干係！

駕駛儀車之時，要求車輪行進節奏與馬的鈴鐺聲交相呼應，車輛能控制自如不會過分顛簸，對自己地位高的人，能表示出足夠的禮貌謙讓。而駕駛戰車之時，則要求在狹窄的通道中進退自如，戰場上能給車左的持弓者和車右的持戟者創造殺敵良機。

「哈哈哈，哈哈哈哈……」周圍的學子們，一個個也笑得前仰後合。他們平素雖然沒什麼機會學習駕馭戰車，可眼睛卻都不瞎。場中兩個人的御術高低，大夥不用仔細看，也能分辨得一清二楚。

更何況，此刻在大夥身旁，還有一個唯恐天下不亂的蘇著師兄，不停揮舞著胳膊，高聲鼓勵：「好，再來一圈，二十七郎，再來一圈你就徹底贏了！別聽他們的，他們不是在笑話你！真的不是在笑話你！」

「你……」瞬間錯愕之後，過山虎王麟終於明白自己錯在了何處，臉色一下子變得比鍋底還黑。

劉秀現在展示的那些優雅風姿，他不是沒學過。如果從一開始就認真做，他也自認為不會比劉秀此刻做的差。可剛才急著找回場子，他竟然鬼使神差，將以前師傅所教的東西全都丟在了腦袋後，直接就把平素跟王恒、王固等人賽馬的套路給拿了出來，從頭到尾，都完全不在狀態。

「這是妖法，鄉巴佬今天一定是使了妖法，才讓我們兄弟沒完沒了地丟醜。」有些人在輸急了眼時，本能地就會尋找藉口，過山虎王麟恰恰就是其中之一。發覺自己一敗塗地，根本沒辦法翻身，他立刻就將錯誤算在了對手頭上。

只有妖法，才會令平素有名師手把手指點的王孫公子，輸給那幾個整天修理書簡的鄉巴佬。只有妖法，才會令王玨、王固、甄莼和自己，都神不守舍，全身的本事無法盡情發揮。只有妖法，才會讓全太學的學子都著了魔，一邊倒的支持四個鄉巴佬，而對真正高貴倜儻的青雲八義，冷眼相待。只有妖法……

對付妖人，辦法只有一個。猛然間，王麟心中發狠，調轉車頭，直撲劉秀。兩條挽繩交替起落，將挽馬的肋下和屁股，抽得鮮血淋漓。

「嗯，噓噓，噓噓——」兩頭挽馬饒是肉厚，也被疼得大聲悲鳴。八隻蹄子奮力張開，拖起沉重的戰車，像一頭洪荒巨獸般，朝著劉秀就撞了過去。

「不可！」驍騎都尉吳漢一躍而起，扯開嗓子大聲勸阻。

「不要臉！」

「不得傷人！」

「王二十七，你瘋了！」

「快，快攔住他。王……」

眾老師和學子們大驚失色，紛紛開口大聲喝止。然而，王麟早已輸紅了眼睛，根本不會再去考慮撞死人的後果。況且他以前策馬撞死人，也沒承擔過任何後果。

眼看著馬車距離劉秀越來越近，越來越近，師生們沒有能力阻攔，只能痛苦地閉上了眼睛。然而，預料中的撞擊聲，卻遲遲未至。只有挽馬的悲鳴聲和沉重的車輪聲，在空曠的場地上，繼續來回激蕩。

「沒撞到，沒撞到！」蘇著聲音忽然想起，尖利如刀，卻令所有人心情為之一鬆。「不要臉，王二十七你真不要臉！劉文叔，劉文叔，離開，離開這裡，王二十七瘋了！」

「劉師兄，趕緊離開，姓王的瘋了！」鄧禹緊跟著跳了起來，拚盡全身力氣提醒。

「住手，快住手！」眾人遲疑著將眼睛睜開，扯著嗓子繼續斷喝。

在大夥兒模糊的視野裡，劉秀驅趕著另外一輛馬車來回躲閃，就像一頭受到驚嚇的野鹿。而王麟和他的馬車，則徹底化作了一頭瘋狗，撲過來一次被躲開，緊跟著就掉頭回撲第二次。不把目標撕得粉身碎骨，絕不罷休。

「文叔，文叔快走，不要跟瘋子糾纏！」

「文叔，文叔趕緊走！」

「驍騎營，驍騎營，你們就眼睜睜地看著嗎？」

「吳漢，劉文叔今天若是有事，老夫絕對不會放過你！」

「吳子顏……」

嚴光、朱祐、沈定、牛同，還有太學的幾位德高望重的夫子，也紛紛站了起來，或者提醒劉秀趕緊離開賽場，或者指責吳漢和他手下的驍騎營見死不救。

「王麟，王麟，停下，停下。你傷了他，陛下肯定會降罪與你！」驍騎都尉吳漢，急得兩眼冒火。然而，除了繼續空著兩手叫喊之外，他卻遲遲沒做出任何有效的行動。

想要讓王麟的馬車停下來，唯一的辦法是放箭射死挽馬。可這樣做，卻無法保證高速飛奔的馬車不會傾覆，更無法保證王麟本人的安全。

而那王麟，即便血脈再淡，也是皇帝陛下的族孫。誰要是敢傷了他的性命，無論是不是故意，本人和身後的滿門老小，都在劫難逃。

說時遲，那時快，眼看著王麟的馬車，已經第四次衝了過來。一直在全力躲避的劉秀，終於聽到了來自嚴光等人的提醒，猛地一拉挽繩，調轉車身，朝著先前為了方便戰車入場而特意留出的通道如飛而去。一邊駕車，一邊還念念不忘大聲向同學們發出示警：「讓開，讓開，躲遠些，當心王麟撞到你們！」

「哪裡跑！」過山虎王麟的眼睛裡，此刻除了劉秀之外，根本沒有任何活物。驅趕著馬車，緊追不捨。將沿途的花草灌木，壓得東倒西歪。

眾學子們虧得聽了劉秀的提醒，提前躲開了一步，才避免了被捲入車輪之下。然而依舊有不少人被飛濺而起的石子、木屑打傷，氣得跺著腳破口大罵：「王麟，你早晚要遭雷劈。你根本不配姓王，陛下的臉，都被你給丟盡了！」

那王麟連國法都不怕，怎麼會怕虛妄的天雷？對周圍的罵聲充耳不聞，繼續瘋狂地逼迫著挽馬，從側後方劉秀發起一輪輪撞擊。

馬車上沒有任何兵器，劉秀根本沒辦法自衛。只能一次又一次驅動戰車左躲右閃。可太學內建築眾多，他一邊躲閃著來自身後的偷襲，同時還要一邊避免撞到樓堂館舍，時間稍微長了，難免會左支右拙。只聽得「轟」「轟」兩聲，腳下戰車竟被撞得搖搖晃晃。

「文叔，小心——！」

「快躲開，躲開，那瘋子又靠近你了！」

「左邊，向左，向左……」

徒步繞近路追趕過來的鄧禹等人，躲在各種建築物之後，大聲給劉秀出主意。王麟瘋了，太學的學吏沒本事阻止，而帶領驍騎營的都尉吳漢又怕承擔責任。如今，能救劉秀的，只有他自己。大夥哪怕喊破了喉嚨，都無濟於事。

焦急的吶喊聲中，劉秀繼續駕車左躲右閃。動作越來越慢，身影也不復當初的瀟灑。

腳下戰車經歷了連續數次撞擊之後，已經出現了即將散架的跡象，眼前的道路，也越來越崎嶇，越來越狹窄，令每一次閃避，都愈發艱難。

鄧禹等人已經被甩得不知去向，吳漢和他麾下的驍騎營將士也徹底鞭長莫及。來自身背後的車輪聲，卻一次比一次更清晰，一次比一次更瘋狂。

「完了！」劉秀心臟開始迅速下沉，視線被汗水徹底模糊，前方一片昏暗，手臂也瘦得漸漸失去了力氣。

他知道自己過分低估了王麟的凶殘，也過分低估了吳漢師兄的無恥。沒有人能過來幫忙，也沒有人能攔阻身後那瘋狂的馬車。而因為身份的巨大差異，他甚至不能主動驅車回撞。這樣下去，也許下一次撞擊，便是……

「三哥哥，往山上跑，往鳳巢山上跑！」就在他即將被絕望和疲憊擊倒的剎那，一聲焦急的叫喊，忽然從高處淩空而降。「山上多樹，馬車又重又寬！」

剎那間，雲開霧散，前方變得光芒萬丈。

原本已經透支的身體，驀地竟又生出一股怪力，劉秀猛地一拉挽繩，驅動戰車，繞過身邊的小樓，直奔鳳巢山。

鳳巢山不算高，也不算陡峭，卻足夠讓馬車減速。此外，山上還有足夠多的樹，每棵樹都足夠粗！

「劉秀，別跑，有種你別跑！」王麟狂笑著驅車緊追，恨不得立刻將劉秀連同其腳下的戰車撞個粉碎。經過多次碰撞，他已經發現，劉秀心中有所顧忌，不敢主動向自己發起反擊。而由著性子欺負不敢還手的人，乃是他這輩子最擅長做的事情。從五、六歲時起，便一直堅持到了現在。

「蓬，蓬，蓬……」沉重的撞擊聲一次接連不斷，每一次，都讓馬車解體的危險加重數分。劉秀沒有辦法阻止對方，只能咬緊牙關，繼續加速奔向鳳巢山，表面包裹著一層鐵皮的車輪，在石板鋪成的道路上，碾起一串又一串火星。

終究還是技高一籌，馬蹄剛剛踏上山路幾百步遠，他就重新跟王麟拉開了距離。然而，就在此刻，幾輛銀裝馬車，卻忽然出現前方不遠處，將原本就狹窄曲折的山路，擋了個嚴絲合縫。

「快躲開，後面追來一個瘋子！」事發突然，劉秀根本無暇辨認對方的身份。本能地扯開嗓子提醒了一句，然後直接將自己腳下的戰車，拉向了山路旁的土坡。

馬蹄在土坡上帶起無數泥土草屑，車輪隆隆，將雜草灌木撞倒，碾碎。暗黃綠色的煙霧四下翻滾，四周圍的景色一片模糊。站在車廂中的劉秀被震得搖搖晃晃，隨時都可能飛出車外。但是，他卻咬緊牙關，盡力控制住挽繩，避免戰馬與周圍的大樹相撞，避免車身傾覆。每向前多奔行一步，都危險萬分。

「停下，全都停下！」

「少年人，棄車，快棄車，你不要命了？」

「停下，若是驚了……」

身背後，尖叫聲與呵斥聲響成了一片，銀裝車旁的隨從和護衛們一個個全都將心臟提到了嗓子眼兒。

追過來的王麟，卻對這些聲音充耳不聞，將挽繩一扯，驅動馬車脫離山路，繼續緊追劉秀不捨。

在沒有道路的山坡上驅車狂奔，作為追趕者，他要比前面的劉秀省力太多。根本無須考慮前面的樹木和山坡的起伏，只需要緊盯著前面的馬車就已經足夠！

雙方之間的距離，再度迅速拉近。王麟面露獰笑，抖動繮繩，讓馬身稍稍偏離前方留下的車轍數尺，車轅再度從側後方加速撞向前車的車身。

「蓬！」前方的馬車躲避不及，被撞了個結結實實。一道巨大的裂縫，緊跟著在前車的車廂上出現，破碎的木板交替而落。

站在前方馬車上的劉秀，身體失去平衡，左搖右晃，左搖右晃，狼狽得就像風中的一株殘荷。站在後方馬車上的王麟卻依舊不解恨，再度抖動挽繩，抽打著挽馬的屁股加速，從側後方又狠狠撞了過來。

「蓬！」又是一聲沉悶的巨響，劉秀的馬車裂出更多的縫隙，更多的木板陸續墜落於地。而劉秀本人，也被撞擊帶來的巨大力量，衝得竄起老高，在半空中縮捲成了一團，大聲慘叫著，向附近一棵合抱粗的柳樹砸了過去。

「哈哈哈，哈哈哈哈……」王麟頓時如飲瓊漿，仰頭發出一串瘋狂的大笑。如此高的速度，那麼粗的樹幹，劉秀一頭撞上去，即便不當場死掉，也得徹底變成殘廢，這輩子從此與柺杖為伴。有此人為前車之鑑，從今往後，看太學裡還敢叫青雲八義為青雲螞蟻！

然而，下一刻，他的笑聲卻卡在了喉嚨當中。

只見正縮捲成球的劉秀，猛地將修長的手臂和雙腿伸開，半空中，如同一隻成了精的猿猴搭著樹梢一拉，一繞，再一盤，居然轉眼就卸掉了身上的慣性，貼著大柳樹的樹幹，穩穩滑落於地。抬起頭，看向自己的目光充滿了嘲弄。

「又上當了！」王麟頓時心知不妙，趕緊將全部精力集中回手臂，努力控制自家的戰車。然而，一切為時已晚！

只見十步遠的山坡上，憑空忽然長出幾棵更粗的柳樹。原本屬劉秀那輛空車，因為份量輕，在千鈞一髮之際被挽馬拉著偏了偏，蹭樹而去。而王麟自己腳下的戰車，卻根本來不及改變方向，如同長了眼睛般，繼續朝著柳樹隆隆疾馳。

「啊——」全身的寒毛一併豎起，王麟大聲慘叫著閉上了雙眼！

「轟！」車身與樹幹相撞，瞬間四分五裂。挽馬悲鳴著在山坡上翻滾，白慘慘的骨頭，直接刺出了皮膚表面。

過山虎王麟，像一個裝滿了泥土的稻草袋子般，被馬車與樹幹相撞產生的巨力，從車廂裡推了出來，半空中飛出了十幾丈遠，一頭摔進了灌木叢中，昏迷不醒！

「便宜了你！」劉秀迅速朝王麟落地的位置看了看，確定對方沒有被當場摔爛腦袋，隨即邁開雙腿，追向自己的戰車。

失去了主人掌控的戰車，又跑出了一百多步遠，才終於在幾個石頭墩子旁停了下來。拉車的挽馬渾身是汗，鼻孔中不停地噴出粗大的水氣。

雖然有些心疼，劉秀卻不敢讓挽馬休息。匆匆檢察了一下車廂的情況，然後就拉著挽繩，徒步返回了另外一輛馬車傾覆的位置。

過山虎王麟還沒有恢復知覺，衣服被荊棘撕成了爛布條兒，一道道地搭在周圍的灌木上。白花花的脊背和圓滾滾的屁股上，也扎滿了木刺，一顆一顆亂冒血珠。

「喂，你到底死了沒有？」劉秀蹲下身，翻了翻王麟的眼皮，又伸出手指把了把此人的脈象，笑著詢問。

他恨對方試圖用馬車謀殺自己，卻不願見死不救。因此，雖然沒有得到王麟的回應，迅速檢查了一遍之後，依舊將此人從灌木叢裡抱了出來，輕手輕腳放上了自己的破馬車，破碎的車廂，頓時被壓得一歪。昏迷中的王麟，屁股被木刺又狠狠扎了幾下，疼得瞬間恢復了清醒，啞著嗓子大聲呻吟。

「活該，誰讓你撞壞了我的馬車，真是自作自受！」劉秀回頭看了此人一眼，不屑地撇嘴。

該下山了，吳漢和他手下的驍騎營將士應該追過來了。不知道他們看見倒下的不是自己，而是王麟，臉上該是什麼表情？

而醜奴兒，此刻她應該還在某座小樓上，靜靜地等著自己凱旋而歸吧？

忽然間，劉秀就笑了起來，年輕的面孔上，寫滿了幸福。

先前一直忙著逃命沒注意，下山時，劉秀才發現自己剛才冒了多大的險。好幾處車轍都是從兩棵大樹之間堪堪穿過，更有幾處車轍貼著土溝的邊緣，只要自己先前稍有不慎，也許就是車毀人亡的結局。

不過危險終究沒有發生，王麟也成了自己的俘虜。想到自己都沒還手，就讓對方自己摔了個半死不活，少年人心中不禁湧起幾分自得。一邊拉著馬車小心翼翼地往山下走，一邊低聲哼起了俚歌。

結果，才哼了幾句，周圍卻「呼啦啦」招來了一大群全副武裝的壯漢。像狼群一樣環成了一個巨大的圓圈兒，將他結結實實給圍在了正中央。

「你，你們要幹什麼？」劉秀先前光顧著逃命，根本沒注意到沿途遇到的是什麼大人物？猛然間發現自己被包圍，頓時被嚇了一大跳。本能地用身體貼近挽馬，大聲質問。

「幹什麼？小子，你居然問咱家幹什麼？你自己闖下了滔天大禍，居然一點都沒察覺到嗎？」壯漢身後，立刻傳出來一串剮蹭碎陶片般的聲音。緊跟著，一個面白無鬚，五短身材的中年官員緩緩走了過來。

「你？」劉秀瞬間覺得此人好生面熟，隨即，鬆開挽馬的韁繩，向前迎出數步，長揖及地：「南陽學子劉秀，見過王中涓[注二十]。多年不見，沒想到中涓風采更勝往昔！」

「你，你居然認識咱家？」沒想到眼前這個尋常太學生居然認識自己，中年官員楞了楞，兩隻金魚眼立刻瞇縫成了一條線。

「當年灞橋援手之得，晚輩沒齒難忘！」劉秀笑了笑，再度躬身下拜。

如果他沒認錯人的話，對方應該是黃皇室主門下的宦官頭領，名字叫做王寬。當年他和哥哥劉縯、姐夫鄧晨等人因為阻止長安四虎縱馬傷人被四虎陷害，就多虧了黃皇室主出面斥退了四虎，並且還曾經賜下侍衛腰牌一面，供大夥暫時防身。

雖然三年多來一直沒有用過那面腰牌，但是，當日的回護之恩，劉秀卻從未敢忘，更沒忘記恩人的模樣。因此，剛才只是稍微錯愕了一個呼吸時間，就從記憶裡將王寬給翻了出來。

中官王寬聽到了「灞橋」兩個字，也隱約想起了當日之事。將瞇縫成直線的眼睛迅速張開，上上下下重新打量劉秀，「你，你就是當初灞橋上痛打王恒和王固的那個野小子？你怎麼會在太學裡？噢，咱家記起來了，你哥哥當初送你到長安，就是來太學讀書的！你這小子，難得有機會就學，怎麼不肯好好用功？反倒學那紈絝子弟，大白天跟人家賽起了車來？」

「中涓容稟，晚輩方才並非跟他在賽車。而是被他追得慌不擇路，才跑上了鳳巢山。」唯恐對方把自己當成不學無術的墮落分子，劉秀趕緊又行了禮，大聲解釋。「今日按照驍騎都尉吳漢將軍的安排，晚輩跟長安四虎中的王麟切磋御術。結果他輸急了眼，就驅車直接向晚輩發起了衝撞。當時在場同學太多，晚輩怕殃及無辜，就只好掉頭衝上了鳳巢山。原本指望借助山勢，將雙方的車速都延緩下來，沒想到室主正好也在山上。驚駕之罪，不敢推諉。還請中涓念在學生是被人追殺，慌不擇路的份上，寬恕一二！」

注二十、中涓，早年指的是天子近臣。後來演化為是對宦官的一種尊稱。《三國演義》第一回：「竇武、陳蕃謀誅之，機事不密，反為所害，中涓自此愈橫。」

說罷，低下頭，靜待對方決斷。

他原本就生得英俊清秀，在太學裡三年多來日日與竹簡相伴，身上不知不覺間就充滿了書卷味道，讓人越看，越覺得氣度不凡。

那王寬聽他答話條理清楚，舉止沉穩有度，眼睛裡便先湧起了幾分欣賞。再聯想到當日在灞橋附近黃皇室主回護他的理由，心中緊跟著也有了計較。擺了擺手，笑著道：「寬恕兩個字，就甭提了。那需要室主親自來做決定，咱家可不敢越俎代庖！不過，你先前雖然沒認出室主的車駕，卻懂得主動繞行，並且還念念不忘提醒咱家注意危險，可見心地善良，且不願拖累無辜。咱家會如實把自己看到的情況和你剛才的說辭彙報上去，不至於讓你稀裡糊塗地就被從嚴懲處。」

「多謝長者厚愛，晚輩沒齒難忘！」劉秀要的就是這個結果，趕緊躬身致謝。

王寬笑著受了他的禮，然後轉身離開。臨邁動腳步之前，卻又回過頭來，遲疑著詢問：「剛才咱家分明看到王麟在追你，怎麼你自己拉著破車下山來了，王麟呢，他去了哪？」

「他追得太急，撞上了大樹，把自己摔暈了。晚輩怕他一個人留在山上危險，就把他抱到了車上。」劉秀想了想，非常認真地補充。

「噢，原來如此！」王寬又笑了笑，留下了一個意味深長的眼神，搖頭而去。

劉秀不敢離開，站在原地目送對方的身影走回了山路上。隨即，轉過頭，準備再度查看王麟的傷勢。還沒等他將腳步靠近馬車，忽然間，耳畔又傳來了一連串惶急的呼叫聲：「劉秀，劉秀劉文叔，你在哪？」

「劉文叔，劉文叔，你怎麼樣了？」

「王麟，王麟，劉文叔如果今天有個三長兩短，朱某拚了性命不要，也會讓你血債血償！」

「劉秀，劉秀……」

卻是嚴光、鄧禹、朱祐、沈定和牛同等人，徒步追上了鳳巢山。一個個跑得氣喘如牛，滿頭大汗。

劉秀心中頓時就是一暖，趕緊在重圍中踮起腳尖，笑著向聲音來源處回應：「子陵、仲華、仲先，我在這兒，一切平安！」

「劉三兒，我就知道你吉人天相！」朱祐耳朵最靈，立刻雀躍著跳起來，用力揮手。

「文叔師兄，你平安脫險了？謝天謝地！」鄧禹也迅速調轉身形，衝下官道，剛剛開始長出茸毛的面孔上，寫滿了驚喜。

「文叔，你，他們為何要圍著你，王麟呢，王麟哪裡去了？」嚴光第三個衝下了山路，隨即收住了腳步，啞著嗓子詢問。

「王麟驅車撞上了大樹，自己把自己摔暈了！」劉秀明白他的意思，笑呵呵地大聲重申，「我把他救了回來。此刻，他正在馬車上躺著呢！」

「文叔仁慈！」

「文叔氣量恢弘，以德報怨！」

「他試圖謀殺你，你卻救了他的命。這份仁厚，必有好報！」

朱祐、鄧禹和嚴光三個，立刻大聲誇讚。唯恐周圍那些身穿鎧甲的侍衛耳朵背，聽之不見。

沈定、牛同、蘇著，還有其他一些平素跟劉秀交好的同學緊跟著趕到，先是被圍在劉秀身邊那群侍衛給嚇了一大跳。隨即，就聽到了嚴光等人的話，也趕緊跟著大聲表態，「文叔師兄的胸懷，真是令人佩服！」

「老天有眼，讓姓王的遭了報應。文叔師兄，你又何必救他？」

「今日之事，我等都親眼所見。斷然不能再讓長安四虎顛倒黑白！」

「對，文叔師兄放心……」

這麼多張嘴巴，表達方式自然不盡相同。但歸結起來意思卻一摸一樣。那就是，王麟咎由自取，劉秀以德報怨。前者無論是死是殘，都不該怪到劉秀頭上。

只可惜，大夥的地位都太低了些，人微言輕。還沒等他們的聲音落下，驍騎都尉吳漢已經帶著一大群弟兄蜂擁而至。隔著老遠，就厲聲喝問：「劉秀，怎麼只有你一個人在？王麟呢，你把他給怎麼樣了？」

「啟稟都尉，王麟不小心撞到了大樹，把自己撞暈了！」劉秀早就知道吳漢已經跟長安四虎暗中勾結在一起，輕輕嘆口氣，沉聲回應，「不信，都尉可以去斜上方五十步遠的大樹下查驗。王麟的戰車殘骸就留在樹下，學弟一動未動！」

「你胡說，分明是趁著沒人注意，使用詭計謀害了他！」還沒等吳漢回應，鴻儒王修也氣喘吁吁地狂奔而至，遙遙指著劉秀鼻子，大聲判斷。

「他先前策動戰車追著我撞，可是有目共睹！」劉秀氣此人睜著眼睛說瞎話，連理都沒，冷冷地強調。

「那是在山下，後來你跑到了山上，可沒人看見發生了什麼？」聽劉秀竟敢嘲諷自己是沒長眼睛，王修愈發怒不可遏，又朝前了數步，分開周圍的侍衛，大聲咆哮。「王麟呢，你把王麟藏哪裡去了？他今日如果傷到一根寒毛……」

「哪裡來的烏鴉，瞎叫喚個沒完！」一記冷冰冰的聲音忽然出現，將王修的最後半句話直接憋回了肚子裡。

「誰，誰敢侮辱老夫？站出來，有種你就站……」王修氣得火冒三丈，立刻掉過頭去厲聲喝問。

這回，他的後半句話，卻被他自己憋回了肚子當中。整個人也楞在了原地，兩隻三角眼差一點就掉出了眼眶。

只見中官王寬，小心翼翼地領著一名衣衫華貴的女子，緩緩走了過來。一邊走，一邊繼續冷冰冰地補充：「咱家站出來了，王夫子，你還要繼續教訓咱家嗎？」

「不，不敢！」王修渾身上下的囂張氣焰，頓時一掃而空。俯身下去，訕笑著賠罪，「先前不知道室主在此，下官，下官失禮了。」

「你退到一邊去！」黃皇室主看都懶得看他，丟下一句話，繼續緩步而行。轉眼間，就來到了劉秀身邊，笑了笑，非常和藹地道謝：「先前要不是你及時示警，本宮就真的被某個瘋子給撞到了。有功不能不賞，你想要什麼？不妨直接說出來。」

「多謝室主厚愛。他的目標是學生，原本就不該殃及無辜！」劉秀立刻聽出了黃皇室主話語裡的回護之意，連忙躬身施禮，「出言示警，乃是學生份內之事，晚輩無功，不敢受賞。」

「嗯，你倒是個懂道理的，比某些睜眼瞎強多了！」黃皇室主又笑了笑，遠談不上蒼老的面孔上，忽然流露出了幾分長輩才有的慈愛，「不過，本宮卻不能不領你的人情。王寬，將他的名字記下來，彙報給陛下。就說本宮看中了一個少年英才，請陛下多加留意。」

「是！」中官王寬迅速向劉秀使了個眼色，大聲答應。

「多謝室主！」劉秀立刻心領神會，也緊跟著躬身。

黃皇室主輕輕抬手，示意劉秀免禮。「你不必謝我，三年前賜給你們兄弟倆腰牌的事情，本宮一直記得。雖然你們兄弟倆有志氣，不願意前來打擾本宮。但若是有人敢故意找你的麻煩，本宮知道後，也絕不會裝聾作啞！走吧，本宮今天是來鳳巢山看風景的，不想被人掃了興。你既然遇到了，乾脆就給本宮來做個嚮導吧！」

「學生遵命！」劉秀大聲答應著施禮，然後快步走到了王寬身側。

「啟駕——」王寬立刻扯開嗓子高喊，隨即，一手拉住劉秀，另外一隻手指揮著眾侍衛，簇擁起黃皇室主，揚長而去。從始至終，都沒仔細看王修和吳漢兩人一眼。

王修、吳漢，還有其餘青雲七義，一個個氣得兩眼發紅，渾身顫抖。特別是吳漢，握在劍柄上的右手都變成了慘白色，卻說不出一句反對的話，更沒勇氣去出面阻攔。

無視，就是最直接，最有力的羞辱。

比起從始至終被黃皇室主當作空氣，吳漢寧願對方狠狠罵自己一頓，哪怕當場威脅要稟明皇帝解除自己的官職，都比無視更好。

黃皇室主是他妻子的姐姐，前朝大漢皇帝的遺孀，本朝皇帝的嫡親長女。無論拿他當親人還是敵人，都足以讓吳漢自傲。而直接選擇了無視，則極大的傷害了他的自尊。甚至在剎那間，令他簡直都懷疑自己跟公主的婚姻是否真實地存在。

答案當然是肯定的，建寧公主雖然在挑選丈夫之時，連續給他出了九道難題。但成親之後，卻對他極為溫柔體貼。甚至多次自動出面，替他向皇上討要任務。否則，他也不會升官升得如此之快，短短幾個月時間，就從尋常布衣，一躍成為手握數千禁軍的五品驍騎都尉。既然建寧公主看得上吳某的才華，為何同為皇帝女兒的黃皇室主，卻要如此羞辱吳某？吳某今日所作所為，還不都是為了皇家？

望著黃皇室主漸漸遠去的背影，吳漢越想，心中越感覺憤懣。看向劉秀的目光，也愈發地陰毒。

不過是長得好看了一些，外加嘴邊甜，能言善道而已，憑什麼就會被室主如此青睞？這種表面光鮮，腹中空空的綉花枕頭，太學每年不知道卒業多少。憑什麼室主為了他，寧願委屈自己的幾個同族侄兒？室主她到底姓不姓王了，她到底看中了劉秀什麼？那個毛頭小子，又能給她什麼回報？

他百思不得其解，遠在數百步之外，被他嫉妒的劉秀，也同樣滿頭霧水。

按道理，黃皇室主想要替自己主持公道，留下剛才那幾句話就足夠，沒必要非得直接將自己救走。更沒必要，挑選自己給她做遊覽鳳巢山的嚮導。要知道，鳳巢山方圓連五里都不到，眼下寒風瀟瀟，草木凋零，更不會有什麼風景可看！

然而困惑歸困惑，出於禮貌和尊敬，劉秀卻不敢主動追問黃皇室主這麼做的具體原因。只能老老實實跟在室主身後，步亦步，驅亦驅，隨時準備迎接對方的詢問。

「我姓王，是當今皇上的長女，八歲時，嫁給前朝平帝[注二十一]為妻。那年他九歲，成親當晚

注二十一、歷史上，劉秀的輩分比漢平帝高。只是在演義中，才成了漢平帝的後人。

因為擺弄我的鳳釵，被我一拳打破了鼻子。」彷彿感覺到了他的困惑，當信步來到了鳳巢山最高處，黃皇室主王嬿，忽然伸了個懶腰，緩緩說道。

「啊，啊，室主，室主您行事真的出人意料！」劉秀瞬間將嘴巴張得老大，楞楞半晌，才結結巴巴地回應。

新婚之夜打破丈夫鼻子這種事情，即便尋常百姓之家，也不會輕易告訴外人知曉。黃皇室主今天把自己單獨叫到鳳巢山上，難道就是為了說這些？這不太合適吧？自己畢竟是個外人，並且，並且按輩分算，還得要叫她一聲嬸嬸。

「然後第二年，皇帝就去世了，我就成了皇太后，還沒來得及弄明白妻子和皇后的意義。父親從外邊抱來一個剛滿周歲的孩子，讓他管我叫娘親！」背對著劉秀，黃皇室主繼續緩緩補充，聲音裡很少有情緒波動，彷彿在說一個跟自己毫不相干的故事。

「皇上，皇上恐怕，恐怕也是一番好心。怕，怕您傷心，過，過度！」劉秀不知道自己該安慰黃皇室主，還是該對其年少喪夫的遭遇表示同情，一邊結結巴巴地回應，一邊偷偷左顧右盼。

「是啊，父親怕我傷心過度，第三年，乾脆自己直接做了皇帝。讓我又做回了他的女兒。」黃皇室主搖頭而笑，滿頭珠翠在日光下耀眼生寒。

劉秀不敢再接話茬了，警惕地扭頭四下張望。王莽接受兩歲太子禪讓之事，牽扯實在太多。私下裡談論這個話題，簡直是壽星佬上吊，自己嫌命長！

侍衛們都被中官王寬留在了百步之外，而王寬本人，也非常知趣地躲出老遠。空蕩蕩的山頂上，如今只剩下黃皇室主和他兩個人，所有話語，也只有他們兩人能夠聽見。

「你在看什麼，怕被人聽了去嗎？」黃皇室主忽然變得敏銳了起來，笑著扭過頭，低聲追問。

雖然做過皇后，也做過太后，但她的真實年齡卻不算大。而由於保養得當，錦衣玉食，皮膚看上去吹彈可破。一笑之下，兩眼含淚，竟露出某種說不出的嬌柔味道。令劉秀的心裡，頓時就生出一種保護的欲望。隨即，他趕緊主動將目光移開，盯著不遠處的樹梢訕訕回應：「不，不是怕，是，是不知道。不知道……」

「不知道我為何跟你說這些陳芝麻爛穀子嗎？」黃皇室主見他臉紅，忍不住湊近半步，大聲逼問。

劉秀的身高和她相似，表面看上去年紀也好像只比她小了一點點。被迎面而來的青春氣息一撲，頓時臉色變得更紅。連忙後退了幾步，用力擺手：「不，不是。不，不知道，室主，室主聰慧過人，想必，想必不是無的放矢。學生，學生愚鈍，若，若能有效力之處，還請室主明示！」

「你說錯了，我還真就是無的放矢，只想找人說幾句廢話而已。」黃皇室主莞爾一笑，抬手抹乾淨面孔，迅速將身體退開，「況且你一個學生，自保能力都沒有，又如何幫得了我？」

「室主這話從何而來？」從來沒被一個女人，一個絕世美女當作廢物，劉秀頓時就覺得熱血上頭。將胸脯一挺，大聲抗辯，「所謂尺有所長，寸有所短。學生雖然沒有自保之力，卻，卻未必幫不上您的忙。」

「呵，你倒是個小男子漢！不錯，還有點兒劉家人的模樣。」黃皇室主先是微微一楞，旋即被劉秀故作英雄的模樣，再度逗得莞爾。「只可惜，你太小啦，什麼都不懂。」

「室主不說，怎麼知道學生不懂？」劉秀被笑得心裡一陣陣發虛，卻咬著牙死撐。

「如此說來，你真的想要幫我？」黃皇室主繼續笑著搖頭，目光之中，卻隱隱地湧起了幾分重視。

「滴水之恩，當湧泉相報，況且室主您幫我晚輩不止一次！」劉秀後退，拱手，鄭重施禮。

「你，倒是個有擔當的。」黃皇室主又楞了楞，終於收起了笑容，長長吐氣。「可你不知道我面對的是誰，也不知道這件事難度有多大？」

「刀山火海，亦不敢辭！」劉秀又行了個禮，朗聲承諾。

並非他不知道天高地厚，而是黃皇室主的確對他有恩。如果這時候退縮，他這輩子內心都無法輕鬆。更何況，黃皇室主還是皇帝的女兒，天底下沒幾個人真敢傷害她。

也許是他的態度終於打動了對方，也許是對方急病亂投醫。黃皇室主這次，終於沒有再打擊他。而是又嘆了口氣，緩緩說道：「刀山火海倒不用你！父皇要我嫁給一個成新公的兒子孫豫。我不喜歡，你既然能不著痕跡把王麟摔個半死，就替我也想個辦法，讓姓孫的知難而退。或者，想辦法讓他去死！」

「啊——！」劉秀心中暗吃一驚，差點直接咬傷了自己的舌頭。

幫室主想辦法逃脫皇帝的逼婚，或者直接將皇帝的女婿做掉！自己究竟是活的太沒意思了？還是最近讀書太狠讀傷了頭？

可剛才已經把大話說了出去，如今收無可收。他只好硬著頭皮，又給黃皇室主行了個禮，小心翼翼地勸道：「您既然看不上那姓孫的，為何不直接跟陛下說明。俗話說，虎毒尚不食子，以陛下的仁德，想必也不會……」

「你怎麼知道陛下不會？」黃皇室主的臉色立刻沉了下來，雙眉倒豎，「若不是父皇逼得太緊，我怎麼天天躲在外邊不敢回宮？至於虎毒不食子，他想讓我屈服，有的是辦法，根本不用痛下殺手。」

「這——」饒是劉秀素有急智，也不知道該如何回應。

皇宮距離太學雖然近，但是他跟皇帝之間的距離，卻比長安到舂陵還要遙遠十倍。後者做事習慣怎樣，喜歡採取哪些手段，對違背自己命令的人忍耐度有多大，以及跟子女們的關係如何？他一概不知！甚至連皇帝準備讓室主嫁給成新公之子的消息，他也是剛剛才聽後者親口說出，預先沒有耳聞到半點風聲。

「我明白了，你剛才是在故意哄我開心。」見他遲遲不發一言，黃皇室主忽然轉怒為笑，慘然搖頭，「也是，你不過一介學子，怎麼可能有膽子插手皇帝的家務事？是我自己太心急了，見到個熟悉的面孔，就拿他當張良、陳平。」

「室，室主，不，不是學生膽小無謀。」劉秀正直青春年少，怎麼願意讓自己尊敬的人失望。頓時再度熱血上頭，猛地跺了下腳，大聲回應，「而是您老問得太急，學生預先又沒做任何準備。學生，學生甚至連孫豫是誰都不知道，卻忽然要謀劃去刺殺他，未免，未免有些下不去手。」

「下不去手，你既然跟他素不相識，怎麼會下……」黃皇室主聽得一楞，質問的話脫口而出。旋即，她就想起了，先前劉秀雖然被王麟追殺，最後卻依舊將昏迷不醒的王麟搬上馬車的情形，又笑了笑，聲音陡然轉暖，「原來你還是個心地善良的小傢伙兒，這年頭，可真不多見。」

「若是，若是他非要死纏著室主不放，殺，殺也就殺了。可學生從沒見過他，也不知道他是不是也跟室主一樣，是父命難違，稀裡糊塗殺了他，未免，未免會心裡愧疚。」劉秀被笑得面紅耳赤，卻梗起了脖子，大聲補充。

大新朝皇帝可以視萬民如草芥，室主作為皇帝的女兒，受其父親影響，也可以拿人命不當回事兒。可他不能，他只是太學裡一個普通學生，自身就是草芥的一員。

黃皇室主當初說讓孫豫去死，只不過是隨口一句氣話。內心深處，從來沒想過對方是不是罪有應得，更不會去想，無辜慘死的人，還有沒有辦法被重新救活。現在聽了劉秀的話，雖然心裡頭不太高興，卻也忽然意識到用殺人來解決問題，手段的確過於激烈。於是乎，又輕輕蹙起了眉頭，低聲道：「的確，殺了他，動靜太大。過後難免會把你也搭進去。你剛才說姓孫的自己未必願意娶我，也是，他年齡比吳漢還小，怎麼會想娶我這個糟老太婆？」

「您要是糟老太婆，天底下其他生過孩子的女人該怎麼活？」劉秀心中，飛快地湧起了一句話，卻沒膽子公然宣之於口。訕訕地笑了笑，低聲推算：「如果他自己主動拒婚，不，不行……」

「怎麼不行？」黃皇室主眼前好不容易才出現一點兒光明，瞬間又消失不見。忍不住皺著眉頭大聲質問。

「他怎能可能有膽子拒絕皇家？」回答的話，從劉秀嘴裡脫口而出。緊跟著，他瞇縫起眼睛，開始在山頂快速踱步，「即便他不喜歡這樁婚事，他也沒膽子拒絕。他父親也不會准許他拒絕。問題根子還在皇上那，得想個辦法讓皇上主動收回成命才好！」

「只要我一天不改嫁，就依然是曾經的大漢皇太后。雖然這個皇太后，也是當初他硬要我做的。」黃皇室主眼睛裡的光澤，一點點變暗，扭過頭，對著空蕩蕩的天空說道。

這，才是王莽要她改嫁的真正原因，不是因為憐惜女兒年幼喪夫，至今還無依無靠。也不是看中了孫豫的才幹和品行。只是希望，割斷女兒跟前朝的所有聯繫。讓對他心懷不滿的人，再也想不起來這個前朝太后的存在。

劉秀雖然從小就沒了父親，但無論哥哥劉縯，還是師父許子威，都對他非常關愛，絕對不會做出為了滿足個人權力欲望，就犧牲他終身幸福的事情。因此，頓時心中對黃皇室主的遭遇就充滿了同情，又快速踱了半個圈子，咬著牙道：「殺了孫豫，肯定不是辦法。皇上說不定，立刻就又把您下嫁給張豫、李豫和周豫來迎娶。怎麼可能殺得過來？如果您不願意嫁給這些人，最好的辦法是讓皇上沒理由再逼您，或者讓誰也不敢娶您。有了，您乃是前朝皇太后，命格高貴無比。尋常凡夫俗子，根本配不上您。」

「這話說了等於沒說。」黃皇室主的眼神一亮，旋即再度迅速變暗，「父皇如果願意，就可以將天下最蠢的人，都捧成第一才子。」

「如果準備娶您的人，都無緣無故的大病一場，或者總是遭遇飛來橫禍呢？」劉秀的心思越轉越快，迅速低聲補充，「或者每次皇上逼婚，您立刻就生病，他總不能逼著您帶病嫁人。一個隨時都可能病故的前朝皇太后，還能對本朝產生什麼威脅？」

「這……」連日來，黃皇室主冥思苦想的，一直是如何說服父親，不要再逼自己嫁給孫豫。或者想要孫家主動拒婚，免得自己被迫出嫁。卻從沒嘗試過，採取一些不符合常規的迂回手段，讓王莽自行打消主意。而此刻，劉秀看似胡鬧的點子，無疑成了一道閃電，瞬間照亮了她整個腦海。

當年她父親王莽為了將她嫁入皇宮，對外宣稱的理由之一就是，她的命格奇貴無比。而現在外邊一些心懷前朝的人之所以對她念念不忘，也是因為相信借助她的非凡命格，可以讓大漢朝起死回生。既然如此，她為何不自己因勢利導，將命運之說利用起來，避免眼前這樁不滿意的婚事安排？

「不愧是書樓四俊之首，這點子的確可行。」想到這兒，她再度展顏而笑，渾身上下彷彿忽然都灑滿了陽光，「我這就回去，準備生一場大病。孫豫那邊，就交給你！如果你這次做得好，我保證，有生之年，王家沒有任何人敢再找你麻煩。」

「如果找麻煩的是皇上本人呢？」劉秀在心中偷偷嘀咕了一句，然後認真地拱手，「遵命，學生一定竭盡全力，不讓室主失望！」

「行了，別裝了！」黃皇室主的臉上，終於露出了幾分真正的笑容。略作猶豫，親手從腰間解下一塊玉玨，遞給了劉秀，「收好，關鍵時刻拿出來，就可證明你是替我做事。孫豫是內秘府校書，經常會被劉歆請到太學講課。你應該有很多機會見到他。拿出你先前坑王麟的勁頭，坑他一次未必很難。」

「是，學生遵命！」劉秀遲疑著接過玉玨，眼前迅速閃過若干年輕教習的影子。還沒等他從裡面找出到底哪個才是孫豫，卻又聽黃皇室主迅速補充：「以後在我面前，你也別自稱為學生。按輩分，我應該是你的嬸娘。」

「啊——！」劉秀再度被嚇了一大跳，頭髮根根倒豎。

因為推恩令的緣故，他和他哥哥們早就被踢出了貴族行列，地位降低到了普通百姓，所以從小到大，他從沒把自己當作什麼前朝皇室之後。更沒半點兒膽子，去跟前朝皇太后攀什麼親戚。

而黃皇室主一句「按輩分，我應該是你嬸娘。」，卻等同於主動宣布了他是大漢平帝的侄兒。瞬間將他從一個普通劉姓學子，變成了前朝皇帝的繼承人之一。也瞬間將他推進了一個深不可測的漩渦當中。

「怎麼辦？」

「她到底想幹什麼？」

「她是想跟她父親爭奪江山，還是僅僅想要拉近我跟她之間的關係，好讓我更賣力氣做事？」

「她手中一無兵馬，二無錢糧……」

「咯咯，咯咯，咯咯咯咯……」一陣銀鈴般的笑聲忽然傳來，攪碎了劉秀紛亂的思緒。驀然抬頭，他發現黃皇室主居然像個剛剛及笄的少女般，蹦蹦跳跳走向了山下。根本沒有任何下文，更不在乎此刻站在山頂的自己，是何等的驚惶！

「我……」頓時，有一股受到了捉弄的惱怒，快速湧上了劉秀的心頭。然而，下一個瞬間，他又無可奈何地嘆氣：「算了，誰叫我欠了妳兩度相救之恩呢！努力幫妳解決了被皇上逼婚的麻煩，從此就算兩清。」

他自問沒有追上去跟黃皇室主講道理的勇氣，所以乾脆不追。一邊自我安慰，一邊繼續在山頂上轉圈兒。直到對方的車駕徹底走得不見了蹤影，才重新收拾了一下衣著，緩緩下山。

戰車已經被太學的學吏們收走，王麟也被其家人接了回去，王修和吳漢兩個都不敢再找他的麻煩。所以一路上順順當當，他很快就返回了自己的寢館。

御術切磋的結果，早已公布。隨後的兩場切磋，也以王固等人單方面棄權，而草草了事。「青雲八義」踩著「書樓四俊」成名的如意盤算，徹底落空。而在蘇著、沈定等人的暗中推動下，

「青雲螞蟻」的綽號，卻很快就傳遍了整個校園。

以絕對實力碾壓了對手，朱祐、鄧奉和嚴光三個，當然興奮至極。而劉秀，卻因為不知道該如何才能順利「說服」孫豫配合，顯得心事重重。好朋友們很快就發現了他的狀態不對，立刻圍過來詢問究竟。待聽劉秀小聲彙報完畢黃皇室主交代的任務，一個個也瞬間滿臉凝重。

成新公孫建的權勢雖人不像承新公甄邯那樣炙手可熱，卻也不是尋常百姓所能招惹得起。況且他的兒子孫豫還擔任著內秘府校書之職，隨時都可以見到王莽本人。

四兄弟再加上一個鄧禹，聚在劉秀的寢室裡商量了大半宿，也沒商量出一個穩妥的計策來。第二天上課時，反倒一個個戴上了黑眼圈。到了第二天下午，大夥繼續躲在藏書樓中，冥思苦想，試圖商量出一個最佳方案。卻不料，還沒等他們尋找到任何頭緒，沈定已經興匆匆地闖了進來。一見面兒，連氣兒都顧不上喘均勻，就迫不及待地喊道：「文，文叔，孫，孫夫子在樓下等你。就是孫，孫豫，成新公的兒子，平素在新生那邊教授《樂經》。」

「孫夫子，找我？」劉秀忽然就發現自己腦子又不夠用了。從昨天見到黃皇室主開始，他好像忽然就變成了整個太學最笨的那個人，處處被動受制，根本適應不了對方的做事風格和節奏。

「啊，孫夫子找你。怎麼了，你招惹過他？不應該吧，他是個很隨和的人。」沈定不知道劉秀已經受了黃皇室主之托，見他一臉緊張模樣，很是好奇地詢問。

「沒，沒只是奇怪，他為何要找我？」不想將沈定也拖下水，劉秀趕緊笑著搖頭。隨即，轉身跟嚴光等人交談了幾句，慢吞吞下樓。

畢竟他今年只有十八歲，心智再早熟也有限。剛答應了黃皇室主要幫忙對付她的未婚夫孫豫，轉眼就被孫豫找上門來，難免有些底虛。嚴光等人，也怕姓孫的是喝了乾醋，直接堵上門來問罪，於是乎，心照不宣地互相看了看，留下鄧禹跟沈定閒聊，也偷偷地跟在了劉秀背後。

大傢伙一邊走，一邊積蓄力量和精神，準備隨時應付衝突。誰料見了面兒，孫豫卻根本沒提黃皇室主的茬兒。反而笑吟吟地詢問劉秀是否有空，跟自己去門外的湯水鋪子小酌一杯。

先前的所有準備，瞬間全部落空。劉秀頓時像一拳頭砸在了棉花包上，渾身上下都說不出的難受。而那孫豫，卻不管他是否答應接受邀請，竟微微一笑，掉頭便走。峨冠高聳，大袖飄飄，舉手投足間，都充滿了士大夫的孤高。

「文叔，莫忘了當年那輛馬車？」怕劉秀因為衝動而中了對方的激將法，嚴光趕緊在旁邊拉了他的衣袖一下，小聲提醒。

「出了校門，他就可以為所欲為，莫忘了，他父親可是成新公！無論官位還是實權，都遠超過蘇著的父親。」朱祐也不認為孫豫的請客行為，沒暗藏任何禍心，走上前拉住劉秀的另外一隻胳膊，快速補充。

「即便去，也是咱們四個一起。彼此間好有個照應。」鄧奉性子驕傲，也知道劉秀不會輕易示弱。所以乾脆提出了一個「聯手拒敵」方案。

兄弟們的關心，讓劉秀覺得非常暖和。然而，他卻不願被孫豫給小瞧了，更不願意把好兄弟們也拖進漩渦。因此，稍稍猶豫了一下，就笑著搖頭：「古語云，長者賜，不敢辭。此人好歹也是太學裡的夫子，他的宴請，我無法拒絕，帶著你們一起去，也不成體統。」

「那你一個人進去吃酒，我們三個在外邊替你掠陣。」

「對，你且進去。我們哥仨在門外仔細留意周邊動靜。」

「我們三個隨時接應你，萬一發現他沒安好心，咱們就先擒下他，讓伏兵投鼠忌器。」

嚴光、朱祐和鄧奉三個哪裡敢放心讓劉秀單獨赴約，立刻爭先恐後地提議。

「他要是想害我，就沒必要親自前來相邀！」劉秀聞聽，又笑了笑，繼續輕輕搖頭。

「那……」嚴光等人頓時語塞，一個個眉頭緊鎖，搜腸刮肚尋找新的理由和辦法。劉秀卻不肯再繼續耽擱，一邊抬腿往太學大門口走，一邊快速補充道：「昨天黃皇室主跟我交代任務之時，旁邊根本沒有第三個人聽見。孫夫子此刻頂多對我心懷不滿，卻不至於想要我的小命兒。況且以他的家世，完全可以派遣心腹家丁，趁我不注意時偷襲。沒必要親自動手，並且在太學門口給人看見。」

後兩句話，確確實實說在了點子上。也就是「長安四虎」這種永遠長不大的二世祖，害人時才喜歡自己衝在前頭。而孫豫的年齡卻與黃皇室主差不多大，官職也做到了皇帝身邊的內秘府校書，可以很壞，很陰險，卻絕對不會像「長安四虎」那般愚蠢。

嚴光、朱祐和鄧奉三人無法反駁，只好眼睜睜地看著劉秀跟在孫豫身後大步而行，眼睜睜地看著兩個差不多高矮的身影，先後消失在了湯水館子的門後。

與這三人忐忑不安的心情不同，劉秀自己，卻本能地感覺到，孫豫先前看向自己的目光當中，好像沒有包含太多敵意。甚至隱隱約約，還帶著幾分期盼和欣慰。好像在寒夜裡行走的人，終於看到了火光一樣。

這讓他感覺非常困惑，同時心裡也湧起了一絲臨戰前的興奮。畢竟，黃皇室主所委託的事情，他早晚都得去做。而借著這次孫豫主動找上門來的機會，他也能提前衡量一下對方的「斤兩」。

懷著見招拆招的心態，劉秀緊跟著孫豫在此人對面落坐，從始至終，都沒再表現出半點兒遲疑。這般乾脆俐落的表現，很顯然也遠超出了孫豫的預料。後者臉上的笑容，頓時變得真誠了許多，點點頭，主動解釋道：「孫某今天叫你出來，沒任何惡意。孫某也不是那王修，捨得出去臉皮終日跟學生過不去。孫某只是聽聞你甚得黃皇室主欣賞，想跟你打聽一些消息而已。」

「夫子恐怕要失望了！」劉秀剛剛放下去的戒心，迅速又湧了起來。笑了笑，輕輕拱手，「室主殿下昨日只是看不慣王麟等人敗壞皇家聲譽，才不得出面阻止他們繼續為惡。救了學生，只能算順手而為，並非對學生青眼有加。」

「哦？」被劉秀拒人千里之外的態度，弄得眉頭輕蹙，但是很快，孫豫白淨的面孔上，就又寫滿了笑容，「你這小子，倒是謹慎。沒等孫某開口，就先把路全堵住。也怪不得室主殿下會對你另眼相看。放心，孫某對殿下，也沒任何惡意。當然，孫某借一百個膽子，也不敢對室主殿下有絲毫惡意。」

「那你何必瞎打聽？」劉秀心裡快速嘀咕，嘴巴上卻一個字都不說，只是靜靜地跪坐在矮几後，等著店小二送上茶湯。

孫豫等了好半天，也沒聽到劉秀的回應，只好尷尬地笑了笑，繼續低聲補充：「孫某手無縛雞之力，肚子裡的才學也非常有限，唯一拿得出來的，就是字寫得還湊合。所以聽聞皇上準備將室主下嫁，真的不勝惶恐。」

「恐怕是開心得都要飛起來！就像吳漢當初那樣。」劉秀繼續在肚子裡嘀咕，卻依舊不肯接茬兒。

平心而論，孫豫給他的感覺相當不錯。人長得眉清目秀，衣服收拾得乾乾淨淨，手指修長，腰桿筆直，說話時的語氣也非常隨和，不帶絲毫國公之子的傲慢。但是，想起黃皇室主對自己的重託，以及吳漢娶公主之前和「入贅」皇家之後的截然不同表現，他對孫豫就親近不起來。相反，總覺得此人試圖從自己這裡得到些什麼，或者想通過自己來達到接近黃皇室主的目的，以便能順利攀上皇家的高枝。

然而，接下來孫豫的表現，卻令他大吃一驚。只見此人忽然將身體挺直，向自己長揖而拜：「孫某明白了，是孫某的錯，不該跟你繞彎子。文叔，請幫孫某一個忙，想辦法讓殿下知曉，孫某並非趨炎附勢之徒！孫某和她一樣，這幾天也愁得團團轉。如果殿下不願接受皇上的安排，儘管放手施為。孫某願意全力配合她，絕不會有一句怨言！」

「啊——？」這回，劉秀的反應速度和腦力，又徹底不夠用了。微微張著嘴巴楞楞半晌，才終於緩過了一絲心神，遲疑著道：「你，你知道室主殿下不喜歡，不喜歡這樁婚事？你，你自己其實也不……」

「民間娶親，男方還會偷偷打聽一下女方的喜好，更何況孫某？」既然已經決定坦言相告，孫豫索性一次說個通透。想都不想，就迅速補充道：「室主殿下也不是沒跟皇上拒絕過，只是拗不過皇上意思而已。孫某的髮妻雖然亡故多年，但舊情卻時刻未忘，勉強迎娶了室主，也很難真心相待。所以，所以，唉——」

話沒有說完，他忽然長聲而嘆。白淨清秀的面孔上，透出一股子說不出的蕭索。

「那，那你為何不直接跟皇上拒絕？」劉秀看得好生不忍，立刻低聲提議。隨即，又恨不得狠狠給自己來一巴掌，「抱歉，學生失言了，夫子勿怪。」

「天威難測，距離越近，才越清楚！」孫豫搖搖頭，滿臉苦笑，「你高看孫某的膽子了。」

如果敢拒婚，孫某又何必繞著彎子，托你給室主帶話？文叔，我聽聞殿下曾經兩度出手救你，想必，你也不願意看到她稀裡糊塗嫁給孫某，然後受盡冷落和委屈。幫忙替孫某給殿下帶句話，可好？事成之後，孫某另有重謝。」

說罷，再度跪坐直身體，然後長揖而拜。渾身上下，不帶一點兒虛偽。

「這……」本能地將身體向後躲了躲，一天之內，劉秀第三次不知所措。

不想娶皇帝的女兒回家，理由居然忘不了過世多年的妻子。如此充足的理由，劉秀不知道自己該不該相信。

偌大的長安城內，除了他的老師許夫子之外，哪個男人不熱衷於功名利祿？

放眼太學上下，如果有機會將皇帝的女兒攬入懷抱，有誰能夠不怦然心動？

吳漢師兄的例子就在眼前，從不名一文的白丁到正五品驍騎營都尉，不過是差了一樁婚姻。自從目睹了吳漢的飛黃騰達之後，多少師兄師弟都羨慕得抓耳撓腮？

「九道題，其實真的不是很難。也許當初再認真些，就答出來了。也許當初多少再豁出去一些臉皮，就能堅持到最後。答不出來，被公主羞辱又怎樣？官場中，被上司羞辱的時候就少嗎？從不入流的亭士到正五品高官，多少人得爬一輩子？而吳漢……」

類似的議論，劉秀隔三差五就能聽到一回。他自問做不到吳漢那樣為了功名豁出去一切，但是，如果皇帝肯主動讓公主下嫁的話，他真的不敢確定自己是否也會像孫豫這樣，千方百計試圖拒絕。

店小二悄悄地端來了熱茶，然後悄悄地退了下去。

孫豫端起他自己面前的茶盞抿了一口，笑呵呵地搖頭：「不敢相信嗎？但孫某發誓這是實話。不是每個人都想平步青雲，至少，孫某不是！」

劉秀接不上對方的茬，本能地又往後躲了躲，彷彿距離對方太近，會突然無地自容。

「也不是每個人都終日想著互相坑害，至少，孫某不是！」又輕輕抿了一口，將茶盞放下，孫豫繼續笑著搖頭。乾淨的峨冠，被陽光鍍滿了淡淡的金。

白色的水霧，從茶盞裡飄起來，擋住劉秀的視線。更多的陽光，透窗而過，將孫豫身上的素袍，也照得華貴異常。

劉秀忽然明白了，為什麼自己第一眼看到孫豫，就覺得此人與眾不同。乾淨，不是一般的乾淨，從頭頂到膝蓋，從眼睛到手指。此人渾身上下，居然不惹纖塵。

「孫某在十多年前，也是青雲榜首。孫某的父親，還是當朝國公。孫某想要做官，憑家世和本事都足夠了，不必高攀室主。」孫豫的話繼續傳來，隔著白白的水霧，就像隔著一團浮雲，「更何況，孫某連做官的興趣都沒有，只喜歡彈彈琴，寫寫字，畫幾幅山水而已。」

「青雲榜上，出一個吳子顏就夠了！」水霧翻滾，在陽光下淺呈七色，孫豫的模樣，就像傳說中的神仙一樣，卓然不群。「眼下長安城裡，也足夠熱鬧了，孫某沒必要再去推波助瀾！」

茶盞落於桌案，發出輕輕的碰撞聲。水霧瞬間消散，露出孫豫乾淨的面孔。

猛然端起自己面前的茶盞，劉秀雙手將其舉到眉間，然後一飲而盡。

放多了鹽巴和香料的茶湯，喝起來並不可口。但是，他忽然卻喜歡上了這種古怪的湯水，覺得自己也飄飄欲仙。

孫豫又陪著他飲了一盞，然後笑著起身結帳離開。再也沒有多說一句廢話，也沒有再追問劉秀是否願意幫忙。有些話，放在心裡，就已經足夠。

數日之後，一個非常令人震撼的消息，迅速傳遍了整個長安。

皇帝陛下親自為黃皇室主挑選的未婚夫婿，內秘府校書孫豫，居然半夜時中了邪，從睡夢中一覺醒來，竟忘記了自己到底是哪個，滿嘴胡言亂語。而原本年底就要下嫁孫豫的黃皇室主，也忽然染上了惡疾，高燒不退，且半邊身體都無法動彈。幾乎與二人生病的同時，前朝平帝的陵前，四十多棵半尺粗的柳樹，全都被積雪壓垮，橫七豎八倒了滿地。長安南郊的祭天場所，更是無緣無故地冒起了濃煙，持續數日都不消散。

滿朝文武錯愕，這才忽然想起來，黃皇室主當年成親之前，曾有方士預言，她的命格奇貴，非青龍白虎不得為偶。而內秘府校書孫豫雖然身為國公之子，命格比普通人貴了不少，照著青龍白虎，卻差得實在太遠。

如此算來，孫豫和黃皇室主二人同時生病的緣由，就非常清楚了。一個無福高攀，一個命貴難嫁，繼續勉強這樁婚事，肯定會惹怒蒼天。

於是乎，成新公孫建不敢再提迎娶兒媳過門之事，聖明天子每日忙著處理朝政，也「沒功夫」再讓人推算女兒出嫁的最吉利日期。一場由皇帝親自撮合的婚姻，最終不了了之。

「你小子啊，連皇上都敢糊弄，膽大的真是沒邊了。」就在皇帝和滿朝文武一起選擇裝傻充楞的時候，許子威卻將劉秀叫到病榻前，笑著數落。

「弟子，弟子不是受了公主的兩度相救之恩，沒法推辭嗎？」劉秀信手從阿福手裡接過湯藥，吹了吹，輕輕送到許子威的嘴邊，「並且孫夫子也不願意娶室主為妻，即便弟子不幫忙從中穿針引線，以他們兩個的本事，想必也能找到別人！來，師傅，您別管這些，先喝藥。事情已經過去了，皇上即便有所懷疑，也不會懷疑到弟子身上。」

「你倒是想得輕鬆！」許子威順從地低頭喝掉了湯藥，然後繼續小聲告誡，「皇上，皇上要真的那麼好糊弄，當年就不可能未廢一兵一卒，便取了大漢的江山。他現在不刨根究柢，要麼，是有更重要的事情，一時半會兒無法分心，要麼是因為心疼女兒，不想跟室主殿下反目成仇。」

「皇上心疼室主？師傅，您說皇上會心疼室主？」劉秀不敢苟同許夫子的意見，一邊給對方餵藥，一邊輕輕搖頭，「他當年，可是毫不猶豫地逼死了自己的長子。」

「那是王宇自己找死！」許夫子卻忽然臉色大變，一把推開藥匙，喘息著大聲強調。「皇上千錯萬錯，唯獨誅殺隱太子之舉，一點兒錯都沒有。你已經在太學裡讀了三年書，怎麼還跟著人云亦云。」

「是，弟子知錯了，師傅息怒，師傅您老人家請息怒！」從來沒見過許子威發這麼大的火氣，劉秀趕緊低頭認錯。馬三娘聽見了屋子裡的動靜，也趕緊衝進來，坐在床邊輕輕給老人捶背。姐弟兩個廢了好大的力氣，才終於讓老人消了火。然而，屋子裡的氣氛，卻不再像先前那樣溫馨。

「文叔，老夫這身體，恐怕是熬不到下一個冬天了。也不可能，再像先前一樣，終日手把手地教你。」見把劉秀和馬三娘嚇得臉色灰白，手足無措，許子威自己也覺得有些後悔，忽然嘆了口氣，幽幽地道。

「師傅您這是什麼話？您老不過是偶感風寒而已。」劉秀聞聽，趕緊跪在床邊，低聲出言安慰。馬三娘心裡雖然著急，也迫不及待地在一旁幫腔：「是啊，義父，劉三兒他剛才胡亂說話，等會兒我把他拖出去打屁股，您老可千萬不能自己咒自己。」

「偶感風寒，偶感風寒會一躺小半年嗎？」見兩個孩子對自己如此關心，許子威頓時覺得好生滿足，又搖了搖頭，笑著補充：「我自己的身體什麼樣子，自己知道。行了，文叔你別再睜著眼睛說瞎話了，三娘妳也別再試圖安慰老夫！老夫讀了一輩子聖賢書，難道還看不破生死嗎？」

「師傅！」

「義父！」

劉秀和馬三娘不知道該怎麼再安慰老人，齊齊紅了眼眶，抬頭抹淚。許子威卻又笑了笑，繼續低聲道：「老夫畢生所學，差不多都傳授給了文叔。他這三年來，又跟三娘你一道練武不輟，身手即便達不到萬人敵，尋常十多個壯漢，肯定奈何他不得。如此文武雙全人物，老夫這輩子，就見過兩個。一個是文叔，另外一個就是當今聖上。

頓了頓，不待劉秀和馬三娘回應，他又快速補充：「所以，文叔，你且莫小瞧了天下英雄。皇上，皇上似你這般年輕之時，絕對不比你差。而幾十年翻手為雲，覆手為雨，讓他更變得高深莫測！」

「是，弟子一定牢記在心！」劉秀端端正正跪直身體，大聲保證。

如果許子威剛才的話，早在十多天前說出來，他即便嘴巴上答應，心裡頭也未必太當回事。那時他剛剛將「青雲八義」給打成了「青雲螞蟻」，心氣正高，覺得只要自己使出全力，不敢說全天下，至少太學裡邊找不到任何對手。

而隨後跟內密府校書在太學門口的湯水館子裡匆匆一晤，他才豁然發現，原來自己是坐井觀天。青雲八義也好，驍騎都尉吳漢也罷，都只能代表太學裡極少的一部分人。而像孫豫這種心之高潔，行事不拘一格的俊傑，其實長安城裡還有很多。只是，後者一貫低調，不會像前者那般囂張而已！

「文叔，你真的明白為師的意思？」見劉秀態度如此鄭重，許子威反倒覺得有些意外。上上下下看了他好幾眼，不放心地追問。

「弟子這幾年沒怎麼出過校門，所以見的人少了些。但最近先是遇到了黃皇室主，後又遇到了孫豫。他們兩個，跟弟子以前認識的所有人都不一樣！」不敢讓師傅為了自己太耗心神，劉秀點點頭，訕訕地解釋。

「原來……」許子威又是一楞，旋即滿臉欣慰。「原來你已經看到了天外之天，為師反倒小瞧了你。」

「師傅您都是為弟子著想，怎麼算是小瞧。」聞聽此言，劉秀趕緊又笑著搖頭，「倒是弟子這邊，先前竟拿自己的心思，去揣摩皇上，那才真的危險。」

「嗯……」許子威嘉許地點頭，很高興劉秀能理解自己的良苦用心。「你知道就好。你跟孫豫兩個聯手施展的那些計謀，騙文武百官可以，想連皇上一塊兒騙過，真的是高估了自己。他只是不願意深究，或者沒功夫深究。只要他願意，絕對不會查不出任何蛛絲馬跡。」

「弟子明白。弟子今後儘量不再胡亂給人幫忙。」話頭既然繞回了原點，劉秀也不願再生枝節，想了想，再度低聲保證。

而馬三娘，卻不太理解許子威的苦心。聽他嘴裡反覆強調王莽的英明神武，便忍不住抬起水汪汪的大眼睛，低聲問道：「義父您總是說皇上這厲害，那厲害。他到底厲害到什麼程度？我真的沒看出來，他……」

「他是一國之君，有什麼本事能隨便讓妳看到。」許子威的目光立刻轉向了她，快速打斷。「皇上在像文叔這般年紀時，師事沛郡陳參。不到三年，五經皆通。無論是從哪卷書簡裡抽出一句話，他立刻能接上下一句。」

「那也不過是好記性罷了！文叔差不多也能做到。」馬三娘聽得頗不服氣，歪著頭，小聲嘀咕。

「大漢丞相孔光聽聞，以為有人幫忙作弊，親自擬題目，邀請四名五經博士，與今上同場答卷。連考五場，今上場場奪魁。」不願意聽馬三娘說王莽的壞話，許子威又迅速補充。

「文叔也力壓青雲八義！」馬三娘依舊不服，說話時的底氣，卻一下子就小了許多。

「其兄生病，需要服用鹿茸補氣血。而長安城內恰恰那段時間鹿茸缺貨。今上隻身一人，策馬持弓出城，半日不到，就生擒野鹿三頭，射殺野鹿兩頭，個個頭上茸角未硬。」許子威看了她一眼，繼續例舉王莽當年的英雄事跡。

「啊——」馬三娘低低發出一聲驚呼，滿臉難以置信。

以她自己的本事，半天功夫射死兩頭野鹿也不會太難。但生擒三頭活鹿回來，卻無論如何都做不到。由此可見，王莽年輕時候的身手，遠在她之上。甚至比起她最崇拜的哥哥馬武，都毫不遜色。

「王家當時已經權勢通天，一門九侯，五司馬。」終於讓她無話可說，許子威得意的笑了笑，繼續補充，「王家子弟大多都迷戀聲色犬馬，唯獨今上，行為嚴謹檢點。對外結交賢士，對內侍奉諸位叔伯，無論自家長輩和兄弟，還是同事同窗，誰都挑不出他絲毫錯失來。」

「那，那他也活得……！」馬三娘嘴巴張了張，本能地又想反駁。手指卻輕輕被劉秀拉了一下，頓時將已經到了嘴邊上的話，重新吞回到肚子裡。

「更難得的是，今上出仕之後，無論被委派到什麼地方，都很快將手頭事務打理得井井有條。短短幾年時間，就獲得了上司們的交口稱讚。職位也迅速從黃門郎，升到了光祿大夫，並且不到三十歲封侯。」許子威談性正濃，根本沒注意到馬三娘和劉秀之間的小動作。想了想，繼續緩緩說道。

他早年間跟王莽相交甚篤，後來雖然因為此人從孤兒寡母手裡竊取了皇帝之位，不願意再多來往，但內心深處，對後者的才華和本事，卻依舊欽佩至極。故而，在回憶起王莽早年間的諸多壯舉之時，很快眼神就開始發亮。隨即，就忘記了說這些話的緣由，開始滔滔不絕。

難得老人家又高興了起來，劉秀不敢打斷。同時也想方設法，阻止馬三娘跟師傅較真兒。結果，許子威越說越高興，越說越高興，從王莽年輕時的禮賢下士，文武雙全，很快就說到了王莽中年時每日三省自身，家中不蓄餘財。隨即，又說到了王莽出任大司馬，選賢任能，短短數月，令朝政為之一清。一樁樁，一件件，幾乎每一件事情，都堪稱完美無缺。

終於，等到老人家說盡了興，外邊的日影，也早已西斜。劉秀已經跪坐得兩腿發麻，趕緊悄悄改變姿勢，活動血脈。馬三娘卻趁著他一個沒留神，又撇了下嘴，迅速追問道：「既然，既然皇上什麼都會，什麼都精，做官時也無比地英明。怎麼做了皇上之後，反倒，反倒還不如以前了呢？」

「皇上啊，他……，他……」這個問題，實在有些難以解釋。許子威瞇縫著眼睛，搜腸刮肚，試圖找到一個恰當答案。然而，不多時，他卻被倦意吞沒。頭一歪，輕輕打起了呼嚕。

「又這樣，關鍵時刻就睡著！」馬三娘嘀咕著站起身，小心翼翼給許子威拉上被子。

「三姐別這麼說師傅，他，他估計也不知道該怎麼回答妳。」劉秀雖然身為男子，心思卻比馬三娘仔細得多。一邊揉著發麻的大腿，一邊小聲替許子威辯解。

「還不是念著跟皇帝的舊交。」馬三娘撇撇嘴，對劉秀的說法很是不以為然。在她看來，自己這個義父什麼都好，就是對皇帝太愚忠了。總是想著替皇帝說話，從不准許別人指摘皇帝的半點過失。

這種輕蔑態度，可是觸了劉秀的逆鱗。在他心目中，許子威是這世界上最值得尊敬的人，隱隱已經超過了他去世多年的父親。因此，立刻皺起了眉頭，啞著嗓子反駁道：「師傅如果一味念著舊交，當初就不會辭官不做。現在，也不會一心在太學裡教書！他，他其實是不願意敷衍妳。妳剛才問的問題實在太難，他，他一時半會兒很難回答。」

「吆——。你還長脾氣了！」馬三娘杏眼一瞪，立刻把矛頭對準了劉秀，「你倒是說說，聖上是不是個糊塗蟲？他如果真像義父說的那樣什麼都會，怎麼就不能當一個好皇帝？」

「這……」同樣給不出恰當解釋，劉秀只能苦笑著搖頭。「我說不好。但我知道，師傅不會故意騙咱們。尤其不會故意騙妳。」

他已經得了許子威的真傳，心中也對許子威充滿了尊敬。所以，此時此刻，他比馬三娘更能理解許子威的苦衷。

王莽才華過人，文武雙全，對待朋友仗義，對待事情認真，但王莽卻不是一個好皇帝。復古之政害人，復古之政把大新朝從上到下折騰得到處都是窟窿。但復古之政，卻無限符合儒者們從漢武帝以來努力要達成的最高夢想。

作為一代大儒，孔門嫡傳子弟，讓許子威親口承認，周朝的那些典章制度，只是在書簡中顯得很完美，其實早已不適合現在，太難了！那等同於毀掉了他堅持了一輩子的信念。比起夢想的破滅，承認王莽是個糊塗蟲，反而更容易一些。雖然王莽在成為皇帝之前，從來沒犯過任何糊塗事情。

「哼！我看你跟義父一樣，什麼都清楚，只是沒膽子說而已。」聽劉秀只是一味地替許子威辯解，卻始終不肯直接回答自己的問題，馬三娘又撇撇嘴，低聲數落。

劉秀沒辦法跟她解釋，只好苦笑著起身告辭。然而，兩腿還沒等邁過門檻兒，馬三娘卻又從身後追了上來，扯了他一下衣袖，低聲問道：「馬上又要放假了，你還去孔家的莊子裡練武嗎？我可是好一陣子，沒見到你，沒監督你了！還有鄧奉，總是推托說沒功夫。卻有功夫整天上百花樓。」

「這！」劉秀略做遲疑，隨即，便看到了馬三娘眼裡快速閃過的失落。心腸頓時一軟，點點頭，笑著說道：「士載最近忙著籌劃替貓膩贖身，估計沒功夫練武。我最近學業倒是輕鬆了不少，大後天，不，後天就可以去。」

「真的？」馬三娘的目光頓時就開始發亮，一眼不眨地盯著劉秀，唯恐他只是隨口應承。

劉秀被她看得心裡發虛，趕緊又用力點了下頭，大聲補充：「真的，師姐，我什麼時候敢騙妳？」

「倒是！敢騙我，看我不打……」馬三娘莞爾一笑，嘴角微微上翹，雪白的牙齒輕輕咬緊。

但是，很快，她就意識到，對方再有大半年就要卒業了。而自己再喊打喊殺，也有失溫柔。於是乎，趕緊收起威脅的話，換上一副生硬的笑臉，柔柔地補充：「你要是沒時間，也就罷了。大不了，我去太學看你。」

「有，有時間！」寧願被馬三娘追著打，劉秀都不希望看到她忽然在自己面前變得畏首畏尾，連忙再度大聲承諾。「我也好久沒練武了，剛好需要活動筋骨！」

他說話向來算數，一天之後，果然如約去了孔家的莊子。孔家的奴僕早已經習慣了他跟馬三娘等人的到來，所以根本不用吩咐，就清理出了場地，送上了馬匹和各類器械。馬三娘和劉秀師姐弟倆各展本事，用木槍木劍往來廝殺，各自累出了一身透汗，才心滿意足地結伴回城。

接下來大半月裡，劉秀一邊繼續小心翼翼觀望皇宮那邊的動靜，一邊抽空去探望恩師許子威，順道跟馬三娘兩個練武，每天都忙得腳不沾地。

說來也怪，非但許子威所擔心的事情沒有發生，王恒、王固等紈絝子弟，在被狠狠地打了一次「臉」之後，也都悄悄地偃旗息鼓。

轉眼又臨近冬假，這一日，劉秀和嚴光、鄧奉幾個，正在藏書樓裡翻看竹簡。忽然，就聽到樓下傳來了一陣急促的號角聲，「嗚嗚，嗚嗚嗚，嗚嗚嗚嗚——」

「怎麼回事兒，又鬧什麼妖？」朱祐從地板上一躍而起，迅速撲向窗口，「還是哪裡又失火了！不對，這是集合號角，有大事發生，招集咱們去誠意堂前集合！」

「嗯，是集合號角。沒錯！」

「沒錯！」

「快下樓，免得去晚了又被找麻煩！」

劉秀和嚴光等人立刻想起了號角聲所代表的意思，紛紛答應著，衝向樓梯口。不多時，大夥就趕到了誠意堂前空闊處，抬頭細看，只見對面青石臺階上。王修、吳漢和一名太監並肩而立，彼此的臉上，都寫滿了得意。

「這廝，那麼喜歡耀武揚威，幹嘛非要往太學裡頭擠。」朱祐心中非常不屑，小聲嘀咕著，站在了先到的同學身後。

「就是！」

「他真該去做宦官，多威風！」

「他捨不得……」

劉秀和嚴光等人，雖然也對王修和吳漢兩個非常不屑，卻也不敢明著給這二人難堪。一邊小聲議論著，一邊相繼在朱祐身側站好，等待王博士和吳將軍訓示。

王修卻難得地耐住了性子，一直等到了所有學子差不多都到齊，才清了清嗓子，大聲宣布：「數日之前，洛陽忽降暴雪，壓塌房屋三千餘座。陛下憐惜百姓，明日將親自前往南郊祭告上蒼。我們太學的子弟，都深受皇恩，不能不報。所以，沿途灑掃之事，就要主動承擔……」

「下雪壓塌了房子，派人撥發錢糧，購買柴炭救災好了。人力能及，何必還要求告老天爺？」鄧奉聽得眉頭緊皺，側了下頭，低聲議論。

「你不要命了，小心有人舉報。」朱祐被他的舉動嚇了一大跳，趕緊壓低了聲音勸阻，「許夫子不是告誡過咱們麼，少說多看。」

鄧奉吐了舌頭，趕緊閉嘴。不料，嚴光卻在旁邊幽幽地嘆了口氣，啞著嗓子感慨：「恐怕，是府庫裡頭，已經拿不出救災的錢來了吧！大雪不可能只落在城裡，洛陽城內被壓塌了上千間房屋，那郊外呢，恐怕不計其數！」

「啊，還，還能這麼幹？皇上，皇上……」鄧禹最聰明，年紀卻最小，瞬間就比較清楚了祭天和救助百姓哪件事開支更大，瞪圓了眼睛，喃喃著搖頭。

「祭天，當然比發錢發糧節省。如果老天爺不肯垂憐，也是老天爺的錯。皇上已經都給老天爺跪下了，咱們，天下百姓，還能要他怎麼樣。」牛同氣得兩眼發紅，咬著牙低聲數落。

這天，是祭奠給老百姓看的，不是祭奠給真正的神明！

國庫裡沒有餘錢了，或者餘錢需要用到更重要的地方，所以，古往今來第一聰明的皇上，就想出了一個最節儉的辦法！

誰敢保證老天爺不肯垂憐呢？萬一祭天真有效果呢？老天爺的心思和選擇，誰能保證自己算得清楚？

眾人聽了，都不約而同地嘆氣。誰都不知道該怎麼樣，也沒能力，去阻止朝廷這種自欺自人的愚蠢行徑。

正鬱悶間，王修已經在宦官的支持下，開始給各級學生分派任務。有人被安排去清理積雪，有人被指派去用黃沙鋪路防滑，還有人負責穿得整整齊齊展示盛世百姓風貌。甚至連見到皇上車駕之後，大夥該怎麼歡呼，怎麼表達感動與忠誠，都已經提前定了下來，誰都不准別出心裁。

待所有事情都安排妥當，天色已經擦黑。王修卻不肯讓大夥立刻散去，而是先假模假式地向宦官請示了一下，然後才大聲吩咐：「好，大夥記住各自的任務，就可以回去休息了。但是，今年歲考的前二十名請留下，驍騎都尉有其他事情，需要你們從中協助。」

「什麼意思，姓王的又想折騰咱們，他丟人還沒丟夠嗎？」朱祐心頭，警兆頓生，迅速朝劉秀使了個眼色，低聲提醒。

「見招拆招吧。」劉秀苦笑，搖頭，滿臉無可奈何。

為了避免過於引人注目，這次歲末大考，他與朱祐、嚴光等人約定，故意犯了一些無關痛癢的小錯，沒繼續蟬聯前五名。本以為如此，就能多過幾天安生日子。誰料想，最終還是沒躲開，王修居然還像頭癩皮狗般撲了上來。

嚴光和鄧奉兩人，也猜到王修不會安什麼好心。但同樣沒有辦法反抗。對方無論如何，都是老師輩兒，並且還身為五經博士。而他們，即便學業再優秀，如今也還是弟子，並且身份也都是白丁。

果然不出大夥預料，吳漢很快就接過了王修的話頭，以品學兼優為名，讓劉秀等二十名在歲末大考成績出色的學子，明天負責站在驍騎營的將士背後，「引領疏導」百姓。以免有那愚夫愚婦，承受不了皇恩浩蕩，頭腦發懵，做出什麼驚擾聖駕之舉。

換句話說，長安城中數萬百姓，如果裡頭出現一個腦子不清楚，膽敢冒死阻擋皇帝車駕的，劉秀等人就必須第一時間發現並阻止。屆時距離誰所在的位置最近，發生在誰面前，誰就必須全力以赴！

如果做不到，哼哼，結果何須再問。

「王八蛋！」鄧奉的脾氣在眾人當中最為暴烈，回到寢館之後，立刻就開始破口大罵，「王修這廝，根本不配做人師。還有吳子顏，還真做狗做上癮了。王家讓他咬誰，他就咬誰！」

「就是！」鄧禹接著說道，「顧華那廝也是前二十名，怎麼不見他的踪影？」

朱祐插嘴道：「今天早上就沒來，請假在家養著呢。」

「果然都是算計好的。」嚴光苦笑道，「我就說青雲螞蟻怎麼吃了偌大的虧，居然不急著找回顏面，原來這些日子一直在想別的招數！」

「該死！」

「齷齪！」

眾人越想越生氣，恨不得直接拔出寶劍，將王修和吳漢兩個碎屍萬段。然而，罵歸罵，對方扯著皇上的虎皮做大旗，他們沒法硬抗，只能見招拆招。

翌日卯時不到，太學的學吏們就拚命敲鑼，將所有人吵醒，然後給大夥發起工具、衣服、旗幟，像耍猴一樣帶到街頭，空著肚子履行使命。

此時的長安城人口只有二十幾萬戶，規模遠不如後世龐大。從皇宮到南郊的官道，也不過五六里長短。在上萬學子的齊心協力之下，一會兒功夫，長街就被打掃得乾乾淨淨。隨即，鋪上乾淨的河沙，滿街金黃。

皇帝王莽的車駕卻沒有立刻出現，只有數百個小宦，拎著各色綢緞匆匆趕來。將沿途樹木，全都裝扮成早春模樣，姹紫嫣紅，分外妖嬈。緊跟著，又有數千名侍衛，手持紅旗，快步而出，以彼此之間相隔五步為標準，沿著街道相對站成了兩排。

清晨的寒風極為猛烈，吹得旗面來回招展。宛若一團團野火，照亮周圍所有人的眼睛。

除了一小部分另有任務者外，大部分剛剛掃完了街道，端完了河沙的學子們，連氣兒都沒來得及喘，就被收走了工具，然後由專人領到街道旁，在手持紅旗的侍衛們身後，面對面排成長長的兩道人牆。劉秀和其餘十九名「品學兼優」的高材生，則每人手裡發了一根包裹著紅綢的短棍，負責跑來跑去維持秩序。以免學子們過於激動，不小心擁上前堵住了街心，影響了皇帝的御輦通行。

起初，太學生們熱情高漲，拚命往裡擠，的確給劉秀等人帶來不小的壓力。但足足等了兩個時辰，所有人都餓得前胸貼後背了，皇帝車隊卻依舊遲遲沒有出現。於是乎，大夥就漸漸懈怠了。一些膽子大，意志不夠堅定的傢伙，甚至開始偷偷溜走，打算先去吃頓飯，然後再回來為陛下「效忠」。王修見此，立刻破口大罵，強迫劉秀等人追上去，將試圖溜走的一個接一個給攆回來，堅守崗位。結果，劉秀等人非但比其他同學更餓，更累，還處處遭人白眼兒。

「完了，老子三年多時間積累下來的好名聲，被姓王的一早晨就敗光了！」朱祐餓得眼前陣陣發黑，強打精神，低聲抱怨。「從今天開始，咱們幾個就是大夥最恨的人，每次朝食之前，都逃不掉一頓臭罵。」

「還有那些趕過來看熱鬧的小商小販，定是恨我們恨得要死。」嚴光苦笑著搖搖頭，低聲補充，「這些人倒是挺會做生意，或者說他們見慣了這種場面，知道有人會餓個半死，所以便事先預備好了食物，在附近等著開張。咱們這樣一弄，可就擋了人家的財路，只怕以後出去買吃的，飯碗裡都得被偷偷吐口水。」

「可不是麼，也不是誰給王修出的主意，這次，可是坑得咱們一點招架之力都沒有！」鄧奉拎著木棒在二人身側飛快跑過，扭過頭，迅速附和。

「劉文叔，知道我剛才攆人時看到誰了不？」快嘴沈定身體胖，最為扛餓。在這種時候，依舊沒忘了賣弄他的見識廣博，「陰博士，還有他的一大堆親戚朋友。都裝作是尋常百姓，在街道那邊做猴戲給皇上看呢……」

「咣，咣，咣……」一陣清脆的銅鑼聲，將他的話切為兩段。緊跟著，又是一陣虎嘯龍吟般的號角聲，「嗚嗚，嗚嗚，嗚嗚嗚嗚……」，捲著滿天寒氣，吹入人的心底。

劉秀等人趕緊抖擻起精神，跑回各自事先被指定的位置。揮舞起手中包裹著紅色絲綢的短棍，示意同學們讓開足夠寬的通道。

學子們哪裡肯聽，一個個雖然餓得頭暈眼花，卻拚命往前擠。唯恐離得太遠了，看不清皇帝陛下的馬車是什麼顏色。就在劉秀等人被擠得東倒西歪之時，數十匹高頭大馬，排成八列縱隊，忽然飛奔而至。馬背上，盔明甲亮的猛士們，手持朱漆長棍，威風如樊噲英布，驍勇若西楚霸王，劈頭蓋臉，將靠近街道中央的學子們，打成了滾地葫蘆。

這下，不需要劉秀等人再提醒，街道瞬間就變寬敞了。眾學子們既不敢怒，亦不敢言，抱著腦袋倉皇退向路邊。緊跟著，雄壯的鼓角聲又起，數百名手持紅旗的武士大步走過。旗面如火，照亮滿天陰雲。

在紅旗武士身後，則是二百名身著金甲近衛，手裡或者持著鋼叉，或者持著斧頭，還有人倒提著巨大的金葫蘆，看上去既稀奇古怪，又莊嚴肅穆。而他們胯下的戰馬，則通體雪白，肩高腿長，每一步邁出去，都四尺左右，毫釐不差。

金甲侍衛身後整整二十步處，有一名身材高大，面如冠玉的將軍，手持金光閃閃的權杖，策馬徐徐而行。猩紅色的披風，被吹得獵獵飛舞，當空化做一道流雲。而其胯下，則是一匹桃紅色的大宛汗血寶馬，四蹄交替落於剛剛鋪好的黃沙上，宛若仙人在雲間飄飄起舞。

「執金吾！」

「執金吾！」

「執金吾嚴盛……」長安百姓識貨，立刻有人在學子們背後叫喊了起來。

執金吾原本的官職名稱為中尉，執掌御林軍，年俸兩千石。每當皇帝出行，必手持金色權杖，導行於御輦之前。因此，這個官職，對身高、體型、相貌、儀態的要求，都極為嚴格。並且非年少有為、武藝高強，且受皇帝信賴者，不得出任。

俗話說，愛美之心人皆有之。劉秀等人雖然比尋常百姓穩重了一些，見到執金吾嚴盛那英俊瀟然模樣，也頓時羨慕得兩眼放光。

他們和嚴盛年齡差不多，長相和身材方面，差距也非常有限。但他們卻一大早晨餓得前胸貼後背，站在寒風中維持秩序，而執金吾嚴盛，卻策馬走在了皇帝的御駕之前，吸引了全長安百姓的目光。

這待遇，簡直是天上地下，讓人無法不既嫉妒又羨慕！

然而，還沒等周圍的歡呼聲落下，五百名重甲衛士，已經鏗鏘出場。在他們的團團保護下，一座由三十二匹駿馬拉扯的木質宮殿，終於緩緩出現在道路的盡頭。

宮殿中，絲竹聲陣陣，若有若無。更有渺渺青煙，圍著宮殿縈繞不散，隔斷人的視線，讓誰都看不清楚宮殿內，此刻坐的到底是凡人還是神仙。

事實上，也沒人敢仔細往殿車裡頭看。正所謂仰面視君，有刺王殺駕之嫌，那也不是鬧著玩的。因此無論龍輦走到哪裡，人們都紛紛屏住呼吸，或者附身，或者低頭，甚至屈膝下拜，只等跟在龍輦後面的樂手也走得遠遠，才敢重新抬起脖子，長吐一口濁氣。

劉秀等人知道最關鍵的時刻來了，一個個在躬身行禮之餘，都打起了十二分精神。眼睛不敢左顧右盼，耳朵卻豎起來，傾聽四面八方。

除了號角聲和管弦聲，周圍幾乎沒有任何雜音兒。帝王的威嚴的確重如泰山，壓得周圍無人敢用力呼吸。

「看來是虛驚一場！」用眼角的餘光，發現御輦即將遠去。劉秀忍不住偷偷鬆了一口氣。然而就在此時，耳畔的絲竹聲裡，忽然出現了一絲停頓。緊跟著，在他身側大約二十步足有的位置，忽然有五六個災民模樣的百姓，衝開太學生組成了人牆，高喊著朝皇帝的殿車撲了過去。

「冤枉啊——。陛下，草民冤枉——！」終於能直接向皇帝申訴，災民們眼睛裡充滿了期盼，喊得格外大聲。

據說聖明天子，生有重瞳。塵世間任何鬼怪伎倆，都瞞不住他的眼睛。災民們狂奔，高喊，踉蹌的身影，在漫捲的紅旗之間，顯得格外醒目。

皇帝的馬車停了下來。

開路的近衛門也停了下來。

執金吾撥轉馬頭，手中權杖高高舉過了頭頂。

剎那間，萬籟俱寂。

「護駕！」龍輦當中，忽然發出一聲斷喝。

守護在龍輦附近的持戟甲士立刻毫不猶豫地將鐵戟向外攢刺，將災民們單薄的身體撕得四分五裂。

猩紅色的血雨先噴向天空，然後又緩緩回落。

學子們今早剛剛親手鋪好的黃沙之上，血如鮮花般綻放，絢麗奪目！

那些持戟甲士都是百戰精兵，又謹守護衛之責，任憑血雨灑落，自是面不改色。更有人，在將領的指揮下，向內迅速收縮，如同龜殼一般，將龍輦護在隊伍的正中央。執金吾身前，那二百名開路的金甲近衛，則迅速放下儀仗，抽出腰間兵器。一時間「倉啷啷」金屬摩擦聲不絕於耳，明晃晃的劍光耀眼生寒。

他們乃是精銳中的精銳，遇到突發情況毫不慌亂，只管按照平素訓練時的方略果斷應對，堅決不給任何人可乘之機。可太學的學生和看熱鬧的百姓們，卻沒經歷過如此恐怖的場面，被地上的鮮血和碎肉嚇得魂飛膽裂，尖叫著四散奔逃。

轉眼間，秩序大亂。

大家夥兒你推我，我擠你，唯恐跑得不快。身體稍微單薄一點的，便被推翻在地，隨即踩上無數大腳，下場慘不忍睹。而小商小販們兜售的水果、糕餅之類，更掉得到處都是，頃刻間便被踩成一團團爛泥。

「別擠，別慌，不是刺客，沒有刺客！」鄧奉被周圍的同學們推得站立不穩，卻依舊扯開嗓子大聲高呼。

「大家不要亂跑，不要靠近御輦！」鄧禹雖然年紀小，頭腦卻冷靜異常，也跟著踮起腳尖，用力揮舞手中包裹著紅布的木棒。

他們兩個的判斷絕對準確，但周圍人的腦海裡，哪還有半分理智可言？毫不猶豫地伸手推搡任何攔路者，無論其面孔是熟悉還是陌生。

「別推，別推，誰再推我不客氣了！」鄧奉三年多來勤奮練武不輟，情急之下，雙腿齊齊發力，頓時像一棵老樹般，站得穩穩。把接連撞向自己的三名學子，全都給反推了回去。

他身邊頓時一空，所有慌不擇路者，都果斷繞行。而鄧禹，卻沒有如此強的自保之力，個頭又小。被另外幾名學子一擠，頓時像葡萄架一樣翻倒在地。

眼看著，數隻大腳就朝著他的胸口踩來，偏偏他卻躲無可躲。只好雙手抱頭，縮捲成一團，聽天由命。就在此時，人群內忽然傳出一聲斷喝：「讓開，書全讀到狗肚子裡了嗎？君前失儀，你們是不是嫌自己命長？」

「啊！」眾學子被嚇了一跳，動作本能地出現停滯。斷喝者猛地用肩膀向前一頂，硬生生從人群中分出一條通道，撈起鄧禹，穩如泰山。

「文，文叔師兄！」已經自以為在劫難逃的鄧禹睜開眼睛，恰看到救命恩人那熟悉的面孔。是劉秀，當初曾經救過他一次，多年來一直像親哥哥一樣照顧著他的劉秀。在危急關頭，依舊沒有忘記他，從大夥腳下再度救了他的小命！

「站穩，靠緊我，別擋其他人的路。」劉秀笑朝他點了點頭，大聲叮囑，「這當口兒，大夥什麼都聽不進去。你別招惹他們，反而最好。」

「文叔兄說得對！」嚴光拉著朱祐，跌跌撞撞擠了過來，與劉秀和鄧禹兩人，背靠背站成了一個小方陣。「咱們先顧自己，再顧別人。」

「劉文叔，劉文叔！」看到劉秀和嚴光等人已經有了自保之力，鄧奉趕緊叫嚷著向他靠近，「沈定，牛同，這邊，劉文叔這邊！」

沈定、牛同等學子，正被擠得六神無主，聽到鄧奉的呼喚，也努力向劉秀的位置靠攏。七名青年學子，轉眼湊成了一座礁石，在慌亂不堪的人群當中，顯得格外醒目。

「大夥跟我一起喊，鎮定，鎮定，不要驚了聖駕！聖明天子在此，無人敢胡作非為！」發現大夥都已經轉危為安，朱祐立刻想起了王修強加在眾人頭上的任務。毫不猶豫地舉起裹著紅綢子的木棒，大聲呼籲。

這一招雖然有些「無恥」，但比起事後被王修和吳漢兩個借題發揮，丟臉絕對算不得什麼大事。頓時，劉秀、鄧禹、沈定等人，就心有靈犀。齊齊扯開嗓子，大聲重複：「鎮定，鎮定，不要驚了聖駕！聖明天子在此，無人敢胡作非為！」

越是混亂不堪的情況下，大夥越是需要主心骨。周圍的百姓和學生，正在爭相逃命。忽然聽到有人高呼天子在此，忍不住就猛然回頭。

眾人目光所及，當然不光是劉秀等七個正在高呼的年輕學子。剎那間，也把七人身後不遠處的御輦也看了個清清楚楚。頓時，有人心裡就是一緊，旋即，理智就迅速回歸體內。

常言道，法不責眾。這麼多學生和百姓沒頭蒼蠅般亂跑，過後有司絕對不可能挨個追究大夥君前失儀。但是，在一片混亂之際，若有人能夠挺身而出，努力維持秩序。那他的所作所為，就太引人注目了。想不讓皇上看見都難，過後肯定會平步青雲。

更關鍵一點是，眼下除了要小心被踩死之外，大夥沒有面臨任何危險。刺客的確根本不存在，地面上的血也都來自於幾個倒楣的災民，跟尋常人無關。這種情況下，大夥放著表現機會不把握，一個勁兒地亂跑什麼？簡直就是腦袋遭了驢踢。

能進入太學讀書者，智力通常都不太差。意識到皇帝的御輦就在附近，而周圍並不存在任何危險之後，眾學子當中一些反應最機敏者，果斷停住了腳步，抱團維護秩序。剎那間，「冷靜！」「勿慌！」「我等當報效皇恩！」「君前不可失儀！」的叫嚷聲，此起彼伏。不多時，就讓混亂的人流，漸漸停止了湧動。

「奶奶的，都是人精！」鄧奉對同學們故意搶功勞的舉動甚為不滿，忍不住撇著嘴數落。他看得非常清楚，眼下距離御輦最近，叫嚷最歡的幾夥人，其實都是在故意邀功。而自己和劉秀這些第一波挺身而出者，反而變得不那麼顯眼了，距離御輦也相對遙遠了許多。

「沒事兒，咱們不求有功，只要不被王修和吳漢兩個找茬就好。」劉秀倒是很知足，抬手擦了下額頭上的汗水，笑著安慰。

話音剛落，耳畔忽然傳來一串詭異的呼嘯。他迅速扭頭，只見數支閃著烏光的破甲錐凌空而至，直奔不遠處的御輦。

「有刺客！」劉秀瞬間嚇得寒毛倒豎，本能地將包裹著紅布的木棍擲向半空，試圖阻擋破甲錐。

「真的有刺客，先前那幾個災民，極有可能是受人指使！」大腦在高度緊張的情況下，反應加速了十倍，立刻就推斷出了事情的真相。然而，手上的動作，卻依舊慢了半拍。丟出去的木棒只擊中了一根破甲錐的尾部，將其砸得歪了歪，掉頭射進了甲士隊伍。另外數支破甲錐，全都準確命中了御輦，破窗而入。

「抓刺客！」金吾將軍嚴盛，立刻帶領金甲侍衛們，撲向了破甲錐飛來的位置。刀劍齊揮，將來不及讓路的學子和百姓，全都砍翻在地。

「啊，刺客，真的有刺客——！」先前想趁機邀功的幾夥機「少年英傑」，也都瞬間被打回了原型。慘叫著四下逃竄，真恨爺娘給自己少生了兩條大腿。

「別動，咱們站在原地，免得被當作刺客誤傷。」唯獨劉秀所在的這支小隊伍，每名成員都機智過人。果斷互相拉扯著，高聲提醒，「別跑，都不要跑，刺客要的就是大夥先亂起來！」

這個選擇，無比的機智，等同於救了大夥兒的命。急紅了眼睛的甲士們橫衝直撞，見到可疑的人就亂刀齊下。唯獨繞開了七名始終原地不動的學子，不將他們視作刺客的同黨。

眼看著至少三十幾名同窗無辜慘死，劉秀等人卻無能為力，只好閉上眼睛，默默向上蒼禱告。希望混亂快點兒結束，慘禍不要繼續蔓延。

然而，天下之事，向來禍不單行。還沒等劉秀在心中把一份禱告詞念完，他的耳畔，忽然又傳來了一個無比熟悉的聲音，「三哥，三哥救命！」

「啊——！」劉秀嚇得魂飛天外，果斷睜開眼睛，扭頭張望，恰看見陰麗華那驚慌的面孔。在無數逃命者的擁擠之下，她像朵浮萍般搖搖晃晃。而數名氣紅了眼睛的金甲衛士，正舉著刀劍向她衝了過去，隨時都可能將其砍成肉泥。

「住手！」所有理智，立刻不知去向。劉秀一縱身跳起，掠過數名同窗的頭頂，凌空撲向陰麗華。

二人之間的距離足足有三十多步，除非插上翅膀，他根本來不及趕到陰麗華身邊。然而，那已經變了調子的怒喝，還有凌空而起的身影，卻立刻將周圍的甲士們的注意力，全都吸引了過去。

剎那間，所有高高舉起的刀劍，不再奔向任何人，全都爭先恐後向他集中。

此時此刻，劉秀哪裡想得到，侍衛們將自己當成了蓋聶、荊軻搏殺。雙腳落地之後，立即俯身撿起一根別人丟下的扁擔，左撥右挑，將阻擋在自己前面的障礙，挨個清除。眨眼之後，就已經來到了陰麗華身前。

「嗖——！」一支利箭貼著他腋下飛過，帶起一串殷紅的血珠。

「別射！他是太學生劉秀！他在救人，他不是刺客！」鄧禹在背後看得仔細，立刻扯開嗓子高呼。

「文叔小心，小心冷箭！」鄧奉、朱祐、嚴光等人，也齊聲提醒。

更多的羽箭凌空飛至，恨不得立刻將劉秀射成篩子。背對著禁軍將士的劉秀，卻好像後腦勺長了眼睛般，身體迅速左右搖晃，讓開大部分羽箭。緊跟著單手將陰麗華從地上拉起，護於左臂之下。右手拎著扁擔迅速轉身，凌空掃動，將最後幾支羽箭擊落於地。

所有動作，都發生在短短兩三個呼吸之間，普通人根本來不及做出太多反應。訓練有素的禁軍將士也來不及，或者沒心思分辨劉秀到底是不是刺客。看到他居然只受了一點兒皮外傷，並且腋下還護著一名美貌少女，頓時被刺激得勃然大怒。又紛紛彎弓搭箭，發誓要將他格殺當場。

「別射！他不是刺客！」

「他不是刺客！」

「他在救人！」

「他剛才替皇上擋過箭！」

鄧禹、鄧奉、嚴光、朱祐等人，急得兩眼冒火，爭先恐後扯開嗓子，大聲喊叫。

然而，禁軍將士哪裡肯信。寧可錯殺，也堅決不願放過劉秀。發現接連兩波攻擊，都未能射死「刺客」。很快，就將更多的角弓調轉過來，更多的狼牙羽箭瞄準他和陰麗華兩個。眼看著，劉秀和陰麗華二人，就要被射成一對同命鴛鴦。就在此時，御輦之內，終於傳出了一個低沉的聲音：「住手！一群廢物，都沒長著眼睛嗎？」

眾禁軍將士嚇得一哆嗦，趕緊輕輕鬆開弓弦。差一點兒就變成刺猬的劉秀如夢初醒，踉蹌了幾步，先放下扁擔，然後從腋下放出陰麗華，拉著她對正御輦，躬身下拜。「學生劉秀，多謝陛下救命之恩！」

「罷了！你先前做的事情，朕都看到了。朕還沒老，也不是瞎子。」御輦的門，被輕輕推開。一個臉色蒼白，身材高大的老者，緩緩走了出來。

腳步平穩，動作堅定，絲毫不在乎，周圍是否還有其他刺客出現。

「萬歲，萬歲，萬萬歲！」剎那間，御輦附近的甲士，齊齊單膝下拜，歡呼聲宛若山崩海嘯。距離御輦位置稍遠的其他侍衛，發現王莽毫髮未傷，瞬間就都有了主心骨。自人群中衝出一條血路，從四面八方殺向先前施放破甲錐的刺客們，將其殺得節節敗退，轉眼就被逼入了路旁的一座酒樓當中，再也無法脫身。

眾學子和百姓聽到了歡呼聲，心中的恐懼也瞬間減輕了大半兒。有人趁機繞過堵路的官兵，四散逃命。也有人回過頭來，或者躬身，或者屈膝，向大新朝皇帝施禮。

「免禮！」王莽鎮定地四下看了看，然後輕輕抬手，「全都免禮。順子，給朕拿一張綉墩下來！」

「是！」名叫順子的小宦官大聲答應著，雙手抱著一個綉墩快速跑出。目光迅速掃了掃，乖覺地將綉墩擺在了王莽身後。

「嗯！」王莽滿意地點了點頭，緩緩坐穩。彷彿一名統帥千軍萬馬的百戰名將般，鎮定自若。

執金吾嚴盛、驍騎都尉吳漢，還有其他負責保護皇帝安全的武將見狀，連忙跑上前來，用身體替王莽充當肉盾。王莽卻不耐煩地擺了擺手，冷笑著道：「爾等不去捉拿刺客，圍著朕作甚？讓開，別擋朕觀看勇士殺賊！」

「這……」嚴盛、吳漢等人又羞又懼，連忙齊齊躬身謝罪。王莽卻又擺了下手，繼續大聲說道：「有什麼罪，刺客要謀害朕，又不會事先告知爾等。既然朕毫髮無傷，爾等就沒有任何罪過。趕緊去捉拿刺客，朕在車裡悶了，出來透口氣。待爾等清理完了刺客，咱們立刻就走！」

短短幾句話，既安撫了將士們忐忑的心臟，又鼓舞了大夥的士氣。把個嚴盛、吳漢等人聽得，渾身熱血沸騰。不顧甲冑笨重，單膝跪地，先給王莽行了個大禮。然後轉頭衝向刺客們據守的路邊酒樓。

其餘侍衛和驍騎營將士，也一個個像吃多了五行散一般，奮不顧身地向樓上猛撲。偶爾有冷箭朝王莽射來，沒等飛到近前，就被甲士們用盾牌、兵器甚至胸口死死攔住。

不多時，刺客們被擒的擒，殺的殺，全軍覆沒。武將和文臣們，爭先恐後跑到御輦前告罪。王莽這才冷笑著站起身，一邊掉頭向御輦內走，一邊大聲說道：「區區幾個刺客，就想壞了朕的大業，真是白日做夢！司馬，此事交給你去查，無論刺客跟誰有過瓜葛，都給我一查到底。」

「末將遵命！」大司馬嚴尤上前半步，答應著俯身。花白的鬍鬚，被朔風吹得飄飄起舞。

「司空，你帶人去撫恤百姓。今日凡是被誤傷者，無論是傷於刺客之手，還是傷於朕的侍衛之手，一概按將士們在沙場上傷亡為例，從優從厚！」王莽又想了想，繼續大聲補充。

大司空王邑也躬身領命，然後帶領屬下，迅速去清點百姓的傷亡情況。同時將王莽陛下剛才的旨意，大聲宣告。周圍還沒有來得及逃走的百姓們聽了，頓時覺得皇恩浩蕩，又紛紛跪倒在地，對著御輦三叩九拜！

緊跟著，王莽又命令麾下官員帶領太醫，為受傷的將士治療。隨後又責令長安縣的地方官，對路邊受損的房屋店鋪，酌情補償。同時還交代有司，年底之前，給長安城內每家每戶，下發銅錢一千壓驚。林林總總，事無巨細，直到把能想起來的所有問題都當場解決完畢，才又邁動腳步，緩緩踏入御輦之內。

門緩緩關閉，將御輦內外，再度隔絕成兩個世界。

絲竹之聲又起，青煙再次圍著宮殿般的御輦縈繞。挽馬在御手的招呼下，再度邁動腳步，拖著煙霧中的宮殿，緩緩移動。

「劉祭酒，剛才那個曾經替朕擋箭，又奮不顧身救人的少年才俊，你明天帶他到宮裡來見朕。朕要親自酬謝他的功勞。」在馬車剛剛開始加速的剎那，王莽的聲音忽然又透窗而出，不高，卻讓周圍所有人聽了個清清楚楚。

「微臣，遵旨！」正在為學生們今天的表現而忐忑不安的祭酒劉歆（秀），頓時喜出望外。追著御輦跑了數步，躬身施禮，「謝陛下隆恩！謝陛下隆恩！」

「謝陛下隆恩！」揚雄、王修、陰方，還有其他一干有職位在身的太學夫子們，也又驚又喜，紛紛對著馬車的背影長揖而拜。

雖然皇帝準備嘉獎的，只是劉秀一個人，但榮耀卻無疑屬整座太學。而皇帝陛下在最後一刻，公開表明要給予某個太學生嘉獎，也意味著他不打算再追究太學師生們護駕不力，危急關頭爭相逃命的「罪責」。如此，今天帶領太學生們沿街恭迎聖駕的幾個主事人，包括祭酒劉歆（秀）、副祭酒揚雄，還有五經博士王修，就都功過相抵，再也不用擔心皇帝秋後算帳。

這樣算來，劉秀先前的英勇表現，等於幫了一大堆人的忙。因此，不待馬車走得更遠，劉歆（秀）就帶領著陰方、王修等夫子調轉身形，分開人群，將被同學們圍在馬路中央道賀的劉秀叫到了一邊，大加讚賞。

而劉秀，到此刻還有點兒不相信自己已經進入了皇帝的慧眼，竟有點兒神不守舍。直到一眾師長們輪番將誇讚的話說了個遍，才楞楞地眨了眨眼睛，非常僵硬地回應道：「祭酒，各位恩師，學生能有今日，都，都是各位的功勞。學生，學生，學生見了陛下該如何行事，還，還請各位恩師不吝指點！」

「唉，這話從何說來。若論栽培之恩，當然首推你的師傅許夫子！」祭酒劉歆（秀），今天是怎麼看劉秀怎麼順眼，客客氣氣地攙扶住了他的胳膊，大聲表態。「不過，既然許博士臥病在床，明天該如何拜見聖上，老夫就只能越俎代庖了。一會兒回到太學，你先去用了飯，然後到誠意堂找老夫。老夫慢慢跟你細說。」

「皇上對於你今天的表現甚為讚賞，你明天只要不胡亂說話，應該不會有任何麻煩。」揚雄幾乎是親眼目睹劉秀從一個懵懂外鄉少年，成長為太學翹楚的，此刻心中甚感欣慰，也緊跟著劉歆（秀），笑著補充。

朱祐的師傅劉龔向來喜歡扶植後輩，見劉秀聽了兩位祭酒的話之後，依舊滿臉忐忑。便笑了笑，低聲點撥，「聖上日理萬機，說是要當面酬功，也不會拉著你沒完沒了地問話，更不會考校你的學識如何。所以，你大可不必緊張。記得多聽少說，別不懂裝懂就行了。以聖上的仁德，即便你言談舉止偶有失當，他也不會深究。」

「多謝，多謝祭酒，師伯，還有夫子！」聽他說得肯定，劉秀的心臟，終於不再跳得那麼劇烈了。想了想，再次認認真真地朝三人行禮。

劉歆（秀）、劉龔都朝他微笑點頭，副祭酒揚雄，則繼續笑著叮囑，「別急著回太學，時候還早。你先抽空去你師傅家一趟，讓他也高興高興。說不定他一開心，身體就會好起來！」

「是！」劉秀的眼睛裡，立刻就有了光彩，迫不及待地向眾人行了禮，轉身便走。臨行之前，又忽然想起了陰麗華，趕緊將頭轉向後者，柔聲叮囑：「陰夫子在，我，我就不送妳回家了。妳自己，自己保重。」

「三，三哥，多謝，多謝你又救了我一次！」陰麗華頓時羞紅了臉，客客氣氣地蹲身致謝，好像平素跟劉秀沒有太多往來一般。

朱祐等人見狀，立刻促狹地大聲狂笑。根本不在乎陰麗華的叔叔陰方，此刻就站立在旁。而太學博士陰方，今天也難得沒有為劉秀和陰麗華兩人走得太近而惱怒。反倒主動追上前來，笑著說道：「文叔，你跟子陵情同手足，當初還救過家兄全家的性命，按道理，老夫早就該對你另眼相看。但古語云，天欲降大任於斯人，必先苦其心志，勞其筋骨。你身為許博士的關門弟子，原本起點就比尋常學子高了許多。老夫真的不敢再對你多加照顧，讓你心生驕縱之意。」

沒想到忘恩負義這種事情，在陰方嘴裡，居然能說得如此冠冕堂皇。劉秀頓時有些無法相信自己的耳朵。但是，畢竟，此人是陰麗華的叔叔，他不能讓此人過於難堪。猶豫了一下，強笑著拱手：「弟子明白，多謝，多謝夫子用心良苦。」

「你明白就好。」陰方的臉，立刻笑成了一朵喇叭花。踮起腳尖，用手輕輕拍了下劉秀的肩膀，繼續語重心長地補充：「當初你年紀小，老夫即便欣賞你的才華，也不敢讓你分心，自己壞了前程。如今你已經年滿十八，下一個秋天就可卒業。平素不妨到老夫家裡，多多走動。咱們都是南陽人，彼此也算知根知柢！醜奴兒的父親，也曾經說過，她的將來，全憑老夫做主。」

這，簡直就是要當眾表明態度拉劉秀做陰家的女婿了。登時，把個陰麗華羞得雙手掩面，飛快地逃向了自己馬車。而劉秀，也臉紅得幾乎要滴出血來，趕緊後退了幾步，脫離陰方的掌控，同時快速回應：「家師，家師臥病在床，學生得去給他餵藥。將來的事情，家師病好之後，會替學生做主。夫子，祭酒，請允許學生先走一步。」

說罷，也不敢再多停留，掉過頭，逃一般走出了人群。

匆匆忙忙趕到許子威家，聽了老師的一番叮囑，又匆匆忙忙返回太學向祭酒劉歆（秀）求教，直到傍晚時分，劉秀才終於有機會躲在寢館裡鬆了一口氣。

然而，還沒等他把氣兒喘勻，屋門就又被人推了個四敞大開。鄧奉、朱祐、嚴光、鄧禹、沈定、牛同等一大堆熟人，帶著渾身的冷氣衝了進來。

「怎麼樣，許夫子怎麼說？」

「劉祭酒呢，告訴你穿什麼衣服，見了皇帝需要不需要三叩九拜沒有？」

「劉文叔，你膽子真大，上午在陛下面前，居然還能說得出話！」

「救駕吶！皇上說，你用棍子擋箭的舉動，都被他看到了。這回，你可真的要平步青雲了！」

「肯定平步青雲了，不知道會封你多大的官兒！」

「至少六品起吧，我中午時特地跑回家裡跟父親問了。他說皇上向來賞罰分明……」

……

「不會吧？諸位，你們平素的養氣功夫都哪裡去了？」劉秀被眾人吵得頭大如斗，站起身，苦笑著搖頭，「御輦那麼結實，即便我不出手，羽箭也傷不到皇上。」

「關鍵是你出手了，而別人當時都嚇得不知所措！」朱祐搖搖頭，大聲反駁，「這事往簡單了說，就是你眼力、見識和膽氣，都遠超常人。往複雜了說，就是忠字當頭，為了保護皇上不惜犧牲性命。皇上如果給你封官封得小了，豈不是說他自己的性命……」

「胡說！」實在受不了朱祐滿嘴跑舌頭，劉秀趕緊去關上了屋門，大聲打斷，「你別胡亂猜測，小心禍從口出。我只是當時站的那個位置，距離御輦較近而已！看到羽箭射了過來，根本來不及多想。換了你們當中任何一個，恐怕也會做得跟我一模一樣！」

「可我們沒有你運氣好啊！」朱祐絲毫不掩飾自己的羨慕，繼續誇張的大叫，「運氣也是實力的一部分。這人比人，肯定得氣死。唉，大夥一道被王修老賊坑，只有你因禍得福，反而得到了陛下的青睞。當年大夥一道遇見三姐，也是你，被她一下子就記在了心裡。還有，還有陰麗華，當初救她，咱們大夥可是都拚了命，唯獨你……」

如今的他，早就不是當初那個青葱少年。對馬三娘的情愫，也早就傾慕變成了單純的友誼。所以不在乎拿這件事來自嘲。而周圍眾人，也早知道馬三娘眼裡只有劉秀一個，於是乎，紛紛搖著頭大笑：「還別說，真是這樣。誰的運氣都跟文叔沒法比。就像老天爺的親兒子一樣，即便是壞事都能變成好事！」

「是啊，老天爺偏心眼兒。不過，運氣太好了也麻煩。」朱祐終於成功贏得了大夥的支持，繼續搖著頭大聲感慨，「我看陰博士那意思，明顯是想把侄女嫁給文叔。而三姐呢，又是許夫子的義女。文叔你將來娶了陰麗華，就跟許夫子沒法交代。娶了三姐，就會讓陰博士懷恨在心。唉，真是左右為難吶——！」

「啊，哈哈哈哈……」眾人被朱祐滿臉愁苦的模樣，逗得哄堂大笑。看向劉秀的目光裡，卻沒半點兒嫉妒。

他們此刻都年輕，沒經歷過官場傾軋，也沒品嘗過權利滋味。因此，每個人的心臟和眼睛都很乾淨。每個人都能為朋友的高興而高興，為朋友的悲傷而悲傷。

正笑鬧間，門外忽然傳來了幾聲輕輕的咳嗽。隨即，屋門就被人輕輕叩響。

「誰？」劉秀迅速朝四下看了看，發現平素走得近的同學基本上全都在屋子內，立刻警惕地大聲詢問。

「管他是誰，你現在已經入了陛下的眼睛，誰還敢來找你麻煩！要麼是來賀喜的，要麼是來錦上添花的！」鄧奉笑著搖了搖頭，走過去，用力拉開屋門，「請！王，王夫子……您有事？」

後半句話，語調極速轉冷，明顯是不打算讓來訪者入內。而冒昧來訪的王修，卻一改平素張牙舞爪模樣，笑了笑，非常客氣地說道：「怎麼，這麼快就不想認我這個老師了？劉文叔呢，明早他就要入宮見駕，我這個當老師的，有些注意事項，得提醒他。」

「這……」聽王修直接把來訪的目的，跟拜見皇帝聯繫在了一起。鄧奉只好苦笑著讓出一條縫隙，請對方入內。「文叔正準備休息，我們也正打算離開。畢竟天色已經很晚了，萬一他過度勞累，大夥怕他明天早晨會君前失儀。」

「嗯，你們幾個想得仔細，他今晚的確得早點休息。」王修裝作聽不懂鄧奉話語裡的驅趕之意，邁動雙腿，硬擠進屋子。

劉秀的寢室原本就很不大，忽然間又多出來一個「陌生」人，頓時更顯狹窄。而王修，卻絲毫不在乎屋子內臭靴子味道重，板起面孔，沉聲說道：「子曰：滿招損，謙受益。文叔你雖然立下了大功，但且不可自滿。須知朝堂不比太學。太學裡，無論是誰，進了大門，就都算師兄弟，所以即便彼此之間有什麼爭執，也是同門師兄弟間互不服氣而已。外面的人通常都不會插手。而陛下，也一直認為這種競爭，會讓人奮發上進，不會怪爾等蔑視皇家。」

這，倒基本上都是大實話。

三年來，劉秀非但在太學裡見過王固、王恒等皇族旁枝，就連王莽的親孫兒，也見到過好幾個。每次大夥面對面走過，也只需要點下頭，叫聲師兄而已。從來不需要像外邊的人一樣，對皇孫行什麼叩拜大禮。

而考試和切磋之時，大夥兒也難免會跟皇孫同時下場。照樣是該怎麼做怎麼做，從來不需要考慮將皇孫駁得啞口無言，會不會犯下不敬之罪。

由此可見，太學，肯定是長安城，乃至整個大新國最特殊的地方。在皇帝王莽的有意照顧甚至放縱下，這裡的規矩，跟外邊任何地方都不一樣。同理，太學裡的做事方式，拿到外邊，大多數情況下也行不通。如果不及早調整準備，繼續按照平素養成的習慣去做，難免就會遭受挫折，或者吃個大虧。

「多謝夫子提醒。」難得沒被王修刻意打壓，劉秀一時間真的很不適應。皺著眉頭思索了好一陣兒，才笑著拱手。

「你知道就好了。」王修努力做出一副慈祥模樣，八字眉抖動，三角眼眨巴個不停，「為師平素對你稍微嚴格了些，其實也是為了你好。怕你在太學裡頭過於驕縱，將來走上仕途，不被上司和同僚所容……」

「夫子用心良苦，學生銘刻五內。」劉秀肚子裡頓時一陣翻滾，強壓著嘔吐的欲望，再度拱手道謝。

「不必，你明白老夫並非心存惡意就好。」王修滿意地擺擺手，繼續大聲強調，好像他真的從來沒坑害過任何人一般，「就像這次，若非老夫指派你等維持秩序，你哪裡有機會立下如此大功。古語云，錐處穎中，才能脫穎而出。文叔你呢，就是那個錐。而老夫不斷給你創造機會，就是希望你早處穎中……」

「咳，咳，咳……」朱祐一口冷水沒喝順，差點兒把自己嗆死。雙手扶著桌案，大咳特咳。嚴光、鄧奉、沈定等人，也再一次被王修的無恥而驚得目瞪口呆。楞楞地望著此人，恨不得當場將其肚子剖開，看看裡邊到底長得是什麼狼心狗肺。

只有劉秀，雖然被王修給噁心得肚子裡頭翻江倒海，表面上，卻依舊保持著最基本的禮貌，「夫子所言極是，弟子，弟子拜謝！時候已經不早了，弟子需要養精蓄銳，不知道夫子您……」

「沒事了，沒事了！」王修一邊擺手，一邊緩緩後退，「我只是不放心你，所以特地過來叮囑一番。你明天見了皇上，千萬，千萬別忘記了替，替太學的幾位鴻儒，感謝陛下的知遇扶植之恩。陛下仁厚，見你飲水思源，定會聖心大悅。你切記，哎呀，我的娘！」

說話時心思轉得太快，沒留神腳下。他不小心踩到了一隻靴子，摔了個四腳朝天！

「哈，哈，王，王夫子您小心！」眾學子費了好大力氣，才強忍著沒有哄堂大笑。但是在肚子裡，卻對王修愈發的鄙夷。

然而鄙夷歸鄙夷，大夥心裡卻非常明白，王修所做所為，放到太學外邊，恐怕再正常不過！常言道，雪中送炭者少，錦上添花者多。今天皇帝那句「朕要親自酬謝他的功勞」，已經等同於當眾宣布，劉秀飛黃騰達在即。有心人若此刻不來拉關係，套近乎，更待何時？

果然，不出大家夥兒所料。王修前腳剛走，後腳，便又有另外兩個平素指點過劉秀學問，但遠遠稱不上盡心的「公車」，聯袂前來拜訪。話裡話外，不住地提醒劉秀，「苟富貴，勿相忘」。劉秀無法當面拒絕，只能連連點頭。直到把脖子都點痠了，這二人才心滿意足地告辭而去。隨即，第三波和第四波客人就不請自來。

於是乎，當晚劉秀的寢館，竟比過年時還熱鬧了十倍。足足折騰到了後半夜，才不再有「貴客」登門。他被累得筋疲力盡，草草洗漱了一下，立刻進入夢鄉。第二天早晨起來，兩隻眼眶都黑了大半圈兒。

帶著他同車前往皇宮的太學祭酒劉歆（秀）見狀，少不得又嘮叨了一路。等師徒兩個來到皇宮門口，負責通傳的宦官看到劉秀精神委靡，也立刻皺起了眉頭。好在召見劉秀師徒的安排，乃是皇帝王莽昨日親口所定。上上下下無人敢節外生枝，才避免了有人趁機借題發揮。

饒是如此，等輪到劉歆（秀）和劉秀師徒倆覲見的時候，也到了差不多正午。曾經在誠意堂內替皇帝頒發獎賞的歐陽公公，親自將劉歆（秀）和劉秀師徒兩個，帶進了未央宮。然後又在青磚鋪就的甬道裡，走了足足有一刻鐘之久，才來到了宮內的一座小門兒前，將二人又交給了另外一名姓胡的年輕宦官。

「怎麼好像沒睡醒一般？難道太學裡，沒有教你面聖之前要養足精神嗎？」胡姓太監雖然年紀不大，脾氣卻不小。看劉秀精神委靡，面色灰敗，立刻皺起眉頭大聲呵斥。

「中涓有所不知，此子昨天聽聞陛下要召見，立刻惶恐難安。從中午一直到下半夜，都在反覆練習面君時的禮儀。故而，故而，精神難免有些不足！」唯恐劉秀反應慢說錯話，祭酒劉歆（秀）搶先一步，笑著回答。同時用手悄悄地推了一下劉秀的後背，示意他主動向胡姓太監行禮。

劉秀向來分得清楚人心善惡，立刻躬身下去，長揖及地：「啟稟中涓，學生，學生昨天高興過了頭。所以，所以一宿都沒睡著。失禮之處，還請您老幫忙在聖上面前陳說一二。」

「順子，此子在太學裡連續三年大考，都未出前十。只是見識少了些，乍蒙陛下垂青，方寸大亂。」歐陽中官早就得到了劉歆（秀）的好處，也笑呵呵地在旁邊幫忙分辯。

胡姓宦官是何等機靈的一個人，見太學祭酒劉歆（秀）和自家同僚都主動替年輕人開脫，立刻就換了一副面孔，笑著點頭：「哦，原來是高興得一宿都沒睡著覺！不奇怪，一點兒都不奇怪。不止是他一個，很多地方官員來長安面聖，也經常惶恐得徹夜難眠。來吧，跟上咱家。你們師徒兩個走快些，不要東張西望。」

「多謝中涓！」劉歆（秀）和劉秀師徒齊聲道謝，邁開小碎步，緊緊跟在了胡姓宦官身後。

劉歆（秀）出身顯貴之家，其本人在前朝成帝時，就曾經多次受到過召見，對皇宮內部一點兒都不陌生。因此，無論是走到什麼地方，都泰然自若。而劉秀，卻是個不折不扣地百姓的孩子，在來長安求學之前，連縣衙裡邊什麼樣都沒看過，更何況是皇宮？因此，走著走著，就感覺到有一股雄渾之氣，穿透了自己的外袍，皮膚，再透過血肉骨骼直撲心臟。

這是他祖先曾經居住過的地方，裡邊的一磚一石，一草一木，隱約都帶著某種神聖的氣息。掠過屋檐的北風，和冰面下的流水，似乎也在發出暗啞的呼喚。呼喚著深藏於他靈魂深處的驕傲，還有深藏血脈深處的尊嚴。

「咯咯咯，咯咯咯，咯咯咯……」不知不覺間，劉秀的上下牙齒就開始相撞。心臟狂跳，手臂和大腿上的肌肉，也開始不停地顫抖。

有了先前那段說辭做鋪墊，胡姓宦官還以為他是人小膽怯，立刻故意放緩了腳步，笑著朝他點頭。劉秀禮貌地拱手道謝，心裡卻清楚地知道，自己不是因為緊張而顫慄，更不是因為害怕。而是因為某種說不清楚，也不能宣之於口的理由。

長安原本是秦朝一個鄉，大漢高祖五年，丞相蕭何奉命，在一片廢墟之上築城。大漢高祖七年，造未央宮。同年大漢國都，由櫟陽遷移至此。高祖曾經親歷秦末戰亂，因此給借用長安鄉的名字，將都城也取名為長安。寓意，長治久安。

隨後，大漢文帝，大漢景帝，大漢武帝，都多次增築城牆和皇宮。前後經歷了近百年時間，才將長安城和大漢皇宮，打造成了現在的規模。

景帝的第六子，受封長沙王。隨後依照推恩令，長沙王的兒孫不斷被消減爵位，到了第四世，只能做個縣令。第五世，就是劉秀和他的兩個哥哥，都變成了普通人。

這些，都是記載於家譜之中，劉秀從小就耳熟能詳其內容。平時沒人刻意去提醒，他自己也不會專門兒去想，所以引發不了任何心緒波動。而現在，家譜上所記載了祖居，就在眼前。祖輩們曾經的榮耀，也在身側徐徐而過。作為一個剛剛年滿十八歲的青蔥少年，他，怎麼可能依舊無動於衷？

「文叔，為師記得，你的兩個哥哥都務農為業吧？他們家書中可曾說起，南陽那邊，今秋收成如何？」隱約感覺到劉秀呼吸越來越重，祭酒劉歆（秀）忽然笑了笑，彷彿很不經意地問道。

「還，還好！今年收成不錯，因為弟子在太學就讀，縣裡還免了家中部分賦稅。」劉秀心中一寒，瞬間眼神就恢復了清明。

祖先們曾經的榮耀，早已成為了過去。如今，這座皇宮屬大新。而自己，正走在前去接受大新皇帝召見的路上。如果應對得當，也許今天就能被賜予官職，從此家族不必受稅吏欺凌逼迫之苦。如果自己還念念不忘祖先的榮耀，念念不忘天下的歸屬，不但本人不可能活著走出皇宮，遠在舂陵的家族，也必定受到牽連！

想到這兒，劉秀忍不住扭過頭，向祭酒劉歆投去感激地一瞥。祭酒劉歆，卻好像僅僅是為了緩和他的緊張情緒一樣，笑了笑，繼續漫不經心地說道：「還能免掉部分賦稅嗎？那等會兒你見了陛下，應該當面道謝才是。說實話，也就是本朝，才會對教化如此重視。你能從南陽來長安就讀，也多虧了陛下！」

「學生明白，學生不敢忘記陛下鴻恩！」劉秀感激地點了點頭，回答得格外大聲。

劉歆（秀）最喜歡的，就是他這種機靈勁兒。於是乎，又笑呵呵地談起了當初太學大興土木之時，皇帝是如何地認真，如何數度頒下聖旨，勒令有司全力配合。要錢給錢，要人出人，絕不准許任何官員剋扣分毫……

劉秀認認真真地聽著，偶爾說幾句感慨或者感謝的話。又在不知不覺間，心情徹底恢復了平靜。而就在此時，胡姓宦官也停下了腳步，弓著身子，對站在不遠處一座殿堂門口的某個宦官說道：「趙左監，請啟奏陛下，劉祭酒帶著陛下昨天點了名的那個學子，前來覲見！」

「等著！」職位為左監門的趙姓宦官丟下冰冷的兩個字，轉身入內。片刻後，又板著一張棺材臉走了出來，「劉祭酒，陛下召你入內問話。和你同名的那個學生，暫且在外邊等待。」

「怎麼是單獨召見？」祭酒劉歆（秀）暗暗吃了一驚，卻不敢提出任何異議。先躬下身，朝著屋門端端正正地行禮，口稱：「臣劉秀，謹遵聖命！」然後提起袍子角，小跑著進入屋內。

「皇上事先派人調查我的底細！」目送著劉歆（秀）的身影被黑洞洞的屋門吞沒，劉秀剛才平復下去的心情，再度變得緊張。「他已經知道我叫劉秀，恰恰跟祭酒同名。那他記不記得，去年賜給我青銅尺子的事情？他知道不知道，我曾經不止一次，當眾打了王固和王恒等人的臉。」

「呼——」一陣北風捲著殘雪，從房頂橫掃而過。紛紛揚揚的雪沫子，灑了劉秀滿頭滿臉。刺骨的寒意，瞬間又將他的身體穿了個通透。劉秀卻沒有心思去擦脖子裡的雪，而是悄悄地又握緊了拳頭。

那把青銅尺子，他反覆研究過多次，平心而論，構思絕對堪稱巧妙，做工也極為精良。然而，對一個終日埋頭苦讀的書生來說，此物卻沒半點兒用途。

那皇上當日賜下此物是什麼意思？筆、墨、書、硯，都是讀書人必需，而尺子又算什麼？

與前面四者，為何絲毫都搭不上邊兒？

「皇上也許想通過那把尺子，驗證某件事情。也許當日劉某回答不出來此物的用途，反而是件幸事。」在內心深處，劉秀多次推演王莽的意圖，每一次得出來結論，都能讓他忐忑難安。

「如果一會陛下又問起我尺子的用途……」用力咬著下唇，他不停地給自己出謀劃策。「我就，我就說，學生愚鈍…… 不行，那反倒顯得太假了，哪有經過一年時間，還弄不清楚尺子用途的。我就說，學生，學生拿著此物，專程找了匠戶請教。匠戶們群策群力，終於……」

「陛下有旨，宣太學生劉秀覲見——！」一個高亢的長音，忽然鑽進了他的耳朵。

激靈靈打了個哆嗦，劉秀收起紛亂的思緒。學著先前祭酒劉歆（秀）的模樣，先朝著黑洞的屋門行禮，口稱：「學生劉秀，謹遵聖命！」然後，小步急趨入內。在門口處，恰恰與告退出門的太學祭酒劉歆（秀）擦肩而過。

「小心！」在二人身影交替的瞬間，劉歆（秀）的嘴唇動了動，卻沒有發出任何聲音。

劉秀原本就已經緊繃著的神經，頓時又多繃緊了三分。用眼神道了一聲謝，旋即低下頭，將雙手縮進衣袖，同時儘量讓自己的肢體顯得不太僵硬。

因為是寒冬臘月的緣故，御書房沒有開窗。由水晶和蚌殼磨成的窗葉，將寒風牢牢地擋在了屋子外，同時，也擋住了大部分陽光。

這使得屋子內的照明非常差，即便是在大中午，許多侍衛的面孔，也模糊不清，彷彿是一群土偶木梗。而從銅鶴嘴裡噴出來的渺渺青煙，則於昏暗之外，給屋子內又平添了幾分神秘。令每一個初來乍到者，都感覺自己不似行走在人間。

唯一明亮處，便是皇帝的御案附近。九盞水晶琉璃燈，將御案、胡床、奏摺，以及胡床後綉在黃絹上的九州輿圖，照得毫末畢現。而坐在胡床上，埋首批閱奏摺的聖明天子王莽，則與堂下的侍衛們，形成了鮮明的對比。彷彿一座高高在上的神邸，正在用自身發出光芒，澤被周圍璀璨星辰。

「來者何方人士，還不上前拜見聖人！」還沒等劉秀的眼睛適應御書房內的明暗落差，已經有宦官扯開嗓子，開始大聲唱禮。

「南陽學子劉秀，叩見聖皇，祝聖皇龍體安康，澤被蒼生！」劉秀心裡又激靈靈打了個哆嗦，趕緊按照昨天劉歆（秀）和許子威兩個人的預先指點，大聲問候。隨即跪倒在特定的軟墊子上，恭恭敬敬地向王莽叩首。

「免禮，你起來說話，這裡是御書房，不是金鑾殿，用不到如此麻煩。」王莽迅速從小山一般的奏摺上抬起頭，向下看了看，低聲吩咐。

「學生……」劉秀頓時就是一楞，雙目迅速向唱禮的太監臉上觀望，希望能從對方那裡得到一些暗示。然而，後者卻果斷又變成了土偶木梗，嘴唇緊閉，兩眼空洞，僵硬的面孔上，也不帶任何人間溫情。

這可跟昨天下午劉祭酒和許夫子兩個預先指點的情況，大相逕庭。按照昨天的準備，此刻宦官應該繼續唱禮，劉秀則拜足了三次，才能表達出對帝王的尊敬。而第一輪叩拜剛剛結束，唱禮聲卻戛然而止。接下來讓劉秀該怎麼辦？

繼續拜下去，算不算抗命？立刻站起來，算不算失禮？忽然間，少年人發現自己已經走到了懸崖邊上，無論向前還是向後，都有可能一腳踏入萬丈深淵！

「朕叫你起來，你就儘管起來。」王莽的聲音從頭頂上緩緩下落，彷彿帶著無窮的魔力。

「你們，不要戲弄他。他只是個學生而已，承受不了太多驚嚇。」

「奴婢遵命！」

「臣等遵命！」

書房內，迅速響起來一片低低的回應聲。剎那間，所有「土偶木梗」的面孔，都生動了起來。或者含笑，或者好奇，還有幾張面孔，則露出了明顯的鼓勵之色。負責唱禮的太監，則微微俯下了身，對著劉秀，柔聲提醒：「劉秀，還楞著做什麼，還不趕緊向聖上謝恩？」

「謝陛下！」劉秀已經快跳出嗓子眼兒的心臟，迅速回落。立刻又恭恭敬敬對著王莽叩了下首，起身肅立。

「你是南陽人，據朕所知，南陽那邊，像你這麼高個子的，可真不多！」王莽輕輕放下紫毫筆，笑了笑，緩緩開口。

這又是劉祭酒和許夫子兩個，誰都預先沒想到的話題。劉秀頓時再度被「打」了個猝不及防。然而，畢竟是太學裡頭一等一的年輕才俊，他很快就做出了決定，先拱手向王莽行了常禮，隨即實話實說，「學生，學生原本長得也不高，最近三年來在太學裡吃得飽，又日日練武，所以，所以身材向上竄了一大截。」

「哦，這麼說，還是朕的功勞了？」王莽也沒想到，眼前的太學生居然如此坦誠，楞了楞，眼睛裡迅速湧起一抹笑意。

「是，陛下。學生昨晚入睡之前，是受了許多人的囑托，請學生今日一定要當面向陛下致謝！」劉秀點點頭，繼續「實話實說」。

昨晚和今早，的確有好幾波人托他向王莽當面致謝。可那些人的目的，是想通過他的口，來讓自己的名字送入皇帝的耳朵，絕不是單純地想對王莽極力扶持太學的行為表示感激。

不過，將這些人的心意換一種方式表達出來，效果卻好得出奇。還沒等劉秀的話音落下，王莽的臉上，也迅速綻放出來濃郁的笑意。「哦？還真有人記得朕的好處！朕還以為，太學裡都是些端起碗來吃飯，放下碗就罵娘的白眼兒狼呢！你且說說，有多少人托你向朕當面表達謝意，他們都怎麼說？」

還真有人直接問別人怎麼誇自己的？劉秀頓時第三次被弄得頭腦發懵。隨即，強壓下去心中的懷疑，認認真真地補充，「回，回聖上的話。主，主要是太學裡的師長，還，還有學生的幾位同窗！其他師長和同窗，估計心思也和他們一樣，但其他人跟學生不熟，不敢把如此重要的話託付學生轉達。」

「噢！」王莽輕輕點頭，臉上帶著幾分意猶未盡。

「老師們看得遠，主要是想感謝陛下，大興教化，澤被萬世。同窗們就想得比較簡單了，都覺得要不是陛下全力支持太學，很多人根本沒機會到長安讀書。」劉秀敏銳地察覺到了對方的期待，斟酌了一下言辭，大聲補充。

他雖然對王莽即位以來的許多政令，心中都頗有微詞。但對此人大興太學的舉動，卻極為讚賞。如果不是由於太學一再擴招，身為小老百姓的孩子，他和朱祐、嚴光等人，根本沒資格入學讀書，更沒資格拜在當世大儒門下。而太學裡的伙食雖然很差，卻可以敞開肚皮吃到飽，也讓以前每頓飯都半乾半稀的他，深刻地感覺到了半夜不被餓醒的幸福。

以親身體驗得出來的結論最為真實，不加誇張修飾的言語，也最能打動人。聽了劉秀的話，王莽眼睛裡的笑意更濃。點點頭，帶著幾分自得說道：「澤被萬世就算了，能澤被三世，朕就心滿意足。太學裡的老師是想討好朕，才故意說得如此誇張。倒是你的那些同窗，心思還都單純得很，知道飲水思源。」

「學生不敢妄自揣摩師長的本意，但他們對陛下的感激，卻是貨真價實。」劉秀想了想，低聲回應。

感謝的話，是王修等人說的。他答應將話帶給皇上，他已經做到。至於王修等人心裡當時怎麼想，懷著什麼目的，他就不用推測了。王修等人的名字，既然皇上沒問，他當然也不能硬說給對方聽。

「嗯，你很知進退。」見劉秀對答如流，且不像尋常官吏那樣在自己面前戰戰兢兢，王莽心中很是滿意。先誇讚了他一句，然後又微笑著問道：「你是許大夫的弟子？他最近身體如何？」

這個問題，倒是沒脫離許子威事先的預測範圍。劉秀心裡立刻就踏實了許多，拱起手又給王莽施了個禮，恭恭敬敬地回答道：「回聖上的話，家師半年之前偶感風寒，身體一直時好時壞。但總體上說，目前還不妨事。聖上賜下的藥品和補養之物，家師也一直在持續服用。每次服藥，都會想起聖上的恩情。」

「這話，是許老怪教你的吧？他不罵朕就不錯了，怎麼可能感激朕的恩情。」王莽聞聽，立刻接過話頭，大聲質疑。

遇到這麼一個從來不按常理說話的人，劉秀除了紅著臉謝罪，不知道該如何應對。而王莽卻一下子就來了興致，撇撇嘴，繼續大聲說道：「你那師傅，什麼都好，就是生就了一副混帳脾氣。朕拿他當至交好友，他卻總是想學伯夷叔齊。要是他真的能采薇而食也罷，朕也認了。

就是怕他稀裡糊塗，反而做了別人手中之刀。然後，然後又死個稀裡糊塗。」

「這……」劉秀又被弄了個頭大如斗，楞楞半晌，才苦笑著回應，「學生不敢虛言相欺，家師，家師的確在學生面前，多次提起陛下的恩德。」

「那是因為，他怕影響了你的前程。」王莽苦笑搖頭，然後長長嘆氣，「他如果真的還念朕的好處，就不會把話說的如此生分了。算了，這是朕跟他之間的事情，你不懂，也沒必要懂。你只需要明白，朕將你師傅留在長安，絕非心存忌憚，更沒任何惡意就是。」

「弟子知道，弟子謹遵聖命。」知道這是王莽的心病，劉秀不敢怠慢，立刻大聲回應。

「嗯，你知道就好！」王莽收起笑容，沉吟著點頭。「朕不會害他，但也不會任他由著性子胡鬧。換了別人，他已經不知道死多少回了。雖然他從來不感謝朕。」說罷，又忽然意識到自己如此說話，有點兒損害帝王之威。隨即，迅速板起臉，大聲補充：「就像這天下，不知道多少人恨不得朕立刻就死。朕不跟他們計較，也計較不過來。朕所做的事情，尋常凡夫俗子，又怎麼可能看懂？」

「凡夫俗子，看不懂，但知道挨餓受凍的滋味。」劉秀低著頭偷偷腹誹，臉上的表情卻畢恭畢敬。

「你剛才說，進入太學之後才吃飽飯。難道你從前在家之時，總是挨餓嗎？」王莽的心思，遠非常人所能揣摩。忽然又把話頭繞回了起點，揪住劉秀先前不小心留下的窟窿緊緊不放。

「這……」劉秀的額頭上，瞬間就湧出了幾滴汗珠。遲疑半晌，終於還是決定繼續實話實說，「聖上容稟，學生家裡人丁頗多，但土地卻只有百十來畝。風調雨順之年，自然衣食無憂。遇到乾旱、冰雹或者洪澇，就會餓肚子。而官府的稅吏，卻只管徵收稅賦，不問災年還是荒年。

所以，所以族中長輩，只能選擇細水長流。以期待能多存一些糧食，隨時支應官差。」

「可惡！」王莽用力一拍桌案，震得書簡亂滾，「朕，朕早就下過聖旨，荒年酌情減免稅賦。朕，朕的大新律裡，也寫得清清楚楚。來人，給朕去查，南陽的大尹是誰？替朕傳口諭給五司，立刻將其革職查辦！」注二十二

「是！」當值的太監答應一聲，轉身便走，不給任何人留勸阻的機會。

劉秀被王莽的果斷給嚇了一大跳，趕緊又拱起手，小心翼翼地補充：「啟稟陛下，大尹，大尹公務繁忙，恐怕未必管得了如此仔細。也許是……」

「朕不管是誰，既然大尹受命牧民一方，朕就拿他是問！」王莽狠狠瞪了他一眼，沒好氣地補充，「這怪不得你，朕去替洛陽百姓拜祭上天，居然災民不肯領情，反倒跟逆賊串通起來想要謀害朕。原來是有人不聽朕的旨意，在下面胡作非為。這種臣子，朕留他何用。晚革掉一天，就不知道多少百姓遭其所害。」

「學生，學生代南陽百姓，拜謝陛下！」劉秀無奈，只好拱手向王莽致謝，心中對因為自己一句話就丟了官職的南陽大尹，好生同情。

「你不用謝朕，是朕失察，養了一群害民之賊。」王莽用力搖頭，隨即又長長地嘆氣，「一群鼠目寸光的東西，朕給了他們如此高的俸祿，他們居然還不知道珍惜。既然如此，朕就讓他們把吃下去的，全都給朕吐出來！」

注二十二、五司，王莽改制，設司恭大夫、司徒大夫、司明大夫、司聰大夫、司中大夫。負責監察官吏。

劉秀見他餘怒未消，不敢再接茬。垂下頭，心中悄悄嘀咕：「看樣子，他倒是個心懷百姓的明君。按理說，不該弄出一大堆敲骨吸髓的政令來才對？怎麼說的和做的，完全都不一樣？今天聽我只是說了一句，稅賦不問災年荒年都照收不誤，他就革了南陽大尹的職。照這種尺度，天下各郡大尹，恐怕全都滿門抄斬，都沒有一個冤枉！」

正楞楞地想著，耳畔又傳來了王莽的聲音。很低沉，隱隱還帶著幾分孤寂，「一個個在朕面前，都忠肝義膽，憂國憂民。到了地方上，就如狼似虎。到頭來，百姓卻把他們做的惡事，全算在了朕的頭上。朕這個皇帝，當得也真無趣。」

劉秀不知道該怎麼回答，只能繼續低著頭三緘其口。

周圍的太監和侍衛們，也不敢火上澆油，一個個閉上嘴巴，再度做起了泥塑木雕。

御書房內的氣氛，立刻變得無比壓抑。窗外的寒風呼嘯聲，瞬間也變得大了起來。「嗚嗚嗚，嗚嗚嗚，嗚嗚嗚……」，彷彿無數孤魂野鬼在哀嚎。而御案旁邊的水晶琉璃燈，則亮得扎眼。燈罩內的燭火上下跳動，就像一顆顆正午的太陽。

在燭火照射下，王莽身背後的輿圖，反射出了一層層金光。金光與燭火相互疊加，又從背後將王莽的身體照得更亮，宛若一尊正在顯靈的神明。

低頭看了一眼緊張不安的劉秀和裝聾作啞的侍衛、太監，「神明」一般的王莽，再度緩緩開口：「朕之所以力行恢復古制，就是因為漢制過於粗疏。只可惜世人目光短淺，總是覺得朕多事，寧願守著千瘡百孔的漢制等死，也不願意跟朕一道鏟除積弊。」

「昔日商鞅變法，也阻力重重。但商君之後，秦國的實力，卻一躍成為六國之首。」劉秀被燈光晃得頭暈眼花，不敢再沉默下去，躬下身體，試探著安慰。

王莽好像瞬間就找到了知音，滿意地連連點頭。「嗯，你說得對，昔日商鞅變法，也一樣受到了百官質疑。商君有秦王支持，朕卻根本不需要秦王。」

「陛下聖明！」侍衛和太監們，再度全都活了過來，齊齊開口稱頌。

王莽的臉色，由失落迅速轉為喜悅，擺擺手，嘆息著道：「聖明不聖明，自然有後世史家評說。你們現在說，卻為時過早。來人，給劉文叔賜座，賜茶！」

「學生謝陛下厚恩。」劉秀被王莽瞬息萬變的態度，弄得渾身上下都不自在。趕緊跪倒於地，小心翼翼地叩首。

王莽卻笑了笑，非常和藹地說道：「你平身吧！心裡尊敬朕，不叩拜又怎樣？肚子裡恨不得朕立刻死，每天磕一百個頭也不見得絲毫忠誠。」

劉秀接不上話，訕笑著起身落坐。王莽端起太監們拿來的茶水，自己先抿了幾口。然後又示意劉秀也喝了幾口，最後，才放下茶盞，笑著道：「扯遠了，朕今天找你來，說好了是要當面謝你救命之恩的。」

「學生不敢！」劉秀連忙將茶盞放到了地上，起身拱手，「當時即便沒有學生擋那一下，羽箭也傷不到聖上分毫。學生不敢貪功，更不敢……」

「你擋了就是擋了，朕看到了，自然就得領情。」王莽非常大氣地揮了下手，鄭重強調，「朕由此，可以看到你的本心。」

「學生能入太學就讀，受聖恩甚多。」劉秀無奈，只好躬身補充。

「知恩圖報，你是個有良心的。」王莽很是欣賞他的單純，笑了笑，大聲補充，「也不枉了許大夫的多年教誨。朕聽說，你在太學，連續三年歲末大考，都未掉出過前十，可有此事？」

雖然話頭轉移得非常突兀，但是這個問題，劉秀卻預先有所準備。因此，略微在心中整理了一下措辭，便笑著回應：「學生是許夫子的親傳弟子，起點原本就比其他同學高，歲末試考得稍好一些，才是正常。況且劉祭酒、揚祭酒，平素也對學生指點頗多，學生不敢不努力，辜負了他們的栽培。」

「嗯，名師出高徒。這話著實不虛！」王莽對劉秀的態度和回答，都很滿意，點點頭，繼續笑著誇讚。「你追隨許大夫主修尚書，得了他幾分真傳？」

這個問題，也未出昨天的預習框架。劉秀笑了笑，快速給出答案：「學生所學，尚不及恩師一成。正應了那句話，夫子步亦步，夫子趨亦趨，夫子馳亦馳，夫子奔逸絕塵，而學生瞠若乎後矣！」

「你想做顏回？」王莽學識淵博，立刻就聽懂了劉秀所引用的典故，是顏回評論他自己跟孔子之間差距所言，眉頭跳了跳，笑呵呵地追問。

「學生不敢。學生只知道自己跟夫子之間的差距，絲毫不亞於顏聖之於孔聖！」劉秀也笑了笑，再度低聲自謙。

王莽被他的話逗得莞爾，隨即就起了考校學問的念頭。這個舉措，再度超出了劉秀預先的準備範圍。但後者連續三年埋頭在藏書樓裡苦讀，基礎打得絕對扎實。自身又反應機敏，見招拆招，將王莽所問的每個問題，都穩穩答了出來。

王莽開始還抱著試試看的心態，出的題目都非常簡單。不多時，他就被劉秀的學識所震驚，悄悄地增大了難度。然而，無論他將題目出得多難，只要不過於偏僻晦澀，劉秀總是能給他帶來驚喜。到最後，考校竟隱隱朝著探討方向發展，並且雙方在許多地方都不謀而合。

這下，耗費的時間可就久了。太監們連續添了四次茶湯，並且悄悄給劉秀使了七八次眼色，都未能成功將考校打斷。到最後，眼看著日暮將至，而皇帝陛下連哺食都沒顧上用。趙姓左監門只好硬著頭皮湊上前，小聲提醒：「聖上，外邊又送來三百斤奏摺，您看……」

「啊，這麼多！」王莽本能地抱怨了一句，隨即，意識到今天自己浪費了太多時間在一名尋常學子身上。站起身，笑著吩咐：「都給朕送到書房來，朕連夜批閱就是！劉文叔，你非但身手高明，學問的確也是一等一。朕的那幾個晚輩，輸給你，一點兒都不冤枉！」

「學生並非有意冒犯皇族，還請聖上，聖上寬恕學生失禮。」劉秀的思路，有點跟不上王莽的變化，楞了楞，訕訕地起身賠罪。

「什麼冒犯不冒犯的，他們自己讀書不用心，怪得了誰。」王莽正在心頭上，怎麼看劉秀，都怎麼順眼。於是乎，大度裡揮了一下胳膊，笑著強調，「甭說是朕的族孫，就是朕的親孫兒，進了太學，也得憑真本事出頭。否則，我王氏家族，豈不要一代不如一代？你做的好，朕的兒孫，就得如此磨礪，才會懂得天外有天。」

「謝陛下鴻恩！」劉秀心中頓時又鬆了一大口氣，對王莽的心胸，也佩服得五體投地，想了想，再度拱手行禮。

「不用謝，朕不會管太學裡邊的事情。但是出了太學之後，你可要好自為之。」王莽笑了笑，繼續輕輕擺手，「畢竟國有國法，家有家規。出來太學之後，朕的兒孫，便是朕的臉面，不能隨便被人羞辱。」

「是！學生謹遵教誨！」知道今天的考校，差不多該結束了。劉秀帶著幾分緊張與期待，躬身回應。

皇帝昨天當著數萬人的面兒，宣布要酬謝他的功勞。今天的御書房考校，劉秀自問應對得也算中規中矩。如此，按照蘇著和沈定等同學家人的推測，皇上給予的賞賜，應該不會太薄……

果然，不辜負他的一番期待，王莽想了想，忽然大聲說道：「你品學兼優，昨日又立下大功，朕理當厚賜於你，讓學子們以你為楷模，讓鄉里百姓也以你為榮耀。」

「學生不敢，是劉祭酒、揚祭酒和家師平素栽培之功。學生自己……」該說的謙虛話，必須得說。按照昨天的準備，劉秀再度躬下身體回應。

「他們是他們，你是你！朕當然不會忘記了他們。」王莽又欣慰地大笑，隨即，忽然很不經意地詢問道：「你既然姓劉，祖居南陽，父親還做過一任縣宰。莫非也是前朝宗室子弟？劉祭酒竟然與你同名同姓，也真是湊巧了。不知道你們兩個，是否出於同族？」

「呼——」狂風透窗，雖然未曾吹到人的身體上，卻令人感覺到徹骨的寒。

「皇上知道我是前朝宗室之後！」劉秀的身體僵在半躬狀態，雙腿發硬，手臂又痠又澀。「他既然知道我跟祭酒同名，又知道我的籍貫，還知道我父親曾經做過一任縣令，怎麼可能沒看過我的入學文檔？」

「那上面清楚地寫著，我是長沙王之後？因為推恩令，爵位代代遞減成為平民。他如果看到，為何還要有此一問？」

人在危急關頭，大腦轉得極快。短短半個呼吸時間，就已經有無數念頭，閃過少年人的腦海。自己是長沙定王之後，定王是大漢景帝的第六子，而景帝的父親是文帝劉恒，祖父則是大漢高祖劉邦。

至於另外一位劉秀，曾名劉歆。乃是大漢高祖同父異母兄弟，楚王劉交的後裔。雖然地位比南陽平民高了不知道多少倍，論血脈，二人卻是如假包換的同族。

漢人尊敬祖宗，只要沒窮到賣身為奴，其名字就在族譜上記錄得清清楚楚。皇帝如果有心查驗，只要隨便派一名心腹去對照一下，就能將祭酒劉歆（秀）和學子劉某之間的關係，調查得清清楚楚。

既然是很清楚的事情，他為何還要當面追問？他為何還要讓劉某親口再說一遍！

「劉秀，陛下在問你的話，你為何不回答？」趙姓左監門偷偷看了一眼王莽的臉色，啞著嗓子大聲催促。

「回，回聖上的話！」劉秀激靈靈又打了個冷戰，背上的寒毛，根根倒豎。「學生，學生沒打聽過祭酒的出身，所以，所以一時無法推算出跟他兩個算不算是同族。」

「不急，誰都不會把族譜帶在身上！」王莽忽然笑了起來，蒼老的面孔，在燈光的照耀下，顯得高貴而神秘。「他是大漢楚王的嫡傳後裔，不過年少時行事孟浪，已經被宗老從族譜上除名！後來幡然悔悟，才改名為劉秀。所以，他這一支若修族譜，只能從他自己而起。」

「這……」劉秀的心臟猛地一墜，瞬間就明白了王莽到底想要一個怎樣的答案。

「皇上不是隨口而問，他是有意為之。他先前的許多作為，也並非隨意而行。」

「包括他下旨將南陽大尹革職法辦，恐怕根本不是因為此人縱容小吏搜刮民脂民膏，而是因為他『昏庸糊塗』，居然將一個大漢高祖的嫡系子孫送入了太學。」

「如此，他忽然明知故問的緣由，就呼之欲出了！」

「他需要的根本不是事實，他是希望劉某人親口否認，自己跟前朝宗室沒任何關聯！」

「如此，他才能將劉某人放心大膽的提拔，就像他當初提拔劉歆！如此，才能一舉切斷劉某人與前朝的聯繫，成為他麾下可以依仗重用的鷹犬注二十三！」

「怎麼，你還沒算清楚嗎？」趙姓監門最擅長察言觀色，偷看到王莽臉上已經露出了一絲不耐煩，趕緊又啞著嗓子催促。

在他看來，眼前這個年輕人簡直傻得可笑！還太學生呢，呸，連這點小帳都算不清楚，書肯定都讀到狗肚子裡去了！陛下這是給你機會，讓你跟過去一刀兩斷。你的祖宗早就死去多年了，給不了你吃，給不了你穿，更給不了你榮華富貴。而只要陛下一句話，卻可以立刻讓你平步青雲。

「回，回陛下的話！」劉秀努力控制住自己的身體，讓自己顫抖得不那麼明顯。「學生，學生……」

當年哥哥花了巨大代價送自己來太學，是希望自己用功讀書，他日為官一方，光耀門楣。自己在藏書樓裡日夜苦讀，也是為了出人頭地，讓整個家族擺脫繼續下墜的態勢，重新回到富貴門牆。

如果自己實話實說，恐怕非但這次被皇帝召見的機會將白白浪費，將來的前途恐怕也會步步坎坷。

而如果自己順著皇帝的意思說……

「呼——」「呼——」「呼——」窗外的晚風一聲比一聲急，一聲比一聲大，聲聲催人老。燭火跳動，照亮御書房的廊柱與畫樑。

這是劉氏祖先從廢墟上建立起來的未央宮。

這裡的一草一木，都凝聚著劉氏祖先的血汗和榮光！

現實的富貴榮華，像一塊金錠，在劉秀腳下閃閃發亮。而祖先的榮譽，則像一塊寒冰，沉重地壓住了他的肩膀。

是低頭撿起金子，還是繼續挺直腰，扛著祖先的榮譽踉蹌而行。這種選擇，對一個剛剛長大的少年人來說，真的是無比地艱難！

「劉秀，你可考慮清楚了再回答！」趙姓監門的話再度傳來，像刀子般，切割著少年人的心臟。

「呼——」寒風透窗，吹動御案背後的燈火。將王莽的面孔照得忽明忽暗。

王莽曾經是當世第一大儒，養氣功夫非同一般。但是，看著吞吞吐吐始終數不出準確答案的劉秀，他卻有些惱怒了。

他的要求很簡單，只要劉秀親口否認跟前朝的關係，就會立刻論功行賞。這考察的不是劉秀學問、能力和反應速度，而是考察此人的態度。

從古至今，無論任何一個帝王，都不可能毫無芥蒂的，重用前朝皇帝的後裔。甚至會找各種藉口將前朝皇帝的嫡系子孫趕盡殺絕。而他，不過是要一句話而已，這個要求根本不過分，甚至可以說非常慈悲。

注二十三、鷹犬，在漢代不是貶義詞，指的是帝王心腹。《後漢書·陳龜傳》：「臣龜蒙恩累世，馳騁邊垂，雖展鷹犬之用，頓斃胡虜之庭」，韓信與劉邦的對話中，也有「為陛下所禽」的話。

可眼前這少年人，為何還要猶豫不決？

「劉秀！」趙姓監門絕對是一頭忠犬，知道急主人所急，怒主人所怒。扯開嗓子，大聲呵斥！劉秀的身體明顯打了個哆嗦，大腿和肩膀，微微顫慄。

是選擇榮華富貴，還是選擇尊嚴，這個問題很難，其實，也很簡單。

當初，在棘陽城中，哥哥和他，其實已經做出過一次選擇。是交出馬武，換取官府獎賞，還是豁出去性命，保護馬氏兄妹離開？大哥、姐夫、馮異、劉植等人，都毫不猶豫地選擇了後者。

當初，在灞陵橋上，哥哥和他，曾經選擇過第二次。是眼睜睜地看著王氏和陰麗華被掠走，裝聾作啞直奔太學？還是挺身而出，制止鳳子龍孫的胡作非為？大哥再次帶著他，毫不猶豫地拔出了布衣之劍。

如今，大哥不在身邊，他需要自己來選擇了。

他知道，前路艱難，自己卻必須仰首而行。

有股浩然之氣，忽然從房頂上倒灌下來，注滿了劉秀的全身。再度躬了下身體，他用顫抖的聲音，認真地回應：「啟稟聖上，學生不敢欺君！學生是前朝高祖的九世孫，景帝第六子，長沙定王之後。跟，跟沒改名字之前的劉祭酒，算是同族！」

「刷——」書房裡的燈光猛地一亮，隨即迅速變暗。

趙姓監門的臉色瞬間一片烏青，瞪圓了眼睛，雙手因為憤怒而顫抖。眾侍衛齊齊按住劍柄，只待聽到皇帝一聲令下，就將御書房內這名不知道死活的少年人拖出去，亂刃分屍。

然而，命令聲卻始終沒有出現。

許久，許久，直到趙姓監門忍不住都要跳起來越俎代庖。大新朝聖人皇帝王莽才忽然笑了笑，緩緩問道：「不敢欺君？這話朕好像聽說過一次。劉文叔，此言上回也是出自你之口吧？你先在文章中把上古之制菲薄了個遍，然後又以一句『不敢欺君』，妄圖蒙混過關？」

「啟稟聖上，學生不敢！」既然已經豁了出去，劉秀的心態反而不像先前一般緊張了。想了想，不卑不亢地向王莽抱拳施禮：「學生不敢欺君！去年歲末大考，學生只為了答卷而答卷，並未考慮時政。而學生以為，時政自有陛下和三公九卿定奪，學生區區一份考卷，傳播不到朝堂之上，也不足以影響您和百官的決斷！」

「大膽！在聖上面前，你居然還敢胡攪蠻纏？」趙姓監門再也忍耐不住，跳將起來，指著劉秀的鼻子大聲怒斥。

其餘在場眾人，無論是宦官，還是禁衛，則都忍不住輕輕搖頭。

見過膽大的，眾人卻沒見過膽子大到可以到如此地步的！

先前一句「不敢欺君」，已經觸動了天子的逆鱗。緊跟著居然又重複了第二句，還振振有詞地給他自己找了一大堆理由。你是嫌皇上的怒火不夠盛嗎？還是嫌棄自己活得時間太長？

然而，大新天子王莽的反應，卻再度出乎了所有人的意料。

只見他，先瞪圓了一雙丹鳳眼，盯著劉秀上看下看，彷彿在欣賞一件絕世奇珍。隨即，又曲起手指，在御書案上緩緩敲動，「篤、篤、篤，篤、篤、篤、篤，篤篤，篤篤，篤篤……」，直到所有人都敲得頭皮隱隱發乍，才忽然又笑了笑，帶著幾分嘉許輕輕頷首：「也對，以誠事君，總好過謊言相欺，你，回去繼續用功讀書吧！」

「學生……」沒想到王莽居然大度地放過了自己，劉秀頓時有些措手不及。但是，很快，他就調整好了自己的心態。俯身長揖，端端正正地向御案施禮，「學生告退，恭祝陛下萬歲，萬歲，萬萬歲！」

「免了，世間哪有萬歲的帝王！」王莽搖搖頭，微笑著揮手，「來人，傳旨，劉文叔事君忠誠，好學上進，當為太學諸生表率。賜錢五十萬，以嘉其才華品行！」

「這……」劉秀又驚又喜，再度俯身下拜，「學生，學生謝陛下鴻恩！」

對方縱有千般不是，至少，這份胸襟與氣度，讓他心悅誠服。

「你下去吧，好好讀書，莫辜負了令師的期待！」王莽像個慈祥的長輩般，笑著揮手，隨即，便將目光轉到了小山般的奏摺上，開始翻揀批閱。直到劉秀的腳步聲徹底在書房外消失，也沒有再次抬頭。

「陛下！」趙姓監門擅長揣摩主人的心思，躡手躡腳湊上前，用蚊蚋般的聲音請示，「那南陽莽夫胡言亂語，奴婢這就派人去拿下他……」

「理由是什麼？他不該替朕擋那一箭，還是不該記得自己的祖宗？」王莽抓起一卷奏摺，重重砸向了趙姓監門的腦袋，「你這蠢材，還嫌外邊的人找不到理由詆毀朕不是？」

「啊……」趙姓監門的腦袋，頓時被砸起了一個巨大的青疙瘩。然而，他卻不敢用手去捂，繼續躬著身體，小聲補充，「不敢，陛下息怒，奴婢打死也不敢。奴婢的意思是，此子多次當眾折辱皇親……」

「晚輩們的事情，晚輩自己解決。你在旁邊看著就行了，休要多事！」王莽抬頭翻了他一眼，啞著嗓子低聲吩咐，「刀鋒本從磨礪出，如果朕的後輩，連個平民子弟都無法對付，將來一個個豈堪大用？留著他，朕倒要看看，這個南陽布衣，到底能掀起多高的風浪。」

「是！奴婢遵命！」趙姓監門大聲答應著，退到一邊，不敢再胡亂下蛆。心裡頭，卻忽然覺得好生不甘，「什麼前朝高祖的九世孫，我呸！照這麼算，咱家還是武靈王的嫡傳後人呢！皇上不殺你，只是想拿你給晚輩做磨刀石而已。我呸，不知道死活的東西，早晚，咱家替皇上要你好看！」

「阿嚏！」走出未央宮的大門，被迎面而來的寒風一吹，劉秀頓時噴嚏連連。

天色已經擦黑，原本約好用馬車順路載他返回太學的祭酒劉歆，已經先走了一步；本該將他送出宮門的胡姓太監，忽然不知去向；曾經對他頗為看顧的歐陽中官，也像躲瘟疫般躲了起來，唯恐避他不及。

對於閹人們的反應早有預料，劉秀並不覺得有多鬱悶。對祭酒劉歆（秀）的食言，他也不覺得絲毫失望。畢竟昨天大夥所預測的面君時長，最多也不可能超過一刻鐘。而他今天卻在御書房內，足足逗留了兩個時辰！

「聖眷甚隆！」想到有些人可能會產生的誤解，劉秀摸著自己的鼻子苦笑。

昨天下午許子威、揚雄和劉歆三位師長，都親口說過，皇上即便召見大司馬，大司徒和大司空，通常也不會一談就是大半個時辰。而今天，自己的待遇卻超過了三公！只可惜……

「呼——」剛剛沿著皇宮門前的官道拐了個彎兒，又一陣風從西南方吹來，吹在他的脊背上，透心地涼。

劉秀愕然反過手臂，撫摸自己的後背。這才發現，不知道什麼時候，身後的數層衣服，已經全都被汗水泡透。

前後足足兩個時辰，惶恐、喜悅、期盼、緊張、憤怒、絕望、震驚、欽佩……，十數種心情，走馬燈般在他的身體裡過了一個遍。讓他現在回憶起來，都恍如隔世！

大新朝皇帝是準備封他做官的，劉秀現在相信自己的判斷沒錯。並且官職還不會太低，前提是，當時他肯像祭酒劉歆（秀）那樣，果斷與前朝宗室劃清界線。

然而，不知道為什麼，他卻突然就犯了倔，偏偏要親口強調自己是大漢高祖的嫡系子孫。雖然，他這個大漢高祖的子孫，早就成了一介布衣！

現在回想起來，劉秀自己也不知道自己為何要那樣做。其實，平素的他，根本就不是一個倔強的人，內心深處，也充滿了封妻蔭子的渴望。前朝宗室的血脈，祖先們的榮耀，在他眼裡，其實早就成了過眼雲煙。

他甚至從來沒把這些東西當一回事情。否則，他也不會跟朱祐、嚴光等人稱兄道弟，更不會任由大夥叫自己「劉三兒！」

可今天下午，當王莽逼著他親口否認自己的血脈之時，劉秀卻鬼使神差地就在乎了起來。鬼使神差地，想要以性命捍衛姓氏的尊嚴。現在回想起來，當時的他，彷彿完全變成了另外一個人，與平素的劉秀，格格不入！

「也許，是受了皇宮內的帝王之氣影響吧！」走在寒風中的劉秀，苦笑著給自己尋找藉口。

官兒是當不成了，五十萬錢，不知道皇上會不會兌現，也不知道最後發下來的是當五十錢的大泉，還是面值五千錢的金錯刀？更不知道，這些錢經過了七扣八扣之後，最終會有多少落在自己之手。

而遠在舂陵的劉家，還等著自己出仕之後，換取免交賦稅的資格呢！陰方博士雖然答應將侄女下嫁，但長安城中隨便一處像樣的院落，價格也在二十萬錢以上。待自己卒業之時，如果皇帝已經忘記了自己的名字，拿出一些錢來打點，再搭上恩師的面子，也許還有機會混個一官半職。但是，像岑彭那樣直接去做縣宰就甭指望了，能像吳漢當年那樣被丟到窮鄉僻壤做亭長，已經是燒了高香……

正默默的地想著，前方忽然傳來了一陣哭聲，「嗚嗚，嗚嗚，嗚嗚……」，隨即，喝罵聲，哀求聲和皮鞭打在身體上的脆響，接踵而至。

「誰吃了豹子膽，在皇宮旁邊就敢欺負人？」劉秀楞了楞，本能地抬起頭，向前張望。

只見昏暗冷清的街頭，忽然走過來一大群災民。老的老，小的小，個個衣衫襤褸，滿臉絕望。而在他們的兩側和身後，則有同樣數量的驍騎營兵卒，提著粗大的皮鞭，不停地抽抽打打，「走快點兒，走快點兒，別磨蹭。今晚必須出城，誰都甭想賴著不走！誰要是再故意拖延，挨鞭子就是輕的。惹急了老子，直接將你們推到城牆根兒底下，一刀一個！」

「軍爺，軍爺，您行行好，行行好，我們，我們只想討口飯吃，沒幹過壞事，沒幹過任何壞事啊！」

「軍爺，軍爺，我孫子，我孫子才五歲，受不了，受不了城外的寒風啊！」

「軍爺，軍爺行行好，天亮，天亮了我們就走。天亮了我們自己走，不會讓您難做。真的不會讓您難做！」

「軍爺，讓孩子在城門洞裡蹲一個晚上，就一個晚上……」

災民們不敢抵抗，只是用羸弱的身體護住身邊的幼兒，哭泣求饒。

然而，驍騎營的兵卒們，卻個個心如鐵石。將皮鞭高高地舉起，劈頭蓋臉地打了過去，「行行好？說得輕巧，老子對你行好，誰對老子行好？！滾出去，去找樹洞和山洞蹲著，別再進城來礙眼。上頭有令，長安城內，不准收留任何閒雜人等！」

「軍爺饒命！」

「啊——。軍爺，別打孩子！」

「別打我阿娘，別打我阿娘！」

「軍爺高抬貴手！」

……

災民們被打得滿臉是血，哭喊聲，求饒聲，一浪高過一浪。

然而，在驍騎營兵卒眼裡，他們不過是一群早就該凍餓而死的螻蟻，根本不值得任何憐憫。被抓到後，沒當場處死，已經是皇恩浩蕩。還想賴在長安城裡給大夥添亂，肯定門兒都沒有！

「住手！」眼看著一個頂多七八歲的幼兒，和他的娘親一道被打得滿地翻滾。劉秀再也忍耐不住，向前跑了幾步，大聲喝止！

「哪個不長眼的敢管爺爺們的閒事！」驍騎營的兵大爺們，立刻將頭轉向了聲音來源方向，齊齊破口大罵。

作為皇帝的幾支親軍之一，他們即便沒有奉任何上命，向來也在長安城內橫著走，更何況今天是有上命在身？既然有人皮癢欠揍，大夥不妨今天就賞他一頓痛快。

「各位，聖上向來仁厚。昨天還親自前往南郊替百姓請求上蒼垂憐！爾等怎能在皇宮門口，隨便毆打聖上的子民？」敏銳地察覺到了兵大爺們身上的殺氣，劉秀在半丈之外停住腳步，大聲質問。

他現在手無寸鐵，身上也沒有一官半職，能依仗的，只有「聖上仁厚，關愛萬民」這頂大旗。所以，第一時間就拋了出來，以其能打對方一個措手不及。

「呵，小樣兒，還挺能說！」帶隊的「當百」[注二十四]把眼睛一瞪，上上下下打量劉秀。「太學生？太學生大晚上的不回去讀書，在皇宮前上亂晃什麼？滾，休要多管閒事！否則，老子打得你連娘都叫不出來！」

「太學生劉文叔，見過將軍！」被當百瞪得頭皮發麻，劉秀卻強撐著身體，一步不退，「寒冬臘月，城內尚且經常看到有凍僵的屍體。您老把他們往城外趕，不是催著他們去死嗎？萬一讓有司知曉，奏明聖上，您老恐怕很難逃脫責罰。」

「老子能不能逃脫責罰，用得著你個窮書生操心！」帶隊的當百正忙著完成任務之後回家烤火，被他接連用話語擠對，頓時再也按捺不住，高高地舉起了手中皮鞭。

「百將，百將小心！」旁邊有一名小卒眼睛亮，見狀連忙低聲勸阻，「他是劉文叔，昨天替皇上擋箭的那個。」

「啊！」帶隊的當百微微一楞，高高舉起的手臂，頓時就僵在了半空之中。

注二十四、當百，就是百人將，又叫隊正。

昨天有個太學生捨命替皇上擋箭的故事，早已傳遍了長安城。所有文武官員今天都推測，此人弄不好就會成為第二個吳子顏。而那吳子顏，可是短短幾個月內，就從一介窮困潦倒的布衣，迅速升到了驍騎營的主將位置，並且殺伐果斷，有仇從不隔夜。剛才自己真的一鞭子打下去……

「將軍，上蒼有好生之德。」發覺自己沒有被授予任何官職的消息還未傳開，劉秀索性狐假虎威。

他說話的聲音，一點兒都不高。聽在驍騎營當百田酬耳朵裡，卻宛若晴天霹靂。後者立刻打了個哆嗦，趕緊放下皮鞭，俯身謝罪，「原來，原來是劉，劉上官。小人眼拙，剛才差點兒沒認出您來。您怎麼會在這兒？天都這麼晚了，要不要小人派兩名弟兄，護送您……」

「不用！」沒功夫聽對方拍自己馬屁，劉秀皺著眉頭擺手。「你給我個人情，將這些災民放了吧！他們老的老，小的小，被趕到城外頭，肯定活不過三天！」

「軍爺饒命！」

「軍爺饒命……」

聽到有人替自己說情，災民們也趕緊大聲乞憐。

「這，這……」驍騎營當百田酬咧了下嘴，臉上的表情好生為難，「劉上官您有所不知，昨天有災民受刺客指使，衝擊御輦……」

「我當時也在場，親眼看到了。但是，那些人都是成年男子，而你抓的，除了老人，就是婦孺！」既然被當成了皇帝的寵臣，劉秀索性一裝到底，「放了吧，抓老人和婦孺，算什麼英雄？你的上司……」

「誰在管我驍騎營的閒事？」話才說到一半兒，不遠處忽然又傳來了一聲斷喝。緊跟著，驍騎都尉吳漢，騎著一匹通體雪白的駿馬，在二十幾名親兵的前呼後擁下，緩緩走了過來。

「學生劉秀，見過吳都尉！」劉秀強忍怒火，轉過頭，主動向對方拱手。「這些百姓老的老，小的小……」

「原來是劉學弟，敢問學弟如今官居何職？」吳漢根本沒耐心聽一介布衣囉嗦，翻了翻眼皮，冷笑著打斷。

「你……」劉秀頓時就被問楞住了，兩眼冒火，卻遲遲說不出一句完整的話。

他沒有被授予任何官職，所以他管不到驍騎營的頭上，更管不到皇帝的女婿吳漢。他依舊是一個窮學生，沒有當皇帝的岳父，沒有當大官的朋友，甚至連前途也黯淡無光。

正憤怒間，耳畔卻傳來了一聲響亮的怒喝：「他沒有一官半職，管不得驍騎營的閒事。嚴某官居執金吾，也看不慣驍騎營的作為。不知道嚴某，有沒有資格替百姓向吳都尉討個人情？」

「啊！」劉秀眼睛裡的怒火，頓時被驚愕取代。向著聲音來源處，迅速扭頭。

只見一名頭頂金盔，身披錦袍的武將，騎著一匹汗血寶馬緩緩而至。手中金色節鉞，寒光四射。

「這……」吳漢的冷笑，也立刻凍在了臉上。氣喘如牛，卻既不敢怒也不敢言。

先前他憑著自己驍騎都尉的身份，盡情地奚落布衣學子劉秀。而現在，跟來人相比，他這個驍騎都尉，一樣不夠看。

來人姓嚴名盛，官拜執金吾，奮武將軍！

執金吾，年俸兩千石，掌管京畿各部禁軍。帝王外出，執金吾策馬持節杖，行於御輦之前，以宣威儀。帝王回宮，執金吾巡視宮城及都城，捉拿宵小之徒，彈壓不法。

「這什麼？」嚴盛將手中象徵著權力的節鉞舉了舉，繼續策動坐騎，緩緩前行，「吳都尉，見了上官該如何行禮，莫非你從戎之時，就沒有人教導你嗎？」

「這……」吳漢的身體晃了晃，強忍羞惱，翻身下馬，拱手肅立。「驍騎營都尉吳漢，參見將軍！」

「罷了！」執金吾嚴盛又將節鉞向上舉了舉，算是還禮，「陛下讓你整肅城內治安，誰叫你把老弱災民全都趕到城外去的？眼下正值寒冬臘月，年輕力壯者在寒風中凍上一宿，都難免會生場大病。你把這群老弱婦孺趕到長安城外去，不是等同直接殺了他們嗎？」

這幾句話所表達的意思，跟劉秀先前對驍騎營當百田酬所說的幾乎一模一樣，但說話時的語氣，卻又強烈數倍。驍騎營都尉吳漢聽了，肚子裡頓時怒火中燒。然而，在臉上，他卻不得不裝出一幅畢恭畢敬模樣，拱起手，大聲回應道：「將軍有所不知，卑職已經掌握了確鑿證據，昨日那群刺客，曾經與災民們混在一起，同吃同住。甚至還曾經拿出過錢財，購買糧食，收買災民為其所用。」

話音剛落，四下裡，頓時就響起一片喊冤之聲。

「冤枉……」

「將軍，草民冤枉！」

「冤枉。草民討飯為生，只記得有人施捨過麥粥，根本不記得他長什麼樣！」

「冤枉，將軍！即便是收買，也沒人收買我們這群沒用的啊！」

「冤枉……」

眾災民唯恐剛來的金甲將軍偏聽偏信，把自己跟刺客聯繫在一起，爭先恐後地大聲辯解。

執金吾嚴盛聽了，心中立刻有了計較。笑了笑，繼續對吳漢發問：「那證據呢，拿來我看！如果人證物證俱在，無論誰跟刺客有過接觸，都立刻捉拿入獄。然後順藤摸瓜，尋找刺客背後的主謀。」

「這……」吳漢的臉色白了又黑，黑了又白，遲遲給不出任何回應。

他嘴裡所謂的證據，不過是捕風捉影而已。根本沒有落到實處。而將災民不管男女老幼，一併驅逐到城外自生自滅，則是一種最省事兒的措施。既讓刺客的同謀們，無法繼續混在災民中躲藏。又可以還長安城一個清靜，免得有災民餓急了之後鋌而走險。

這種「偷懶」行為，非但驍騎營一家在做，長安城內，其他幾支禁軍也在做，並且做得更為乾脆，更為囂張。只是，只是誰都不像他吳漢這麼倒楣，先遇到了一個槓子頭[注二十五]書呆子，又遇到了一個假道學執金吾。

「怎麼，拿不出來嗎？拿不出來，你為何要驅逐他們？」嚴盛早年時也做過中下級軍官，一看吳漢的表現，就將真相猜了個八九不離十。當即把臉一板，大聲質問。

「將軍恕罪！卑職，卑職只是耳聞！卑職的確沒有人證和物證！」吳漢官職不如別人大，

注二十五、槓子頭：方言，即死強，死腦筋。

只好拱手認錯。

「沒有人證和物證，你又何必難為他們？」看在建寧公主的面子上，嚴盛不想讓吳漢過於難堪。又質問了一句，然後主動將語氣放緩了些，大聲吩咐：「放了他們吧！放他們一條活路。陛下素來愛民如子，絕不願意看到你如此對待老弱婦孺。」

「是，卑職遵命！」吳漢肚子裡，把嚴盛的祖宗八代問候了個遍。行動上，卻只能選擇順從。

「你當年是青雲榜魁首，想必書讀得不差！」嚴盛知道他心中不會痛快，輕輕吐了口氣，溫言告誡：「應知『仁者愛人，有禮者敬人』的道理。愛人者，人恒愛之；敬人者，人恒敬之。況且你我今日都是陛下爪牙，一舉一動，都事關聖上聲名。你把百姓朝城外一趕了之，自己倒是落了個清閒。而過後，百姓凍餓而死的罪名，卻全都要落在陛下身上。陛下對你我都有知遇提攜之恩，我等如此相報，過後豈能心安？」

吳漢聞聽，愈發無言以對。只能紅著臉，拱起手連連稱謝。在旁邊偷偷看熱鬧的劉秀聽了，心中也對嚴盛油然生起了幾分敬意。悄悄整頓了一下衣衫，正準備上前向此人道一聲謝。冷不防，卻發現對方將目光轉向了自己，大聲問道：「喂！那膽大包天的書呆子！當街妨礙驍騎營執行公務，你莫非嫌自己活得太舒坦了嗎？」

「學生劉秀，見過執金吾！」劉秀被問了個措手不及，趕緊紅著臉上前數步，長揖及地，「學生剛才並非有意妨礙公務，而是見災民們哭得可憐，想要替他們討個人情。」

「只是想討個人情？你這小子，倒是機靈！」執金吾嚴盛又看了他一眼，笑著點頭，「機靈且好心腸，難怪有人要托嚴某照顧於你。走吧，馬上就要到宵禁時間了，你自己走，一路少不得被巡夜士兵盤問。嚴某今天乾脆就好人做到底，直接把你送回太學。」

「這……」劉秀楞了楞，旋即再度躬身，「多謝嚴將軍！」

「什麼謝不謝的，家父與令師是同門，咱倆其實還算師兄弟！」與先前面對吳漢時判若兩人，嚴盛笑呵呵地跳下汗血寶馬，將節鉞和繮繩都交給跟上來的親信侍衛。然後笑呵呵地走到劉秀身邊，與他並肩而行。

「如此，學生就恭敬不如從命了！」劉秀聽得滿頭霧水，卻知道此刻不是刨根究柢的時候。又趕緊拱了下手，隨即邁開腳步。

正憋了一肚子氣的吳漢，同樣被嚴盛對待劉秀的態度，弄得莫名其妙。楞楞半晌，直到二人的身影徹底被夜幕吞沒，也沒想明白，為何姓劉的運氣如此之好。分明剛剛惹怒了皇帝，眼看著就要被破鼓眾人錘。轉眼間，卻又冒出來個執金吾，主動替他撐腰。

要知道，那執金吾嚴盛，可不僅僅是本人位高權重。其身後，還站著一個大司馬嚴尤、太傅平晏，如果這兩個人也鐵了心要保劉秀周全，除非皇上親自下令，否則，長安城內誰想動劉秀都得掂量掂量。

「將軍，要不要屬下再將那些災民抓……」驍騎營當百田酬見吳漢的臉色一變再變，還以為他不甘心向嚴盛低頭，小心翼翼地走上前，用蚊蚋般的聲音請示。

「抓個屁！」吳漢抬起腳，一腳將田酬踹出來半丈遠。「你沒聽執金吾說麼，再抓災民，就是故意朝陛下臉上抹黑。老子吃飽撐著，才自己給自己找麻煩！」

「哎，哎！」田酬在地上接連打了兩個滾兒，然後又爬起來，苦著臉告罪，「卑職知道啦！卑職剛才被豬油蒙了心，將軍您別跟卑職一般見識。」

「回來！」吳漢恃才傲物，卻並非蠻橫之輩。見他說得可憐，肚子裡的怒火頓時就減弱了一大截。收起腿，大聲吩咐，「找幾個機靈點兒的弟兄，這幾天輪流去太學附近巡視。無論聽到任何風吹草動，就立刻向老子彙報。老子就不信，那些曾經在劉秀手裡吃過虧的，得知他惡了陛下，還會任由他繼續招搖。」

「是！」田酬連忙低頭答應，然後叫來十幾個平素最有眼色的兵卒，將吳漢布置給自己的任務，不折不扣地安排了下去。

畢竟是天子親軍，精銳中的精銳。轉眼間，接到任務的兵卒，就紛紛邁動腳步，朝向太學。又一轉眼功夫，有人已經像幽靈一樣，遠遠地綴在了劉秀身後。

此刻正滿頭霧水的劉秀，哪裡知道自己已經被吳漢的人盯了梢？一邊走，一邊低聲向執金吾嚴盛道謝，同時拐彎抹角地打聽，到底是誰請動了這尊大神，強行替自己撐腰。

只可惜，他聰明歸聰明，此刻與人交往的經驗卻太少了些，手段也過於稚嫩。隱藏在話裡話外的真實意圖，不費吹灰之力，就被嚴盛看了個清清楚楚。

「你不用打聽了，嚴某不會告訴你的，家父是大司徒，跟令師、當今聖上，都曾經在太學裡讀書，算是同門師兄弟。所以，即便今日無人託付，嚴某也肯定不會眼睜睜地看著你被吳漢羞辱。」輕輕搖了搖頭，嚴盛坦誠地解釋道。早已不再年輕的面孔上，悄然掠過一絲酸澀。

「這，也罷。」劉秀眼神好，迅速捕捉到了那一閃即逝的酸澀表情。楞了楞，笑著點頭，「將軍不讓打聽，學生就不打聽。總之，今日蒙將軍仗義援手，學生不勝感激。將來您有用到學生之處……」

「別扯那麼遠！」嚴盛翻了翻眼皮，笑著搖頭，「小小年紀，跟誰學得如此世故？將來的事情，將來再說。你先想想，如何過了眼前這關吧！陛下雖然大度，不跟你這個強小子計較。可木秀於林，風必摧之。聽聞你連一官半職都沒撈到，有人肯定會猜出你惹怒了聖上。然後，然後恐怕有人就要一窩蜂地衝過來找你的麻煩。」

「這！」劉秀先前根本沒顧得上想這些，聞聽了嚴盛的提醒，心情頓時就變得無比凝重！對啊，不光是族中長輩們期望落了空，接下來，還有一大堆麻煩。首先，王修就會立刻翻臉。其次，就是王固、王麟之類。弄不好，還有其他教習和同學，也會落井下石。還有，還有……

「怎麼，後悔了？」見少年人的臉色忽然變得極為凝重，執金吾嚴盛又笑了笑，低聲試探。

「有點兒。」劉秀勉強擠出了一絲笑意，實話實說，「特別是先前被吳子顏擠兌的時候。」

「你這小子啊！」聽他煮熟的鴨子嘴硬，執金吾嚴盛忍不住連連搖頭，「早就成草民一個了，前朝宗室的血脈，對你來說就那麼重要嗎？當時順著陛下的意思說一句，你跟大漢皇族不是一劉又怎麼了？難道還能少塊骨頭？」

「這……」劉秀被說得臉色緋紅，無言以對。

平心而論，大漢高祖的子孫成千上萬，他無論如何都不是其中血脈關係最近的那一個。如果今天王莽換個地方問他同樣的問題，他也許就真的像劉歆（秀）一樣，順著「聖意」往下說了。可在未央宮中，在御書房內，他卻無論如何都放不下那份驕傲。雖然，這種驕傲毫無來由，並且很可能一錢不值。

「我聽說過牲口配種，血脈越純越好，卻沒聽說過人也需要純種純血的。」見劉秀好似還執迷不悟，嚴盛皺了皺眉頭，繼續低聲數落。「大漢高祖的後人又怎麼樣？大漢高祖，當年還不是一個亭長？要是都按照血脈論尊卑，當今天子就該姓姬。」

他何曾想過憑藉祖先的血脈獲取過什麼？在推恩令的作用下，他父親已經只能做個縣令，他和兩個哥哥已經完全成為平民百姓。

「嚴將軍！」剎那間熱血上頭，劉秀猛地停住了腳步，大聲怒吼。

可是他，又怎麼可能忘記自己的祖先？以一介亭長起兵反秦，會遍天下英雄，最後又建立起了煌煌大漢，親自見證了那句，「王侯將相寧有種乎？」

「大膽！」也許是因為反應太劇烈，也許是因為怒吼聲太大。不僅嚴盛本人被嚇了一跳，愕然停住了腳步。跟在不遠處的嚴氏親兵們，也紛紛高喊著圍攏了過來。

「嚴將軍想必誤會了！」想到對方剛剛才替自己解過一次圍，劉秀深吸一口氣，將聲音降低到正常幅度，緩緩補充，「劉某從沒指望憑著姓氏和血脈獲取什麼，事實上，無論前朝還是本朝，劉某都不可能憑藉姓氏和血脈獲取任何東西。但是，人卻不能見利忘義，更不能數典忘祖！若是為了謀取官職，劉某連自己都不認。那劉某才真的是禽獸不如！若陛下指望著駕馭一群數典忘祖之輩來實現三代之治，恐怕陛下也是在緣木求魚。」

「大膽！執金吾面前，也敢滿口胡言亂語！」眾親兵手按刀柄，大聲呵斥。只要嚴盛一聲令下，就準備將劉秀捉拿入獄。

「退下，沒你們的事。」嚴盛卻先喝止了自己的親兵，然後笑了笑，上下重新打量劉秀。

不仔細看沒注意到，仔細觀看，他才發現少年人已經長得比自己還高。肩平背直，玉樹臨風。「有點意思，你這個小子，的確有點兒意思！不但膽子夠大，肚子裡還很有一套。你就不怕嚴某將你剛才的話，彙報給皇上？萬一惹得龍顏大怒……」

「嚴將軍不是那種人！」劉秀拱了下手，沉聲打斷。「如果嚴將軍是，劉某只會怪自己有眼無珠！」

他終於明白自己為何不肯順著王莽的意思說話了。那不是因為祖宗顯靈，也不是因為忽然間被一股浩然之氣灌頂。那股浩然之氣，其實一直養在自己心裡。因此，哪怕是換一個地方，哪怕王莽問話時的地點不在皇宮，自己依舊會做出同樣的選擇。

雖然，選擇之後，自己也會因為錯過一場富貴而感覺惋惜。

「你說我不是那種人？」被撲面而來的驕傲熏得面孔發燙，嚴盛楞了楞，隨即仰天大笑，「有意思，的確有意思。少年人，如今長安城裡，像你這樣有意思的人可真不多。來，拿去！」說著話，他從懷裡摸出一塊帶著體溫的玉玦，用力按在了劉秀胸口，「這是嚴某的隨身之物，你帶著它。將來萬一被人欺負得狠了，就亮出來，說不定還能救你一命！太學到了，嚴某不送了，咱們就此別過。」

隨即，又笑著搖了搖頭，轉身揚長而去。

「這，多謝將軍！」劉秀根本沒有拒絕的機會，只好捧著玉玦，向嚴盛的背影拱手。

這不是他收到了第一枚玉玦。長安城內的實權人物，似乎都特別希望拿玉玦送人。在寢館床頭的箱子裡，還放著另外一塊。

「請他幫我的人，不會是……」腦海裡忽然間靈光乍現，劉秀再度停住腳步，迅速回頭。

嚴盛的身影已經消失不見，黑漆漆的長安街頭，只有幾點朦朧的燈火，照亮巡夜人的眼睛。

「瞎想什麼，室主對你可是有這救命之恩。」輕輕打了自己一下，劉秀轉過身，一邊朝太學大門走去，一邊在心中偷偷地自責。

「嚴盛長得遠不如孫豫好看，黃皇室主連孫豫都看不上，怎麼可能看得上他？劉文叔啊劉文叔，你這是腦袋被驢踢了。」

然而，下一個瞬間，他卻忽然又想到，嚴盛說過，他父親嚴尤，跟王莽當年乃是同窗。嚴家有了兒子，王家有了女兒，當時王莽還沒接受禪讓。兩家門當戶對，子女們多有往來，兩小無猜……

「那皇帝怎麼不肯將室主下嫁給嚴盛？」一個問題，迅速閃過他的腦海。

答案，緊跟著如飛而至。嚴尤是大司徒，嚴盛是執金吾，父子兩個，一個手握重兵，一個坐鎮禁軍。如果黃皇室主再嫁入嚴家，以王莽那種多疑性子，怎麼可能還睡得著覺？

只可惜了黃皇室主，打小就被其父親當作工具利用。第一任丈夫死去多年之後，依舊要被其父親無情地當作祭品犧牲。只可惜執金吾嚴盛，明明每天都可以與喜歡的人擦肩而過，卻不能表明心跡，更沒有任何可能相約白頭。

剎那間，劉秀心裡，就多出了幾分春愁。如醇酒般，令其醺醺然忘記了自己身在何處。兩腿憑著本能和直覺，快速邁動。待突然又聽到有人呼喚自己的名字，猛抬頭，才愕然發現，自己渾渾噩噩中，已經走到了寢館的門口。

鄧奉、嚴光、朱祐、鄧禹四個，依舊眼巴巴地等在他的寢館內，沒有回去溫書。沈定、牛同和蘇著，也滿臉興奮，不問清楚了他獲取了什麼封賞，誓不罷休。除了這些平素跟他走得近的好友與同窗之外，狹窄的寢室內，還有兩張與學子們格格不入的面孔，一個是王修，另外一個，赫然是五經博士陰方。

「文叔，你可回來了！」聽到隱約傳來的腳步聲，鄧奉第一個跳了起來，快速迎到了門外，「你可真有本事！第一次被皇上召見就能說上整整一個下午！」

「是啊，我阿爺還說，皇上日理萬機，無論召見誰，都不會超過一炷香功夫。」蘇著也跟著跳了出來，老氣橫秋地補充。

「皇上封了你什麼官兒，你的官服和印信呢，趕緊拿出來讓我們開開眼界？」

「是啊，幾品官兒。我剛才跟人打賭，至少應該是正五品。否則，不足以酬謝你捨身擋箭之功。」

沈定、牛同也先後跑了出來，圍著劉秀問這問那。

「此事，此事說來話長！」劉秀被問得好生尷尬，紅著臉，輕輕搖頭。

還沒等他想好該如何解釋自己空手而歸的事情，門簾再度被人用力拉開，王修和陰方兩個，大步走了出來。

「什麼話長？文叔，皇上沒派人送你回來嗎？」

「文叔，你的馬車呢？皇上居然沒有賜你官車？」

聞聽此言，劉秀的臉色愈發尷尬。連忙做了個揖，笑著解釋：「啟稟夫子，世叔，學生是自己走回來的。皇上賜予學生五十萬錢，說是過幾天派人送來。」

這話，倒是句句屬實。他沒撈到官職，自然也不會被賜予專門供官員代步的馬車，更不會被賜予什麼隨從和侍衛。至於五十萬錢，對皇帝來說，想必不算是大數目，應該不至於賴帳。

王修是何等的「聰明」，立刻意識到，劉秀這次恐怕是空手而歸了。有陰方在側，他不方便當場追問劉秀到底在皇上面前做了什麼蠢事，不過，心中頓時就湧起了一陣輕鬆。

既然劉秀沒有平步青雲，他王修就不用再努力挽回什麼了，更沒必要浪費精力去結交。想到這兒，太學四鴻儒之一，五經博士王修撇了撇嘴，冷笑著道：「雷霆雨露，俱為君恩。五十萬錢不是小數，省著花，足夠你一輩子吃喝不愁。陰博士找你還有事，老夫就不多打擾了。」

說罷，抬腳就走。唯恐撤得慢了，沾染了一身晦氣。

陰方是個有名的謙謙君子，自然不會像王修那麼勢利。察覺劉秀居然依舊是個布衣，笑了笑，大聲安慰道：「常言道，天欲降大任於斯人也，必先苦其心志，勞其身形。皇上沒有賜予你官職，恐怕是擔心你磨礪不夠的緣故。過上幾年，肯定還會想起你來，另有重任。今天天色已晚，老夫就不打擾你們了。早些休息，別耽誤明日的晨課。」

說罷，笑呵呵上下打量了劉秀兩眼，也轉身欲去。

劉秀心中，頓時就是一涼。但想到對方昨天的承諾，又想到對方肚子裡裝滿了聖賢書，忍不住追了兩步，試探著補充：「皇上賜給了學生五十萬錢，學生想在長安城內，先置辦一所小點的宅院。世叔能不能幫我給麗華帶句話，問問她喜歡住在什麼地方……」

「她喜歡住的地方，自然是成賢，輔仁、樂政這些街巷。」陰方的臉上的笑容頓時一掃而空，皺著眉頭，大聲打斷，「這些地方，豈是用錢所能買到？劉文叔，你居然如此不知上進，有了錢，不想著孝敬長輩，買書苦讀。居然一味地只顧及時享樂，真是叫老夫失望。」

「啊！」沒想到陰方翻臉也如此之快，劉秀楞住了，雙拳迅速在腰間握了個緊緊。

陰方被他身上的殺氣嚇了一大跳，迅速後退了兩步，大聲說道：「怎麼，一言不合，你就要殺師嗎？劉秀，你好大的膽子！」

「學生不敢！」瞬間意識到自己的失態，劉秀強壓下心中的怒火，躬身道歉，「學生只是忽然想起幾段往事，有些走神而已。夫子請回，學生此刻心亂如麻，不能遠送！」

「往事？」陰方楞了楞，還以為劉秀又提起了當年的救命之恩。隨即，冷笑著擺手，「的確，老夫昨天也說過，家兄一家老小，還有麗華，當年都是你們兄弟所救。這樣吧，大恩不能不報。五十萬錢，在長安城內也買不到什麼像樣住處。老夫改天派人給你再送二十萬錢來，也好讓你卒業之後，在長安有個落腳之地。以後別去打擾麗華了，她福薄，配不上你這種少年才俊。」

「你……」一股無名業火，再度燒紅了劉秀的眼睛，他忍不住就想衝上去，將陰方那張臉打個稀爛。

哥哥劉縯當年曾經跟他說過，救助陰家只是出於心中的俠義之氣，絕非為了錢財。一旦收了對方的錢，就等同於對方雇傭的刀客和家丁，地位立刻低了一等。而陰方此時所言，分明是把他們兄弟當成下人一般看待，這讓劉秀如何能夠忍受？

「文叔，文叔，休要衝動！」好在嚴光反應快，發覺情況不對，立刻側身擋在了他和陰方之間，才避免了一場大亂。「這裡是太學，夫子好歹對嚴某也有授業之恩！」

「文叔，不值得！」鄧奉和朱祐兩個也快步衝上，用力拉住了劉秀的胳膊，「不值得！有所為有所不為。」

理智，瞬間又返回了劉秀身體。他知道，朋友們都是出於一番好心。今天自己如果痛打了陰方，無論打得有沒有道理，這輩子都會背上辱師的污名。而王修、王固、吳漢等人，正找不到坑害自己的理由。

「怎麼，你還想打我？」陰方又被嚇了一大跳，接連後退了數步，發現劉秀被嚴光等人攔了下來，才終於鎮定了心神，繼續大聲冷笑：「如此不忠不孝之徒，也難怪陛下不肯用你。劉文叔，你好自為之。錢，陰家給了。其他的，想都別再想！」

「你……」劉秀被怒火燒得兩眼發紅，立刻想要反唇相稽。然而，轉念又想起陰麗華正托庇於陰固、陰方兩兄弟門下，難免遭受池魚之殃。斟酌了一下，沉聲說道：「當年之事，不過是舉手之勞而已。只要對方是個人，我們兄弟，就沒袖手旁觀的道理。回報之言，陰博士也無須再提。若是府上錢多的使不完，不妨去開個粥棚賑濟災民。」

「對，開個粥棚，積些陰德。免得哪天遭了報應，全長安的人拍手稱快！」馬三娘的聲音緊跟著從黑暗中傳來，又冷又硬。

「妳……」這下，終於輪到陰方怒火攻心了，飛快地轉過頭，對著馬三娘大聲喝罵，「哪裡來的刁蠻女子，一點家教都沒有！這裡是太學……」

「你說對了，我就是刁蠻女子，沒半點兒家教！」馬三娘猛地一縱身，搶在所有人沒來得及做出反應之前，跳到陰方身側，劈手就是一記大耳光，「啪！」

「啊——！」陰方被打得一個趔趄，慘叫著摔倒於地。嚴光見狀，趕緊大叫上前阻攔，卻被馬三娘一記腿鞭送出了兩丈多遠。

「我沒家教，讀書少！卻懂得什麼叫做救命之恩。」又一個箭步跨到陰方頭頂，馬三娘俯身，對準陰方的臉孔一下下猛抽。

「卻懂得什麼叫言出必踐！」

「啪！」

「卻懂得不會拿自己的家人當蒲包去換取功名富貴！」

「啪！」

「姓陰的，你倒是讀了一輩子聖賢書，卻全都讀到了狗肚子裡頭！你們陰家，除了醜奴兒之外，早晚個個不得好死！」

可憐那陰方，如果是被劉秀給打了，過後還可以控告對方「辱師」，借此報仇雪恨。被馬三娘給打了，卻連報復的機會都沒有，只能憑本事自保。而偏偏今晚他最初目的是送貨上門，將劉秀和陰麗華的婚事給訂下來，所以身邊並未帶任何隨從。

「三姐，三姐住手，他是我的師傅！她畢竟是我師傅！」好在嚴光心軟，多少還念著一些師徒的名分，從地上一個軲轆爬起來，捨命相救。

「他這樣的人渣，也配做你的老師？」馬三娘不屑撇嘴，終究還是停住了手，喘息著數落，「他幫青雲螞蟻對付你的時候，可曾想過你也是他的弟子？」

這個問題實在太扎心，嚴光沒有辦法反駁，也沒有臉面反駁。只能先用自己的身體護住陰方，然後默默地拿出手帕替此人擦拭鼻孔裡冒出來的血水。誰料陰方卻不肯領情，一把將他推了個趔趄，手指馬三娘，破口大罵：「妖女，有本事妳今天就打死老夫！否則，等許老怪病死，老夫一定要妳好看！」

「你們都聽到了，是他自己犯賤叫我打的！」馬三娘聽他咒許夫子早死，不怒反笑，「我不能不幫這個忙！」

說罷，一個跨步靠上前，劈頭蓋臉又是給了陰方四個大耳光，「啪！」「啪！」「啪！」「啪！」

這一次，可是用了十足十的力氣。當即把陰方給打得滿嘴是血，眼皮一翻就昏了過去。馬三娘兀自覺得不解恨，抬起腳，朝著此人的大腿根兒猛踹。嚴光看到，趕緊又衝上前來，一邊用身體護住陰方，一邊流著淚求肯：「三姐，三姐住手。他不把我當弟子，可我不能不把他當師傅。」

「三姐，別打了。打出了問題來，又得給孔師伯添麻煩！」劉秀雖然恨陰方無恥，卻更擔心馬三娘闖禍。也大步走上前，拖住了馬三娘的一隻胳膊。

常言道，鹵水點豆腐，一物降一物。馬三娘甭看對著陰方如同凶神惡煞，被劉秀輕輕一拉，頓時就氣焰全消。輕輕收起已踢出去一半兒的左腿，轉過頭，柔聲解釋：「是他詛咒義父在先，我才給他一個教訓。如果今天孔師伯親自到場，也絕不會輕饒了他。不過，你說得對，犯不著為這種無恥之徒去給師伯添麻煩。嚴子陵，你馬上帶他走，今晚千萬別讓我再看見他。」

「多謝三姐！多謝文叔！」嚴光知道自家師傅理虧，抱歉地拱了下手，然後俯身背起陰方，逃之夭夭。

見他明明被陰方賣了，卻依舊拚死維護對方的模樣，馬三娘忍不住又輕輕嘆氣：「唉！嚴子陵真是倒楣，居然攤上了這麼一個師傅。早知如此，當年還不如去跟個韋編。」

「子陵也是沒辦法，畢竟師徒名分在那！」劉秀也輕輕嘆了口氣，小聲解釋。

「這種師傅不如不要！」馬三娘繼續冷笑著搖頭，隨即，又皺了皺眉，換了一種溫柔的語氣，低聲說道：「不管他了，等他吃足了苦頭，自然會醒悟。倒是你，今天到底在皇帝面前說錯了什麼話，怎麼連個庶士[注二十六]都沒撈到？」

太學生卒業之後，前途遠大。這些年來除非極少數倒楣鬼，其餘人只要肯出仕，通常最低官職也是個庶士。而劉秀昨天因為替皇帝的御輦擋箭，還被王莽當眾褒獎。按常理，今天至少應該捧著一身五品官服而回。誰也無法相信，他下午時跟皇帝整整攀談了兩個時辰，回來時居然身份還是一介布衣。

「是啊，文叔，你到底怎麼惹皇上生氣了，居然讓他連自己說過的話都吞了回去？」

「嗤！救命之恩居然只換了五十萬錢，皇上也把自己的性命看得太輕了些？」

「你不會又當著皇上的面兒，指摘復古之政了吧？那你可真……」

朱祐、鄧奉、鄧禹，還有其他幾個平素跟劉秀關係走得近的同學，也紛紛圍攏過來，迫不及待地追問。

「肯定是我說錯話了！」劉秀卻沒心思向大夥解釋太多，簡單地回應了一句之後，立刻又將目光轉向了馬三娘，「三姐，妳怎麼知道我沒被授予任何官職的？還有，陰方今天到底怎麼得罪了妳，讓妳下如此重手？」

「我就知道你會有此一問？」馬三娘狠狠白了他一眼，沒好氣地回應，「不是他得罪了我，

注二十六、庶士，新莽官職，在官和吏之間。

是他們陰家，從上到下就沒一個好鳥，當然，你的醜奴兒除外！」

「妳去陰家了？醜奴兒怎麼了？三姐，妳怎麼會去見醜奴兒？」劉秀聞聽，頓時頭皮就一陣發緊，又用力扯了馬三娘的衣袖，追問的話如同連珠箭般脫口而出。

馬三娘被扯了個趔趄，勃然大怒：「我為什麼就不能去陰家？我又為什麼不能見醜奴兒？當年救她一家性命的，可不只是你一個！」

怒過之後，卻忽然眼睛一紅，側過頭，啞著嗓子補充：「你放心好了，醜奴兒沒事兒。只是因為頂了他伯父幾句嘴，被陰家給禁足了。連帶著我也遭了池魚之殃，被陰家人給趕了出來。」

「禁足？」劉秀聞聽，心裡愈發著急。卻不敢再得罪馬三娘，猶豫了一下，緩緩說道：「原來三姐下午去探望了醜奴兒。剛才是我沒想明白，三姐不要生氣，小弟給妳賠罪了！」

「你……」馬三娘被他彬彬有禮的模樣，氣得胸口發堵。卻不知道到底該不該發作，更不知道，如果自己此刻拂袖而去，將來還有沒有機會回頭。楞楞半晌，終於，慘笑著咧了咧嘴，柔聲回應：「你說什麼呢？自家姐弟，你客氣什麼？我是聽說陰方這個老不要臉的，昨天當眾替你和醜奴兒做媒，趕過去恭喜她的。誰料才說了沒幾句話，就聽到院子裡亂成了一團。然後，見醜奴兒的伯父陰固和堂兄陰盛就闖進了她的閨房裡，說你得罪了皇帝，被趕出了宮門，你和醜奴兒的婚事也就此作罷。」

「恭喜？才怪！」鄧奉等人知道馬三娘的脾性，在一旁連連搖頭。同時，心中對陰麗華的遭遇，也充滿了同情。

昨天剛剛被博士陰方當眾許給了劉秀，今天聽聞劉秀沒有平步青雲，又立刻反悔。陰固、陰方兩兄弟的臉可以不要，全當是一塊抹布。少女自身，將來又如何在長安城內立足？

將來無論嫁於誰家，恐怕都會有人在背後指指點點，說終於賣了個好價錢。根本不會考慮，陰麗華本人到底能做得了幾分主，悔婚是出於無奈還是自願。

「此事不怪醜奴兒！她，她寄人籬下，根本，根本身不由己。」劉秀的心臟，如同被刀子戳了一般難受。卻努力裝出一副平靜的表情，柔聲說道：「三姐，多謝妳告訴我這個消息。如果，如果妳將來還去見醜奴兒，就，就替我轉告她，不怪她，是，是劉某今生無福！」

自己終究跟她有緣無份！

自己不能青雲平步，就無法搆到陰家的門檻。

可自己今天得罪了皇上，能不被追究就已經算得上幸運，怎麼可能青雲平步？

罷了，那終究是一場夢而已。早就該醒了，不該再心存妄想。

一顆心，剎那間千瘡百孔。在雙腳邁出皇宮的剎那，劉秀原本已經以為自己可以坦然面對所有結果，到現在，才忽然發現，有些結果，真得令人無法承受！

「文叔，文叔，你別急，總會有辦法的。」看到劉秀臉色發白，雙目無光，鄧奉被嚇了一大跳，趕緊上前，大聲安慰。

「文叔，文叔兄。長安城裡好女人有的是，你又何必非要盯著陰家？」蘇著等人，也七嘴八舌地勸告。

「沒事，沒事！」知道大夥全都出自一番好心，劉秀慘笑著搖頭。轉過身，邁步準備回寢館休息。不慎雙腿卻絆了蒜，差點兒沒一頭栽倒。

「劉文叔，你如果這樣就放棄了，怎麼對得起醜奴兒！」原本還想再讓劉秀著急一會兒，看到他臉色慘白，失魂落魄模樣，有一股熱浪，卻瞬間湧上了馬三娘的腦袋。猛地從懷中掏出一方手帕，她用力抖了抖，一把甩在了劉秀的後腦勺上。

「啊！」劉秀被甩了個措不及防，本能地將手帕抓了起來，抓回了眼前。

眾人齊齊低頭，借助寢館內透出來的燈光，恰看見一雙未繡完的白鶴，在手帕上交頸而舞。

是醜奴兒繡給劉某的！

醜奴兒，醜奴兒依舊在等著劉某。

刹那間，劉秀就明白陰麗華的心意。胸口處，痛得鑽心，又幸福得幾乎要炸裂。

「醜奴兒是不肯聽從她伯父的話，才被陰家禁了足。但，但臨走之前，醜奴兒卻偷偷把這個塞在我手裡，讓我帶給你。」馬三娘的眼睛裡，忽然湧出大顆大顆的淚水，怎麼擦，都擦不乾淨。

望著痴痴呆呆的劉秀，她銀牙緊咬，用盡全身力氣補充，「她還，還托我帶給你一句話！山無稜，天地合，乃，乃敢與君絕！」

說罷，一頓足，雙手掩面，狂奔而去！

「三姐，三姐！」朱祐看得好生難過，拔腿欲追。寒風中，卻又傳來了馬三娘的聲音，哀怨中透著決絕：「劉秀，你將來如果辜負了醜奴兒，我拚，拚著性命不要，也會將你碎屍萬段。」

「三……」朱祐的雙腿像灌了鉛一般，再也邁不動分毫。扭頭再看劉秀，也彷彿被人當胸打了無數拳一般，臉色煞白，嘴角青灰，望著馬三娘離去的方向，呆呆發楞。

這次打擊，不可謂不重。接下來一連五、六天，劉秀都有些精神恍惚。抄錄竹簡時連續出錯，跟人交往時，也經常神不守舍。

他進宮面聖結果毫無所獲的消息，在某些人的刻意推動下，很快就傳遍了整個太學。先前主動湊上前來，希望他發跡之後能提携自己一把的同窗，紛紛掉頭閃避，唯恐躲得不夠及時，被沾染了一身晦氣。先前一些自稱對他有過傳道之恩的秀才、公車和韋編，也毫不猶豫地將他「開革」出門。甚至還有一些同學，認定了他從此之後永無出頭之日，乾脆主動向「青雲八義」靠攏，隨時準備與那「八隻螞蟻」一道，落井下石。

人心易變，鄧奉、朱祐和嚴光三個，早在三年多之前就從陰固身上見識過了，所以也不覺得有何奇怪。只是悄悄提高了警惕，約好其他幾個關係不錯的老友，大夥兒輪番陪著劉秀，堅決不讓劉秀落單兒，以免萬一遇到事情相助不及。

出乎所有人預料的是，這次，「青雲八義」卻耐住了性子。非但沒有第一時間衝過來找劉秀的麻煩，反倒相繼悄悄離開了太學，不知去向。讓許多想要趁機重新站隊的「聰明人」，都白忙活了一場。

「不對啊，按道理，那八隻螞蟻恨文叔恨得要死，怎麼可能會放過如此好的機會？」眼看著就要臨近「冬沐」，已經有不少同學收拾好了行李回家過年，朱祐也有些沉不住氣了，找了個合適的機會，跟嚴光、鄧奉、鄧禹三人小聲嘀咕。

「估計看到了一場大造化，所以暫時顧不上找文叔的麻煩。」嚴光反應極快，立刻給出了一個十分有道理的答案。

「也許是欲擒故縱之計，先讓咱們放鬆了警惕，然後再抽冷子下手！」鄧禹最近沉迷於兵法，對「詭道」頗有心得。故而從戰術層面，給「青雲八義」找到了不立刻動手的理由。

「文叔已經得罪了聖上，卒業時能像吳漢當年那樣混個亭長做就不錯了。那八隻螞蟻什麼時候都能欺負他，不急在一時！」鄧奉心思相對簡單，乾脆推己及人，用最常規的心態去揣摩「青雲八義」此刻的心態。

這個觀點，立刻遭到了嚴光和朱祐的聯手反對。而鄧奉偏偏又不肯從眾，乾脆舉出王固和王修等人以往做事的風格，來「據理力爭」。誰料還沒等雙方爭論出任何結果，寢館大的門忽然在外邊被用力推開，快嘴沈定帶著一身雪花闖了進來：「文叔！文叔，快來！嗯？怎麼就你們四個，文叔哪裡去了？」

「在藏書樓，蘇著和牛同在那邊陪著他！」朱祐等人對沈定的印象一直不錯，笑了笑，將劉秀此刻的位置如實相告。

「怎麼又去抄竹簡了，他不是剛剛得了三十多萬錢嗎？」聞聽此言，沈定立刻急得連連跺腳。

他不提王莽給的救命謝禮則已，一提，朱祐、嚴光等人的氣兒，就不打一處來。

「是價值三十萬錢的大泉！」

「總計才六千枚，連座能住人的院子都買不到！」

「只經過了兩次手，就少了三成半！好在這還是天子腳下……」

沈定卻沒心思聽他們的抱怨，又跺了一下腳，大聲補充：「少就少，那東西早晚都能賺回來！你們眼睛不要那麼小！走，咱們趕緊去找文叔！」

「找他，你自己去不就行了嗎，你又不是沒去過藏書樓？」朱祐等人都是窮鬼，頓時被沈定視金錢如無物的「瀟灑」態度，氣得喉嚨發堵。不約而同地向後躲了躲，低聲回應。

「叫你們去你們就去，怎麼一個個都變得如此婆婆媽媽？」沈定絲毫沒意識到三人的態度變化，繼續跺著腳，大聲催促，「劉祭酒在誠意堂設宴，為剛剛剿匪凱旋的大司徒慶功，要今年歲考的前二十名作陪。文叔，我，還有你們幾個，都在陪客之列！」

「慶功？祭酒設宴給大司徒慶功，關我們何事？」

「是啊，祭酒招待大司徒，關我們這些學生何事？」

「你不會聽錯了吧……」

……

朱祐、嚴光和鄧奉三個，相繼將眼睛瞪得滾圓，滿臉難以置信！

「哎呀，你們三個真是讀書讀傻了。這叫刷臉，刷臉你們懂不懂？」沈定感覺自己受到了輕視，急得連連揮舞胳膊，「換句好聽的話說，就是讓咱們幾個有機會先給大司徒留個印象。明年夏天就該卒業了，大夥兒能否出仕，今後仕途走得是否順利，不能全指望一張文憑。先在朝堂上幾位重要人物面前，留下一個印象。到時候主動去投帖子也好，坐在太學裡等待有司徵召也好，總歸比誰都不知道你是誰強！」

「噢！」朱祐、嚴光和鄧奉三個如夢初醒，皺著眉毛連連點頭。

「每年快到年關時，祭酒都會找藉口，輪番宴請一些當朝高官。只是機會有限，以前咱們還不著急著卒業，所以輪不到咱們去刷臉。」快嘴二字，可不是白叫的。沒等眾人想清楚其中玄妙，沈定又迫不及待地補充，「今年咱們馬上就卒業了，所以就要輪番去刷。這才是第一場，接下來機會還多著呢。萬一有誰當場被挑中了，卒業後的去處就提前有了保障！根本不需要到五六月再犯愁。」

「哦！多謝沈兄！」朱祐、嚴光和鄧奉三個終於恍然大悟，齊齊向沈定道謝，「要不是有你，我們三個，今晚非鬧笑話不可！」

「都是自家兄弟，你們跟我還客氣什麼？」沈定一邊邁腿往外走，一邊連珠箭般回應，「趕緊去找劉文叔，大司徒跟聖上有同門之誼，如果他肯幫忙說情，皇上肯定也會對文叔先前做過的傻事一笑了之。快去，快去，別耽誤了。咱們已經遲了，人家青雲八蟻，數日之前就跟在自家長輩身後，帶著雞鴨魚肉迎出城外了。奶奶的，咱們今天無論如何都得亡羊補牢，否則，好事全被他們八個佔盡了！」

朱祐、嚴光等人，這幾天也一直在為劉秀安全和未來發愁。聽沈定如此一說，立刻大步衝出門外。眾人輕車熟路，很快就在藏書樓裡把劉秀給揪了出來。然後大夥從頭到腳仔細收拾了一番，聯袂趕往誠意堂。

雖然他們的動作足夠俐落，可當抵達堂內時，裡邊卻已經擠得滿滿當當。專門用來擺放菜肴和果蔬的矮几，以大門和主位為軸，在兩側密密麻麻擺了三大排。總計加起來足足有一百多個位子，遠遠超過了沈定先前所說的數量。

「那八個螞蟻是提前得到消息，在半路就接上了嚴司徒。還有一些是家裡提前打過招呼的，祭酒也不好不給他們機會。」唯恐有人說自己不識數，沈定臉色微紅，壓低了聲音快速解釋。

「明白，哪回不是這樣？早就見怪不怪了！」鄧奉撇撇嘴，臉上露出了明顯的不屑。「咱們能進來，就不錯了！」

「管他，既然已經來了，就先找個地方坐下再說！」朱祐則踮起腳尖朝堂內看了看，替所有人做出決定。「我看右側最後一排，好像還空著幾張矮几！」

話音剛落，耳畔卻傳來一聲低低的呼喚：「子安、文叔、士載，還有你們幾個歲考名列前茅的，跟上我。祭酒把你們安排在了左首第一排。」

眾人迅速扭頭，恰看五經博士崔發那圓圓的面孔。皺紋裡都帶著笑，彷彿剛剛撿到了十萬兩黃金一般。

「崔夫子，您老，您老也在？」沈定被嚇了一跳，質疑聲脫口而出。在他印象裡，眼前這位崔博士平素對誰都不假辭色，卻不知今天怎麼突然一改前非，主動下場當起了酒宴的司儀來？

「老夫怎麼就不能在了？」五經博士崔發今天不光是心腸變好了，心情也不是一般的好，圓臉上每一條皺紋彷彿都泛著油光，「老夫如果今天不來，以後再想湊這種熱鬧，恐怕機會就難嘍！皇上給老夫專門下了聖旨，等明年開春，老夫就要去典樂[注二十七]履新……」

「恭喜夫子！」沒等對方將話說完，沈定與劉秀、嚴光等人，已經齊齊躬身道賀。

在校三年多，他們早就不再是那種對官場情況一無所知的白丁。心裡頭都清楚，像崔發這種五經博士，如果繼續留在太學裡教書，這輩子就只是空頂著一個博士的虛名，撈不到半分實權。而此人回到朝堂之上，卻最低都是一任大夫。如果運氣更好些，直接出任典樂卿[注二十八]，都有可能。

注二十七、典樂：原為鴻臚寺，後改為大鴻臚，王莽改制，改為典樂。有典樂卿、典樂大夫等職位。

注二十八、典樂卿：為鴻臚寺的主管，屬九卿之一。新朝中央官制，有三公、九卿、二十七大夫、八十一元士。九卿屬極高的官職，每人負責一個要部。

「同喜，同喜。你們幾個努力，如果卒業後不嫌典樂那邊清閒，可以直接向老夫投帖！」崔發輕輕拱手，滿臉得意地發出邀請。

沈定和劉秀等人不是他的嫡傳弟子，平素又跟他沒太多交往，當然不會將這種邀請當真。笑呵呵地跟崔發客套了幾句，跟在對方身後，快步入席。

漢代以左為尊，主人的左側，從對面看恰恰是右側。所以作為今天的主賓，大司徒嚴尤的席位，就被安排在了右首第一。而他的正對面，則是左首第一排，專門為二十名歲考成績出色學子留出來的位置。

看到崔發帶著沈定、劉秀、嚴光、朱祐等人落坐，在場的若干學子，眼睛裡頓時就露出了羨慕的光芒。誰都知道，能坐在大司徒的對面，肯定被後者留意的機會將大大地增加。而席間兩位祭酒再稍加提點，便可以一展才華，讓大司徒記住自己，日後錄用提拔。

劉秀剛剛恢復了一些元氣，忽然間又成了數十道目光的關注對象，頓時身上就有些不自在。順手從面前的矮几上抄起一盞茶水，正欲低頭喝上幾口，適應一下宴會的氣氛。耳畔忽然又傳來了一聲高呼：「大司徒到，諸生起身恭迎！」

「恭迎大司徒，大司徒萬勝，萬勝，萬萬勝！」劉秀連忙放下茶盞，與眾學子們一道站起身，向門口長揖下拜。同時，將頭悄悄抬起了一些，用眼睛的邊緣位置，偷偷打量來人的模樣。

只見一名五十多歲的老將，在祭酒劉歆（秀）和副祭酒揚雄二人的引領之下，昂首闊步而入。在其身後，則跟著六名心腹屬下，個個都穿著整齊的武將常服，足蹬高幫鹿皮戰靴，舉手投足之間，殺氣四溢。

「不愧為本朝第一名將，連手下的爪牙，個個都是如假包換的萬人敵。」被撲面而來的殺氣刺激得身上一緊，劉秀忍不住在心中暗道。

「大司徒當年跟聖上是同學，當年讀書時，就精研兵法。後來領兵征討高句麗，一戰滅其精兵六萬多人，殺得漢江都變了顏色。」快嘴沈定的聲音從身側傳來，快速介紹嚴尤的豐功偉績，「班師途中，他又順手抄了鮮卑人的老巢。讓遼東二十餘部，從此對我大新俯首帖耳！」

「跟在他身後第一個，是前將軍陳茂，蓋馬山之戰，陣斬高句麗二十餘將，自己一根寒毛都沒被敵人碰到。」不遠處也傳來了牛同的聲音，與沈定的話語一道，印證著劉秀心中的判斷。

「還有輕車將軍趙休。一箭射瞎了肅慎單于眼睛的就是他。」

「最後那個是衛將軍錢宏，曾經帶五百輕騎，直搗匈奴單于庭。」

「北岳將軍，我看到北岳將軍了。據說這次出兵剿滅叛匪，就是他第一個殺上了華山。」

……

議論聲一句接著一句，越來越高，越來越大膽。彷彿唯恐客人們聽不見大夥在傳誦他們的輝煌過往。

大司徒嚴尤，早就習慣了這種被萬眾矚目的情況，所以也不介意學生們的失禮。先快步走到自己的席位之後，隨即，笑呵呵地向大夥拱手：「諸君請坐，今日乃劉祭酒的私宴，不必拘禮。否則，爾等肯定沒心思吃飯，嚴某自己也吃不痛快。」

「啊，哈哈哈，哈哈哈……」沒想到這輩子殺賊無數的大司徒嚴尤，如此好說話。眾學子都楞了楞，隨即，爆發出一陣哄堂大笑。

嚴尤自己也笑了起來，然後，向著身邊的心腹愛將們輕輕擺手：「你們幾個也趕緊落坐，學生們肚子裡沒油水，扛不得餓。再耽誤下去，肯定有人會偷偷抱怨老夫飽漢子不知道餓漢子餓！」

「是！」陳茂等武將齊齊肅立拱手，然後各自跪坐於預先安排好的席位之後，依舊面色凝重，腰桿筆直。周圍的學子們，卻愈發笑得前仰後合，同時心中對大司徒嚴尤的畏懼，也都化作了對長輩的尊敬。

須臾之後，作為主人的劉歆（秀）清了清嗓子，起身向客人致辭。隨即，酒宴就宣告正式開始。學吏們帶著奴僕魚貫而入，將熱氣騰騰的菜肴和血一樣顏色的葡萄美酒，迅速擺在了每個人面前的矮几之上，更有一隊打扮得花枝招展的歌姬，移動蓮步緩緩而至，在管弦的伴奏下，於誠意堂中央翩翩起舞。

在場的學子當中，絕大部分人都出身富貴之家，從小見慣了美人，對歌舞根本提不起太多興趣，只看了幾眼，就又將目光落在了嚴尤和陳茂等武將身上，一個個眼睛裡寫滿了崇拜。

而嚴尤和陳茂等百戰老將，顯然也欣賞不了這種軟綿綿的東西，礙著此間主人的面子，勉強應付了片刻，便迅速將目光轉到了盤中珍饈上，開始專心致志地大快朵頤。

受好友鄧奉的影響，劉秀的樂理和樂藝都相當有功底，鑒賞能力也不錯。默默地看了片刻，就看出歌舞中的門道。卻是取自「清樂」中的「相迎」，表達的是將士凱旋，百姓主動帶著肉食的酒水，相迎於道，感謝給自己帶來太平的意境。雖有討好之嫌，卻非常符合今天的場景。

正舉著酒盞慢慢品味之際，忽然，跪坐在一側的朱祐搗了他左肋一下，低聲提醒道：「王固，王固在大司徒身後，剛剛一直偷偷地瞪你。」

「他？」劉秀抬眼看去，正遇上王固那藏著刀子的眼睛。楞了楞，頓時心中就湧起一絲警惕。然而，還沒等他做出更多的判斷，王固卻已經站起身，快速走向了門外，彷彿從此對他徹底不屑一顧。

「我都被皇上打入另冊了，你還想怎麼樣？」劉秀輕輕搖頭，笑容裡頓時帶上了幾分苦澀。這幾天，關於他「入宮面聖，卻得意忘形，最後惹得天子發怒，被趕出宮外，空手而歸」的流言，已經傳得沸沸揚揚。每一個傳播者，都好像親眼看到他如何狂妄自大，在皇帝面前出醜露怯的模樣一般。這背後，如果沒有任何人推動，才怪！而王固雖然最近幾天不在太學之內，卻未必當真置身事外。

正無奈地想著，忽然，卻又感到自己的對面偏右不遠處，有一道怨毒的目光直視。待扭頭細看，卻發現博士陰方手裡握著一把短刀，正對著一塊羊肉「努力」。轉眼功夫，就將本以煮熟的肉塊兒，切成了一團碎碎的肉糜。

「這老東西肯定恨我恨得要死。也罷，那晚三姐是替我打的。他有什麼本事，儘管衝著我來。」劉秀對自己的前途已經不抱太大希望，索性豁了出去，向著陰方搖頭冷笑。直到把對方笑得心裡發毛，自己低頭閃避，才慢慢收起笑容，重新欣賞場中的歌舞。

歌舞，卻已經到了尾聲。

歌姬們齊齊蹲身，向大司徒嚴尤等人行了禮，低著頭迅速離去。

主動請纓擔任司儀的五經博士崔發，快速地站起來，滿臉堆笑地撫掌，「大司徒乃百戰名將，如此軟綿綿的歌舞，怎會對您的胃口？來人，換戰鼓和鐃鈸，且由崔某的劣徒親自下場，舞一曲封狼居胥，以助大司徒酒興。」

「嗯……？」大司徒嚴尤好奇地轉過頭，望向崔發，不知道此人葫蘆裡，到底準備賣的是什麼藥。

正詫異間，耳畔忽然傳來一陣悶雷，「轟，隆隆，隆隆，隆隆」，八面牛皮大鼓，被八個彪形大漢，奮力擂響。

地面被鼓聲震得上下抖動。

酒盞中的葡萄酒上下跳躍，宛若燃燒的火焰。

緊跟著，崔發的親傳弟子王固從門口飄然而入。手中長劍隨著身影的移動奮力揮舞，當空潑出一簇簇雪浪！

那王固雖然人品極爛，但長相卻著實不錯。這些年來，在劍術上也著實下了許多功夫。因此，才剛剛舞了幾下，就搏了個滿堂彩，「好——！」

「王師兄好劍法！」

「封狼居胥，封狼居胥，我輩男兒，自當封狼居胥！」

……

特別是顧華、陰武、甄蒓等人，一個個手舞足蹈，叫得特別大聲。

「崔夫子收了個好弟子！」雖然心裡明白，王固下場舞劍，是崔發的刻意安排。這幾套舞姿和鼓樂，也是事先早就已經演練純熟。大司徒嚴尤，依舊將頭轉向了崔發，笑著誇讚。

五經博士崔發，頓時開心得兩眼放光。拱起手，洋洋得意地「自謙」：「過獎，嚴司徒過獎了。劣徒仰慕您的赫赫戰功，今天非要親自下場向您表達敬意。您別笑話他班門弄斧就好，千萬不要將他抬得太高！」

「夫子這是哪裡的話？嚴某觀他身隨劍動，腳步靈活，進退旋轉都與鼓韻相合。便知他武藝早已登堂入室。將來軍中稍加歷練，恐怕就是一名萬人敵。」大司徒嚴尤手捋鬍鬚，笑著搖頭。「你這個做師尊的，雖然學富五車，將來想要史書留名，恐怕還要仰仗他！」

五經博士崔發，要的就是這句話，立刻舉起酒盞，向嚴尤鄭重致謝。嚴尤類似場面見得多了，應付起來自然輕車熟路。又笑了笑，抓起面前酒盞一飲而盡。

誠意堂內，喝彩聲不絕於耳。戰鼓聲也越敲越急，震得人頭皮隱隱發乍。顧華、陰武、甄萙等人，坐得距離嚴尤很近，明知道王固已經如願以償，卻依舊繼續帶頭大喊大叫。唯恐坐在對面第一排的劉秀和嚴光等人看不到今日自己這邊是如何風光。

「得意什麼，有本事就不靠家人幫忙，讓大司徒主動將你們招攬於麾下！」鄧奉性情最急，明知道對方是有意挑釁，依舊忍不住大聲奚落。

好在堂中的鼓聲足夠響亮，他的話才沒有傳到對面。卻把坐在他旁邊的嚴光給嚇到寒毛倒豎，趕緊用力扯了他一把，低聲提醒：「士載，瘋了，連這麼簡單的激將法都看不出來？一旦你剛才的話被大司徒聽見，他絕不會認為你是不平而鳴。」

「他們吃相如此難看，還怕人說？」鄧奉被怒火燒得眼睛發紅，咬著牙，低聲嚷嚷，「先故意安排一場軟綿綿的歌舞，讓大司徒心生厭倦，然後突然就轉向金戈鐵馬。只要姓王的不是根木頭，就肯定能令大司徒耳目一新。」

「是又怎麼樣，今天這場酒宴的司禮由崔夫子負責，他順勢關照一下自己的嫡傳，誰也說不出什麼來。」嚴光急得在桌子下連連跺腳，啞著嗓子低聲反駁，「況且即便他不刻意給王固製造機會，王固數日之前，就已經陪著其家長去軍中犒師，那時就早已經給進了大司徒的眼睛。」

「的確，即日之舉，不過是錦上添花而已。」鄧禹在鄧奉的另外一側，也嘆息著搖頭。「十載你也別看不慣，好歹咱們幾個，還有機會坐在大司徒對面。你往前後左右看看，滿滿一屋子人，除了咱們幾個之外，還有誰的父母都是平民百姓？」

他年紀雖然小，目光卻極為銳利，幾句話，就說到了問題的關鍵。並非五經博士崔發一個人無恥，而是大新朝的規矩就是這樣。平民百姓家的孩子，寒窗苦讀數載，每天拚死拚活，最後考進年級前二十名，才有機會坐進誠意堂。而官員家的子弟，卻只需要父輩出面給祭酒劉歆（秀）遞一句話，或者悄悄點個頭。

鄧奉聽了，頓時啞口無言，滿肚子怒氣，都瞬間化作了冰水。而坐在鄧禹另外一側的朱祐聽了，卻笑呵呵撇嘴，「坐進來又怎麼樣？光有機會，沒有本事，也未必就能如願以償！你們看著，這王固今天一定會丟個大臉。」

「仲先，休要胡鬧！」嚴光和鄧禹兩個一看朱祐臉上的笑容，就知道他又在憋壞水兒。趕緊扭過頭去，低聲勸阻。

「胡鬧，這種場合，我怎麼敢胡鬧？哎呀，剛才水喝多了，我先去如個廁。幾位兄弟見諒。」朱祐撇撇嘴，笑著起身，直接將嚴光和鄧禹兩個的話，當成了耳旁風。

嚴光和鄧禹大急，立刻將目光轉向劉秀，期待他能拉住朱祐，或者抬頭說一句勸阻的話。誰料卻霍然發現，劉秀居然根本沒注意大夥剛才在爭論什麼，甚至都沒看場中的劍舞和對面的挑釁，只顧著抓起酒盞，自斟自飲。須臾間，就將面前的一整觥酒給喝見了底兒。

「文叔，喝慢一些，今天的宴會估計會很長。」嚴光看得心裡一抽，顧不得再管朱祐是否胡鬧，湊上前，低聲勸告。

「沒事，反正我今天只是坐在這兒。」劉秀笑了笑，輕輕搖頭。

他平日並不善飲，也沒太多的錢去買酒，更怕酒醉誤事，荒廢光陰。而眼下前途一片昏暗，陰麗華又遙不可及，這杯中之物，頓時就變得可愛了起來。三杯下去，心中塊壘就「融化」過半，再三杯下去，肚子裡的煩惱也煙消雲散，三杯、三杯又三杯，渾然忘記了自己此刻身在何處。

接待大司徒嚴尤這種級別的貴客，酒水當然不能預備得太少。很快，便有僕從上前，又給他換上了滿滿的一大觥。劉秀笑著對僕從點了一下頭，抬手抓向新酒觥。忽然間，卻聽到鼓聲戛然而止，卻是王固已經獻舞完畢，收劍轉身，雙手搭在劍柄上朝四下致意。

「好——」顧華、陰武、甄蕤等人帶頭喝彩，一個個如醉如痴。

四下裡，喝彩聲也宛若雷動。

「當！」還沒等雷鳴般的喝彩聲告一段落，突然，中間摻入了一聲破鑼！卻是靠近左首偏後的位置，有人用筷子敲起了酒觥，「當當，當當，當當！好，好，真的好。手柔，腰軟，身段媚！」

雷鳴般的喝彩聲，戛然而止。所有人的目光，都朝聲音來源處望去，滿臉驚愕。敲打酒觥的人，卻絲毫不覺得自己煞了風景，緩緩站起身，朝著王固長揖為禮，「好，真的好，王師兄的舞姿，比起百花樓裡的當紅歌姬來，也不遑多讓！」

「噗——」坐在嚴尤身邊正在仰頭喝酒的陳茂稍不留神，張開嘴巴，將滿滿的一口葡萄酒噴到了矮几上。

「哈，啊哈哈哈哈，哈哈哈……」四下裡，頓時狂笑聲轟然而起。學子們一個個前仰後合，看向王固的目光裡，充滿了戲謔。

說話者不是別人，正是王固前一陣子狠狠的得罪過一次的蘇著。而後者也是不折不扣的皇親國戚，無論家世背景，還是財力人脈，都比王固差不了太多。

王固雖然反應慢了些，卻也知道對方是故意攪局，將自己比作了以色侍人舞妓。頓時火冒三丈，猛地將寶劍一提，劍鋒遙指蘇著的鼻子尖兒，「蘇師兄可是瞧不起王某的身手？不妨下來，王某願當面請教！」

「來就來，蘇某怕你不成！」蘇著甭看在劉秀面前不敢興風作浪，但面對跟自己同樣的紈絝子弟，還真是毫無畏懼。將酒觥朝矮几上一丟，空空著兩手就走入了場內。先抱拳向嚴尤等人行了個禮，然後朗聲說道：「蘇某並非有意拆王師兄的台，只是覺得，大司徒之所以能百戰百勝，首先憑的是知己知彼，算無遺策。其次憑的是能得將士們傾心擁戴，沙場上人人死不旋踵。像這般揮著把寶劍四下亂砍，只配慶功時給大司徒助興，卻未必能派得上用場。否則，當年戰國時統領大軍的就該是聶政、豫讓，而不是孫武、樂毅。一統六國的就是太子丹與荊軻，更沒始皇帝和王翦將軍什麼事情。」

「啊！」沒想到蘇著這個紈絝子弟嘴裡，居然也能說出如此有理有據的話來，眾人頓時又是一愣。臉上的笑意和憤怒，瞬間有一大半兒都變成了佩服。

「住嘴！不要胡說！你，你到底上來跟王某比劍的，還是專門上來賣弄口舌？」眼瞅著主動權迅速向蘇著傾斜，王固急得眼睛發紅，揮舞了兩下寶劍，大聲質問。

「我已出劍，莫非王師兄沒看到嗎？」蘇著笑著向後退半步，然後不屑地搖頭。

「出劍，你的劍在哪？」王固聽得滿頭霧水，瞪圓了眼睛四下搜尋。將蘇著從頭頂搜到了腳後跟兒，也沒看到對方將寶劍藏在了什麼地方？

正詫異間，卻看到蘇著大笑著拍手，「別找了，你只懂得匹夫之劍，當然看不到！蘇某平素所修，乃諸侯之劍。以知勇士為鋒，以清廉士為鍔，以賢良士為脊，以忠聖士為鐔，以豪桀士為夾。此劍值之亦無前，舉之亦無上，案之亦無下，運之亦無旁。上法圓天以順三光，下法方地以順四時，中和民意以安四鄉！」注二十九

「轟——」四下裡，大笑聲又起，緊跟著，就是雷鳴般的喝彩。

「好，蘇師兄說的對！」

「好，蘇師兄好一個諸侯之劍！」

「蘇師兄你這三寸舌頭，絕對抵得上一把寶劍！」

……

王固被笑聲與喝彩聲，吵得兩眼發直。好半晌，才隱約想起了，蘇著的話似乎出自某一卷雜書。而書的名字是什麼，作者是誰，他卻無論如何都想不起來。

「此劍一用，如雷霆之震也，四封之內，無不賓服而聽從君命者矣！」蘇著的做人信條

注二十九、出自莊子《說劍》。

裡，從來沒有「留情」兩個字，欺負王固讀書不用心，繼續大聲補充。「與此劍相比，王師兄你的匹夫之劍，無異於鬥雞。看似威風八面，一旦上了戰場，結果必是喪師，辱國，其罪百死莫贖！」

「哈哈哈……」周圍的學子們越聽越覺得有趣，一個個笑得直揉肚皮。

作為即將卒業的太學生，只要在過去的三年多時間裡稍微用點心，就不會錯過《莊子·說劍》這樣的名篇。而王固今天卻從始至終，都沒弄清楚蘇著的話到底出自何處，恰恰驗證了他胸無點墨這個事實！

「姓蘇的，休要逞口舌之利。有本事，你就跟王師弟當場切磋！」

「王師弟，他在拿莊子的話誆你。別跟他廢話，直接跟他手底下見真章！」

上陣終須親兄弟，「青雲八義」中的顧華和陰武實在無法忍受王固繼續給他們丟臉，乾脆跳起來，大聲指點。

二十三郎王固，這才終於發覺自己丟了大醜，頓時氣得兩眼冒火。把寶劍向前一遞，直奔蘇著肩窩，「我管你練的是什麼劍！能贏，才是好劍！」

「啊！」蘇著沒想到對方在大司徒嚴尤面前也敢下狠手，頓時被逼得連連後退，「且住，你已經輸了。蘇某剛才說過，你這種劍術無異於鬥雞！你，你真的敢往我身上刺！姓王的，老子甭看赤手空拳，也未必就怕了你！」

「大不了，老子給你償命！」王固連續三劍，都沒傷到蘇著半根寒毛，禁不住惡向膽邊生。猛地換了個招式，目標由肩窩變成了蘇著的胸口和哽嗓。

這下，蘇著可就麻煩大了。手中沒有任何兵器，想要招架都無從招架得起。只能憑著靈活的腳步和身體來回躲閃。眼看著，他就要真的血濺當場，半空中忽然傳來了一聲霹靂般的怒喝：「夠了！都給老夫住手。同門相殘，算什麼本事！」

「住手，都給老夫住手！」祭酒劉歆（秀）也氣得滿臉鐵青，拍著桌案大聲怒斥。「貴客面前，你們兩個還嫌丟人不夠多嗎？」

「你他娘的少管……」王固正在氣頭上，本能地就想威脅說話者少管閒事。猛然間，卻用眼角的餘光發現其中一人正是大司徒嚴尤，頓時心裡「激靈靈」打了個哆嗦。踉蹌數步，扶著寶劍大喘粗氣。

「孽徒，還不向大司徒謝罪！」五經博士崔發護短，第一個衝上來，背對著嚴尤，朝王固大使眼色。

「學生剛才一時怒火攻心，驚擾了大司徒，不敢求饒，願領任何責罰。」王固即便再跋扈，也不敢跋扈到當朝三公的頭上，立刻還劍入鞘，喘息著朝嚴尤行禮。

「小子行事孟浪，還請大司徒見諒！」蘇著眼珠一轉，乾脆跟王固站成了一排，主動向嚴尤賠禮道歉。

「唉——，你們兩個無賴頑童，彼此同窗多年。平素父輩都日日相見，何必鬧得如此水火不容？都退下吧，下不為例。」嚴尤心中對王固好生失望，卻耐著其父親和叔叔的面子，不方便當眾斥責。嘆了一口氣，淡然揮手。

「謝大司徒！」王固怏怏地又拱了下手，低著頭，快步返回自家的座位。兩眼當中，不知不覺間又充滿了怨毒。

「學生記住了，下次絕不再犯！」同樣是被斥退，蘇著的心情，卻比王固好了足足一百倍。笑呵呵地給嚴尤做了個揖，然後像凱旋的將軍般，高高翹起下巴大步往回走。

嚴尤把二人的表現都看在了眼裡，忍不住又輕輕搖頭。

今天他之所以接受劉歆（秀）的邀請前來赴宴，目的就是檢驗一下本屆即將卒業的學子成色，順道從中挑選幾個真正的人才，將來做種子培養，以免大新朝的將領青黃不接！誰料先跳出來一個王固，表面光鮮，肚子裡裝得卻全是乾草！後跳出來一個姓蘇的紈袴，巧舌如簧，眼睛裡頭卻沒有半點兒大局。

如果本屆學子都跟王、蘇二人一般成色，今天這頓酒宴，就沒有繼續吃下去的必要了。想到這兒，嚴尤乾脆不再等劉歆（秀）再弄什麼花樣，自己主動長身而起：「不光是他們兩個，在座諸君都是太學裡的翹楚，應該懂得，陛下重金聘請名師教導爾等學問，並為爾等提供衣食，絕非想提供一個地方讓爾等爭強鬥狠，更不會願意看到爾等手足相殘。」

「是，我等謹遵大司徒教誨！」眾學子不敢怠慢，紛紛站起身，在各自的矮几後朝著嚴尤長揖而拜。

「嗯！」嚴尤的目光迅速從眾人頭頂掃過，然後板著臉補充：「知道就好！同窗之誼，猶如手足。有時甚至比血脈相連的手足兄弟，還要親上三分。為了一點兒虛名，就手足相殘，此行與禽獸何異？」

「大司徒說得是，我等將引以為戒！」

「大司徒的教誨，我等一定牢記在心！」

眾學子聞聽，再度躬身受教。

「嗯！」很滿意眾人的態度，嚴尤的臉色緩了緩，輕輕點頭。「能不能記住，不光看嘴上說，還看將來如何相處！老夫管不了那麼遠，但老夫麾下，如果有人膽敢互相傾軋，因私廢公，老夫定將其軍法從事。」

眾學子聽得心中一哆嗦，連忙又紛紛拱手。嚴尤見大夥多少還能聽得進去自己的話，忍不住又越俎代庖，替劉歆（秀）強調了一番做人和做事的基本道理。然後，才雙手下壓，示意大夥自行落坐，同時，帶著幾分期許說道：「陛下矢志重現三代之盛，是以才大興太學，以舉國之力，養天下賢才。爾等當中，日後必然有人出將入相，成為國之棟梁。是以，切莫把大好光陰，浪費在彼此之間的爭風上。兩隻井底之蛙，打破腦袋，又能贏到多少好處。攜手跳出井外，才能看到天空地闊。」

眾學子被他說得臉上發燙，訕笑著再度拱手稱謝。嚴尤笑著還了個半禮，緩緩改換話題，「有些東西，你們卒業之後，慢慢自然會懂，老夫現在不多說了，說多了也沒用。老夫今日沒太多時間，挨個讓爾等一展所長。故而，乾脆在這裡問爾等一句，太學何以為太學？爾等終日在太學裡頭埋首苦讀，究竟又為了何事？」

這兩個問題，看似簡單，實際上卻複雜無比。當即，眾學子們就紛紛陷入了沉默當中。冥思苦想了好一陣兒，才陸續有人起身回應，「太學，乃天下學堂之冠。五帝時為成均，夏時為東序，商時作右學，周則稱其為上癢。待到前朝，董聖獻計於漢武，興太學，置名師，以養天下之士，此後，太學之名方才固定下來。」

「太者，大也。大學之道，在明德，在親民……」有人記性好，乾脆直接照搬《禮記・大學》，以免多說多錯。

還有人則引經據典，力證太學乃一國文教之源。太學興，則文教興。太學衰，則其國運與文教，也必然凋零。

嚴尤聽了，也不品評大夥說得是對是錯，只管笑著輕輕點頭。眾學子見他如此隨和，心中的畏懼之意漸去，說出的話，也越來越坦誠。

但是，大部分人，都把精力放在了第一個問題上。對於第二個問題，卻鮮有人敢於帶頭拋磚。

大司徒嚴尤耐著性子，又聽了片刻，終究不願再繼續等待。擺了擺手，笑著提醒：「老夫曾經也在太學就讀，對太學的來歷，其實也略知一二。諸君剛才說得都很有道理，但是，諸君卻都只回答了老夫第一個問。第二問，莫非比第一問難許多嗎？為何至今沒有一人為老夫解惑？」

「這……」誠意堂內，熱鬧的氣氛立刻轉冷。眾學子你看我，我看你，誰也不想第一個開口。

嚴尤見此，索性直接點將。手指坐在左首第一排的朱祐，笑著吩咐，「即然沒人帶頭，老夫就隨便指了。這位小兄弟，你可否解老夫心中之惑？」

朱祐沒想到自己居然被第一個點到，頓時緊張得滿臉通紅。然而，畢竟先前被老師劉龔帶著見過許多大場面，他緊張歸緊張，心思卻照樣轉得飛快。稍作斟酌，便大聲回應道：「稟大司徒，學生在此讀書，一是為了謀取出身，二則是為了將來能報效國家。您老剛才也提到過，陛下以傾國之力養我等太學子弟，我等應該飲水思源，學好本事，替君分憂。」

「說得好！」嚴尤聞聽，立刻笑著撫掌，「你能如此想，也算沒辜負陛下的良苦用心。你叫什麼名字？師從何人？」

朱祐得到了鼓勵，精神大振。先做了個揖，然後繼續大聲回應：「學生朱祐，字仲先，師從鴻儒劉夫子。師傅名諱，請恕學生不敢直呼。」

「原來是孟公的弟子啊，怪不得如此機變！」嚴尤對太學極為熟悉，立刻從鴻儒兩個字上，推斷出了朱祐的師承，笑了笑，迅速將目光轉向劉龔，「孟公，你教出了一個好弟子！」

劉龔年齡跟他差不多，卻是劉歆（秀）的晚輩，因此，急忙起身，笑著拱手，「大司徒過獎了，仲先生性跳脫，還需嚴加磨礪，方堪大用！大司徒切莫因為他口舌靈活，就以為他真的學有所成。」

話雖然說的謙虛，但是他的臉上，卻露出了如假包換的得意之色。很顯然，是朱祐剛才的表現，給他這個做師傅的掙足了面子。

嚴尤跟劉歆（秀）交情頗深，而劉龔又是劉歆（秀）的晚輩。愛屋及烏，遇到徒孫輩兒的朱祐，難免要順手提攜一下。因此，笑了笑，故意又將目光轉向後者，和顏悅色地問道：「仲先，你既然準備學成之後，報效國家，將來可有什麼打算？」

「嘿！嘖嘖！」

「嘖嘖！」

「這小子，運氣好的沒邊！」沒等朱祐回應，四下裡，已經響起了一片讚嘆之聲。學子們一個個眼睛發亮，都對朱祐如此輕鬆地就引起了大司徒的關注，羨慕不已。

而朱祐本人，卻沒想到自己運氣居然如此之好，被嚴尤揪住一問再問，頓時心裡有些發虛。猶豫再三，才非常認真地回應道：「啟稟大司徒，學生原本……原本想自己將來如同家師一樣，入太學做博士，教書育人，為國家培養棟梁。」

「不錯，你且坐下。」嚴尤手捋長鬚，欣慰地點頭，「若非聖人當年有教無類，也沒後世儒學之大興。你的志向不錯，但想要達到令師的高度，還需更加努力才行。」

「是！」朱祐拱手受教，然後紅著臉欲言又止，「不過，不過學生……」

嚴尤頓時就是一楞，笑了笑，低聲鼓勵道：「不過什麼？男子漢大丈夫，不要扭扭捏捏，但說無妨。」

「是！」朱祐心中頓時就有了勇氣，挺胸拔背，大聲補充，「不過學生見了大司徒之後，卻突然又有了棄筆從戎之念。所以現在心中十分迷茫，不知將來該如何選擇？」

這幾句話，半真半假，卻讓嚴尤心裡極為受用。立刻搖了搖頭，笑著數落道：「你小子啊，這花花腸子，也得了令師的真傳。依老夫之見，將軍和鴻儒，卻可以得兼。誰說將軍就目不識丁？你甚至可以先投筆從戎沙場立功，等上了年紀之後，再回太學傳道授業。」

「多謝大司徒指點！」朱祐大喜過望，躬身下拜。還沒等將腰彎到位，耳畔卻又傳來了嚴的聲音，很坦誠，隱隱還帶著幾分告誡之意，「只是無論做將軍還是做鴻儒，都需要有些擔當才行。不能老慫恿別人往前衝，自己卻在背後坐享其成！否則，早晚得吃大虧。」

「啊？哈哈哈，哈哈哈哈！」眾學子先是一楞，隨即恍然大悟。怪不得先前蘇著能將王固「打」得毫無還手之力，原來背後還有朱祐在偷偷支招！跟書樓四友比誰讀的書多，那王固輸得可一點兒都不冤。

「是，弟子謹遵大司徒教誨！」朱祐被說得面紅耳赤，硬著頭皮行完了禮，訕訕落坐。

嚴尤不想讓他承受的打擊太重，又笑著鼓勵了他幾句，然後才將目光轉向周圍眾人，「仲先的志向是，做鴻儒或者做將軍。爾等跟他都是同窗，年齡也差不多，不妨也都說說自己的志向。」

笑聲戛然而止，眾學子正襟危坐，誰也不願意主動站起來第一個回應。

嚴尤見此，乾脆決定繼續點將：「罷了，你們互相謙讓下去，得謙讓到何時？仲先旁邊這位小友，你且起來，說說將來的打算？」

「啊！」朱祐聞聽，頓時臉色就開始發苦。從他的角度看，嚴尤第二個點到的，分明就是劉秀。而劉秀卻早就喝得醉眼惺忪，萬一又說錯了話……

正不知道該不該掐劉秀一把的時候，在他另一側的鄧禹突然站起來，先做了個揖，隨即朗聲道：「啟稟大司徒，學生鄧禹，志向乃是讀萬卷書，行萬里路，斬萬人敵，封萬戶侯！」

他此言一出，滿場譁然。嚴尤更是驚詫莫名。他的本意，是想將朱祐身邊那個醉醺醺的太學生拎起來，好好醒醒酒。豈料坐在朱祐另外另一側的鄧禹卻主動出面，替同窗遮風擋雨。此番豪言壯語一出，再加上他稚嫩的聲音，頓時誠意堂內的氣氛為之大變。眾學子個個擦拳摩掌，躍躍欲試。

嚴尤身經百戰，豈能隨便讓局面脫離自己掌控？經歷了最初的震驚之後，雙手立刻向下一壓，大笑著誇讚：「好志向，好氣魄！雛鳳展翅恨天低，說的恐怕就是仲華這種。老夫記下你的話了，老夫日後在軍中等著你！」

此言一出口，等同於直接將鄧禹招到了麾下。頓時，讓周圍的學子們全都羨慕得無以復加。一個個心中暗道：原來這就是借酒言志，說錯了沒什麼懲罰，一旦說得好，就能被招攬到大司徒帳下。早知道這樣，老子真該……

「啟稟大司徒，學生顧華，字仲夏，志向是如同前朝張良張子房一般，輔佐明君，運籌帷幄之中，決勝千里之外。」想得快不如做得快，還沒等眾人反應過味道來，王修的弟子顧華，已經長身而起，在嚴尤的背後，大聲說道。

不等嚴尤點評，陰武亦站了起來，雙手抱拳，朗聲說道：「學生陰武，字止戈，志向乃是提數萬精兵，直搗單于庭，封狼居胥！」

他的話音未落，陰方的弟子甄蒓已經一躍而起，「學生甄蒓，字……」

這幾人爭先恐後，誰也不願意說得晚了，失去表現機會。嚴尤雖然聽得心裡頭不太舒服，卻只能將頭轉過去，對他們的志向，挨個點評。

趁著這個機會，朱祐長舒一口氣，雙手拉住劉秀一條胳膊，用力搖晃，「文叔，文叔，醒醒，快醒醒。你怎麼能自己把自己灌醉？好不容易才有這麼一個機會……」

「嗯，機會，什麼機會！皇上都不給我機會，誰敢跟皇上逆著來？他，他莫非嫌自己官做得太安穩嗎？」劉秀先前喝得有點兒急，再加上酒入愁腸，難免頭暈眼花。隱約聽到有人在自己耳朵旁大喊大叫，順嘴就回了一句。

「你，小聲點。我的老天爺，你怎麼醉成這樣！」朱祐被嚇得魂飛魄散，一邊用手去捂劉秀的嘴巴，一邊迅速抬頭張望。

只見同窗們踴躍起身，爭相說出自己的志向，每個人都激動得面孔發紅，手舞足蹈。把嚴尤的注意力全都吸引了過去，根本無暇再管身後。

頓時，朱祐的魂魄就又落回了身體。繼續拉住劉秀的胳膊，用力搖晃，「醒醒，趕快醒醒，一會兒大司徒肯定還得問到你。下次，可沒人替你遮掩了！」

「大司徒，大司徒問我什麼？」劉秀只覺得腦子昏昏脹脹，身體也笨重無比。被朱祐拉得太狠，猛然一個趔趄，竟將面前的酒觥和酒盞，全都撞到地上。

「當，當，叮噹叮噹！」酒盞與酒觥撞擊滾動，發出一陣另類的脆響。

數十道目光，頓時齊齊射了過來，宛如數十把利刃。

朱祐連忙向大夥拱手，求肯同窗們趕緊繼續陳述心中之志，吸引嚴尤的注意力。然而，哪裡還來得及？大司徒嚴尤猛地轉過身，兩眼瞪著劉秀，厲聲問道：「醉酒者是誰？仲先，拉他起來，老夫問問他的志向！」

「回將軍，他叫劉秀。」朱祐大急，手指死命的去掐劉秀肋上的酸肉，「文叔，文叔，大司徒問你話呢。」

劉秀猛地肋下吃痛，猛地打了個哆嗦，昏昏沉沉站起身，瞪著一雙發紅的眼睛回應：「問我，問我什麼？」

「劉秀！」嚴尤怒其不爭，上前狠拍矮几，大聲斷喝，「老夫問你，你的志向是什麼？莫非就是呼酒買醉，一輩子做個酒鬼嗎？」

「我的志向？」劉秀被嚇了一大跳，頭腦略微清醒了一些。認出對方是執金吾嚴盛的父親嚴尤，苦笑著拱起手，低聲回應，「當然不是做一個酒鬼。不過……」

他當然有自己的志向，但是，他現在卻惹惱了大新朝的皇帝。無論先前心裡懷著什麼豪情壯志，恐怕都是一場大夢。

「不過什麼？哪來這麼多廢話？」嚴尤忍無可忍，繼續厲聲怒喝。「縱使是草木，也知道向陽而生。縱使是禽獸，也知道翱翔天宇，笑傲山林。你堂堂一八尺男兒，莫非連草木和禽獸都不如？」

「不是！當然不是！」畢竟才剛剛年滿十八歲，劉秀剎那間被說得熱血上頭，揚起脖頸，怒吼著回應，「我的志向，我的志向是，做官要做執金吾，娶妻當娶陰麗華！」

說罷，忽然間覺得渾身上下一陣輕鬆，仰面朝天栽倒了下去，徹底沉醉不醒。

大漢光武　卷一少年遊（下）完

PLP0078

大漢光武．卷一．少年遊（下）

作　者—酒徒
編　輯—黃煜智
行銷企劃—張燕宜
內頁排版—綠貝殼資訊有限公司

董事長—趙政岷
出版者—時報文化出版企業股份有限公司
108019台北市和平西路三段二四〇號七樓
發行專線—（〇二）二三〇六六八四二
讀者服務專線—〇八〇〇二三一七〇五
（〇二）二三〇四七一〇三
讀者服務傳真—（〇二）二三〇四六八五八
郵撥—一九三四四七二四時報文化出版公司
信箱—10899台北華江橋郵局第九十九信箱
時報悅讀網—http://www.readingtimes.com.tw
思潮線臉書—https://www.facebook.com/trendage
法律顧問—理律法律事務所　陳長文律師、李念祖律師
印　刷—勁達印刷有限公司
初版一刷—二〇一八年十二月
初版二刷—二〇二一年十月十五日
定　價—新台幣三八〇元

時報文化出版公司成立於一九七五年，
並於一九九九年股票上櫃公開發行，於二〇〇八年脫離中時集團非屬旺中，
以「尊重智慧與創意的文化事業」為信念。

大漢光武．卷一，少年遊／酒徒作．-- 初版．--
臺北市：時報文化，2018.11
下冊；14.8×21 公分
ISBN 978-957-13-7568-7（下冊：平裝）
857.7　　　　1070

本書《大漢光武》繁體中文版　版權提供　網易文學

ISBN 978-957-13-7568-7
Printed in Taiwan

漢[illegible]
大[illegible]